真相边缘

·下·

冷叔◎作品

中国出版集团公司 | 全国百佳图书出版单位
中国民主法制出版社

图书在版编目（CIP）数据

真相边缘 / 冷叔著 . —北京：中国民主法制出版社，2018.6

ISBN 978-7-5162-1067-3

Ⅰ . ①真…　Ⅱ . ①冷…　Ⅲ . ①长篇小说－中国－当代　Ⅳ . ① I247.5

中国版本图书馆 CIP 数据核字（2018）第 026778 号

图书出品人：刘海涛
图 书 策 划：谭　军
文 案 统 筹：高文鹏　崔　一
责 任 编 辑：翟琰萍　李岩岩

书　名 / 真相边缘（下）
作　者 / 冷叔 著

出 版 · 发 行 / 中国民主法制出版社
地　址 / 北京市丰台区玉林里 7 号（100069）
电　话 / 010-63055259（总编室）　010-63057714（发行部）
传　真 / 010-63055259
http: //www.npcpub.com
E-mail: mzfz@ npcpub.com
经　销 / 新华书店
开　本 / 16 开　710mm × 1000mm
印　张 / 19　**字数** / 269 千字
版　本 / 2018 年 6 月第 1 版　2018 年 6 月第 1 次印刷
印　刷 / 北京中兴印刷有限公司

书　号 / ISBN 978-7-5162-1067-3
定　价 / 72.00 元（全二册）

目 录

第二十六章　黑与红的较量

楚琳坐在办公桌前，看着一叠厚厚的文件。她把头发简单盘在脑后，显得有些杂乱，满脸憔悴。

虽然这些天情绪紊乱，可她并没有完全崩溃。前几天，父亲喊她和楚云过去进行了一次长谈，给她做了不少思想工作，并且承诺给她更大的权力。虽然这些权力都无关痛痒，可老父亲发话了，总不能不给面子。因此，楚琳一调整好情绪，就回到了岗位上继续工作。

这时，电话铃响了，楚琳接起电话："哪位？"

"楚总，市公安局刑警队的于队长来了，他说有重要的私事找您。"秘书在电话里说道。

"让他进来，我之前不都说过了，如果于东青来找我，直接让他进来就好。"

"可是楚总，跟他一块来的，还有远景的徐环。您见他吗？"

楚琳的心里顿时掀起了巨浪，但她还是平静地说："见，让他们进来吧。"放下电话，楚琳走到茶几旁，冲泡了一壶茶。

"小琳，有重要的事找你帮忙。"于东青推门走了进来。

楚琳笑了笑，将刚冲好的热茶倒在杯中："别急，坐下喝杯茶慢慢说。"

"哎，你快进来啊，"于东青瞪了徐环一眼，"扭扭捏捏的，把门关死。"

楚琳抬头看了徐环一眼，没有说话，又倒了一杯茶，在于东青对面坐了下来。徐环面无表情地坐在于东青的身边。

"徐环，来，给小琳道歉，道完歉，你们就什么事都没了。"

楚琳面无表情地说："东青哥，我们俩的事你不清楚，就别掺和了。这件事情本来就是我的错，徐环没必要跟我道歉。"

见于东青和徐环都有些尴尬，她轻描淡写地转移话题："东青哥，你们今天来应该还有别的事情吧？"

"嗯。"于东青点点头，"既然你俩的事一言难尽，那今天在这个场合就先不说了，改天我请客，咱们仨好好谈谈。今天来找你，的确有重要的事情让你帮忙。"

"能帮的我一定尽力帮，说吧，什么事？"

徐环把话筒递给了楚琳，然后将事情的前因后果告诉了她。听完，楚琳点了点头："我试试吧。"

于东青走到门口把门反锁，然后按下播放键。玩具话筒的喇叭里再次响起了冯玲的那句话，"请重复"响过之后，于东青冲楚琳做了个说话的手势。楚琳点了点头，开口将这句话重复了一遍。可令他们失望的是，几秒钟后，那个冰冷的系统提示音再次响了起来。

于东青和徐环面面相觑，有点不敢相信。看到他俩的表情，楚琳小心翼翼地问："是不是没有成功？"

"你刚才的模仿已经很像了，"徐环紧蹙眉头对楚琳说道，"可我还是能听出来，你们语调上有些细微的不同。"

"没错，话筒里的这个语音，应该是美国人的口音。"楚琳解释道，"可我长期在英国留学，接触的都是英式英语，所以有浓重的英国味儿。其实美音和英音也差不了多少，我再尽力模仿一遍试试吧。"

说完，楚琳打开话筒，尝试着用美音来模仿，比上次的模仿更加接近。果然，话筒没有再发出"Please repeat"的声响，而是滴了一声，随即又响起冯玲的另外一句话。

"成了！"于东青兴奋地大呼一声，"小琳，你可真行。"

"东青哥，你怎么还跟小时候一样，有点事就一惊一乍的，哪有刑警队长的样子！"

"平时在局里，精力都放在工作上，哪有心情开玩笑？我也就是在你俩面前恢复一下本色。"于东青眉飞色舞地说道，"言归正传，刚才那句英语什么意思？"

"她说，这个秘密是一个尘封多年的秘密，是一个揭示人性丑陋和贪婪的秘密，这个秘密是关于……是关于……"楚琳看着于东青和徐环，眼眶里竟然闪烁着泪花。

“关于什么？”

“关于十三年前的那起绑架案。”

楚琳的话犹如一阵冰冷彻骨的寒风，将三人的兴奋一扫而空。

十三年前初春的一天，徐环的姐姐徐曼被歹徒绑架。案发后，徐家虽急成了一锅粥，但不知为何，徐跃升并没有选择报警。令人意想不到的是，在徐跃升和歹徒通过电话对峙之时，绑架现场毫无征兆地发生了剧烈的爆炸。警方赶到时，那里已变成一片废墟。徐曼被炸得尸骨无存，而凶手却在爆炸中活了下来，当然，只剩下半条命。

由于情节恶劣，受害人又是著名企业家的女儿，因此这起案件在社会上造成了极大的影响。祁东市公安局调用了所有资源进行侦破，力求查明案件的真相。只是爆炸现场损坏严重，根本无从查起。因此，警方只得把侦破的重点放在唯一的幸存者——也就是凶手身上。

但凶手极其不配合，不管警方采用何种方式，凶手的应对办法只有一个，就是沉默。

警方除了查明凶手的身份之外，一无所获。最终，案件以凶手被判刑，警方向外界宣布凶手的身份而告终。而这个凶手就是楚琳与楚云的堂哥——楚楠。

对于这个结果，各方都不满意，但也只能勉强接受。这个轰动一时的神秘案件，就此草草收尾了。

而对当时的徐环来说，姐姐的死对他的影响几乎是毁灭性的。徐曼从小疼爱徐环，所以徐环对她的感情极其深厚。这件事发生之后，徐环深受打击，性格也开始变得内向古怪，经常几天不说一句话。直到现在，也没能恢复以往阳光开朗的性格。也是因为这件事，徐环对楚家充满了仇恨，包括青梅竹马的初恋女友楚琳。他恨楚琳，不仅因为她姓楚，更重要的是，楚琳还间接做了凶手的帮凶。

作为徐环的初恋女友，楚琳和徐曼的关系也相当好，称得上是闺蜜。案发当天，楚楠以喜欢徐曼，想跟她约会的理由，请求楚琳帮忙将徐曼约出来。楚琳信以为真，并说服徐曼接受了楚楠的邀请。谁知，徐曼这一去，就再也没有回来。而对楚琳来说，“9·19”绑架案彻底改变了她的人生。一夜之间，她失去了恋人、闺蜜，也失去了堂哥。

对于于东青，这起绑架案拆散了他们这个曾经的铁三角。也正是因为对当时警方不能破案感到愤怒，他才选择了报考警校，才有了今天刑警队队长的身份。

房间里的气氛，因为楚琳的一句话变得极为凝重。

徐环脸色苍白地说："我早就怀疑这起案件背后隐藏着不可告人的秘密，现在看来，果然如此。"

"这起案件当年就没给个说法，确实令人生疑。"于东青脸色凝重地说，"难道，周远一直在调查'9・19'绑架案的真相？可小米不是说他在调查什么丑叔叔吗？"

"只有一种可能，这个丑叔叔也与绑架案有关。有可能是周远在调查丑叔叔的过程中发现了他与绑架案有关，也有可能是他在调查'9・19'绑架案的时候发现丑叔叔牵涉其中。这么重要的秘密，怪不得林舒和冯玲豁出命去都要得到它。"

"没错，掌握了这个秘密，也许所有的谜题就能迎刃而解，包括菱形血痕。"于东青若有所思，转头看向楚琳，"小琳，你赶紧模仿，咱们尽快往下听。"

楚琳点了点头，清清嗓子将刚才那句话重复了一遍，紧接着，话筒里响起了下一句。

"她说，这个秘密的所有权归冯玲所有。如果你是不相关的人，请尽快关闭这个设备，并说了一个联系电话。她还警告说这个秘密很危险，如果执意听下去，会带来杀身之祸。"

"这女人怎么这么多废话！"于东青怒道。

"别急，好事多磨，你耐心点。"徐环又转脸跟楚琳说，"这句话，比刚才那两句难度更大吧，加油！"

楚琳点了点头，再次模仿，可试了三四次都没有通过。

这时，于东青的手机突然响了，打断了说到一半的楚琳。

于东青愤愤地掏出手机，但一看来电显示，立刻恭敬地说道："高局，您找我？我在外面忙案子呢……什么，现在？现在我走不开啊。……这样啊，好好。什么，叫徐环一块儿？他没跟我在一起。……好好，我来打。放心，我们一会儿就到。"

"高局找你？"徐环不解地问，"怎么还让我一块儿呢？"

"不知道老头子葫芦里卖的什么药，"于东青叹了口气，"只是说有急事，让我们俩在半小时之内出现在他面前。”

“这么急找我们做什么？”徐环皱起眉头。

“谁知道，神秘兮兮的。”于东青犹豫道，“要不然，咱们这边结束了再去吧？”

“算了吧，按照现在的进度，天黑前也不一定能弄完。再说了，高局的脾气你又不是不知道，急起来跟一把火似的。我倒是没什么，就怕你挨熊。”徐环站起身来，看了一眼楚琳，补充道，“反正楚琳已经可以自己操作了，我们在这儿也帮不上什么忙，现在去吧，办完了马上回来。”

“也好。”于东青点了点头，对楚琳道：“小琳，你自己先听着，我们一会儿回来。记住，一定要保密，这个东西对我们非常重要！”

“那当然，”楚琳微微一笑，“我你还不放心？以前上学的时候你俩抄我的作业，我在老师那儿还不是守口如瓶啊。尽管放心，就算是命没了，秘密也会在。”

于东青冲楚琳竖起了大拇指：“你办事我放心。”随即转头招呼着徐环，“咱们快走吧，早去早回。”

徐环似乎没有听见于东青的催促，呆呆地看着楚琳：“小琳，我……”

楚琳冲徐环笑了笑：“我知道你的心思。赶紧去忙吧，回来再说。”

徐环也笑了笑，冲楚琳点了点头，然后离去。

“徐环。”徐环走到门口时，突然听到楚琳轻轻喊了他的名字。

徐环转头看去，楚琳站在茶几旁，慢慢地说道：“宁负光阴，不负卿。”

看着徐环离去的背影，楚琳百感交集，突然明白了该怎样对待这份感情，就如刚才她送给徐环的那句诗：宁负光阴，不负卿。想通了这一点，楚琳的心里一下子轻松了很多，整个人似乎卸下了一份重担。她迅速调整了一下状态，拿出纸笔，全身心地投入到工作中。

经过四五次的尝试，楚琳终于听到了滴的一声，她心里一阵兴奋，赶紧拿起笔记下。这句话翻译成中文就是：“9·19”绑架案，从一开始就是个巨大的阴谋，复杂的陷阱，其中的真相让人不寒而栗。接下来，冯玲又说了一句十分吊胃口的话：最让人意想不到的就是这起案件的策划者。这个人的名字如果公之于众，相信会引起极大的震动。

难道，策划者不是楚楠，而是另有其人？楚琳陷入了沉思……偶然间抬头，她隐约觉着在光滑的办公桌桌面上，竟然映出一个黑影！楚琳心中一惊，抬头看去，站在她面前的竟是楚云。

“吓死我了！”楚琳松了口气，“为什么进来不敲门啊？”

楚云没有回答，而是上前一把抓住玩具话筒，质问道：“这是什么东西？你从哪儿弄来的？”

楚琳心里暗道糟糕，大声道：“干吗拿我的私人物品，还给我！”

“私人物品？我的好妹妹，你什么时候开始喜欢这种小孩子玩的玩具了？”

“你管我呢！”楚琳急红了脸，一把抓住楚云的胳膊，想把话筒夺回来。可楚云伸出另一只胳膊死死顶住了她，根本碰不到。

“我是你哥哥，我不管你谁管你！”楚云脸色一黑，大声斥责道，“告诉你，虽然我不担任总裁了，可大良集团的每一次风吹草动我都清楚，每个人的动向我也都了解，包括你楚琳！”

“你……”楚琳咬牙切齿地道，“你竟然监视我。”

“监视？这要看你怎么想。”楚云的语气软了下来，“小琳，商场险恶，我这也是为了你好，毕竟你还年轻……”

楚云话音未落，一声清脆的耳光就打断了他的话。

“这一巴掌，你活该！”楚琳狠狠地瞪着哥哥，脸上充满了厌恶。

“行，你就是这么对待你亲哥哥的。”楚云揉了揉被打红的脸颊，随即扬了扬手里的玩具，“这一巴掌，我原谅你，但是这个玩具，你休想拿到！”

“这是我的东西！”楚琳愤怒地揪住楚云的衣领。

“你的东西？你以为我没看到？自打于东青和徐环一进大门，他俩就没逃出我的眼睛。我还纳闷你们锁上门鬼鬼祟祟地干什么，原来是在暗地里搞这个东西。幸亏我有你办公室的钥匙，否则真不知道你竟然还跟那个徐环勾结在一起！”

楚琳满面怒火：“我在干什么，不用你操心！”

“别的事情我都可以依你，唯独这件事不行。我一定要带走，这也是为了你好。”

楚琳又气又急，直接抱住了楚云，一副要拼命的架势：“你绝不能带走，除非我死！”

“你再这样，我不客气了，”楚云被楚琳搞得十分狼狈，他拎起楚琳的衣领，烦躁地吼道，“赶紧松手！”

“不松，死也不松！”

楚云怒上心头，扬起一脚，踹在了楚琳的胸口。楚琳痛苦地喊了一声，重重地摔了出去。她顾不上疼痛，挣扎着想站起来，可一阵剧烈的疼痛由胸口扩散开来，直袭心底，她身子一软，瘫倒在地上。

楚云见楚琳痛苦至极，不由得产生了一丝悔意，但他看了看手里的话筒，犹豫了一下，还是转身走出了楚琳的办公室。眼看着楚云消失在门后，楚琳做了几次深呼吸，以缓解疼痛。胸口虽然还隐隐作痛，但已经可以忍受了。她挣扎着跑到窗前，向楼下看去。

此时，太阳已经西斜，光线开始变暗，但楼下的情况还可以看得很清楚。楚云从办公楼里出去后，匆匆跑向停车场，跳上了豪华轿车。

楚琳拿起桌上的纸巾胡乱擦了一把脸，然后在笔记本上写了一行娟秀又有力的字：宁负光阴，不负卿。然后从包里取出车钥匙，匆匆向门外跑去。

经过漫长的等待，电梯终于到达了负三楼停车场。楚琳喘着粗气跑到她的红色跑车旁边，拉开车门跳了进去。可是，要追上楚云谈何容易，他已经开出了一段距离，关键是，楚琳压根不知道他要去哪儿。

楚琳强迫自己冷静下来分析形势。景逸轩茶楼，楚云平时基本在那里活动；还有就是父亲家里，这是他平时最常去的两个地方。不过，还有第三个地点。这个地点，楚云从来没有告诉过她，是她翻看楚云的手机时无意中发现的——位于祁东市各大机关汇集的联华路上，恰好在祁东市公安局对面。楚云去那儿的次数虽不频繁，但相当有规律。

此外，楚云在办公楼一侧有个专属停车场，里面停着他常用的五六辆车。这几辆车，车型不同，功能不一，他去不同的场合会选择不同的车。楚云平时非常讲究排场，所以出门首选是那辆硬派越野车。平时去茶楼，他就会选择驾驶这款车；而每次去父亲家，他都会老老实实地开那辆相对低调的轿车，以免招来父亲的责骂。

但楚云刚才开走的，并不是这两款车，而是那辆黑色的 S65 豪华轿车。这就意味着，他的目的地很有可能是联华路。想到这儿，楚琳猛踩油门，向联华路方向疾驰而去。

穿越了几个街区之后，楚琳果然看到了那辆熟悉的黑色轿车。没错，山 B91886，正是楚云的那辆豪华轿车。楚云的车速并不快，正不慌不忙地驶过一个十字路口。看到哥哥，楚琳激动地差点儿喊出声来。她开始加速，试图绕到楚云的车前逼停他。可就在这时，车前突然冲过来一个人影，把她的车拦了下来。

楚琳火冒三丈，刚想发作，却发现车前站着的是一名身穿制服的交警。交警走到她的车窗前，示意她摇下车窗。楚琳暗地里爆了句粗口，摇下车窗。

交警抬手敬了一个礼："女士，你开F1呢？我都在你车前了你还不减速，跟我有仇啊？"

"警察同志，我没违章吧。"

"红灯停绿灯行你不知道啊？你开车过路口的时候不看红绿灯吗？"

楚琳心里暗自叫苦，刚才只顾盯着楚云的车，压根没注意到红绿灯。她伸头看着楚云远去的车辆，心急如焚。

"请出示驾驶证。"交警说道。

楚琳脑子一转，突然想出主意。她往车座上一倚，满脸痛苦，声音颤抖着说道："警察同志，我刚刚突然犯病了，头晕得厉害，心发慌，前面右拐就是武警医院，我是着急去看病才闯了红灯，您就原谅我这一次吧。"说罢，她捂住自己的脑袋，侧身躺在座椅上，故意露出被楚云踹在身上的痕迹。

交警一愣，用狐疑的眼神打量着她，半信半疑地说："你这样不能开车了，你下来，我开车送你去医院。"

"不用不用，"楚琳赶紧摆手："前面一拐就是医院，这点路我还能行。警察同志，求您了，再不去看病，我怕会更严重。"

此时绿灯亮起，交警叹了口气，挥了挥手："请慢点开。"

"谢谢。"楚琳坐直身子，轻踩油门，车子慢悠悠地开走了。直到看不见交警，她才重新加速，向楚云追去。终于，楚琳又看到了那辆黑色轿车。当她准备加速过去别车时，手机突然响了，令她意外的是，打来电话的正是前面的楚云。

"小琳，你可真行啊。"楚云低沉的声音从汽车音响中传出来，"我真没想到你会开车追出来。"

"我说过，那个玩具话筒对我很重要！"楚琳恨恨地说，"我拼了命也要把它抢回来，你如果对我还有半点亲情，就停车把它还给我，否则别怪我不客气！"

楚云冷哼一声："我就纳闷了，这个徐环到底有什么魔力，怎么你一沾上他，就跟中了邪似的。实话告诉你，这个话筒里的秘密非常危险，我是为了你好。相信我，远离它！”

“危不危险我自己会判断，不用你瞎操心。”楚琳冷冷地说：“我再说最后一遍，停车把它交给我，否则……我什么事都做得出来！”

楚云不屑地说：“还不是一哭二闹三上吊。笑话！哥哥让着你才不跟你玩真的，你还真以为你能拦住我？你也知道，我玩车玩了多少年了。”随即，他轻轻叹了口气，安抚道，“听话，赶紧回去，之后别再掺和这事了。”

“既然如此，那就对不起了！”楚琳语气坚决地挂掉了电话，然后一踩油门，朝楚云的 S65 冲去。红色跑车瞬间就开到了黑色轿车的右侧，当楚琳准备拦下 S65 时，却见那辆车的车窗摇了下来，露出楚云的那张脸。

楚云大声冲她喊道：“想追，你就来试试吧！”说罢，发动机发出一声刺耳的轰鸣声，驱动着这部豪车像箭一般蹿了出去。

楚琳冷冷地看着远去的车影，然后俯身脱下高跟鞋，紧了紧安全带，喃喃自语道：“警察同志，真让你说中了，我现在不得不开一把 F1。”

楚琳深吸一口气，然后一脚将油门踩到了底。发动机从低吼一下子飙到了高音，宽大的轮胎空转两下，扬起一片尘土，车子嗖地弹射了出去。

傍晚，夕阳的余晖洒落在祁东市的街头巷尾，预示着忙碌的一天即将进入尾声。此刻，祁东市的各条主干道上已出现了轻微拥堵，可在缓慢移动的车流中，两辆急速穿梭的豪车吸引了众人的目光。只见一辆黑色轿车嘶吼着在道路最右侧疾驰，眼看前方几辆车挡住了右拐的路口，它略一迟疑，竟加足马力驶上了路牙子，穿过人行道，拐到了另一条路上。

就在众人感叹司机开车太霸道的时候，却见一辆红色跑车尾随而来。不过，红色跑车底盘太低，无法像黑色轿车一样驶上路牙子。红色跑车见状，毫不犹豫地拐到了对面的车道上，疯狂按着喇叭，以极快的速度逆行向前开去。对面车道的司机见状，纷纷打方向让路躲避。

红色跑车迅速开到路口，向右拐，向黑色轿车追去。好在两辆车拉开的距离不远，红色跑车又迅速跟上了上去。楚琳坐在驾驶座上，紧张地盯着前方，额头上已经渗出了汗珠。

从楚云的驾驶轨迹来看，他的目的地应该就是联华路。现在他们离联华路越来越近，依照当前的速度，用不了十分钟就能到达目的地。楚云现在选择的这条路线，道路宽，车流量相对较小，有利于他的车发挥直线加速优势甩掉楚琳。可是，前方的联华路是祁东市著名的堵路，车流量极大。到了联华路上，直线加速就没有了用武之地，反而有利于楚琳的跑车发挥操控灵活的特点。想到这儿，楚琳对于拦下楚云又多了几分信心。

终于，前方就是祁东市最大的远景立交桥，驶上这座立交桥，绕个弯，下桥就是联华路。果然，楚云的车飞快地驶上了立交桥，楚琳加足马力，紧紧咬住对方。

楚琳眼中只有前方的黑色轿车，没有注意路旁的指示牌。追了一段距离她才发现，联华路的下桥口，已经错过了！可前方的黑色轿车却没有丝毫犹豫，继续向前驶去。又过了两个下桥口，才突然一个右拐，闪入了另外一条支路上。

对于楚云的行驶路线，楚琳不由得心生疑惑。难道他的目的地不是联华路？但她来不及细想，全部精力集中到眼下的这场追逐中。下桥之后，快速行驶了几分钟，楚琳才发现，他们竟然来到了环湾公路上。看着空荡荡的马路，楚琳突然明白了楚云的用意。

她这个哥哥不傻，他很清楚，在车多路窄的市区道路上行驶并不能发挥S65的强项，更别说在寸步难行的联华路上了。看来，他想在这条空旷的道路上甩掉楚琳。

楚琳狠命地踩下油门，红色跑车全力向前追去。不过，楚云的车的确更适合环湾公路的路况。即使红色跑车跑出了全速，前方黑色轿车的背影还是离她越来越远。

楚琳心里有些着急，往前还有一个立交桥，如果被楚云甩开，就彻底失去踪迹了。更加不利的是，此时的能见度越来越低，跑车的自动大灯已经点亮，可道路远端的景象还是渐渐变得模糊起来。

楚琳心急如焚，正当她不知如何是好的时候，视野远端突然出现了车灯的闪烁，随即响起了刺耳的鸣笛声。楚琳心中一惊，直到驶到近处，才发现是一辆大货车发生了侧翻，挡住了一半道路。而大货车旁边，恰好有一辆装满新车的大型拖挂车在缓慢驶过。这样一来，路都被堵住了。楚琳心中一阵欣喜，加速冲了过去。

就在楚琳快赶到那里时，长长的拖挂车已经开了过来，马路中间正好腾出了一个狭窄的空当。黑色轿车迫不及待地加速，从空当中钻了过去。不巧的是，楚云的车刚过去，对面又有一辆大货车开了过来，再次将马路封死。

电光火石之间，楚琳注意到了一个细节，随即，脑子里闪过一个大胆的念头。这条马路是垫高的，路面高于四周的田野。而马路的侧面，有一个坡度比较陡的斜坡，斜坡下方则是杂草丛生的土沟。

红色跑车没有减速，反而加速朝侧翻的大货车开去。紧接着，楚琳转动方向盘，跑车直接朝马路侧面的斜坡侧倾过去，像一个贴地飞行器，飞快绕过大货车，然后车身一颠，又驶回到了柏油马路上。整个过程只有短短的几秒钟，可楚琳惊出了一身冷汗。这么疯狂的事情如果放在平时，她连想都不敢想。

楚云驾驶的轿车就在前方，黑色的车身在夕阳的照射下发出铜色的色泽。从车速来看，楚云显然没有料到她会以这种方式穿过事故现场。楚琳乘机加速追了上去，很快就开到了黑色轿车的侧面。两辆车几乎并排着向前急驰，一时间，场面十分胶着，谁也无法将对方超越。不过，楚云的车还是占据微弱优势，渐渐超过了红色跑车。

眼看楚云又要溜走，楚琳心头不由得一沉。妈的，豁出去了！楚琳急打方向，红色跑车瞬间撞上了黑色轿车的车尾。随着一声巨响，楚琳感觉一股巨大的力量将自己向前掀去，好在她系着安全带，没有被甩出去。

楚琳把着方向盘，竭力控制着车身的平衡。由于是车头被撞，车身又相对轻盈，因此在歪斜着滑行一段距离之后，车子狼狈地停在了马路中央。而此时，被撞的黑色轿车失去了平衡，高速行驶的车身在路面上打了两个转，随着刺耳的摩擦声，一头栽到了路旁的土沟中。

楚琳迅速从惊吓中恢复过来。她解开安全带，跳下车，顾不上穿鞋，赤脚朝黑色轿车跑去。看到黑色轿车的惨状，楚琳心里开始发慌。黑色轿车的车头已经完全变形，车窗被撞得粉碎，气囊也已经弹开。好在车子的安全性极高，驾驶室没有变形。

楚琳跑到楚云身边，大声喊道：“哥，你没事吧！”

楚云缓缓抬起头，只见他满脸是血，神情恍惚。楚琳一把拽开车门，一脸急切地说：“赶紧下来，我送你去医院。”

楚云没有理睬楚琳，他左手捂住自己的脑袋，右手费力地解开安全带，然后一下子跌出了驾驶室。他瘫在地上，双眼呆滞，似乎不敢相信刚才所发生的一切。此时，楚琳看到了滚落在车座椅下面的玩具话筒，她赶紧捡起来，塞到牛仔裤的后兜里。

“哥，你怎么样？”楚琳蹲下身子，扶住楚云的手臂。

楚云愣了愣，盯着楚琳看了一会儿，突然脸色一变，拨开楚琳的手喊道：“你滚开！”

“哥，我不该这样，可这是你逼我的。”楚琳双眼泛红，重新抓住了楚云的手。

“你不是我妹妹，”楚云再次挣开了楚琳的手，边摇头边吃力地站了起来，歇斯底里地说，“你是个疯子……疯子。”他不再理睬楚琳，摇摇晃晃地走到土沟边，手脚并用地往上爬去。

楚琳心里一酸，跑过去：“别的以后再说，我先送你去医院。”

楚云呆呆地看着楚琳，双眼无神。突然，他伸手一把将玩具话筒从楚琳的裤兜里拽了出来，然后迅速向上爬去。楚云的行为让楚琳措手不及，等她反应过来，楚云已经顺着斜坡爬到了马路上，朝停在道路中间的红色跑车跑去。

楚琳心中火起，赶紧追去。楚云毕竟受了伤，腿脚没那么灵便。眼看楚云跑到了车前，楚琳也追到了他的身后。楚琳不顾一切向他扑去。就在此时，一声尖锐的喇叭声响起，接着，轮胎和地面摩擦的声音也传入耳中。

楚琳心中狠狠一颤。可她已经收不住身子了，也来不及转脸看那边发生了什么，只是顺势冲到楚云身边，用力把他推了出去。她重重摔倒在地，脑子里一片空白。

此刻，时间的流逝似乎也慢了下来。她从容地转脸看向左侧，一辆黝黑的大货车正像一座小山一样向她扑来。她从来没有意识到货车的车头那么大，大得像头怪兽，可以将自己吞噬。恍惚中，她隐隐约约听到楚云在声嘶力竭地喊她的名字……

第二十七章　宁负光阴不负卿

“如果我没记错，上次到您办公室来，应该是八年前了吧。”徐环端坐在沙发上，略显拘谨地说。

“可不是嘛，一转眼，你离开公安队伍已经八年了，时间真是快啊。”高局长坐在徐环对面，笑容可掬地说，“八年前我还是一个怀着雄心壮志的老小子，满腔热忱地想要干一番事业；可现在呢，老了，也干不动了，就等着退休回家了。”

徐环恭维道：“高局，您这岁数也就刚刚步入中年，谈什么退休啊。”

高局长被徐环这席话逗乐了，笑着直摆手。

坐在徐环旁边的于东青忍不住插嘴道：“徐环这马屁拍的，我给一百分！哎，徐环，以前我没觉得你这么会拍马屁啊，现在嘴怎么这么甜呢。”

徐环没有说话，只是瞪了于东青一眼。在高局长面前，徐环明显收敛了不少。

高局长熟练地在宽大的花梨木茶台上泡着茶，慢条斯理地说：“今天这么着急地把你俩请过来，还是为了周远这起案子。”

虽然早有心理准备，但是一听到是案子的事情，于东青立马严肃起来：“高局，我跟徐环已经尽了全力，尤其是徐环，公司的事情都扔下了，全力调查这件事情。虽然离真相大白还有一点距离，可这些天的收获也确实不少，我这就给您汇报。”

“不要向我汇报了。周远这件案子，已经结案，我们警方没有再进行过任何调查。当然了，徐环作为一个公民，在合法的前提下，是有权利去了解一些事情的。”说到这儿，高局长顿了顿，脸色严肃地扫了徐环和于东青一眼，“但是，情况有了新的变化。我希望你们，立刻停止对周远被杀一案所有相关情况的了解和调查。”

高局长的眼神犀利，口气中透着一股难以辩驳的威严。

于东青和徐环面面相觑，不知道说什么好。

高局长端起茶杯喝了一口，问道：“你俩明白了吗？”

徐环小心翼翼地问：“高局，以我个人名义做调查，也不行吗？”

“停止任何形式的了解和调查。徐环，我说得很清楚，是任何。”

于东青的情绪激动起来：“高局，行百里者半九十。整个案子，我和徐环费了那么多心血，已经调查得差不多了，现在放弃，简直是要我们的命啊！”

高局长冲于东青一瞪眼，厉声说：“胡说八道！什么要你们的命！告诉你于东青，我这样做是为了你们好，不仅不要你们的命，而且保你们的命！”

高局长这一吼，吓得于东青低下头，不敢再吭声。

高局长哼了一声，语气稍稍放缓：“我知道你俩很辛苦，为了查清这件案子付出了很多，这些我都看在眼里。不过……这起案子，真的不能再查下去了。”

徐环不解且不甘心地问：“可是高局，这是为什么啊？”

高局长叹了口气：“有些话不好明说，可是不说，你们也不甘心。”他歪头看了眼窗外，似乎在组织语言。许久，他转头看向徐环和于东青，“作为负责祁东市人民平安的公安局副局长，我非常关注周远这个案子，我也知道这件案子水很深。因此，徐环，我之前确实想借助你的能力，在不违反省厅王副队长指示的前提下，把这件案子背后所隐藏的一些东西查清楚，我相信你也明白我的意思。但是，我没想到的是，关注这件案子的远远不止我们。东青，你记不记得我第一次给你打电话的时候就提过，上面有人关注这个案子，让你尽快破案。”

于东青点点头：“记得。可是，这不正说明上面领导重视吗，应该支持我们继续查才对啊！”

“东青啊，你的敬业精神和破案能力没得说，可是敏锐性这方面，你还亟须提高。上面其实只关心尽快破案，至于你怎样破案，有没有办假案错案，事实到底查没查清，有无遗漏同案犯之类的问题，他们……怎么说呢，从某种程度上来说，尽快结案，也是掩盖某些事实的手段之一。”

徐环瞪眼道：“高局，您的意思是，上面并不希望我们查清楚这件案子？”

高局长做了个深呼吸："情况比你想象的还要复杂。我们之前确实太天真了，还以为以你个人的名义，可以神不知鬼不觉地查清楚这件事情，可是你们瞧瞧这个。"说话间，高局长从办公桌抽屉里掏出一摞照片放在茶几上，示意于东青和徐环看。

徐环起身拿起照片一看，不由吃了一惊。于东青也好奇地凑过身来，看到照片，他的脸也顿时黑了下来。

照片都是徐环调查冯玲被杀案时被拍的：有徐环在赵彩霞家楼下及家里的照片，还有他跟于东青、吴婷婷带着小米去心理诊所的照片，以及他和于东青在西餐厅吃饭并讨论案情的照片。看到这些照片，徐环张大嘴巴看向高局长，满脸惊骇。

高局长轻轻叹了口气，有些无奈地说道："别问我是谁拍的，这些照片是直接寄到我办公室来的。意思很明确，那就是我们的一举一动，都在他们的掌控之中。我认为……这是他们的一个警告。"

"他们？您认为是谁？是我们的上级吗？"于东青问道。

"我不清楚，我能确定的是，事情没有那么简单。"

"高局，这些人也太猖狂了吧。他们以为我们查不出来吗？哼，去查查快递公司，很容易就能查到是谁寄的这些照片。"于东青愤愤地说。

高局长摆摆手："没有必要，听我的，收手吧。我不是在激你们，也不是命令你们，而是以一个过来人的身份，诚恳地建议你们。"

徐环和于东青坐在沙发上，低头不语。沉默片刻，于东青皱着眉头问道："高局，可我们是警察啊，我们的职责就是查清真相，维护一方正义和平安。这样撒手不管，您觉得合适吗？"

高局长看着于东青，表情肃穆："真相，真的那么重要吗？我不这样认为。东青，我们每个人从出生开始，就处于各种谎言之中，有谁觉得自己受到欺骗和伤害了吗？没有，为什么？因为恰恰是这些谎言，让我们远离残酷的真相，保护着我们成长。"

高局长站起身来，在办公室里边走边说道："一个孩子，更希望听到父母会永远陪在你身边这种幸福的谎言，而不是父母迟早会离你而去的残酷真相！东青，我们办案也是如此。我们是警察，我们办案是为了社会的安定，而不是为了查找真相。如果一个案子的真相影响了社会的安定，我会很乐意把它掩盖起来。就拿周远这起案子来说吧，其实你们也看得出来这件案子并不是孤立的，而是牵扯多方势力，甚至与多起陈年谜案有着千丝万缕的联系。如果我们继续查下去，很可能打破祁东市现有的平衡，从而导致社会的不安定。你们想，如果因为查出真相而导致祁东市的社会安定受到影响，那么这种真相，还有查的必要吗？”高局长顿了顿，看向于东青，“东青，你是刑警队队长，不要再执迷于所谓的真相，而是要着眼大局，明白吗？”

于东青低头不语，过了一会儿才吞吞吐吐地说道：“您说得确实有道理，可是……可是让我现在放弃，我不甘心。”

高局长双眼一瞪，脸色一凛，双手都有些颤抖。

徐环知道一场暴风雨正在酝酿中，赶紧起身插话道：“高局，您说得对。这样，我马上回去把调查的资料全部销毁。我保证，不再对这件事情进行调查，您放心。”

徐环这几句话恭恭敬敬，让高局长满腔的怒火一时无处发泄，他只能把到嘴边的话咽了下去。他瞪了一眼于东青：“于东青，你看人家徐环的悟性，你再看看你，亏你还是我的刑警队队长。”

“高局，您别生气，东青这不是为了工作嘛。您息怒，别气坏了身子。”

“该说的我都跟你们说了，至于你们听不听，唉，我也管不了那么多了。”高局长的话说了一半，手机突然响了起来。他拿起手机看了一眼，不禁皱起了眉头，犹豫片刻后，拒接了电话。

徐环见状，赶紧顺势说道：“高局，没别的事我们先走了，您忙着……”

话音未落，手机铃声再次响起，这次显得更加急促。高局长没有拒接，摁下了接听键。电话那边，响起了模糊而又急促的声音。

“什么？”高局长情不自禁地大喊一声，一下子站了起来。

于东青和徐环吓了一跳，他们俩不知所措地对视一眼，心中生出一丝不安。

电话那头的声音又持续了一会儿。随后，就听高局长叹了口气：“好了，我知道了。”说罢，挂掉了电话。

“怎么了高局？”于东青上前一步问道。

高局长脸色铁青，用冰冷的口气说道：“就在刚才，环湾大道发生一起交通事故，一男一女受伤，其中，那名女性伤势严重。”

“交通事故？”于东青不解地问道，“交通事故的电话不往交警队打，怎么打到您这儿来了？”

高局长扫了他们一眼，语气更加阴冷：“伤者是大良集团的公子和千金，楚云和楚琳。”

刹那间，徐环觉得天旋地转，他双腿一软，瘫坐在地上。

夜幕降临，祁东市的晚高峰已经过去，街头的车辆开始稀少起来。

于东青的越野警车鸣着警笛疾驰在马路上，前方的车辆见状，纷纷靠边让路。他扭头看了看坐在副驾上的徐环，只见他目光呆滞，一语不发，他的情绪已经到了崩溃的边缘。于东青给自己点上一支烟，尽量平静地说：“我刚才给交警队打过电话，他们把事发现场的情况告诉了我。现场情况很复杂，据说……可能发生了两次碰撞。”

“两次碰撞？”徐环抬起头，有气无力地说道，“究竟怎么回事？”

“交警根据肇事货车司机的描述，再结合现场的痕迹，推断事发过程应该是这样的：先是小琳驾驶的红色跑车与楚云驾驶的轿车发生了碰撞。这次碰撞并不严重，但因为是高速行驶，楚云的轿车失去控制，翻到了沟里，但两人应该都没受重伤。可后来不知为何，他们又出现在了马路中央，就在这时，一辆路过的大货车行驶至此。倒霉的是，这大货车的车灯坏了，肇事司机又是疲劳驾驶，当他看到小琳他们时，已经来不及反应了，虽然他尽力踩下了刹车，但还是撞上了小琳。不幸中的万幸是，大货车在发生碰撞之前已经开始刹车，因此冲击力小了很多。而且货车是先撞到那辆跑车之后才撞到了小琳，跑车在中间也起到了一定的缓冲作用。”于东青叹了口气，“要不是这样，恐怕小琳就不单是受伤了。”

“可她是重伤，就怕万一……”

“你别乌鸦嘴！”于东青打断了他，“具体情况咱们还不知道，小琳福大命大，不会怎么样的，你别胡思乱想。”

徐环叹了口气，躺坐在座椅上，再一次沉默起来。于东青摇下车窗，不仅是想让风吹走烟雾，更是想让冷风吹走车内弥漫的焦虑情绪。

“对了东青，”可能是冷风让徐环清醒了些，他说道，“我们走的时候小琳明明在办公室里，就过了这么一小会儿，她怎么会莫名其妙地驾车出现在环湾公路上呢？”

“根据各个路口的监控显示，小琳从大良集团的总部一路飙车追着楚云到了环湾公路。”于东青声音低沉地答道，“而且交警在事故现场，还发现了小米的那个玩具话筒。据说，话筒当时在楚云的手里。”

“在楚云的手里……照此看来，很有可能是楚云把玩具话筒从小琳手里夺走了，小琳想把东西夺回来，才发生了这次追逐。”说到这儿，徐环突然用手捂住自己的脸，声音哽咽地说，“看来，是我害了她啊。”

于东青安慰道：“你怎么能这么想呢？这事要怪也得怪在楚云头上，跟你没关系。”

“如果不是我把那个话筒留给她，她也不至于……”徐环的声音里夹杂着抽泣。

“行了行了，现在不是追究责任的时候。目前最重要的，是搞清楚小琳的伤情。”于东青打断徐环，握紧方向盘，“前面就到医院了，你给我振作点，人还没死呢，你哭哭啼啼的像什么样子。”说罢，他加速向医院开去。

祁东市第二人民医院位于距联华路不远处的振兴路上，是距离事发地最近的医院，也是祁东市最好的医院之一。于东青把警车停稳，立即开门跳下，向住院部的大楼跑去。刚跑了两步，才突然意识到徐环并没有跟上来。

于东青满脸焦急地拽开副驾的车门，大声冲徐环喊道：“怎么了？走啊！”

徐环脸色惨白，干裂的嘴唇在微微颤抖。面对于东青的质问，他仿佛有些不知所措。

“我……我……”好一会儿，徐环才挤出这么两个字。

“你什么你，说啊！”

“我……我不敢进去，我怕听到不好的消息。”徐环抱住脑袋，一副惊恐的样子。

于东青低声咒骂两句，俯身抓住徐环的衣领：“你他妈能不能像个男人！快走！”说罢，半拉扯半搀扶地把徐环弄下了车。

下车后，徐环挣开他的手臂，抬头看了看楼顶的“住院部”三个大字，定了定神，然后迈开腿向楼内走去。于东青快步追上去，跟徐环一块进了住院部大楼。

晚上的住院部相对清净。于东青快步走到值班护士面前，急切地问：“刚刚送来一个出车祸的女人，她现在怎么样了？”

女护士抬头瞟了于东青一眼，很显然，她对这个没礼貌的男人有些反感，冷冷地说：“去二楼手术室看看吧。”

于东青对于她的冷淡有些不满，刚想发作，却觉得不合时宜，于是引着徐环上了二楼。一到二楼，于东青才发现这里与一楼的区别。从楼梯口到手术室门口的走廊里，站满了人。不过很快，他就发现了队伍最前面那个熟悉的身影。

那是一个个子不高却腰杆挺拔的男人，虽然穿着很普通，可从他不怒自威的表情来看，一定是个有地位和威信的人物。没错，这就是祁东市著名企业家、大良集团的创始人楚天舒。此刻，他正笔直地站在手术室门口，焦急地等待着，有棱有角的脸上竟然现出了几分老态。

于东青这才反应过来，原来这满走廊的人，都是楚家闻声赶来探望的人啊！于东青费力地挤到楚天舒的面前，问道：“楚总，小琳怎么样了？”

楚天舒看到于东青，深感意外：“噢，于队长来了。”他叹了口气，语气沉重，“送来医院之后，就直接进了手术室抢救，一直到现在还没出来……”

话还没说完，旁边的一个打扮时髦、衣着华丽的短发女子突然抽泣起来，而且越哭越伤心，声音也越来越大。这个女人是楚琳的母亲，虽然年龄不小了，但保养得宜。从她的脸上，可以看到楚琳的影子。她这一哭，周围的一些女眷也跟着哭了起来。一时间，整个走廊里哭声此起彼伏，让人觉得心里发颤。

“哭什么！”楚天舒突然暴怒道，“你们哭丧呢？我女儿不会死，都给我住嘴！”

楚天舒的话极具威慑力，走廊里的哭声戛然而止，只有偶尔的几声抽泣声响起。

于东青抓住楚琳母亲的手，安慰道：“阿姨，小琳会没事的，你别伤心了。”

说话间，于东青听到身后传来一阵骚动。他转头一看，原来是徐环从人群中穿行了过来。周围的人纷纷向他投去异样的目光。有的是惊讶，有的是厌恶，有的则是仇恨。这不难理解，在祁东市人人都知道楚家和徐家有着不共戴天之仇，平时没有任何形式的往来。而今天这个场合，徐家大公子却神色落魄地来到这儿，他到底是何居心？

果然，周围的人开始对徐环指指点点，更有人已经低声咒骂起来。不知是徐环故意不理睬还是装作听不到，他径直走到手术室门口，呆呆地站在了那里。

终于，有个年轻的小伙子过来拉住徐环的手臂，气势汹汹地说："今天我们楚家有事，你来干什么？怎么着？幸灾乐祸是吧？"

小伙子一开口，其他人的情绪也被调动起来。一时间，周围的骂声不绝于耳。徐环没有理睬，而是继续站在原地，呆呆地看着手术室的大门。但小伙子不依不饶，拽着徐环的肩膀使劲一拉，把徐环硬生生地拽倒在地。

"你干什么！"于东青怒吼一声，上前掐住了小伙子的脖子。周围的楚家人见状，立即群情激愤，有人上前去推搡于东青，有人乘机踢了倒在地上的徐环几脚，更多的则是大声咒骂和起哄。一时间，走廊里乱成一团。

"都给我住手！"一声洪亮的叫喊盖过了所有人的声音，声音里充满不可辩驳的威严。所有人都停了下来，转脸看向楚天舒。

"你们干什么，还嫌不够乱吗？"他指了指自己和周围几个人，"除了我们几个，其他人，都到楼外面去！"

走廊里的人面面相觑，没有一个人敢移动脚步。

"走啊！"楚天舒又吼了一声。

这下，才有人缓慢地移动脚步，出了走廊。接着，大家陆续动了起来，一会儿工夫，刚才还人满为患的走廊变得有点空荡。

"咱们也走吧。"于东青扶起徐环，慢慢向楼梯口走去。

"慢着，"楚天舒对于东青说道，"你俩留下吧。"

于东青转脸看向楚天舒，感到意外。

"你们是小琳的好朋友，对小琳来说，你们比刚才那帮蠢货重要得多。我相信，小琳也希望你们留在这儿陪她做手术。"

"谢谢。"于东青感激地点了点头，心里对楚天舒不由得多了几分好感。

话音刚落，手术室的门毫无征兆地打开了。一位身材粗壮的医生走出来，抹了一把头上的汗，然后摘下了口罩。看到大夫出来，楚天舒和于东青他们一下子将大夫围了起来："大夫，怎么样了？"

大夫环视了一下周围几个人，轻轻叹了口气："手术已经做完了，很成功。可是病人的伤势太重，全身多处粉碎性骨折，最要命的还是脑损伤。总之，情况还是很不乐观。接下来，病人需要马上转入ICU病房，你们哪位去办一下手续？"

听到手术很成功，徐环稍稍松了口气，可紧接着医生又说要进ICU病房，这让他的神经又紧张起来。

“进ICU病房？”楚天舒声音颤抖地说道，“那是不是意味着……”

“噢，您别误会。”大夫解释道，“ICU病房是医院中医疗条件最好的地方，能给患者提供最好的治疗。当然，进ICU病房的病人，情况一般都比较严重。从您女儿的情况来看，很可能会长期在ICU治疗。ICU病房的费用很高，您要有心理准备。”

“只要能救回我女儿，花多少钱都行。”楚天舒的眼圈已经泛红，向医生哀求道，“请您一定尽力，我求您了！”

“我们当然会尽力，这个请您放心。”医生对这种场面已经司空见惯，非常平静地说道，“谁去办手续？要抓紧时间。”

“我去。”楚天舒背后一个中年男人举了举手，转身匆匆离去。

“哦，对了，大夫，另一个呢？”楚天舒又问道，“我儿子怎么样了？”

“噢，另一个没什么大碍，他只是被飞起来的汽车残片撞到了脑部，导致昏迷。问题不大，就是有点脑震荡，休养一段时间就没事了。”

楚天舒轻轻吐了口气，喃喃道：“总算是不幸中的万幸了。”

徐环无心关注楚云，他的思绪，已经飘到了手术室里楚琳的身上。他打断楚天舒和医生的谈话，大声问道：“医生，我想看看病人。”

“你是病人的家属吗？”

“我是，”徐环被医生问得一怔，结结巴巴地答道，“哦，我不是。”

“不是家属你来添什么乱！”医生瞪了徐环一眼，毫不客气地说，“我说过了，病人的情况不乐观，需要马上转入ICU病房。”他扫了一眼走廊里等待着的几个人，又加重语气说道，“一会儿病人要推出手术室前往ICU，你们所有人，包括家属，都不要激动，看一眼就好了。千万不要影响我们的正常工作。”

这时，一个护士过来，轻声对医生说：“主任，ICU病房已经准备好了。”

“把病人推出手术室，马上转入ICU病房。”医生干脆利落地指挥道。

接着，手术室的门再次打开，几个护士推着一张病床走了出来。走廊里立刻泛起一阵骚动，大家一下子围了过去。徐环一眼就看到了躺在病床上的那个人，可是那个浑身插满了各种导管，头发被剃光，面色蜡黄，皮肤干瘪的人，是楚琳吗？

“小琳啊……”徐环听到了楚琳母亲发出的哀号，周围顿时响起一片抽泣声。他再也控制不住自己的情绪，双膝咚的一下跪倒在地上，脸上流下了悔恨的泪水。与此同时，一阵悲痛毫无征兆地袭来。渐渐的，他整个人再次陷入了恍惚之中。

就在这时，一个强有力的手臂突然把他扶了起来，他听到一个熟悉的声音：“徐环！徐环！你怎么了？”

这个声音一下子把他从恍惚中拽了出来。他打了个激灵，迅速恢复了意识。扶他起来的是于东青。只见于东青脸上也挂满了泪痕，正关切地看着他。

“小琳她……”徐环抓住于东青的手臂，带着哭腔问道。

“小琳进 ICU 病房了。”于东青低声说，“听医生的意思，他们会想尽一切办法挽救小琳的生命，但能不能挺过来，还得看小琳自己。”

这时，一个身影悄无声息地来到了徐环和于东青的面前。徐环抬头一看，竟然是楚天舒。楚天舒看着徐环，缓慢无力地说道：“徐环，你跟我来一下。”说完，不等徐环回答，转身向走廊一侧走去。

徐环一怔，看了眼于东青，于东青也愣了一下，不过还是对徐环点了点头。徐环轻叹一口气，跟着楚天舒走了过去。

“来，坐。”楚天舒坐在了椅子上，指了指身边，示意徐环也坐下。

徐环犹豫了一下，坐下来。楚天舒从口袋里掏出一个精致的酒瓶，轻轻拧开瓶盖，仰脖灌了一口。他看了眼徐环，把酒瓶递给他：“小子，来一口。”

徐环接过酒瓶，也灌了一口。酒精入喉，他感到一阵热流从口中顺着食道流入胃里，随即一种辛辣的感觉袭来，让他忍不住咳嗽起来。

“呵呵，看来你平时不怎么喝酒。”楚天舒轻笑一声，“这酒叫闷倒驴，够劲吧？我就喜欢喝这个酒，什么拉菲茅台五粮液，也就是你们年轻人喜欢搞这些名堂，反正我老楚喝不惯。”

徐环平时很少喝白酒，这一口酒下肚，虽然开始的时候辣得有些难受，可这会儿却感觉一股热流在全身涌动，身上也开始暖和起来，感觉还不错。

“徐环，你可能不知道，”楚天舒拿过酒瓶，又灌了一口，“我和你父亲，也曾经这么喝过酒，那时我们……都还年轻。”

徐环一愣，实在不敢想象父亲会和楚天舒坐在一起喝酒：“我没听他提起过。”

“哼，这个老东西。你父亲就是这样，很多话憋在心里不说。我和他啊……”他看了眼徐环，轻轻叹了一口气，“算了算了，我们这些陈年旧事，你们年轻人也不愿意听，不说这个了。”

徐环不知道楚天舒究竟要说什么，也不明白他找自己的意图，他觉得还是不要主动说话为妙。

“徐环，徐家和我们楚家的恩怨，不用我多说你也明白。”楚天舒接连灌了几口酒，“你和小琳的关系我心里清楚，小琳对你的情意，我也明白。”

提到楚琳，徐环心头一酸，眼眶又红了。

“这个傻姑娘，还以为自己什么都能瞒着我，可我是她老爸，我能不了解她的心思吗？”只说了一半，楚天舒就忍不住眼圈发红。

徐环擦了擦眼泪，说：“叔叔，您别说这个了，一说这个，大家都难受。”

“有些话，说出来就好了。”楚天舒抹了把眼睛，稳定了下情绪，“你以后当了父亲就明白了，女儿对自己来说意味着什么。楚琳这姑娘，从小好强。她一直觉得我重男轻女，喜欢楚云不喜欢她。可在我心里，我这个姑娘才是世界上最宝贵的财富啊！”

楚天舒又灌了一口酒，然后把酒瓶递给徐环。徐环接过来仰头喝了一口。

“可是姑娘就是姑娘，天生就是要跟着别的男人走的。男大当婚，女大当嫁，自古如此，由不得我老楚不舍得。”他转脸看向徐环，“可是，毕竟是我辛苦把她养大的，她要跟哪个小子跑，至少得经过我同意吧？”

几口酒下肚，徐环开始有点飘飘然起来：“叔叔，您这想法，也太封建了。”

“封建？说实话，穷小子也罢，傻书生也好，只要人踏实，真心对小琳好，我都可以接受。”楚天舒叹了口气，无奈地摇了摇头，“可我这个姑娘，偏偏选择了一个我最不能接受的人。”他仰头又灌了一口酒，转脸盯着徐环，“这个人就是你。”

“我说话直，你别介意。”冷风一吹，楚天舒也有了些醉意，说话也开始深入起来，“我确实不喜欢你。虽然你长得不错，智商也高，可你老给人一种难以亲近的感觉。我也搞不懂小琳为什么对你这么死心塌地。唉，男女之事啊，连孔老夫子都搞不明白，何况我一老粗呢。”

楚天舒的这一席话让徐环有点摸不着头脑。

看着徐环一脸的不解，楚天舒拍了拍他的肩膀："之前我是坚决不同意她跟你交往。可现在，人都快没了，我也不想再束缚她了，就随着她的性子来吧。"

"随着她的性子来？您这是什么意思？"

"刚才我说了这么多，其实就想说一件事情。我现在，同意把楚琳嫁给你，不知你是否愿意？"

徐环一时间没有反应过来，半晌，才支支吾吾地挤出一个字："这……"

"罢了罢了，不愿意就算了，我楚天舒从不强人所难。"

"不不，"徐环赶紧摇手解释道，"我只是觉得，现在小琳还在抢救中，咱们谈这个……不合适吧！还是等她康复之后，咱们再谈这件事情吧。"

楚天舒重重叹口气，闭上了眼睛。沉默一会儿，他才开口说道："有一次，我从国外给小琳带了一件非常昂贵的衣服。据说是全球限量版，没几个人能买到。"他又仰头灌了一口酒，喘了口气说，"我本来觉得她会非常喜欢，可拿到手后，她却静静地挂了起来。于是我问她，不喜欢吗？你知道她是怎么回答我的吗？"

"怎么说的？"徐环摇了摇头。

"她说，对她而言，即便再昂贵的衣服，也不如一件几十块钱的婚纱珍贵。"楚天舒声音颤抖着，眼眶又红了起来，"徐环，这就是我的姑娘，我的傻女儿，她对你一往情深，一心想嫁给你。对她来说，就是掌管堂堂的大良集团，也比不上做你的娇妻让她开心。我怕小琳她……再也醒不过来了，所以我才……想圆了她这个心愿。你会同意吗？"

徐环愣住了，仿佛被石化一般。想不到，楚琳对他竟然爱得如此之深。

楚天舒见徐环半天不回话，颤颤巍巍地站起来："你不同意我可以理解，毕竟小琳生死未卜，这样做，可能会连累你的下半生。刚才这些话，就当我没说过吧。"说完，他转身向楼内走去。

"慢着……"徐环呆呆地站在原地，此刻他已泪流满面，"我愿意，我愿意！"

楚天舒扭头看着徐环，似乎有些意外。他缓缓走到徐环身边，十分严肃地说："小伙子，我还是那句话，我楚天舒从不强人所难。你可想好了，这事你一旦同意，就由不得你反悔。"

徐环哽咽着使劲点了点头："我想好了，我要娶楚琳，我要让她做我的新娘。”

楚天舒静静地看了徐环一会儿，拍了拍他的肩膀，然后把酒瓶递给他：“就当这是……订婚酒吧。”

徐环拿过酒瓶，毫不犹豫地喝了下去。酒瓶里剩的酒还有不少，徐环竟然咕咚咕咚全倒进了自己的肚子里。喝完之后，他直接把酒瓶扔到了一旁。突然间，他觉得自己一身轻松，长久以来堵在心中的石头仿佛一下子消失了。

楚天舒盯着徐环，语重心长地说：“希望我们两家的仇恨，不要再继续下去了。”说罢，他用手重重拍了拍徐环的肩膀，转身向楼内走去。走了几步，他突然想起了什么，从大衣内兜里掏出一个棕色笔记本，给徐环递了过去。

“这是？”

“小琳的本子，按理说我不应该看。上面写的，基本上都是对你说的话，所以我觉得还是交给你比较合适。”

徐环呆呆地接过笔记本。这是一个棕色硬皮笔记本，封面贴了两个Kitty猫的卡通贴，一看就知道主人有一颗长不大的少女心。徐环知道，楚琳最喜欢Kitty猫。往日的旧事，像是电影一样，一幕幕在徐环面前重演。

他打开笔记本，楚琳娟秀的字体出现在眼前。楚琳是从那次公园会面开始记的，一直记到今天。楚天舒说得没错，整本的主角都是徐环，所有的情感，全都充斥在她的字里行间。楚琳的灵魂，仿佛寄托在本子里，不断地向徐环诉说着自己的幽怨。直到他看到最后一行字：宁负光阴，不负卿。

第二十八章　关键

“什么！丑叔叔？”卫毅平惊讶地大叫一声，尖锐的嗓音不仅把吴婷婷吓了一跳，引得相邻的几桌客人也纷纷侧目看向他们。

“嘘，你小声点，公共场合，注意影响。”吴婷婷小声对卫毅平嘟囔道。

他们所在的这家西餐厅由一对意大利夫妇经营，以美味和安静著称。在这儿大声喧哗，实在是一件很丢脸的事情。

“噢。”卫毅平也意识到了失态，连忙拿起水杯喝了口水，以掩饰自己的尴尬。

“这是我们通过对周小米进行催眠而获得的信息，绝对可靠。”

“丑叔叔……”卫毅平蹙起眉头，思索着，“我怎么觉得这么耳熟呢？”

“耳熟？你听说过这个丑叔叔？”吴婷婷瞪大眼睛问道。

“好像是，可又好像不是。”卫毅平表情痛苦，明明在哪儿见过，可就是想不起来，“于队和徐环他们怎么说？”

“他们也不知道。”吴婷婷手里把玩着一只勺子，有些无奈地说，“于队吩咐钟萧去调查了，但好像还没有结果。”

“按你的意思，周远原本的调查目标是这个丑叔叔，但在调查过程中，他意外发现了这个丑叔叔与十三年前的‘9·19’绑架案有重大关系，是这样吗？”卫毅平总结道。

“没错，”吴婷婷点点头，“于队和徐哥都是这样认为的。所以说，现在搞清楚丑叔叔的身份，就成了解开整个谜团的关键。”

“可我怎么觉得越来越乱呢，”卫毅平不解地说，“难道这个丑叔叔，与我父亲被杀的那个案子也有关系？”

“按照现在掌握的信息来看，应该是有关系。”吴婷婷略一沉吟，“你想想，你父亲的日记里，有没有提到过丑叔叔？”

卫毅平扬起头，双眼直勾勾地看着天花板，努力回想着父亲日记里的内容。想了一会儿，他摇摇头：“应该是没有。”

这时，一位身材魁梧、样貌友善的欧美男人走了过来。他端着满满一餐盘食物，用流利的汉语说道：“你们好，我是餐厅的老板，你们可以叫我老罗。二位点的牛排已经做好了，请多多指教。”边说边把两份牛排放在了桌上。

鲜嫩多汁的牛排让人一看就食欲大开。卫毅平吞着口水说：“饿着肚子也没法想事，先吃饱了再说。”说罢，他拿起刀叉向面前的牛排展开了攻击。

“请二位趁热用餐吧。”老罗笑盈盈地介绍道，“对了，今天我们餐厅有活动。每一对情侣发一张在我们餐厅秀恩爱的照片到朋友圈里，餐费将会打五折。你们要不要参加呢？”

听了老罗的话，吴婷婷差点把嘴里的水喷出来。她无奈地苦笑道：“老板，你看我们像……”

“这个活动好！”吴婷婷话还没说完，卫毅平就打断了她，“老罗，这么划算的活动，当然要参加了，不过，得麻烦你给我们合张影。”说着，卫毅平把手机递给了他。

“没问题，非常乐意效劳。”老罗笑盈盈地接过手机，“来，要秀恩爱哦，越亲密越好。”

卫毅平一把揽住吴婷婷的肩膀：“来啊亲爱的，让老罗给我们照一张。”

吴婷婷涨红了脸，她挣开卫毅平的手：“去你的卫毅平，你少占我便宜，谁是你亲爱的。”

卫毅平却丝毫没有收敛的意思，凑过去低声说：“你傻啊，装一下情侣就能打五折啊。你可以跟我过不去，可干吗跟钱过不去啊？”说罢，他竟伸手搂住了吴婷婷的腰。

吴婷婷的脸更红了，想奋力推开卫毅平，却听老罗笑着说：“Come on girl，不要害羞，勇敢地秀出你们的爱情吧。”随即，他摁动手机，接连拍了数张，“Ok，拍好了。”他把手机递给卫毅平，“你们一会儿发到朋友圈，买单的时候给我看就好啦。”

卫毅平道了谢，一脸坏笑地看着手机：“哎呀，照得还不错呢，就是你也不化个妆，素头素面的，根本不上镜啊。”

“卫毅平！”吴婷婷怒道，眼睛里喷着怒火，“臭流氓！又占我便宜！”

卫毅平若无其事地坐回自己的座位上，一脸无所谓的表情：“吴婷婷啊，都什么年代了，你还这么老封建。搂你一下就占你便宜啦？再说了，我这不是给你省钱吗？五折呀！”

“什么，给我省钱？”吴婷婷瞪大眼睛问，“你不是说你请我吗？”

“是啊……嗨，本来我是这么打算的，可我刚才看了看钱包，包里只剩五十块钱了，信用卡也透支了。唉，这点工资不扛花啊。这次只能让你请了，我也很无奈啊！”

“你………”吴婷婷气得嘴巴都歪了，一句话也说不出来。

“哎哟，下次我再补上不就行了吗，小气鬼！”卫毅平哼了一声，低头切起牛排来。

这时，老罗又端着两份汤走了过来：“你好，你们点的蛤蜊奶油汤和玉米芝士汤，请慢用。”他看了一眼正在狼吞虎咽的卫毅平，提醒道，“先生，别忘了发朋友圈的时候，标记上我们餐厅的地址和名字。联华路 276 号佛罗伦萨旧时光西餐厅。”

“噢，知道了，没问题。”卫毅平嘴里塞满了牛肉，含含糊糊地说道。突然，他的脑子里毫无征兆地闪过一道光，他眼睛一瞪，大叫道，“慢着！”

这一嗓子在安静的餐厅中显得格外刺耳，周围几个客人又扭头看了过来，眼神中充满了不满。老罗也皱了皱眉头，但还是很礼貌地问：“怎么了先生，有什么问题吗？”

“你刚才说，这儿的地址是什么？”

“联华路 276 号啊，怎么了？”老罗摊开手臂说道。

“联华路……联华路……”卫毅平板着脸嘀咕道，皱起的眉头能拧出疙瘩来，“丑叔叔……联华路……”突然，卫毅平眼睛一亮，重重拍了一下桌子，大声说道，“我他妈明白了！”

卫毅平这一嚷，引得周围的食客再次看向这里，邻桌的一对客人甚至铁青着脸，起身换到了离他们更远的一张桌子上。老罗不禁叹了口气，嘱咐道：“先生，麻烦你说话声音小一些，否则会影响到其他客人的。”

“对不起对不起，老罗，我只是太兴奋了，下不为例，下不为例。”卫毅平的声音带着歉意，脸上却是满满的兴奋。

看着老罗摇头离去，吴婷婷好奇地低声问：“你明白什么了？”

卫毅平兴奋地说："我明白我为什么觉得对丑叔叔有印象了，因为这个丑叔叔，真的在我父亲的日记里出现过！"

"啊，真的？他是怎么说的？"吴婷婷也兴奋起来，刚刚的不快一扫而空。

"我之前不是跟你提过，我父亲的日记本里，画了一个菱形符号吗？在菱形符号下面，他还写了一首诗。"卫毅平眼神闪动，"你还记得吗？"

"嗯嗯，记得。欲问狂魔何处寻，莲花池内有丑树，对吧？那又怎么了？"

"你还不明白这句诗的意思？"卫毅平急切地问道。

吴婷婷眨了眨眼："按照字面意思，这句诗应该是说，要想找到这个断肢狂魔，首先应该去找'莲花池里的丑树'，对吧？可是，莲花池里的丑树，到底是什么意思呢？莲花池，丑树……"吴婷婷话还没说完，刹那间，脑子里一亮，"丑树！丑叔叔！他诗里的'丑树'，指的就是丑叔叔！"

卫毅平咧开嘴笑了："没错，你终于想明白了。"

"可是，后半句的意思是，丑叔叔要去莲花池里找，可这个莲花池，是什么意思？祁东市有叫莲花池的地方吗？"

卫毅平嘿嘿一笑，解释道："一开始我也百思不得其解，直到刚才餐厅老板对我说他们家的地址是在联华路上，我猛然间顿悟了。"

"联华路……"吴婷婷喃喃道，"联华路……"她突然一拍手，兴奋地说，"联华是莲花的谐音！难道莲花池，就是指的联华路？可是，这联华路那么长，你父亲到底指的是哪儿呢？"

卫毅平盯着吴婷婷，双眼炯炯有神："咱们来仔细分析一下这句诗。你看，我父亲写的是莲花池。这个莲花，自然就是指的联华路，可这个池呢，这个池指什么？"

吴婷婷紧锁眉头想了一会儿，还是摇了摇头。

"池，字面意思就是水池的意思。婷婷，你了不了解联华路所在的地形？"

"不知道。地形与这句诗有关系吗？"

"当然有，"卫毅平敲了敲桌子，"联华路这一片儿的地形，是四周高，中间洼。"

"四周高，中间洼……"吴婷婷似乎想到了什么，"难道，你说的是……"

"另外，你再想想，联华路虽然长，可是能与'8·23'连环杀人案有关的地方，其实屈指可数。"

吴婷婷转脸看向窗外，沉吟不语。许久，她脸上露出一丝惊讶的表情，难以置信地对卫毅平说:“整个联华路上，唯一能与‘8·23’案有所联系的，只有那么一家；而且，这一家处于联华路最洼的地段，一到下大雨，院落里就积满了水，大家都戏称这是池塘；也恰恰符合诗中所说的莲花池。”吴婷婷倒吸一口气，“难道说……”

卫毅平盯着吴婷婷，眼神坚定:“没错，诗中的莲花池，指的就是联华路 77 号——祁东市公安局!”

溪山监狱的所有人都知道，第七监区称得上监狱内的独立王国，而监区长杨锦，就是这个监区的土皇帝。

杨锦的性格同他的长相一样，好勇斗狠，张扬跋扈，江湖气息十足。虽然他作风强势，但为人并不刻薄，在圈子里以讲义气而闻名。他不仅在社会上交际广泛，对下属也极其仗义。

这种性格在监狱这种地方如鱼得水。第七监区都是重刑犯，个个天不怕地不怕的，可面对杨锦软硬兼施的手段，他们全部心服口服，规规矩矩。所以这么多年来，杨锦管理的第七监区从来没出过乱子。

杨锦的性格太强硬，所以他与各任监狱领导的关系处得都一般。不过他能把第七监区这个最复杂的监区管理得井井有条，即使领导变来变去，他的位子也牢固得很。十几年下来，杨锦的资历在溪山监狱数一数二，就连新来的监狱长也得敬他三分，更别说其他人员了。

此时，杨锦正坐在办公桌前，左手夹烟，右手拨弄着鼠标的滚轮，在电脑上查看几个刚刚入监的犯人的资料。

这时，办公室的门被轻轻敲了两下，那个身穿白色衬衣、帅气十足的小伙子小刘走了进来。他把几张 A4 纸递给杨锦，毕恭毕敬但又不失活泼地问:“头儿，您看这是什么?”

杨锦不情愿地把眼睛从屏幕挪到那几张纸上。扫了几眼后，他抬头问:“你小子什么时候敢跟我卖关子了?有屁快放。”

小刘嘿嘿一笑，没脸没皮地说:“您忘了，前些天大良集团的楚云不是跟一个土老头来拜访过您吗，您让我从数据库里查那个老头的身份。喏，这就是我查的结果啊。”

“妈的，你不说我还真忘了这事了。”杨锦拿过几张纸，仔细看了起来，“查出是谁了吗?”

小刘面露难色：“头儿，不好查啊。”

杨锦瞪了小刘一眼：“你小子不是号称电脑高手吗？怎么这会儿怂了？我看你是电脑游戏高手吧？”

“头儿，您有所不知。”小刘解释道，“那个土老帽戴着墨镜，监控拍不下他的全貌，只能分析出他的脸部轮廓。可脸部轮廓跟他相似的很多，我也只能筛选出一个大致的范围。喏，就是您手上的这五个。”

“你小子净给我糊弄事。”没能查出土老帽的身份，杨锦有些不满。他仔细看着纸上的筛选结果。这几个人的脸型确实同那个土老帽十分相像，不过，他们的身份却让杨锦感到有些不太符合。杨锦哼了一声，抬起手把几张纸揉成团，随手扔在了脚边的垃圾桶里。

“头儿，您这是……”小刘吓了一跳，脸上露出一丝惧色。

“这五个人里，没有我们要找的那个土老帽。”杨锦把烟掐灭，十分肯定地说道。

“不会吧，这是为什么啊？”小刘不解地问。

“一句话，气质不符。”杨锦解释道，“据我观察，那个土老帽应该有一定的社会地位，否则不会有那么强大的气场。这五个人，虽然都是体面人，但顶多算是社会中层，不会有那种气场。”

“可系统里，就查出这五个人啊。”

“系统毕竟是人编的，不能代表全部的客观事实。这个系统虽然数据很全面，但有一部分人是查不到的。”杨锦顿了顿，“比如高级别的领导，他们的信息，就不会录入这个系统里。”

“要这么说的话，您是说这个土老帽是高级别的领导？”小刘惊讶地问。

“没错，应该是这样。”

“既然人家是高级领导，那还是别查了，省得引火烧身。”小刘建议道。

“查！为什么不查？往死里查，越高级越要查！”杨锦敲着桌子说道，“小刘，这个土老帽的消息，一定具有非常重要的价值，查到了，对我们很有用。”

“那我们怎么查啊？总不能让我去大街上瞎碰吧？”小刘面露难色。

“嗯……你别管了，这事我亲自来。”杨锦若有所思地说道，“行了，你去忙你的吧。还是那句话，把嘴上的开关给我拧紧了，听到没有？”

“是，是，这您放心。”小刘赶紧点头，“对了头儿，今天可是您带班巡查的日子，还是按照以前的方法办？”

“嗯，还是那样，把二楼后廊的那个监控给我关掉，巡查完再打开。有人问就说电路坏了，正在检修。”

“嗨，这您放心，您巡查的时候，就连监狱长也不敢来找事。行，那我走了。”小刘略一躬身，准备退出房间。

“等等，”杨锦喊住了小刘，然后打开抽屉，从里面取出一个黑色的小塑料袋，“你不是要订婚了吗，拿着，算我给你未婚妻的一点礼物。”

“谢谢头儿！”小刘喜出望外地接过，敬了个礼，退出了房间。

杨锦抬起手腕，看了看时间，然后起身披上制服，把刚才小刘给他的那几张纸又从垃圾桶里捡了出来，抚平折好放到内兜里。随即，他从桌子底下拿出一个绿色旅行包，走出了办公室。

走廊上空荡荡的。杨锦快步走到监舍区，装模作样地溜达了一圈，然后转到了后廊。后廊尽头有一扇废弃的铁门，杨锦穿过去，走到一个房间门口。他虽然没有回头，但一直在注意着身后的动静，防止有人跟踪。面前的这个房间也安了一扇铁门，杨锦打开门，侧身挤了进去。

一进房间，一股掺杂着霉味、粪尿臭味的难闻气息扑面而来，让杨锦感到一阵作呕。房间里很暗，杨锦的眼睛一时不太适应。于是他站在门口，没有往里走。

“你来了。”一个声音从房间的里侧传来，虽然音量比较低，但还算有劲儿。

“嗯，又是一周了。”杨锦的眼睛稍稍适应了黑暗，他往房间里走了走，看到坐在墙角的一个人影，“我来看看你怎么样。”

“我很好，”人影平静地答道，“你还是尽量少过来吧，以免让别人发现。”

“不会被人发现的。”杨锦把旅行包放到地上，“现在溪山监狱我说了算，藏个把人一点儿问题也没有。再说了，这个监室是早就废弃的小黑屋，根本没人往这儿来，你就把心放到肚子里吧。”

“那就好，那就好。你杨锦办事我还是放心的。”

“话说回来，你可真够行的。”杨锦十分佩服地说，“这种小黑屋，一般犯人待到第三天就会受不了，超不过一周准会发疯。可你都在这儿待了半个月了，还活蹦乱跳的，思路这么清晰。我真是服了你了。”

“这个地方很好啊，没有光亮，我的视觉就没有用武之地，还能充分锻炼其他几个感官，尤其是能让我静心思考，我很喜欢这儿。既然你来了，那就让我见见光吧。”

杨锦答应一声，掏出手机，打开了手电筒。顿时，一束强光照亮了整个房间。

小黑屋的角落里放着一张破旧的木板床，床边有一个破柜子。而这个人此时正盘腿坐在床上，裹着一床脏兮兮的被子，被多日未见的光亮照得闭上了眼睛。许久，他才睁开眼睛。这人头发蓬乱，面容憔悴，胡须像是一片杂乱的荆棘。但他的眼睛却炯炯有神。如果好好梳洗打扮一番，此人应该是一个仪表堂堂的汉子。

“我说，你打算在这里藏多长时间？”杨锦试探着问。

“肯定还得再待一段时间。具体多长，得根据外面的形势来定。”那个人慢慢起身下了床，看着杨锦，似乎有些得意，“来，说说，这段时间外面都发生什么事情了？他们是不是都在找温华？”

“是啊，”杨锦点了点头，“都在找你。”

“不出我所料。”温华脸上掠过一丝笑意，“看来，肯定有人来监狱里找过楚楠了，而且你把我的名字故意透露给了他们，对吧？”

“嘿，你猜得还真准。”杨锦脸上掠过一丝惊讶，“确实有人来找过楚楠。我按照你的嘱咐，把你和祁东大学课题组调查楚楠的事情告诉了他们，并且找理由把他们挡了回去，没让他们见到楚楠。”

“做得好。这样一来，他们一定沉不住气了。一旦沉不住气，就一定会露出破绽，我的机会就要来了。”

“你知道是谁来找的楚楠吗？”杨锦问道。

“应该就是‘9·19’绑架案的幕后黑手。”温华眼神炯炯地说道，“具体是谁我不知道，但我猜测应该是楚家的人。因为最怕泄露‘9·19’绑架案秘密的，就是楚家。”

“没错，的确是楚家的人。楚家的大公子，楚云。”

“楚云……”温华沉吟片刻，判断道，“据我所知，这家伙是个浪荡公子，不像是能做大事的人，凭他自己，应该不会想到来监狱里找楚楠。我看应该还有高人指点。对了，是他自己来的吗？”

“嘿嘿，你还真是料事如神啊，那天跟他一起来的，还有一个老家伙。虽然从表面上看老家伙是楚云的跟班，可我能感觉出来，老家伙才是主心骨。”

“老家伙？难道是楚云他爹，楚天舒？”

“不是不是，楚天舒我认识。”杨锦十分肯定地说，“这老家伙戴着黑眼镜，还戴了顶鸭舌帽，很难看清他的长相。但可以肯定的是，这家伙一定是个人物，也应该有一定的名声，否则不会把自己伪装得那么严实。”

“老家伙？”温华百思不得其解，“从哪儿又冒出这么一个老家伙来？难道楚家又有了新的合作伙伴？”

“不知道，不过我拍下了他的面部特征，用计算机进行数据分析之后，筛选出了五个可能的对象。”杨锦把那几张纸掏出来递给温华，“你看看。”

温华接过，皱着眉头看了看，随即嘿嘿笑了起来：“杨锦，既然你已经知道结果了，为什么还让我看？是在故意考验我？”

杨锦一愣，支支吾吾地说：“啊，考验？”

“从这五个人的身份和精力来看，他们绝对不会是你说的那个老家伙。这么明显的事实，你肯定早就看出来了，所以才把纸揉了。”温华讽刺地笑着，把纸也揉成一团，扔到了墙角，“现在又拿给我看，这是何用意啊？”

杨锦脸上露出了一丝尴尬，随即也嘿嘿笑了起来：“这样也被你看穿了，佩服。我没别的意思，只是……”

“我能理解你。”温华笑了笑，大度地说，“我做的事情，都是在刀尖上行走，一不小心就会粉身碎骨。你在继续帮我之前，考验一下我的能力，权衡一下胜算和利弊，也是人之常情，毕竟你对我不了解。”

“是，人不为己，天诛地灭。我杨锦帮你，不为名不为利，但至少不能把我自己搭进去，这是我的底线。”杨锦点头说道。

“杨锦，你也是北菱人，我做的这些事情，都是为了我们北菱人的利益，你总不能隔岸观火吧。”温华收起了笑容，严肃地说。

“正因为如此，我才这样帮你。可北菱早就是过去时了，大家现在都忙着自己的事，我也不希望这件事葬送我的下半辈子。”杨锦平静地回答道。

“行了，不说这个了。人各有志，我理解你，也会尽力保证你的安全。”温华轻描淡写转移了话题，“除了刚才那五个人，你有没有查到别的线索？”

“没了。我估计以他的身份，可能根本没有录入我们的数据系统。”

“那这个人肯定不简单。”温华沉吟道，“能让心高气傲的楚云听命于他，一定不是省油的灯。”

“嗨，再不省油，也被你耍得团团转。”

“哈哈，他们无论如何也不会想到，我竟然藏在把我供出来的人那里。”

“你倒是挺想得开，可害得我成天提心吊胆的。”杨锦边说，边打开了自己带来的旅行包，“我倒是不担心别人，就怕楚云和那老家伙看出什么破绽来。要知道，祁东市我谁也不怕，就怕楚家老爷子楚天舒。这老东西看上去人模狗样的，实际上手段极其阴狠！”说完，杨锦把包里的东西一股脑儿倒了出来，拿起两个汉堡递给温华，殷勤地说，“来，饿坏了吧，我给你带了点硬货，就是有点凉了。”

温华也不客套，接过汉堡，三两下拆开，几口就吞入了肚中，边吃边问：“对了，徐环那边有没有什么动静？”

杨锦递给温华一瓶饮料，不慌不忙地答道：“徐环那边似乎进展不大，没听到什么特别的消息。不过，这两天倒是出了一件惊动全市的大事，楚家的大公子和千金出交通事故了。楚云这家伙倒是没什么事，但是楚琳伤得比较重，现在还躺在ICU病房里，是死是活还不知道。”

“交通事故？”温华接过饮料灌了一口，吃惊地问道，“是意外还是像冯玲那样的蓄意谋杀？”

“这件事很蹊跷，坊间流传了好几个版本。大体上就是楚琳开车追逐楚云，最后撞翻了楚云的车，但她自己却又被大货车追尾，撞成了重伤。”

“他们为什么要追逐呢？据我所知，这兄妹二人的关系虽称不上多亲密，可至少能和睦相处。”

“据说与徐环有关。事发当天，徐环和于东青找过楚琳，他们前脚刚走，楚琳后脚就追着楚云出了门。至于究竟发生了什么，那就不清楚了。”

温华若有所思，喃喃道：“徐环和于东青凑一块，很有可能是因为周远的案子。而他们去找楚琳，应该就是去商量与案件有关的事情。很可能在他们走后，楚云出现了，夺走了一些证物，也可能是破坏了他们的调查，所以才爆发了这场追逐。杨锦，你认为呢？”

“有道理。可楚云为什么要冒这种风险呢？”

“这就是我之前推测的，经过我们这么一激，楚云他们沉不住气了。他们无法再躲在暗处静观事态发展，只得仓促出手。我要的就是这个效果。”

“嗯。能逼得楚云仓促出手，徐环他们到底发现了什么秘密？”

“我猜，能让楚云这么干的，也就只有十三年前‘9·19’绑架案的真相了。不过，他们弄到的应该不是最终的真相，而是一条重要的线索，楚云夺走或破坏掉，就是为了防止徐环他们继续查下去。”温华叹了口气，“事态的发展大大出乎我的意料，看来我不能再在这儿待下去了，我要尽快出去。”

“老温，你别怪我多嘴，”杨锦开口问道，“可我真是看不明白你在玩什么。你做这些事情，到底有什么目的呢？”

“目的？”温华冷笑了一声，“很简单，搞事。把事搞得越大越好。”

“搞事也得有目的吧？”

“问得好。你我都是北菱人，我的目的就不瞒你了，相信你也可以理解。”温华把饮料喝完，随手把瓶子一扔，“我做这些，主要有两个目的。第一，我受人所托，要将当年的真相和他本人必须担负的责任告诉徐环。所以我才一手设计了一系列诱饵，从发给徐环菱形符号的照片开始，再到指引他去借那本符号学的书籍，目的就是为了引导他自己查明菱形符号以及他自身身份的真相。”

“可你直接告诉他不就行了吗？还用费这个劲。”

“哼，你以为我想弄这么麻烦？这不是没办法嘛，我之前尝试过直接告诉他，可是……导致了非常严重的后果，而且功亏一篑。所以，这次我必须要循序渐进。”温华的口气里颇有些无奈，“第二个目的，也是更重要的目的，就是我们北菱的秘密。我要夺回并且捍卫我们的秘密。至于究竟是什么秘密，你我都是北菱人，就不用我多说了吧。”

“可是，那个秘密不是在十三年前就被彻底毁掉了吗？”杨锦问道。

“没那么简单，就怕那起绑架案只是一个幌子，而真正的秘密，还在别人手里。因此，要搞清楚秘密究竟在哪里，必须先搞明白‘9·19’案件中，到底发生了什么。”

“‘9·19’案件一直是个不能触碰的禁区，要想查清楚这件案子的真相，谈何容易啊。”杨锦感叹道。

温华冷笑一声：“所以，我要搞事。越是风平浪静，秘密越是往下沉。因此我必须兴风作浪，惊动各路神仙，让他们各显神通。而我呢，则伺机而动。”

“唉，你可真行啊。那你下一步要做什么？”

“找到十三年前的真相。只有了解了十三年前到底发生了什么，我们才能找回失落的秘密，才能对得起我的身份和责任。”说罢，温华狠狠地拉下了自己的衣领，一个菱形符号，清晰地显露在他的锁骨处。

第二十九章　另一个徐环

祁东市的老城区，经济发展相对缓慢，除了工业区之外，这里还有多处待拆迁的棚户区。住在这里的人，大部分是外来务工人员，还有一些居无定所的拾荒者。

一辆出租车正缓缓驶入这个街区。司机开得很慢，因为车子正经过一个自发形成的劳务市场。此时，道路两侧挤满了趴活儿的务工人员，他们或站或蹲，翘首期盼着有用工需求的人来挑走他们。

车子拐过一个弯，驶入相邻的另一条街。这一条街上，大多是一些五金店铺。车行驶到一个毫不起眼的临街门面房时，坐在副驾的Elly对司机说道："到了，停在这儿吧。"车子停稳，从后门走下来一个衣着普通，但气质明显高人一等的年长男子，他正是远景集团的总裁——徐跃武。徐跃武轻轻关上车门，环视了一下四周的环境，眼睛里带着明显的怀疑和警惕。

"徐总，请跟我来。"Elly下车后，转身向店铺内走去。

徐跃武打量了一下眼前的店铺，狐疑地问道："这是什么地方？"

Elly笑了笑，说："我送您的礼物，就在这个地方。徐总，以您的胆识，不会连这个地方都不敢进吧。"

徐跃武脸上闪过一丝愠怒，他略一犹豫，迈步跟了进去。Elly也是第一次来这里，对这儿并不熟悉。店铺的布局很简单，但摆设很杂乱，再加上采光不好，给人一种十分压抑的感觉。有两个年轻人正在闷头忙着工作，没有注意到陌生人的来访。

房间的一角，虎子正窝在破旧的沙发里玩手机，看到Elly进来，他赶紧起身上前打招呼。

Elly 冲他点点头，轻声说："我们要看看那个人，你带我们过去吧。"

虎子用审视的目光扫了一眼 Elly 身后的徐跃武，然后转身向店铺的深处走去。三人鱼贯穿过店铺的狭窄后门，阴暗的店铺后面，竟然有一个宽阔的庭院。庭院里堆满了破损的汽车，几个年轻小伙子正顶着寒风埋头修理。看样子，这里是一个小型汽车修理厂。

虎子走到一个年纪稍长的男子面前，说道："老伟，停一停，带我们去见见那个人。"

老伟一愣，脸上露出不耐烦的神色："那小子在西屋里待着呢，你们自己去看吧。我说虎子，你什么时候把他领走？当初你可是跟我说给我找个干活的，管吃管住就行，我他妈还真信了，可那小子压根就是一个白痴。整天就知道对着镜子发呆，简直就是个造粪机器。我说，你要么赶紧把他领走，要么给我留点饭钱，否则我可不替你养这么一个大爷。"

"行了，你少发点牢骚，待会儿我给你钱就是了。得，你忙着，我们自己过去。"说罢，他带着徐跃武和 Elly 快步向西屋走去。

虎子粗暴地推门而入，嘴里还大声嚷着："那谁，有人来看你了！"

接着，Elly 和徐跃武也走了进去。屋子不大，里面又脏又乱，有一张简易的写字台和几张上下铺的床。看样子，应该是员工宿舍。屋内一角，一个男人正背对着他们，一动不动地坐在写字台边。

Elly 走到他身后，发现这个男人的面前有一面镜子，他似乎正在对着镜子发呆。

徐跃武也走到他身后，满脸狐疑地问："就是他……"刚说了一半，就愣住了。镜子中的这个男人虽然头发杂乱，神情木然，可他的脸，徐跃武却十分熟悉。这张脸，分明就是徐环的脸啊！徐跃武心里一惊，不禁后退一步，下意识地挤出两个字，"徐环！"

Elly 脸上掠过一丝一切尽在意料之中的笑，上前一步说道："没错，单论长相，他和徐环一模一样。可说到底，也只是长相而已。这个人，根本就不是徐环。"

"太像了……简直太像了，绝对可以以假乱真。"徐跃武感慨道。

"徐总，"Elly 说道，"小女子认为，在这个世界上，绝对不会有两个没有任何关系的人长得如此相像。"

"Elly 小姐的意思是，这个人跟徐环有关系？"

“何止是有关系。”Elly说道，“只怕，不是一般的关系。能长得如此相像，依我看，这个人应当是徐环的双胞胎兄弟。”

“双胞胎兄弟？”徐跃武一脸惊讶，低头略一沉思，才开口说道，“不对啊，徐环出生的时候，我这个做叔叔的也在场。当时，护士从产房里就抱出来一个男孩，怎么会是双胞胎呢？难道是护士抱错了？这也不可能。当时我大哥为了迎接徐家的香火，可是花了大钱，整个产科都被他包下来了，不可能抱错啊！”

“徐总，您好好想想。”Elly走到他身边，贴近他的耳朵说道，“当年护士抱出来的是一个男孩，可几十年后，一个男孩却变成了两个。聪明如您，会得出什么结论？”

徐跃武死死盯着她，冷冷地说：“你有什么想法赶紧说，别卖关子。”

“既然您不想说出来，那我替您说。”Elly笑了笑，“这说明，徐跃升的亲生儿子早就被调包了！徐环，根本不是徐家的血脉！”

徐跃武脸色一沉，说道：“你有什么证据吗？”

“徐总，证据就摆在眼前，由不得您不信。其实不需要什么证据，也不需要您费口舌，只要您把这个傻小子往您哥哥面前一带，什么都不用说，我相信徐跃升董事长一下子就会明白。”

“可是，怎么会这样呢？”徐跃武不解，“当年是护士亲手抱出来的孩子，我们大家都在场，怎么可能被调包呢？”

Elly平静地说道：“您记不记得徐环刚出生不久，徐家曾经发生过一起闹鬼事件？”

“闹鬼事件？记得，那件事闹得沸沸扬扬的，被传得神乎其神。现在想起这事，我还心有余悸。”

“您对这件事情很清楚？”Elly有些感到意外。

“当年闹鬼事件发生时，我大哥在外地赶不回来，所有的后续事务都是由我来处理的，我当然清楚。”

“既然如此，那您对这起闹鬼事件，难道就没有什么怀疑吗？”Elly问道。

“怀疑？你的意思是，这件事有蹊跷？”

Elly笑了笑，并没有直接回答徐跃武的问题，而是反问道：“凭徐总的聪明才智，我觉得应该不会看不出问题吧？”

“你要这么说的话，好像还真有些地方不太对劲。”徐跃武沉吟道，“在我的印象里，徐环的母亲对鬼神之类的事情一向嗤之以鼻，按说她不应该轻信鬼神之类的事情，可那次怎么就对闹鬼的传闻深信不疑呢？”

“您说得有道理。还有别的吗？”Elly目光炯炯地盯着徐跃武。

“别的疑点倒是没有，只是觉得有些离奇，尤其是还闹出了人命。小保姆上吊死了，徐环的奶奶也疯了，说是厉鬼作祟。报警之后，我还请了几个大师来做法驱鬼。警察也来勘查过现场，没发现什么奇怪之处，最后就是徐家赔了几个钱草草了事。可是这件事情，与徐环的身份有关系吗？”

“当然有，我看这件事的猫腻，就在当年的这起闹鬼事件里。”Elly边说边拉过一条板凳，放到徐跃武的身边，“徐总，我们坐下细聊。”

徐跃武犹豫了一下，扫了一眼镜子前的那个人说道：“咱们当着他的面说，是不是不太合适？”

“嗨，您就放心吧徐总，”虎子插话道，“这小子是个白痴，基本上没什么智商，除了吃喝拉撒睡，别的什么也不会。你们说你们的，他根本听不懂。”

随后，Elly坐在徐跃武对面的木板床上，一脸认真地说：“其实虎子有句话说得很对，这年头，人造的孽，栽赃到鬼身上的事还真不少见。当年徐家的所谓闹鬼事件，其实根本经不起仔细推敲。”

“继续说。”徐跃武坐在板凳上，眼神闪烁，声音低沉。

“您刚才说的那一点，确实很可疑。除此之外，还有其他几个不符合常理的地方，您听我分析分析。”屋子里没有暖气，非常冷。Elly紧了紧自己的衣领，继续说道，“第一个疑点。徐总，我先问您一个问题，当时徐家闹鬼的那座房子，具体是在什么位置？”

徐跃武略一沉思，说道：“我老父亲在祁东市卫生局干了一辈子，我哥当时住的那栋房子，就是卫生局分给我父亲的福利房，地处闹市区。嗯？你为什么要问我这个问题？”

“那几座楼风水怎么样，或者说，以前有没有什么闹鬼之类的传闻？”

“风水如何不太清楚，不过之前没听说过什么闹鬼之类的事。徐家闹鬼这件事算是大姑娘上轿，头一回吧。”

Elly点点头道：“嗯。如果徐家住在一个有闹鬼传闻或者风水不好的宅子里，那出现闹鬼之类的事情也算是有个由头。可事发的那座楼位于闹市区，根本不是一个闹鬼的地方。别人家没事，偏偏他家闹鬼，怎么那么巧呢？”

徐跃武盯着Elly，没有说话。显然，这条理由并不足以说服他。

“第二，据我所知，徐跃升并不是经常在外面，他在家的时候还是挺多的。可这鬼，为什么偏偏挑他不在家的时间闹呢？而且就闹了那么一次，后来就不闹了？”Elly继续提出疑点。

“第三，小保姆的死和徐环奶奶发疯，您不觉得有些奇怪吗？小保姆在死前没有任何轻生的迹象，而奶奶精神也好好的。难道，真的是鬼把她们吓成这样的？要是鬼这么可怕，为什么徐环母亲和徐环安然无恙呢？难道这鬼害人，也专拣软柿子捏？”

徐跃武微微点了点头。

Elly趁热打铁，继续说道：“第四，听当时的邻居说，徐环出生之后，身子骨弱，三天两头地去医院。可奇怪的是，闹鬼事件之后，徐环的身体好像突然好了，去医院的次数大大减少。您不觉得这一点很奇怪吗？综上所述，我认为徐家的闹鬼事件，是徐环母亲一手策划的一出戏。而她的目的，就是要玩狸猫换太子的游戏，把真的徐环换走。”

“亲生母亲换走自己的亲骨肉？这也太不可理喻了吧！”徐跃武忍不住说道。

“徐总，如果您分析一下您哥哥的性格，就能理解徐环母亲的动机了。谁都知道，徐跃升是个极其重男轻女的人，对吧？”

徐跃武缓了口气说道：“这倒没错。自从徐曼出生以后，他就没有什么好脸色，天天盼着生个男孩好传宗接代。徐环出生那天，他那个高兴啊。说实话，我从来没见他那么高兴过。”

“换句话说，徐跃升一定把徐环视作掌中宝吧。”

“那是，真是捧在手里怕摔了，含在嘴里怕化了。”徐跃武点头同意。

Elly话锋一转：“徐总，我问您个问题，您务必告诉我您的真实想法：如果有一天，您不小心摔坏了您夫人的一件视若珍宝的首饰，您怎么办？”

徐跃武被她问得一愣，支支吾吾地答道：“那就……买个更好的呗。”

“如果世间仅此一个，买也买不着呢？”

徐跃武面露难色：“那就难办了，凭她那个臭脾气，我也不敢告诉她实情，要不她非得烦死我。”

“那我给您出个主意，您看好不好？”Elly微笑着说，“您花重金，请人打造一个一模一样的赝品，然后装作什么事情也没发生过，您看这样行不行？”

徐跃武略一思忖，点头道："这个主意倒是不错，瞒天过海，反正她也看不出来。你不会是说……"

"我的意思是：徐环，就是那个赝品！"

"啊！"徐跃武一惊，"你的意思是，真正的徐环已经像那个珍贵首饰一样，被摔坏了？"

"没错，所以徐环的母亲找了个赝品，代替摔碎了的正品，以瞒天过海。"

"这，这太匪夷所思了吧！"徐跃武还是不太能接受。

"一点也不匪夷所思。"Elly 口气里带着不可辩驳的意味，"我推测，当年徐环的母亲因不慎而导致徐环出了意外，她深知徐跃升对这个儿子近乎变态般的喜爱，因此不敢将实情告知徐跃升，只得找了一个长相与徐环十分相似的男孩以瞒天过海。不过这个男孩有个双胞胎兄弟，徐环的母亲只能选择其一。这个男孩完美地骗过了徐跃升，也骗过了所有人。而且这一骗，就是三十几年。"

徐跃武默不作声地想了一会儿，然后开口问道："那这闹鬼是怎么回事？"

Elly 看了眼窗外，压低声音说道："我推测，当年事发时，徐跃升虽然不在家，可是徐环的奶妈还有那个小保姆肯定知情。小保姆可能有泄露消息的危险，因此惨遭徐环母亲灭口。而徐环的奶妈可能与徐环母亲关系还不错，因此躲过一劫，可奶妈又害怕说不定哪天会有杀身之祸，因此干脆一不做二不休，装疯卖傻，离开徐家以自保。"

Elly 顿了顿，接着说道："而徐环的母亲为了掩盖这一切，才编造了这出闹鬼的戏码。"

徐跃武没有说话，他愣了一会儿，随即深深叹了一口气。

"徐总，我觉得您不应该叹气，而是应该窃喜吧。"Elly 站起身来，走到另一个"徐环"背后，拍了拍他的肩膀说，"事情已经很明朗了，徐环绝对不是徐跃升的亲儿子，也不是徐家的血脉。照此说来，现在徐家唯一的血脉，就是您的儿子徐冰。换句话说，您的儿子徐冰是远景集团唯一的合法继承人。所以我才敢说，我送您的礼物是整个远景集团。怎么样徐总，我没说大话吧？"

徐跃武盯着 Elly 看了一会儿，突然失声大笑起来。笑了一会儿，他站起身来，用手托起另一个"徐环"的下巴，口气阴冷地说："Elly 小姐，我要把这个人带走，你出个价吧！"

Elly心中一阵窃喜。看来这个一心想抢班夺权的徐总，已经彻底被自己说服了。她尽量掩饰住脸上的喜色，淡淡地说："我做这一切，并不是为钱。"

"噢？那你想要什么？想来远景工作吗？我可以直接让你进入集团的管理层。"

Elly摇了摇头："我对经营企业，没有兴趣。"

徐跃武饶有兴趣地看着Elly，好奇地问道："不为钱不为名，那你为什么？别告诉我你这份礼物是白白送给我的。"

Elly看着徐跃武说："徐总，我只想要一个东西，那就是十三年前，'9·19'绑架案的真相。"

徐跃武有些意外地说："可是这起案子是一件陈年谜案，连警方都查不明白，我能帮你做什么？"

"没错，这件案子的水确实很深，警方可能也不了解真相。"Elly解释道，"可我之所以找您，是因为徐家是这件案子的当事人，徐跃升更是亲身经历了这起案件，因此他一定了解一些内情。而且有一点很奇怪，'9·19'绑架案警方一直没有公开真相，但徐跃升却异常平静。正常来说，自己女儿被绑架致死，警方不给说法，父亲是不会罢休的，何况是徐跃升这样强势的人？"她压低声音说，"所以您可以从他入手，帮我查清楚十三年前的真相。毕竟您是他弟弟，很多话他不会给外人说，但会告诉您。"

徐跃武摇了摇头："你不了解我大哥，他为人非常专断，遇事从不跟我商量，而是直接给我下指示。而且他这个人疑心很重。唉，从他嘴里打听事，难度太大。"

"徐总，您别有畏难情绪。"Elly说道，"这样，我给您一个提示吧。据说，当年案发时，徐跃升跟凶手通了一个电话。当时，电话录音已经很普遍了，我想那个电话徐跃升应该会录音。您看这样行不行，您帮我找到录音，我就把这个人送到您家里。"

徐跃武盯着Elly，嘿嘿笑了一声："Elly小姐，你不怕我来硬的，把这个傻小子抢走？"

"我为什么要怕？"Elly笑了笑，"狡兔三窟，等我们结束了今天的谈话，我们就会将他转移。您想在祁东市找到他，简直就是大海捞针。"

"那你就不怕我直接告诉我大哥，让他去医院做个体检，然后就会真相大白？”徐跃武笑了一声，装出一副不屑的样子。

“呵呵，”Elly笑得无比轻松，“以您的聪明才智，您不会那样做。那样做，只会给您带来无中生有、挑拨离间的骂名。以您的行事风格，您一定会准备好所有证据，然后以一种偶然的方式让您哥哥知晓。对不对？”

徐跃武阴沉着脸沉默片刻，随即又爆发出一阵大笑。笑毕，他才换上一副笑盈盈的面容：“Elly小姐果然聪慧过人，我就喜欢跟聪明人打交道。”他冲Elly伸出手，大声说道，“好，成交！”

Elly莞尔一笑，含蓄地伸出手，用指尖同徐跃武握了握。

握完手，徐跃武又问道：“对了，Elly小姐，这个傻小子叫什么名字？”

“不知道，他只说他自己叫周周。”Elly回答道，“这也是他说过的为数不多的话之一。”

“周周？”徐跃武又问道，“你是从哪儿找到这个人的？”

还没等Elly说话，一旁的虎子就邀功似的开口说道：“在北菱村。嘿，老板，寻人、打听事是我虎子的专长，别说北菱村，就是在天涯海角，我也能给找到……”Elly瞪了虎子一眼，示意他闭嘴。

“北菱村？”徐跃武皱起了眉头，“这名字，怎么听起来这么熟悉呢？”

Elly原本不想告诉徐跃武，可无奈让嘴上不把关的虎子说了出来，她也只好顺水推舟道：“我也没去过，可能就是一个小村落吧。”

“哦，我想起来了。”徐跃武一拍手，“就是那个被评为中国最美村落之一的村子。我曾经在《国家地理》杂志上看过这个村子的航拍照片，那个地方是真美啊。更令人叹为观止的是，村落的排列很别致，从天空上看，整个村子就是一个菱形，中间还有一个圆圈。”

徐跃武的这句话让Elly心里一颤。村落的布置，竟然跟那个残废提到的菱形符号一致，这是偶然吗？

“可惜的是，这个村落交通不便，经济发展不起来。”徐跃武没有注意到Elly的异样，而是继续说道，“不过村子是死的，人却是活的。现在啊，村子里的人基本上都出来打工了。”

“徐总，请您告诉我这个北菱村在哪儿，”Elly打断了徐跃武，看着他满是意外的脸说道，“我要去一趟。”

于东青坐在办公室里，脑子有些发晕。这些天，各方面的事情都赶到了一块，压得他几乎喘不过气来。如果只是忙也就罢了，可所有的事情都不顺心，让他的心情十分烦躁。

首先就是工作上。最近，随着天气转暖，春节返乡的人们开始陆续返回祁东市。外来流动人口逐渐增多，刑事案发率也就随之节节升高。但因为人手不足，全市刑事案件的破案率迟迟徘徊在低位，这让局领导大为不满。在刚刚结束的局务会上，廖局长对刑警队的工作大为不满。当着所有中层干部的面，廖局长把于东青这条七尺大汉骂得像是一个犯了错误的小学生。

更让他郁闷的是对周远和冯玲被杀一案的私人调查。原本，徐环的调查已经取得了相当大的进展，可不知为何，一直暗地里支持他们的高局长却突然出现了大转变，命令他们放弃调查，而且态度十分坚决。这件事情让于东青百思不得其解。难道，是那叠偷拍的照片让高局长心生惧意？不会啊，几张照片肯定不至于。那究竟是为什么呢？

不过，这些事情充其量只会让他情绪不佳而已，真正让他感到心痛的，是楚琳发生的意外。这些天，楚琳的伤情一直让他很牵挂，搞得他心神不宁，完全无法将精力集中在工作上。想到这儿，他拿起手机拨通了徐环的电话。

电话那边，响起了徐环有气无力的声音。徐环已经好几宿没有合眼了，一直在ICU病房外面的陪护区等待。想必几天下来，他一定心力交瘁。

“徐环，你还好吧？”于东青小心翼翼地问道。

“不好又能怎么样？”徐环的嗓音十分沙哑，“是福不是祸，是祸躲不过，既然事情已经发生了，就算再糟糕也得应付过去。”

“你能这么想就好，没有过不去的坎儿。”于东青安慰道，随即话锋一转，“对了，小琳怎么样了，有好转没有？”

徐环重重叹了一口气：“车祸导致了小琳颅骨骨折和弥漫性脑损伤，现在还在昏迷中。至于还要昏迷多久，大夫也不能确定，只是说会昏迷很长时间。”

“这……”于东青也有些焦躁，“总不能一直这么昏迷着吧。”

“小琳的情况很复杂，大夫说像她这样长期昏迷的伤者，只会有三个结果。”徐环语气阴沉地说，“最坏的结果是死亡。不过经过开颅手术，她基本上已经度过了危险期，因此这种可能性不算大。”

“另一种可能性是苏醒，恢复意识。当然，很可能会有其他后遗症，比如说失忆、脾气暴躁之类的症状。大夫说，根据小琳目前的情况来看，这已经是最好的一种结果了。”

“那还有一种可能性呢？”于东青问道。

“还有一种可能性就是……植物人。”徐环的话里，透着深深的无奈和疲惫，“没有自主意识的植物人，基本上相当于脑死亡。”

“植物人？”于东青心底沉重，“变成无意识的植物人，这比死亡还要可怕啊。”

“没错，确实很可怕。”徐环幽幽地说，“更可怕的是，大夫说这种可能，目前看起来非常大。”

徐环话未说完，手机便从于东青手里滑落，摔到了办公桌上。于东青的心里像是被重重击打了一下，巨大的伤感潮水般涌来。他呆呆地坐在椅子上，过了好久才缓过神来。

这时，徐环又打回了电话：“东青，你没事吧？”

徐环的声音虽然沙哑但是还算稳定，这让于东青的伤感稍稍平缓了一些：“我没事，那个……你忙吧，自己注意身体，别太累了。小琳出了这事，我可不希望你也垮掉。”

“你放心吧，我没事。”他犹豫了一下，开口问道，“东青，冯玲的案子怎么办，咱们真的就这样放弃了？”

“高局都这么说了，不放弃又能怎么办？”于东青无奈地说，“这事你先别管了，等小琳那边稳定了再说。”

徐环略一沉吟，又问道：“对了，那个玩具话筒，现在在什么地方？”

“那东西现在在我手里。”于东青告诉徐环，“当时话筒被最早赶到现场的交警捡到了，我让他作为涉案证物移交给了我。不过……话筒已经被损坏了，各项功能已经无法正常使用，我看，这东西已经没什么价值了。”

“别着急。这东西内部应该有个芯片，你把它拆开，看看芯片有没有坏。我们之前不敢拆，是怕它有自毁程序，既然现在其他部分已经坏掉了，那就不用顾忌什么了，拆开看看吧。如果可以直接读取数据的话，那可真算是意外的收获了。”

“有道理，”于东青点了点头，“我这就拆开看看。你要过来吗？”

徐环的声音越发沙哑：“小琳就是因为这个东西才出事的，我一看见那东西心里就难受。唉，我不过去了，你自己弄吧，有什么消息告诉我。”

于东青理解徐环的心情，他答应着，挂掉了电话。随后，他拉开抽屉，拿出了那个黄色的玩具话筒。玩具话筒的表面已经被严重损坏，塑料皮残缺不堪,好几个按键也已经不知去向了。于东青找出一把螺丝刀,准备拆卸。

就在这时，一阵急促的敲门声传来，把于东青吓了一跳。他赶紧把话筒塞回抽屉里，没好气地喊道："进来！"

钟萧伸进来半个脑袋，小心翼翼地说道："头儿，有要事汇报。基层派出所的兄弟刚刚抓了两个打架斗殴的，现在刚刚送到咱们审讯室……"

钟萧话还没说完，于东青就不耐烦地一瞪眼："我说钟萧，你又不是第一天干刑警，打架斗殴这种案子还要跟我汇报吗？这也算是要事？"

"头儿，关键这不是一般的打架斗殴啊……"钟萧回头看了看，把门关好才压低声音说，"我怀疑这两个打架斗殴的，与冯玲的死有关。"

"与冯玲的死有关？"于东青一愣，"你仔细说说，怎么回事？"

钟萧组织了一下语言，说："头儿，是这么回事。今天下午六点左右，有两个人在街边的大排档吃烧烤，一个叫郭锐，是从外地来祁东市办事的；另一个是他朋友，是祁东市本地人，混社会的，没少跟咱们打交道。大冷天的，这两个二货喝了不少，酒劲一上来，就开始吹牛了。这个本地人开始吹嘘自己，说自己是当地一霸，警察也要让他三分之类的话。"

"你说书呢！他们吹什么牛关我鸟事！"于东青有点不耐烦，"说重点！"

"好好。见本地人吹牛，这个郭锐听了就不服了，开始挖苦他。两个人你一言我一语的，这个郭锐嘴皮子笨了点儿，说不过本地人，心里一急，竟然说自己前几天来过祁东，还帮别人杀了个人。"

"杀人？"于东青皱眉道，"他在说胡话吧，最近市区没发生命案啊。"

钟萧示意于东青别急："头儿，你听我往下说。接下来呢，这个本地人就笑郭锐吹牛。结果经他这么一激，郭锐这小子还真把杀人的详细计划全都说出来了，居然跟冯玲被杀的过程差不多。"

"这不奇怪，冯玲的案子媒体早就报道了，这个郭锐知道案件细节也很正常。"于东青不以为然。

"哎呀，于队，您听我说完。这个本地人自然不信，因为他也听说过冯玲被杀的案子，而且知道真正的凶手已经落网，于是开始嘲笑郭锐。两人越说越不投机，都来了脾气，就打了起来，郭锐把本地人打成了轻微伤。再接下来，这两人就被附近派出所的弟兄们出警带回去了。"

于东青听完，原本略带兴奋的表情荡然无存，他坐回椅子上，用手指敲了敲桌子：“像这种酒后吹牛的小混混多了去了，你把他们弄过来干吗？行了，你看着处理吧。”说完，他摆了摆手，示意钟萧出去。

“头儿，我还没说完呢。这事没那么简单。”钟萧赶紧解释道，“您不是一向主张我们发散思维吗？这次我长了个心眼，查了查这个郭锐在祁东市的行踪，尤其是查了查他名下的车辆。头儿，您猜，我查到什么了？”

“你小子，敢跟我卖关子，”于东青瞪了钟萧一眼，“赶紧说！”

钟萧咧嘴笑了笑，说道：“郭锐名下的确有一辆车，而且这辆车也确实来过祁东市。”他压低声音，“而且来祁东市的时间恰恰是冯玲被杀那天的早上。更奇怪的是，这辆车的行车路线，和李力的行车路线，竟然一模一样。”

“什么？！”于东青腾地站起身来，瞪着眼睛问，“你确定吗？”

“嗨，头儿，我反反复复看了好几遍，绝对没有问题。”

于东青紧蹙眉头，慢慢坐到椅子上，大脑也飞速转动。郭锐的行驶路线竟然跟李力的行驶路线一致！这难道是巧合？若按照统计学的标准来判断，在早高峰时，两辆车出现相同的行驶轨迹，这种概率确实存在。可郭锐竟然声称自己杀了冯玲，还说出了作案细节。综合考虑这两点，郭锐的行为就非常可疑了。不过，那天的监控拍下了冯玲被杀的全过程。撞死冯玲的，的确是李力驾驶的黑色汽车。即便郭锐再可疑，也不可能是凶手。

不是凶手……不对，如果把思路局限在这个框框里，那就很难找出真相了。凶手，并不一定是直接动手的人。就像周远被杀一案，虽然开枪杀人的是林舒，可是冯玲在整个过程中所起到的作用绝对不能忽视。甚至从某种程度上来说，冯玲所起到的作用，要远远大于林舒。那么，在冯玲被撞死的这起案件中，郭锐所扮演的角色，是不是也同冯玲在周远被杀一案中的角色差不多呢？那么，假设郭锐是共犯，他究竟要起什么作用呢？仅仅是掩护，还是跟观海园小区里的垃圾车一样，是一颗迷惑警方视线的烟幕弹……

于东青原本混沌的思维如同被一阵清风吹过，一下子变得清晰起来。他敲了敲办公桌，对钟萧说：“钟萧，你怎么看？”

“嗯……具体思路还没有。我只是觉得郭锐的行为有点可疑，是一条有价值的线索，我觉得我们应该好好审一下这个郭锐，撬开他的嘴巴！”

于东青略一沉吟：“钟萧，前几天，局里的大数据警务云系统刚刚竣工投入使用，据说这玩意儿很神奇。以前我用过省厅的，确实好用，输入关键词，所有的数据都可以调取出来。既然有了机关枪，咱就别只抓着三八大盖用了。你马上去，让技术大队的人在监控数据库搜索一组数据。”

“好，”钟萧点了点头，“什么数据？”

“你搜一下，案发那天早上，冯玲被撞死两个小时之前，全祁东市行驶轨迹同李力的行驶轨迹相似的所有车辆的信息。注意，只查外地牌照的车辆，明白我的意思吗？”

钟萧一愣，有些不解地问道：“头儿，你的意思是，像郭锐这种情况的车辆还有更多？”

“这只是我的一个猜测，具体得看看你调查的结果，快去吧！”

钟萧点了点头：“我明白，我马上去。对了，头儿，要不要把这事告诉徐环一声？”

于东青摆了摆手：“不用了。徐环最近无暇顾及我们这儿的事情。再说了，要是这点小事咱们自己还处理不好，那就别干这一行了。”于东青拎起外衣，朝门外走，“你赶紧去吧，我去审讯室，会会这个郭锐。”

审讯室里，一个肥头大耳、留着寸头，脖间带着粗大金链子的中年男人正垂头丧气地坐在那儿，右眼窝上醒目的淤青证明他刚经历了一场恶斗。见到于东青进来，他抬起头，警惕地在他身上打量，结果跟于东青打了个对眼，于是赶紧移开了目光。

于东青也不着急，他点上一根烟，坐到审讯桌的一角，冷冷地打量着郭锐。郭锐越来越不自在，他低头看着地板，时不时抬头瞅两眼于东青。于东青缓缓地抽着烟，看着郭锐，一语不发。

终于，郭锐忍不住大声说道：“我说兄弟，刚才发生的事情我不是都如实交代了吗，被我打的那个人是我朋友，他也谅解我了，大不了我赔点钱就是了。你们是不是可以放我走了？”

于东青没有说话。他掐掉烟，踱到郭锐面前，随意地问：“叫什么名字？”

中年男人抬起头，生硬地答道：“郭锐。”

“哪儿人？”

“山阳人。”

“到祁东来做什么？”

“嗨，这不是第一次来祁东嘛，人生地不熟的，幸好有朋友能接待接待。”

郭锐大大咧咧地说道，“谁知道几杯酒下肚，话不投机，哥们儿又都是暴脾气，就互相打了几下。没事，我们闹着玩的，下不为例，下不为例。”

于东青略微弯了弯腰，眯着眼看着郭锐：“人生地不熟？不是吧？我看你上次来的时候挺熟的啊，从雨山路一路开到了海西区公安局，挺顺溜啊。说说吧，三月十二日那天早上，你开车到祁东市来干什么？”

郭锐浑身打了个哆嗦，他白着脸，支支吾吾地说：“兄弟，搞错了吧。我那天根本没来过祁东啊。”

于东青冷笑一声，蹲下身去，用手抓住郭锐的手铐一捏，紧紧地卡在了郭锐的手腕上。郭锐立刻疼得叫唤起来。

于东青站起身来，若无其事地说：“对一些不地道的人，就得用点不地道的办法。我还有别的办法让你能地道点，想不想试试？”

郭锐赶紧摇头，哭丧着脸说：“别别，兄弟……不不，警官，我说实话还不行吗？你让我想想。”他低头想了一会儿，抬头说，“警官，我想起来了，我那几天好像把车借给我朋友开了，我觉得肯定是他开着我的车来祁东市了。”

于东青笑了笑，又蹲下身去使劲捏郭锐的手铐，郭锐杀猪似的喊了起来：“哎哟，哎哟，别弄了，卡在肉里了都。哎呀，手腕子让你弄断了！”

于东青又问：“来没来过？”

郭锐涨红了脸，垂头丧气地说：“来过。”

“说，来干什么？”

郭锐支支吾吾地半天说不出一整句话来。看来他不想说实话，可又不敢说假话。

于东青直起身来，拍了拍郭锐的肩膀：“行了，你不想说，我就替你说了吧。郭锐，你三月十二日一大早来到祁东市，目的就是要驾车撞死一个叫冯玲的女人，并且伪装成交通事故，对不对？”

郭锐带着哭腔说：“警官，这件事是我从报纸上看的，喝酒说的那些话是我酒后吹牛皮的。真正撞死冯玲的人，不都已经抓住了吗，你怎么能冤枉我啊！”

于东青厉声道：“那你来祁东市干什么？我实话告诉你，我们调取了监控，已经查到了你的行车路线，你的目的地也是受害者被撞死的地方，只不过你到附近的时候，她已经死了。你去那儿做什么？说！”

郭锐脸上滚落下豆大的汗珠，极力辩解道："大哥，我就是去办别的事情。撞人的事情真的与我无关啊，真正的凶手都落网了，您干吗跟我过不去啊。"

"那我问你，"于东青托起郭锐的下巴，"你开到现场的时候，冯玲已经死了，路过的人大部分都在围观。我看你也是个看热闹不嫌事大的主，可监控显示，你下车挤到人群里看了一眼，立刻返身上车，掉头原路返回了。你不觉得你的行为，有点可疑吗？"

"警官，我那是有急事，所以才急着赶路啊。"郭锐还在极力辩解，但脸色苍白，很显然，他的内心承受着巨大压力。

于东青瞪着双眼，狠狠地说："要是真急着赶路，你干吗还下来看一眼？都到这时候了还嘴硬是吧？不说是吧？行，我把监控拍下的照片给你调出来，到时候别怪我没给你自首的机会。"

郭锐瘫坐在审讯椅上，带着哭腔说："大哥，真的不能说啊，说出来我就死定了！"

这时，钟萧推开门，向于东青招了招手。于东青见状，赶紧走出了审讯室。一出门，钟萧就递给于东青一张打印纸："头儿，这大数据警务云就是好用，才几分钟的工夫，就把这些信息全调出来了。"

于东青嘀咕了一句这么快，接过打印纸扫了一眼，随即吃惊地叫道："什么，竟然有十四辆车！"

钟萧点了点头："嗯，我也没想到会有这么多车。对了，头儿，你查这些车的信息干什么，咱们不已经确认是李力那辆车干的了吗？"

于东青看着打印纸，命令道："钟萧，你马上把嫌疑车辆的车主都传唤过来，仔细讯问，明白了吗？"

"好。"钟萧有些纳闷，"不过头儿，这十四辆车呢，哪几辆车是嫌疑车辆啊？"

于东青扭头看了看他，表情夸张地说："这十四辆全是，把车主全部传过来，分头讯问。"

第三十章　胎记

祁东市第二人民医院的ICU病房位于住院部的六楼。虽然这里代表着一个医院顶级的治疗和护理水平，但毕竟都是重症患者，每天都上演着生离死别。因此，一进入六楼楼层，就会让人感到巨大的心理压力。

ICU病房由于是最高级别的护理，因此不允许陪护人员入内，病人家属只得待在专门的陪护区。说是陪护，实际上也见不到病人，只是病人的病情瞬息万变，必须有一个人随时待命，配合大夫的治疗。陪护家属不仅承受着巨大的经济压力，更承受着常人难以想象的心理折磨。待在这里，再阳光的人脸上也会蒙上一层阴霾。而徐环，已经在此待了整整四天了。

没有任何人要求徐环陪护楚琳，他留下来，完全是出于他本人的意愿。到现在为止，楚琳依旧处于昏迷之中，没有任何好转的迹象。徐环每次问医生，得到的总是千篇一律的答复：等等看再说。“等等看”三个字说起来轻松，可等待却是最难熬的事情。那种对楚琳的未来不确定的焦虑，深深煎熬着徐环的内心。

此时，徐环正坐在陪护区的简易单人床上，眼神呆呆地看着窗外。祁东市的天气开始转暖，窗外的枝丫似乎也开始发绿，春天的气息，已经逐渐浓了起来。他轻轻咳了两声，起身做了几个保健操里的动作，舒展一下自己发僵的四肢。

就在这时，一个熟悉的身影突然出现在陪护区门口，伸头往里面张望着。终于，他的目光扫到了徐环，赶紧快步走了过来，边走边远远地打着招呼：“徐总，原来您在这儿啊。”

徐环定睛一看，不禁眉头微皱。跟他打招呼的人，竟然是他的秘书小陈。

“小陈，”徐环一脸惊讶，声音却沙哑无力，“你怎么来了？”

“徐总……我……”小陈看着徐环，一副欲言又止的样子，“是徐跃武总经理让我来找您的。”

“我叔叔？”徐环有些意外，“他找我做什么？他为什么不直接给我打电话？”

“他说给您打电话打不通。”小陈的嗓音有些急迫，“您赶紧回去一趟吧。唉，徐跃武总经理让您赶紧去他办公室，您是没见他气成什么样啊！”

徐环这才想起来，自己把手机调到了“勿扰模式”，除了于东青等几个比较亲近的人，其他人的电话都打不进来。

“他发火？他发的哪门子火？”徐环不屑地哼了一声，冷冷地说，“不去管教他儿子，却专门跟我过不去。你就告诉他，我在医院呢，没事别来烦我。”

“哎呀，我的徐总呀！”小陈几乎是哀求地说道，“您赶紧回去吧，您要是不回去，倒霉的是我啊！再说了，徐跃武这次是铁了心地要找您，您要是再不去，他可真能来医院找您。您想啊，医院这么多人，真让他找到这儿来，那不是让外人看笑话嘛。”

徐环略一沉吟。小陈说得没错，他这个叔叔有点偏执，真要是闹到医院来，那可够丢人的；更何况楚家的人还在这儿，正巴不得看热闹呢。

“行吧，我跟你回去。”徐环整了整自己的头发，“看看我这个叔叔到底要干吗。”

小陈面露喜色，生怕徐环反悔，赶紧把他引了出去。车子很快便行驶在了祁东市的大街上，灿烂的阳光透过宽大的全景天窗洒在车内，让一直待在阴暗病房里的徐环有了一种恍如隔世的感觉。

人生，就是那么反复无常。你永远不知道第二天，不，是下一秒会发生什么。可能是让你欣喜若狂的事情，也有可能是……灾难。直到楚琳出事，徐环才意识到什么才是最珍贵的东西。徐环轻轻叹了口气，自嘲地摇了摇头。妈的，在医院待了这几天，生生把自己逼成哲学家了。

“徐总，那个……”这时，小陈突然开口问道，“我斗胆多嘴问一句，您可千万别生气啊。”

“你问吧，”徐环不带任何感情色彩地说，“可我不敢保证不生气。”

“这……”小陈被呛了一下，不过还是嘿嘿一笑道，“徐总，我就是想问问，您和大良集团的总裁楚琳，真的订婚了？”

徐环没有回答，而是冷冷地反问道："你这是听谁说的？"

"集团上下人人皆知啊。"小陈手握着方向盘，头也不回，"据说消息是从大良集团那边传出来的，那个楚天舒生怕别人不知道似的，逢人便说。"

"逢人便说？有这么夸张？"徐环有些惊讶。

"可不是嘛，就差开个新闻发布会了。"小陈感叹说，"这事恐怕半个祁东市都知道了，不过当事人还没正式发声，因此也不能说是正式消息。"

这个楚天舒，到底在搞什么鬼？现在小琳还躺在ICU，他不关心自己宝贝女儿的病情，反而到处散布这种消息。眼看车子已经行驶到了集团附近，徐环止住了自己发散的思维，问小陈："对了小陈，我叔叔找我到底什么事，你知道吗？"

"那个……具体不知道。"小陈回头看了一眼徐环，"但是我猜，可能跟你和楚琳订婚的事情有关。"

"切，我这个叔叔管得越来越宽了。"

"总之，徐总，这次徐总经理格外生气，我奉劝您，他说什么您就听着，别跟他硬顶，他消了气就好了。"小陈小心翼翼地建议道。

"哼，凭什么？我他妈还情绪不好呢！"徐环不屑地说道，"逆来顺受，我徐环还真不是那脾气。"

见徐环也开始上火，小陈明智地选择了沉默，只顾加速向远景集团总部驶去。几分钟后，徐环出现在了集团总经理办公室的门口。他整了整自己的头发和衣领，象征性地敲了一下门，不等里面回应就推门走了进去。

徐跃武正面色铁青地坐在办公桌后，见徐环就这么走了进来，脸色又暗了几分。徐环也不往徐跃武的脸上看，他晃荡着走到办公桌旁，大大咧咧地坐在了徐跃武的对面。

"站起来。"徐跃武冷冷地说道。

徐环脸上掠过一丝不易察觉的恼怒，随即又恢复了平静，就像没听到一样，闷头玩起了自己的指甲。

"站起来，你听到没有？"徐跃武的语气加重了几分。

徐环无奈地摊了摊手站了起来，轻轻哼了一声说："叔叔，要是这样能让你觉得舒服的话，那没问题，我站多久都行。"

徐跃武冷笑一声："你觉得你挺聪明是吧？嘴皮子挺溜是吧？"他边说

边用手指在办公桌上狠狠敲了几下，“可是在我眼中，你就是个什么都不懂，可又觉得自己什么都懂的傻子！”

“叔叔，我很忙，如果你今天叫我来是为了骂我的话，那能不能改天？改天我洗干净耳朵让你好好骂上一天，你看行不行？”徐环斜着眼，依旧一副死猪不怕开水烫的样子。

“行了，斗气的话咱们就不说了。坐吧。”徐跃武深深吸了口气，身子往后一靠，口气稍稍放缓了些，“我今天找你，自然是有重要的事情。”

徐环坐了下来，可依旧不看徐跃武，还是低头玩弄自己的手指甲。

徐跃武盯着徐环看了一会儿，直接开口问道：“你……是不是跟楚琳订婚了？”

“没错啊，”徐环抬起头，一脸无所谓的样子，“我们确实订婚了，虽然只是口头承诺，但大丈夫一言既出，驷马难追，只要是我答应了，比签合同还管用。”

“荒唐！”徐跃武狠狠拍了一下桌子，打断了徐环，“你知不知道你在做什么？”

“知道啊，我要订婚。”

“订婚，你把订婚当成儿戏了是吧？你以为订婚跟你签合同一样，反悔顶多赔个违约金就是了，对吧？”

“反悔？我为什么要反悔？我订婚肯定是经过深思熟虑的，怎么可能随便反悔？”

“徐环，你不小了，该懂的事你应该都懂。订婚不是小事，你跟你父亲或者我商量了吗？”

“我自己的事我自己能做主，为什么要跟你们商量？”徐环的语气依旧呛人。

“什么你自己的事？”徐跃武眼睛一瞪，敲着桌子说，“你是远景集团的高管，徐家的长子，这意味着什么？意味着你以后可能会掌管整个集团，你明白吗？你的婚事不是你自己的事，而是整个集团的事！”

徐环低着头，没有说话。

徐跃武拿起茶杯喝了一杯水，继续说道：“你要是跟别人订婚也就罢了，可你订婚的对象偏偏是楚家的楚琳。你……你让我说你什么好！”

“楚琳怎么了？”徐环不忿地说，“楚琳难道配不上我们徐家？”

“这不是配上配不上的问题。”徐跃武叹口气解释道，“徐环，你是个聪明人，你动脑子好好想想，楚天舒这老家伙，逢人便说你和楚琳订婚的事，生怕别人不知道，你觉得这正常吗？”

徐环沉默了一会儿，声音低沉地问道：“你想说什么？”

“唉，”徐跃武重重叹了一口气，“孩子啊，你中了楚天舒那个老家伙的圈套了。”

“怎么说？”

“他的女儿楚琳我见过，条件确实不错，你喜欢她我也可以理解。”徐跃武摆出一副苦口婆心的姿态，“可是你别忘了，她女儿现在生死未卜啊，随时会没命。这时候楚天舒把女儿嫁给你，你觉得他会安什么好心？”

“他说过，”徐环低声说道，“这是为了要圆楚琳的一个新娘梦。”

“唉，你傻不傻啊？还圆梦，圆他自己的梦吧。”徐跃武无奈地摇了摇头，“徐环，楚天舒是在绑架你啊！你想，即便是楚琳康复出院了，也肯定会落下残疾，生活不能自理就不说了，恐怕连生育功能也会丧失，你说这样的姑娘谁会要？楚天舒这是找你这个傻小子接盘，帮他们楚家照顾楚琳一辈子啊！”

徐跃武喘了口气，继续说道：“楚天舒想得到的，还不止这些。你知道吗，楚家有个规矩，楚姓女孩子不管做到集团多高的职务，也不管薪水多高，一律禁止持有集团的股份。这是为什么？就是为了防止外姓女婿占了楚家基业。可你呢？你不仅持有咱们远景集团那么多的股份，以后还可能担任集团掌门人。你也懂法律，按照婚姻法和继承法，你知道你和楚琳结婚意味着什么吗？”

徐环低头不语，一脸的阴沉。

“意味着我们徐家什么也得不到，却让楚家轻而易举地骗走了远景大把的股份！”徐跃武狠狠敲着桌子说，“这下你明白楚天舒的意图了吧？这一订婚，自己残废女儿的下半辈子有了依托，还能占领远景集团的半壁江山。徐环，你看人家这如意算盘打的，说你中了人家的套，你承不承认？”

徐环瞟了徐跃武一眼，还是没有说话。

“唉，你啊，脑子不是不好用，就是有时太过于情绪化。”徐跃武似乎说累了，疲惫地靠在椅背上，放缓语气说，“好在亡羊补牢，为时不晚。趁现在还没有酿成大祸，赶紧弥补还来得及！”

徐环抬头问道:“你什么意思，让我去找楚天舒解除婚约?”

“别，千万别去解除婚约，你要是去解除婚约，恰恰承认咱们答应过，反而把咱们徐家推到了不仁不义的境地。”徐跃武一脸认真地给徐环支招，“你呢，干脆就两个字:不认。不管他说什么你都别认。你不认，他一点儿办法也没有，反正只是口头约定，又没签字画押。”说完，他用期待的眼神看着徐环，“这应该是目前最好的处理方法了，你觉得怎么样?”

徐环低头沉思了片刻，然后抬头盯着徐跃武，异常坚决地挤出了一个字:“不!”

徐跃武似乎不敢相信自己的耳朵:“你……你说什么?”

“我不会否认我和楚琳的婚约。”徐环站起身来，淡淡地说，“我和楚琳之间，是很简单的爱情，而不是交易，我不允许我们之间掺杂这些乱七八糟的东西。”

“你怎么这么一根筋呢!现在这个社会上，哪有单纯的爱，你别傻了!”徐跃武恨铁不成钢地说道。

“说我傻也好，说我一根筋也罢，反正在这件事情上，我一定会坚持自己的观点。叔叔，你不要再说了。”

“你……你要气死我啊，你知不知道你承认和楚琳的婚约对远景集团意味着什么?”徐跃武气急败坏地说道。

“我知道。所以我绝不连累你们。”徐环噌地站起身来，坚定地说:“我现在就辞去集团的所有职务。我名下的集团股份，也会无偿转到我父亲名下，这样行了吗?”

“你……”徐跃武被徐环气得涨红了脸。

“还不行?逼急了我，我把我的姓改了，从此离开徐家，这下好了吧!”

“你他妈的敢!”这时，一个浑厚的嗓音在徐环身后响起，打断了他们的争吵。这个充满威严的声音吓了徐环一跳，他腿肚子一软，竟然跌坐到了椅子上。因为这个声音，徐环太熟悉了。

坐在徐环对面的徐跃武满脸惊讶，他缓缓地站起身来，嘴里十分困难地挤出了两个字:“大哥。”

徐环心里一沉，转头看去。没错，站在办公室门口的，正是自己的父亲徐跃升。

徐跃升身材高大，面容威严，虽然戴着一副金丝眼镜，但丝毫没有儒雅之风，反倒是那双秃鹫般的眼睛，给人一种无形的压力。此刻，他正黑着脸站在办公室门口，两只眼睛死死盯着徐环和徐跃武，让人不寒而栗。

看到父亲，徐环心中的惊讶难以言表。父亲现在应该在南美洲啊，按照计划，他回程的日期在三个月之后。

“爸爸，你……”徐环嗓音沙哑地说，“你怎么回来了？”

徐跃升没有回话，而是用秃鹫般锐利的眼睛扫了徐环一眼，慢慢踱步到了徐环面前。徐环赶紧起身，心里异常紧张，双腿也在微微颤抖。

“你刚才说什么？”徐跃升冷冷地问，“敢不敢当着我的面再说一遍？”

徐环嘴巴微微动了几下，虽然表面上有些不服气，可终究没说出话来。

“哥，徐环刚刚说的也是气话，你别当真。”见气氛有些紧张，徐跃武赶紧圆场道，“噢，对了，你怎么不打声招呼就回来了？这么突然，我也来不及接机。”

徐跃升的语气同他的脸色一样阴沉：“我之所以不打招呼就回来，就是想看看在我出国的这段时间，你们会把远景集团折腾成什么样子。”他坐到椅子上，把身上的大衣脱了下来，“哼，看来我的担心一点也不多余。我才走了几天，你们就把远景集团弄得鸡飞狗跳的了。”

徐跃武赶紧接过徐跃升的大衣，小心翼翼地说：“大哥，你看你说的，你不在的这段时间，其实一切都还好……”

“一切都好？哼，不用看别的，看你们俩现在这熊样就知道了。你们连徐家自己的事情都处理不好，集团能好得了吗？”徐跃升语气严厉地说道，“你看看你们两个人的德性，一个是我弟弟，集团总经理；一个是我儿子，集团高管，平时都人模狗样的，可刚才呢？就跟街头的泼妇吵架一样，就差厮打在一块了。”

徐跃武似乎有些委屈，试着解释道：“大哥，我们刚才是有点激动，可……”

“罢了罢了，先不说这个了。”徐跃升摆了摆手，口气缓和下来，“其实我这次出去的目的并不是旅行，而是对你们两个的一次考验。”

“考验？什么意思？”徐跃武不解地问。

“哼，你们不是一直埋怨生活在我的阴影下吗？不是嫌我太强势，掩盖了你们自身的光辉吗？”徐跃升语气里带着明显的嘲讽，“好啊，既然一个个觉得自己很厉害，那就给你们一个展示厉害的机会。我这次出去，就是要看看我不在的时候，你们能干出什么事情来。”

听了父亲的话，徐环心里有些发虚。这段时间，他根本没把心思放在集团的事务上。

好在父亲没有直接冲他来，而是把脸转向了叔叔：“跃武，你说说看，这段时间，你都忙什么了？”

“嗨，大哥，虽然你退居二线，可你不在身边吧，我总觉得心里没底。不过也没办法，我也没别的人商量，只能自己多花时间去钻研。你不在的这段时间，我虽然不敢说日理万机，但也算得上勤勤恳恳吧。”

“哼，日理万机？”徐跃升冷笑一声，打断了他的话，“我看你是日理万鸡吧！”

徐跃武愣愣地看着徐跃升：“哥，你什么意思？”

徐跃升从兜里掏出一张照片，甩到了徐跃武的办公桌上：“你自己看吧！”

徐跃武拿起照片一看，脸色立刻变得煞白。徐环好奇，也歪头扫了一眼照片，虽然看得不太真切，但也能大体看清楚。只是这一眼，他不由得浑身一哆嗦。

照片的背景是远景集团的大门口，一男一女正在迈步往外走。虽然这二人做了一定的伪装，可徐环还是认出了他们的身份。照片上的男人，自然是徐跃武。可令徐环感到心惊的，是照片上的女人，这是他在 Miracle 会所的私人管家 Elly 啊！

这他妈是怎么回事，Elly 怎么会跟自己的叔叔凑到一块呢？徐环不甘心地再次看向照片，试图找到更多的信息。下一个引起他注意的，是照片拍摄的角度。

这张照片是由高往低拍的，从拍摄的距离来判断，拍摄者应该就在远景集团的大楼上。而从层高和夕阳照射的角度来看，拍摄者的位置应该在比较高的楼层上。此外，这张照片是用单反相机拍摄的，而且是广角，拍摄的角度非常大。据此可以判断，拍摄者面前一定没有什么障碍。可是既然在楼里，那他的镜头一定会被窗框所阻碍。

慢着……不对，大楼里的大部分房间，都是按照普通的窗户框架来设计的。只有顶层的高管办公室，是宽大明亮的落地窗。顶层？顶层的这个角度，不就是自己的办公室吗？想到这儿，徐环心里一阵发凉。这个拍摄者，到底是谁？整个集团能进入徐环办公室的，除了自己就是秘书小陈，难道是小陈？

徐环双腿一抖，一股凉意从心底弥漫开来。不过，随即他就释然了，父亲找小陈盯着自己，再合适不过了。看来自己的一举一动，全都在父亲的掌控之中。

“跃武，你解释解释吧，这个女人是谁？”徐跃升冷冷地问道。

徐跃武脸色惨白，嘴唇微微颤动，却没有说出话来。

“跃武，你一向不近女色。哼，咱们集团谁栽在女人身上我都信，可唯独你我不信。”

“我……我跟她……”徐跃武支支吾吾地说不出话来。

“行了，这也不是什么大事。”徐跃升见他有些狼狈，放缓语气说，“玩个女人也没什么，不过你是远景的总经理，往你身上扑的女人，大都心怀鬼胎。我劝你啊，长点心，别中了人家的美人计，听到没有！”

“是，是，哥，我只是偶尔一次。”徐跃武露出了尴尬的笑。

徐跃武的反应，都被徐环看在眼里。虽然他不知道 Elly 为什么找徐跃武，可他至少能肯定一点：Elly 和叔叔之间，绝对不是简单的钱色交易。

“徐环，你呢？你都干什么了？”徐跃升转脸看向徐环，一脸的阴沉。

“我……”徐环支吾道，不知如何开口。

“你就没在这座楼上待几天吧。”徐跃升脸色一凛，“我听说，你小子整天跟公安局的于东青混在一起，还在调查什么案件。你说你几岁了，玩过家家呢？”

徐环没说话，算是默认。

“告诉你，你少管那些闲事，老老实实地给我在集团里待着。既然你已经不是警察了，那就断了那个念想！”徐跃升有些恨铁不成钢地说，“我就纳闷了，什么案件有那么大的吸引力？”

后面这句话是徐跃升不经意间说出来的，却在徐环的心底激起了一阵涟漪。

“爸，你知道我为什么跟于东青查那个案子吗？”徐环的脸色也阴了下来，口气里没有了刚才的畏惧，而是变得咄咄逼人。

徐跃升的眉头皱得更紧了，语气也更加阴冷：“我不管为什么，反正你给我……”

“我告诉你为什么！是因为那起案子跟十三年前的‘9·19’绑架案有关！跟徐曼的死有关！”徐环情绪激动，脱口道。

徐跃升一愣，脸颊随即开始微微颤抖，锐利的眼睛似乎蒙上了一层阴影：“我不希望有人在我面前提起徐曼，你也不例外。”

“不提？不提你就可以当成没有发生吗？这与掩耳盗铃有什么区别？”徐环的情绪彻底爆发，“爸，我之所以查那起案子，就是要了解真相，了解十三年前的真相，了解徐曼被杀死的真相！”

“当年的真相已经很清楚了，有什么好了解的！”徐跃升把手重重拍在办公桌上，吼道。

“清楚？真的清楚吗？”徐环越说越激动，“这么多年来我之所以不质问你，是因为我不想触及我心灵的痛处，其实我早就对这件事情有所怀疑了。”

“徐环，你给我闭嘴！你知道爸爸心里的痛吗？”徐跃升面露狰狞之色，大声叫道。

“我不知道，我也不想知道，我只要你告诉我真相！”徐环对于父亲的暴怒没有丝毫的畏惧，而是向前一步，几乎贴到了徐跃升的脸上，“爸，叔叔也不是外人。别的先不说，你先跟我解释清楚，当年姐姐被绑走后，你跟绑匪打的那通电话到底说了什么？为什么说了那么长时间？你为什么不报警？”

“混账！老子当年的事情，还轮得到你来管？”徐跃升脸色通红，咬牙切齿地说道。

“是你欠我一个交代。”徐环死死地盯着父亲的眼睛，“徐曼可是你亲女儿啊，她被绑走，你竟然还能沉得住气跟绑匪煲电话粥？你是不是觉得绑匪要价太高，还可以砍砍价啊？你是不是觉得徐曼不值那么多赎金？徐跃升，在你的心目中，钱就那么重要吗？”

徐环的这席话像是一根尖刺，深深扎入了徐跃升的心中。

“混账东西！”徐跃升再也控制不住自己的情绪，暴怒地大喊一声，然后扬起手，狠狠扇在了徐环的脸上。

徐环只觉得自己的脸像着火一样烫了一下，接着一阵强烈的眩晕感袭来，眼前的景象也开始变得模糊。他眼前一黑，昏了过去……

头疼，剧烈的头疼。像被海浪拍打一样阵阵作痛，让徐环恨不得抄把刀子把自己的脑子割开。不过，即便疼痛如此剧烈，他还是感觉意识模糊，浑身乏力，甚至想睁开眼睛都难……渐渐的，头疼稍稍减退了一些，意识也开始清醒起来。

这时，突然传来嘎吱一声门响，接着响起了几个人的脚步声。从脚步的杂乱程度可以判断出，进来的至少有三个人。

“孙大夫，他怎么样了？”一个低沉的声音在身边响起。

徐环心中不由得一惊，这是父亲的声音啊。随着徐跃升的话语，之前发生的事情就像决堤的洪水一般涌入徐环的脑海。

“徐董，小徐总没什么大碍。”一个陌生的声音响起，应该是远景集团内部职工医院的医生，“只是他的身体极度疲劳，再加上情绪过于激动，所以整个人的身体和精神状态极不稳定。您那一巴掌只是一个诱因，根本不会造成严重伤害，所以您没有必要内疚。”

“嗯，这样的话，还需要做什么后续治疗吗？”说话的人应该是叔叔徐跃武。

“噢，不需要额外治疗了。”医生小心翼翼地说，“但是必须静养，多休息，多喝水，不能再受强烈的刺激。”

静养？这么多事，哪有时间静养？徐环心里一急，刚想睁眼起身反驳，却突然听到父亲说道：“孙大夫，我还想请教你个问题。你看……”

说话间，徐环觉得自己的领口被人一扯，脖颈处的肌肤露了出来，感到一阵发凉。

“你看这是什么？是伤痕，还是文身？”徐跃升很认真地问道。

听到这句话，徐环立刻明白了，父亲应该是注意到了自己脖颈处的菱形血痕。

“噢，徐董，这个东西我刚才给小徐总检查身体的时候就注意到了，并且进行了化验。您啊，千万别担心，这个不是文身，只是一个胎记而已。”

胎记？徐环的心里有些发慌。在他的意识里，一直把脖颈处的菱形符号当成一个血痕，没有想过它是别的东西。所以当它突然出现在面前时，他才有些不知所措，完全不知道该如何应对。

“胎记？怎么会有这样的胎记呢？”徐跃升似乎也不太相信医生的说法，“这明明就是一个伤痕嘛！”

“呵呵，这的确是胎记。”医生笑了笑，解释道，“徐董，您有所不知，人身上的胎记各式各样，形状和颜色之多远超您的想象。在我的印象中，连类似眼睛、骷髅形状的胎记都有。”

“可他身上这个胎记，怎么看着这么邪性呢？”

“这您不用担心，徐董。其实所谓的邪性，并不是因为胎记本身，而是您由它的形状联想到了其他事物，才会有这种感觉。”医生说话慢条斯理，给人一种值得信赖的感觉，“不过……据我观察，小徐总的这个胎记确实有点奇怪，不同于普通的胎记。”

听医生这么说，徐环立刻凝神闭气，竖起耳朵听了起来。

“怎么讲？哪里奇怪了？”徐跃升的口气听上去有些紧张。

“徐董，大部分人的胎记，只要形成，基本就会处于一种非常稳定的状态，很少出现变化。”

“变化？”徐跃升不解地问，“你的意思是，我儿子这个胎记还会变？”

“没错，小徐总的这个胎记确实会变。不过，并不是形态变化，而是一种颜色的变化……确切地说，也不是颜色。”医生略一思忖，组织好语言说，“他的这个胎记，实际上原本是肉色，因此平时用肉眼很难发现。可在一定情况下，通常是在内在或外在因素的刺激下，会引起胎记皮下血管的应急性扩张充血，从而导致血管的通透性增加。这样一来，这个胎记就会变成鲜红色，看上去，就像一个血痕一般。”

大夫这短短的几句话，让徐环一时间接受不了。此刻，他的脑子就像长时间未保养的汽车发动机一般，运行起来有些迟钝。

此时，医生又开口说道：“经过我的观察，胎记的这种变化不是突然性的，而是有一个渐变过程。胎记从出现到消失，颜色和形态逐渐变化，看上去就像伤痕出现、结痂、愈合一样。”

“真是令人难以置信，”徐跃升感叹道，“我儿子身上，怎么会长这么奇怪的胎记？”

“俗话说，胎记是上辈子传下来的印记，虽然这是迷信的说法，但胎记的产生确实令人称奇。”医生继续解释道，“从传统医学的角度来考虑，胎记是由多种因素共同造成的。其中，遗传是最重要的因素。”

“遗传？可我们徐家，从来没有人有过这种胎记啊。”徐跃武插嘴道。

“是啊，医生，会不会是皮肤病之类的？”徐跃升还是无法接受大夫的观点。

“徐董，您的心情我很理解，谁也不愿意子女身上长这么奇怪的东西。可是遗传因素是很难预测的。不过您不用太担心，这些都在科学能解释的范畴之内。”

直到这时，徐环的思路才慢慢赶了上来。可前些日子自己并没有受到强烈刺激啊，胎记为什么会变色呢？

这时，徐跃武问道：“大哥，还是有点不对啊。如果徐环身上的这个符号真是胎记的话，怎么以前我们没发现呢？难道，这是第一次变色吗？”

看来叔叔的思路，和自己想到一块了。徐环默默感叹道。

沉默了好长时间，徐环终于听到徐跃升深深叹了一口气，低声说道：“唉，跃武，其实我以前发现过一次，只是那一次我认为它是普通的伤痕，压根没当回事。”

“什么时候？”

徐跃升又叹了一口气，慢慢地说：“八年前。我清楚地记得，八年前的十一月份，徐环的脖颈处，也出现了这个胎记。”

听到这些话，徐环脑子嗡的一声，心脏剧烈地跳动起来。

不等他细想，又听到大夫开口了：“那个……徐董，还有句话，不知当讲不当讲。”

徐跃升不耐烦地说：“有话赶紧说。”

“好。”医生压低声音说道，“其实我也不是第一次见这个形状的胎记。”

“什么？”徐跃升和徐跃武异口同声地发出了一声惊呼，就连徐环也差点从床上坐起来。

“很多年前了，我也记不太真切，可能是相似或者巧合吧。我那时还在祁东大学医学院附属医院工作，我记得有一次，一个年轻的小伙子来看病，好像脖颈处也有这么一个胎记。”

“这个人叫什么名字？”徐跃升的声音有些颤抖。

“具体叫什么我记不起来了，只记得姓……好像姓……姓温。”

第三十一章　醉翁之意不在酒

卫毅平的家位于老城区的中心位置。这片区域的房子，大部分是二十世纪八九十年代国有工厂的自建分配住房。这儿的住户大多是原来国有工厂的职工，经济条件并不宽裕。当卫毅平踏上六楼的最后一级台阶时，已经有点上气不接下气了，可跟在他身后的吴婷婷却脸不红心不跳，大气都不喘一下。

“这就是我家，”卫毅平指了指右手边的一扇防盗门说，“乱得很，你可别嫌弃。”

“我又不是要住这儿,有什么好嫌弃的。赶紧开门吧！”吴婷婷催促道。

一进门，一股独居男人房间特有的古怪气味扑面而来，吴婷婷不由得皱了皱眉头。搭眼一看，屋内的各种物品杂乱地摆放在各处，使得原本就不宽敞的空间更加狭小。

“看你整天捯饬得人模狗样的，家里可是真够乱的。”吴婷婷一脸嫌弃，指着客厅里的沙发说，“臭袜子你就光明正大地扔那儿啊，你想熏死谁？那些充电器，你能不能规整规整？还有那些杂志……我的天，你是怎么在这个房子里住的？”

卫毅平有些不好意思，他赶紧把地板和沙发上的杂物归拢在一起，抱成一团，胡乱扔在了阳台上：“嘿嘿，单身男人的闺房，就是这样的。多包涵，多包涵。”

“切，你就瞎说吧。我去过徐哥的办公室，人家整理得可干净了，哪像你这儿，跟狗窝似的。”吴婷婷挽起袖子，帮卫毅平收拾起了茶几上的杂物，“抹布在哪儿？我帮你擦擦。”

“你说徐环？人家可是有专职秘书的，打扫卫生这种事还用他亲自动手？”卫毅平不屑地说，随即又咧嘴一笑，“不过我的待遇也不错，还有咱们局的局花给我当秘书，嘿嘿。”

“想得美！”吴婷婷白了他一眼，没好气地说，“你别在那儿傻站着，赶紧过来帮忙收拾收拾。”

两个人埋头打扫起了房间的卫生。吴婷婷干活确实麻利，一会儿工夫，卫毅平原本狗窝似的家就焕然一新。

卫毅平擦了擦额头的汗，瘫倒在沙发里：“唉，这打扫卫生，比解剖一具尸体还累。”

吴婷婷给卫毅平倒了一杯水，小心翼翼地问道：“那个……你自己住这儿？”

“对啊，单身狗一条。怎么，你要留下来陪我？”

“你正经点儿能死啊。”吴婷婷踢了他一脚，“我的意思是你妈妈呢？她不跟你住一块？”

卫毅平若无其事地耸了耸肩：“我妈妈已经死了。几年前，肺癌。”虽然他努力装出无所谓的样子，但吴婷婷还是注意到了他眼神的闪动。

“哦，对不起啊。”吴婷婷有些过意不去，低声道歉，又赶紧转移话题道，“行了，屋子也收拾好了，咱们该干正事了。”

卫毅平立马从沙发上坐了起来：“你不说我差点忘了。你等着，我把东西都拿过来。”说完，他快步走进了卧室。几分钟后，卫毅平抱出来一个纸箱子，然后重重地扔在地板上。边擦手边说，“喏，这就是我搜集的断肢狂魔案的所有资料。不过，官方资料很少，大部分是我记录的一些坊间传闻，还有我自己的一些推理想法。”

“这么多！”吴婷婷蹲在地上，翻看着纸箱里的资料。

箱子里的这些资料看上去有些年头了，有的纸张已经泛黄，看上去比纸箱本身更加破旧。吴婷婷大体翻了一下，除了少数照片之外，大部分是报道这起案件的报纸，还有卫毅平自己查找和记录的一些信息。

“这里面主要记录了一些坊间传言。”卫毅平递给吴婷婷一个笔记本，“虽然是传闻，但大部分还是比较靠谱的。”

吴婷婷点点头，拿过笔记本仔细翻阅起来。一时间，房间里一片寂静，只能听到纸张翻阅的沙沙声。二人的思绪仿佛也回到了八年前的那个深秋。

“啊！”吴婷婷突然发出了一声惊叫。

卫毅平被她的尖嗓门吓了一跳，赶紧问道："怎么了？"

吴婷婷脸色惨白，小心翼翼地说道："原来你父亲，是被……是被……"

"没错，我父亲的头被凶手砍了下来。"卫毅平耸了耸肩，十分坦然地把一句血腥味十足的话说出了口，仿佛被害者并不是他的父亲。

"你确定吗？你父亲被杀的细节，不是一直没有公布吗？"吴婷婷问道，"这是你自己推测的吧？"

"对，虽然细节没有公布，但我听说了很多坊间传闻，我还想方设法联系到了当时路过案发现场的一些路人，他们对我父亲的死状说法都比较统一。因此，在这一点上，应该比较可信。"卫毅平解释道。

"天哪，到底是什么样的凶手，才能用这么残忍的手段杀人！"吴婷婷一脸惊恐，"简直太恐怖了。"

"能被称作断肢狂魔，凶手一定不是等闲之辈。"卫毅平说道，"至于他的身份……"

"你父亲日记里的那句诗，其实已经点明了凶手的身份。"吴婷婷插话道，"既然我们已经确定了莲花池和丑树的含义，那从字面意思来看，这句诗应该是说，想找到所谓的断肢狂魔，就要找到祁东市公安局的丑叔叔。我说得对吧？"

"你说得没错，"卫毅平紧蹙眉头，"可是单知道这个信息没什么用啊。祁东市公安局那么多人，谁知道这个丑叔叔到底是谁。"

"这个丑叔叔，应该是某个人的外号或者代号。既然如此，应该有人知道才对。可奇怪的是，整个局里，似乎没人知道这个丑叔叔的存在。"吴婷婷郁闷地说。

"嗯，这一点确实很奇怪。我查阅了能查阅的所有资料，局里的史志和大事记，以及很多大案要案的资料，可这些资料里，压根没有出现过丑叔叔这三个字。"

"难道咱们的推理是错误的？你父亲的那句诗，根本不是这个意思？"

卫毅平苦着脸说："不应该，咱们的推理严丝合缝，应该不会错。"

"咱们的推理没错，可又打听不到这个丑叔叔的消息，局里的资料也没有相关的记载。"吴婷婷略一思忖，突然拍了一下自己的腿，"要解释这个矛盾，就只剩下一种可能。"

"什么可能？"

“丑叔叔的身份，是一项高度机密，对内对外都不公开，只有少数高层才知道。”

“高度机密……”卫毅平喃喃地重复道，“唉，也只剩下这种可能了。可这样的话，咱们的调查又陷入了死胡同。高度机密的信息，咱们不可能查到啊。”

“查是查不到的，不过我们可以学习一下徐哥的思维方式，借助手头上仅有的这些资料，来尽量推理出真相。”吴婷婷拍了拍卫毅平的肩膀，脸上闪过一丝兴奋。

“唉，这说起来容易，做起来难，”卫毅平愁眉苦脸地说，“关键是咱没有人家徐环的那本事啊。”

“不试试怎么知道？”

“那怎么试，瞎猜？”

“当然不是瞎猜。”吴婷婷指着一箱子的资料说，“我们可以根据线索，一点点儿地缩小嫌疑人的范围。”

“怎么缩小？”

“首先，我们可以断定凶手是个男的，对不对？”吴婷婷托着下巴说道。

“这可不一定，”卫毅平提出异议说，“你不要以为他叫丑叔叔，就一定是个男人。这年头，女人都自称爷，男的反而比较阴柔。”

“你别乱插话。”吴婷婷白了他一眼，“之所以判断他是男人，有两个原因。第一，凶手号称断肢狂魔，他的一大怪癖就是砍下死者的部分肢体，甚至……是头颅。这样看来，能做到这些的，一定有强于常人的臂力和腕力。力气大于常人，是男人的可能性更大一些。”

“有道理。”卫毅平点了点头，“那第二个原因呢？”

“第二个原因，凶手曾经杀死过一个性工作者。从作案手法来看，凶手应当是假扮嫖客，将受害者骗至酒店之后杀害的。既然能假扮嫖客，那自然是男性的可能性比较大。”吴婷婷很有底气地说道，“综合这两点，凶手一定是个男人，而且是个气力非常大的男人。”

“可以啊吴婷婷，还真有点柯南的意思。”

吴婷婷不好意思地笑了笑：“也没什么，都是跟徐哥学的。”

“但知道是个男人也没什么大用啊，”不等吴婷婷得意完，卫毅平就给她泼了盆冷水，“局里本来就没几个女警察。你还能继续缩小范围吗？”

吴婷婷被这一盆冷水泼得有点沮丧，叹了口气说："那就得结合其他的一些细节了。"

"这案子定了绝密后，我们能知道的细节太少了。"卫毅平愁眉苦脸地说，"不过，还有一点非常奇怪，就是断肢狂魔选择的作案时间。"

"作案时间怎么了？"

"这五起案件的作案时间，恰好都选在了我父亲值班的那几天。你觉得，这会是巧合吗？"

吴婷婷低头想了一会儿，判断道："要是一两个人的话，还可以说是巧合；可五个人都选在了你父亲值班的那几天，应该就不是巧合了。"

"那凶手选择我父亲值班的日子行凶，难道有什么深意吗？"

"我推测，凶手可能与你父亲有什么过节，选择他值班的日子行凶，就是在示威。而当你父亲开始调查，并查出了他竟然是祁东市公安局的警察时，凶手这才杀人灭口。"

"有道理。"卫毅平点了点头，随即又不解地问，"可是杀人灭口，总不至于用如此残忍的手段吧。"

"这一点，确实很奇怪。"吴婷婷又皱起了眉头。

"对了，还有一些细节我得说一下。当然，这些细节都是我搜集来的，可能不是很准确。"卫毅平拿出一个本子，看了几眼说道，"我父亲被杀死时，是凌晨三点钟，尸体是在一辆警车里发现的。当时警车与停在路边的另一辆车撞在了一起。我父亲坐在驾驶座上，一只手抓着方向盘，挡位还挂着。"

"这说明，凶手是在你父亲开车的途中趁其不备下手杀死了他，对吧？"

"嗯。不过有些奇怪的是，他的另一只手放在左侧门板的车窗控制开关上，而且副驾那边的车窗是开着的。"卫毅平奇怪地说，"这是怎么回事呢？"

"难道，凶手动手后，你父亲做出了挣扎，并且打开了车窗呼救？"吴婷婷试着解释道。

"嗯，应该是这样。"

"从这几点来看，更加印证了我们之前的判断，凶手就是祁东市公安局的警察。"吴婷婷下了结论，"凶手在你父亲的警车内下手，说明他们并不陌生，甚至是熟识，否则不会毫无戒备地让他进入警车。只有同为警察，你父亲才不会对他有警惕之心。另外一点，凶手下手后，你父亲进行了反抗和挣扎，并且打开车窗呼救。可最终还是被害死了。这进一步印证，凶手一定是个身强力壮的男人。”

“没错，我父亲身材比较魁梧，力气也很大。凶手能一个人制服我父亲，而且手段残忍，一定是个力大无比的家伙！”

“所以，综合来说，凶手应该具有以下特征：一个身强力壮的男性警察，并且与你父亲相识。”

“没错。可是范围还是太广了。身强力壮的男警察，符合这条件的人多了去了。”卫毅平的脸色又暗淡下来。

“可是你刚才说过，这个凶手能一人制服你父亲，就说明他的力气一定超乎常人。我们可以从这一点上下手。”

卫毅平还是一脸的困惑：“这怎么下手？力气大小又不会写在档案或者年终考核里，很多平时不显山不露水的人，其实力气都很大。”

“没法查，我们就不会想想别的办法？”吴婷婷说道。

“什么办法？”

“有句话说，姜太公钓鱼，愿者上钩。”吴婷婷眼神闪烁，“咱们不妨做一次姜太公。”

“什么意思？”卫毅平被说得一头雾水。

“我的意思是，我们不去查，但是要让符合条件的人自己跳出来。”

“自己跳出来，凭什么？人家傻啊。”

“这就得动点脑筋了。”吴婷婷神秘地笑了笑，凑到卫毅平耳边说，“我倒是有个主意……”

祁东市公安局办公楼的二楼是个室内体育馆，除了标准篮球场、羽毛球场、乒乓球台之外，还有力量和体能训练房，设施相当完备。体育馆的硬件设施虽然一流，但利用率却不高。毕竟警察这个职业有些特殊，平时有点时间就回家陪老婆孩子，哪里还有时间健身。不过今天的情况，似乎有些反常。

上午十点多，本是大家工作最忙的时候，可今天，平日里空荡荡的体育馆内，却挤满了身穿警服的警察。乍一看，就像重大集会的执勤现场。在体育馆的中央位置，整齐排放了五套桌椅，桌上放着桌牌和计时器。桌子正对面的墙上，挂了一条红底白字的横幅，上面写着：祁东市公安局首届腕力大赛。

此时，一个五十岁上下的警察走进了体育馆大门，看到这种情形，不由得吃了一惊，赶紧凑到旁边一位年龄相仿的警察身边，问："老刘，怎么这么多人？"

被称作老刘的警察嘿嘿笑了一声，说道："哟，老辛，连你也来凑这个热闹了？你平时可是放屁都懒得抬屁股，这会儿你都来了，其他人能不来吗？"

"切，你以为我想来？"老辛发牢骚道，"关键是通知上说，所有干警必须踊跃参赛，无故缺席者，取消年底评优资格。我再评次优就能立三等功了，可不能因为这事给耽误了。再说了，听说这次的奖品很丰富，前三名都是大家电，就算一场不赢也有参与奖啊。"

"这不就对了，重赏之下必有勇夫。既然领导们这么重视，那大家肯定得捧场啊。"

"可这事有点怪啊。"老辛不解地问，"我印象中，廖局长一向对这种文体活动不太感冒，怎么这次这么大张旗鼓地搞掰手腕比赛呢？"

老刘不屑地哼了一声："老辛，不是我说你，你这人吧，一点儿也看不清形势。"他指了指主席台，示意老辛看过去，"你看主席台上坐着谁？"

主席台上，高局长正面带微笑坐在正中央，与平时不苟言笑的形象相比，多了几分亲切感。此时，他正聚精会神地看着场地中央的比赛，还时不时地鼓掌叫好。

"这不是高局吗？怎么了？"

"怎么了？"老刘一脸的无奈，"老辛，就算你快退休了，也不能这么不了解形势吧。"他压低声音说，"咱局里的班子明年初就要换届了，廖局长眼看着就要退了，所以局里的大小事务，他压根不怎么管了。咱们公安局真正当家的，是台上坐着的这位高局长，明白了吧？"

"哦，怪不得呢。高局长重视，那就好办多了。"

"其实也不是高局重视，你还是没明白关键问题。"老刘指了指主席台下面，在各个比赛桌之间来回穿梭的吴婷婷说道，"那个小姑娘你认识吧？"

老辛摇了摇头："不认识，是新来的吧？"

"她叫吴婷婷，现在是局里的团支部副书记。"老刘说道，"这种文体活动，局里肯定是交给团支部组织的。这个腕力大赛的点子，八成就是吴婷婷这丫头想出来的。”

“她想出来，高局就能同意？”老辛纳闷道，“而且还申请了这么多经费，搞这么大排场。高局一向抠门啊，这次怎么这么痛快？”

“说你不跟形势吧，你还不服气。”老刘摇了摇头，“告诉你，别看吴婷婷这小姑娘平日里见了谁都客客气气的，可人家的背景正儿八经硬得很呢。”

“她有什么背景？”

“哎，不可说，不可说啊……”老刘故弄玄虚地说道。

“你他妈少来这一套，赶紧说！”老辛明显有些恼火。

“人多耳杂的，说什么说。总之，她跟高局啊，关系不一般。话点到为止，你自己琢磨去吧。”说完，他推了老辛一把，“赶紧的，轮到你去抽签了，参加就能奖个U盘，平时上哪儿找这种好事去。”

老辛白了他一眼，活动一下手腕，迈步走进了场内。场地里的比赛热火朝天，大家兴致高昂，气氛极其热烈。这大大出乎了众人的意料，就连组织者吴婷婷也没想到比赛能如此成功。看来平日里，大家的压力真是太大了，这种集体性的文体活动，的确是释放压力的绝好机会。

这次腕力大赛的点子，是吴婷婷想出来的，这也正是她所说的“姜太公钓鱼，愿者上钩”的计策。只有这样，她和卫毅平才能找出力气超乎寻常的人。

可是，组织腕力大赛毕竟不是小事。虽然她是团委副书记，但是这个头衔只是个虚职，并没有什么话语权。要想成功举办这么一次大型活动，必须寻求局领导的支持。这对她来说，并不是什么难事。对于吴婷婷的要求，高局长自然鼎力支持，经费、人力、物力都是有求必应，甚至亲自莅临比赛现场观赛。这对于行事低调的高局长来说并不常见。

有了这么多的利好因素，腕力大赛能取得如此成功，也就不足为奇了。可吴婷婷和卫毅平的目的，毕竟不是单纯的比赛。因此，在忙于协调比赛秩序的同时，他们二人还仔细审视着每一个参赛者。

这时，大喇叭里响起了主持人的声音：“同志们，这次腕力大赛得益于大家的踊跃参与和大力支持，进行得非常顺利。经过激烈角逐，现在有两名选手进入决赛。他们都来自刑警队，一位是郑坤，另一位是曲强刚。下面，决赛开始！”

两位决赛选手意气风发地进入比赛场地，所有人的目光也都不由自主地集中在他们二人身上。不过，除了吴婷婷，谁也没有注意到卫毅平站在角落里，眉头紧蹙了起来。

吴婷婷走到他身旁，压低嗓门问："有眉目没有？"

"不是很乐观。"卫毅平脸色严峻地说，"进入决赛的这两个人，是凶手的可能性几乎为零。"

"啊？"吴婷婷心里一凉，"为什么？"

"他们两个人的资料我已经查清楚了。"卫毅平拿出一个笔记本，指着其中一页说，"你看，这是我从政治部找来的假条。八年前的十月份，郑坤因为出警时遭遇歹徒袭击，导致腿骨骨折，在医院躺了整整三个月，因此他行凶的可能性非常小。"

"那曲强刚呢？"吴婷婷不甘心。

"曲强刚的可能性更小。"卫毅平低声说，"你别看曲强刚身强体壮的，但他有个特质在局里是出了名的，那就是晕血。"

"什么，晕血？"吴婷婷惊讶地问。

"他当年报考警校就是想克服这个毛病。"卫毅平无奈地说，"据说，他第一次出警，就遇到了受害者失血过多的场景，结果，所有人都忙着照顾他了，哪还顾得上查案子？所以，从那以后啊，这种重案都不让他参与了。"

"他会不会是装的啊？"吴婷婷质疑道。

"第一次出警就晕血，应该不是装的。"卫毅平摇了摇头，"我看这俩人，都不是凶手。"

"那咱们岂不白折腾了？"吴婷婷的神情明显焦躁起来，"那第三名呢？第三名是谁……"

这时，一阵欢呼声打断了他们的对话，大喇叭里响起了主持人的声音："决赛结束，胜负已分，冠军是刑警队二中队的郑坤！"

接着，一阵欢呼声又响了起来，体育馆里的气氛达到了高潮。只有吴婷婷和卫毅平呆呆地站在原地，情绪低落。

"下面，我们有请高局长为冠军郑坤颁奖！"

吴婷婷呼了口气，赶紧调整自己的情绪。虽然结果不理想，可比赛总得顺利闭幕。她把目光转向高局长，准备做好颁奖工作。可出乎所有人意料的是，高局长站起身来，并没有走下台颁奖，而是舒展了一下关节，对着话筒说：“今天啊，大家兴致都很高。看到同志们的精神头，也让我想到了我年轻的时候。呵呵，难得有今天这么个机会，我也想试试，挑战一下咱们的冠军。”他环视大家，问道，“不知大家同不同意啊？”

听到高局长这么说，大家先是一愣，随即，整个体育馆爆发出了“好”的喊声和震耳欲聋的掌声。

卫毅平一愣，转头问吴婷婷：“还有这么一个环节？”

吴婷婷笑了笑，无奈地说：“没有，还不是高局自己想玩。我这个舅舅，怎么玩心还这么重。真是的，你说他老胳膊老腿的了，万一郑坤把他弄伤了，那可怎么收场？”

“我看悬，要是换了别人，没准能卖高局个面子。”卫毅平一副看热闹不嫌事大的表情，“不过这个郑坤是个死脑筋，就怕他把高局往死里掰。”

这时，高局长笑着脱掉了自己的外套，撸起袖子走到决赛桌旁，看着郑坤说道：“郑坤，你可得用全力啊，不能因为我是领导就放水，听到没有？”

“得嘞，高局，输了可不许给我穿小鞋哈。”郑坤咧嘴一笑，坐到高局长对面。

随着裁判的一声哨响，二人马上进入了比赛状态。郑坤似乎有些轻敌，被高局长的手臂一下子压下去一半。好在他及时调整，又慢慢地把高局长的手臂掰了起来。

“高局不是对手啊……”卫毅平喃喃道。

可他话音未落，只见高局长脸色一红，嘴里发出一声闷响，手臂一挥，竟然一下子就把郑坤的手臂压到了桌上。周围的人愣了几秒，随即爆发出了热烈的欢呼声。看上去并不强壮的高局长竟然能战胜冠军，这确实是一件出人意料的事情。

大家都在忙着欢呼、拍照，谁也没有注意到，人群中有两个人的脸色变得极其惨白。吴婷婷和卫毅平像是两座雕像，呆呆地站在原地，一动也不动。

第三十二章　逆方向调查

吴婷婷坐在办公室的沙发上，神情恍惚。她不记得腕力大赛是如何结束的，甚至不记得自己是怎么回到办公室的。缓了好久，她的思绪才慢慢恢复到正常状态，但是情绪依旧十分低落。很显然，刚才腕力大赛的结果带给她内心极大的冲击，一时难以释怀。

高局长能赢其实也不奇怪，舅舅当过特种兵，上过战场，力气自然不会小。可是，结合他们二人的推论，和比赛的前几名根本不具备行凶的条件来看，结果就有点令人难以承受了。难道高局长就是卫毅平父亲的日记本里所记录的丑叔叔？吴婷婷对舅舅虽然谈不上多了解，但她绝不相信舅舅会做出这种事情。

这时，卫毅平走到吴婷婷身边，递给她一杯水，声音低沉地说："忙活了一上午，喝口水吧。"

吴婷婷没有接水杯，而是抬头问道："你真的相信高局会……"

卫毅平叹了口气，坐到吴婷婷对面，一脸严肃地说："我不相信。高局的人品和口碑一向很好，这是人人皆知的，要说他能做出如此残忍和阴毒之事，我绝对不相信。"

卫毅平的话让吴婷婷感到一阵欣慰，脸上挤出一丝勉强的笑容，发自肺腑地说："谢谢。"

"可是……"卫毅平吸了一口气，有些为难地说，"这样一来，我们也无法排除高局的嫌疑啊。"

"我舅舅绝对不会是凶手，他没有嫌疑！"吴婷婷激动地说，"你刚才不是也说你绝对不会相信吗？"

"是，是，"见吴婷婷激动起来，卫毅平赶紧安抚她，"没错，我是不相信。可是婷婷，相不相信与有没有嫌疑是两码事。我也没说高局就是凶手，但我们总得留个心眼吧。”说着，他又拿出那个笔记本，指着上面的内容说，“你看，八年前的十一月，高局已经担任了祁东市公安局刑警队的队长，当时他一直在正常工作，没有任何意外情况。因此，我们不能排除他作案的嫌疑。”

“说来说去，你不还是说我舅舅是凶手吗？”吴婷婷噘起嘴，使劲跺了几下脚。突然，她似乎想起了什么，说道，“其实，腕力大小也说明不了什么，这只是一个方面。高局腕力大，并不代表他一定就是凶手。腕力大赛前几名的选手都有嫌疑，就算是去掉郑坤和曲强刚，还有好几个呢。只要有一个人的可能性比高局大，那就可以洗刷掉高局的嫌疑了。”

“你说得没错。”卫毅平皱起眉头说，“可问题是，这次腕力比赛的前十名，我都调查过了，他们不是缺乏必要的作案条件，就是有十分明确的不在场证明。综合考虑，他们都不可能是凶手。所以，高局的嫌疑还是最大的。”

吴婷婷拍了拍自己的脑袋，沮丧地说：“组织这个大赛，原本是想找出真正的凶手，可没想到，却让我舅舅沾上了嫌疑，你说这算什么事啊。”

“哎呀，你先别着急。”一向油嘴滑舌的卫毅平也不知该如何安慰她，支支吾吾地说了两句，就坐在了椅子上，沉默不语。

两个人愁眉苦脸地闷头坐了一会儿，吴婷婷首先打破沉默：“卫毅平，其实我这个愿者上钩计划有很大的漏洞。你父亲的确说断肢狂魔是在祁东市公安局，可毕竟那是八年前，八年期间，咱们局里肯定有很多人员离开吧。你说凶手，会不会在这些人中间？”

“离开的人确实有。可是你也知道，咱们公安系统不比其他政府机关，人员结构相对稳定，很少出现人员流动。我查过，这八年来，除了退休的人之外，还有两位牺牲的干警和一位调走的，其他的就没有了。”

“那这些人里面，有没有符合嫌犯标准的？”吴婷婷赶紧问道。

“没有……”卫毅平话说了一半，突然停住了。随即他一拍桌子，大声说道，“嘿，我差点漏了一个人。”

“谁？”

“一个被开除的人，徐环！”卫毅平语气坚决地说道。

“徐环？”吴婷婷一愣，“怎么可能是他呀。卫毅平，你别忘了，八年前的八月份，他就因为严重违纪被开除了，而断肢狂魔案十一月才发生。”

“不对，你忽略了一个时间点。”卫毅平提出异议，“徐环的确是八月份做出了严重违纪的事情，但是当年他是高局的得意门生，高局极力替他压下了此事。后来闹得太大，实在盖不住了，这才处分了徐环。因此，走完程序，徐环被正式开除的时候，已经是第二年春天了。”

“这么长时间？”吴婷婷惊讶道。

“对啊，所以说，我父亲死的时候，徐环虽然已经违纪了，但是处分结果还没下来，他还是局里的人，而且还在正常履职。”

吴婷婷想了想，还是摇了摇头：“那也不会是他，他的力气不够大。”

“那倒也是。”卫毅平叹了口气，“徐环这个人身手差，手无缚鸡之力是局里出名的。”

“唉，这也不是，那也不是，”吴婷婷沮丧地说，“那下一步咱们怎么办？”

卫毅平想了一会儿，小心翼翼地提议道：“要不，咱们调查一下高局？”

“你敢！”吴婷婷狠狠地瞪了卫毅平一眼，“姑且不说我不同意，就算是让你查，你能查得到吗？你知道从哪儿下手吗？”

“唉……那怎么办？难道就这样走投无路了？”眼看线索中断，卫毅平的情绪也难免烦躁起来。沉默了一会儿，卫毅平噌地站了起来，对吴婷婷说，“跟我来，去我办公室。”

“干吗？”

“来了就知道了。”

吴婷婷一头雾水，但还是跟上他，快步走到了法医室。卫毅平的办公室就在法医室一侧的一个北向小房间内，原本是间脏乱的储物室，见无人问津，卫毅平干脆收拾出来，当成了自己的一个据点。不过，他的办公室同他家里一样，乱得让人眼花缭乱。

吴婷婷皱着眉头走进房间，一脸不解地问：“来你这儿干吗？又脏又乱的。”

卫毅平没有搭腔，他径直坐到电脑桌旁，打开电脑：“看来，我们正方向的调查已经行不通了，现在要试试逆方向。”

“什么正方向逆方向的，”吴婷婷不解地说，“说详细点儿。”

卫毅平打开了窗户，以换换房间内污浊的空气：“现在我们握有两个条件。条件一，凶手是祁东市公安局的警察；条件二：凶手力气超乎常人。

而我们的目标，是要确定所谓丑叔叔的真实身份。可现在呢，我们无法从条件一和条件二推导出结论，所以我们应该尝试换个方向。就是从丑叔叔的身份入手，查一查这三个字究竟代表什么含义，然后再结合条件一和条件二，推出丑叔叔的真实身份。”

“嗯，没太听懂。”吴婷婷有些茫然，“你说直接点，我们现在怎么办？”

“你知道，我们之所以查不到丑叔叔的信息，是因为这三个字是个密级很高的称谓。如果我们想查出它究竟代表了什么，我想传统方式肯定是不行的。”卫毅平指了指自己的电脑说，“好在现在是信息化时代，互联网为我们提供了机会。”

吴婷婷恍然大悟：“你的意思是，咱们玩一把黑客的游戏，通过网络侵入局里的涉密数据库，来查出我们需要的信息？”

“没错，就是这样。”

“真看不出来啊卫毅平，你还懂这个？”

“切，我可是号称法医里电脑玩得最好的，黑客里医术最高的。当年上大学的时候，就是我把我们学校选修课的系统给黑了，学校无奈，好几天才弄好。嘿嘿，实话跟你说，也就是咱们局里的系统里没有断肢狂魔案的电子卷宗，要是有，再怎么遮遮掩掩，我也能从电脑上看到。”

“你可真行。既然如此，你在咱们局的数据库里，能找到丑叔叔的信息吗？”

“没有，咱们局里的数据库我找遍了，根本没有。”

“那你还神气什么？你这招压根不管用啊！”吴婷婷大失所望。

“局里没有也正常。可我们局的上级，我们对他们不可能有秘密可言。因此，咱们局的秘密，他们一定有，而咱们没有的秘密，他们可能也有。所以，我想我们应该进入他们的系统查一查，也许会有收获。”

“卫毅平，你胆子也太大了吧。这要是被发现了，恐怕就不是开除那么简单啊。”

卫毅平皱起眉头，一脸无奈地说：“这不是没别的招了吗？现在已经到了这份儿上了，放弃多可惜啊。”随即他脸色一凛，“再说能查出真相，开除也无所谓了。”

“好吧，既然如此，那就这么干。”吴婷婷咬着牙说道，可随即脸色一沉，叹气道，“可是，他们的系统安全措施肯定更严格，你能做到吗？”

卫毅平拍了拍面前的电脑说："我这台电脑连接了他们的法医数据库。我可以通过系统后门，找出绝密信息数据库的入口。这个不难，你瞧好吧。"

说完，卫毅平一头扎进了电脑里，双手噼里啪啦地敲击着键盘，一行行黑底白字的代码在屏幕上闪烁着。吴婷婷心里着急，可她看不懂，又帮不上忙。于是，只能在狭小的房间内走来走去，以缓解内心的焦虑。

过了好长时间，她听到卫毅平脆声说道："好了！已经进数据库了，我已经写好了一个搜索程序，只要输入关键字，就可以查出相关的数据。"

"哇，你太强了。"吴婷婷兴奋地说，"那别磨叽了，赶紧搜索吧！"

卫毅平点了点头，在搜索框中输入了"丑叔叔"三个字，然后重重敲下了回车键。

回车键敲下后，电脑屏幕上出现了"正在查找"的系统提示，同时出现了一个白色的进度条。不过，进度条加载的速度非常缓慢，让人看得异常着急。大约过了五分钟，进度条才走到头。可是，漫长的等待并没有等来期望的结果，电脑屏幕上只出现了五个字：查无匹配项。

吴婷婷失声道："这……这怎么回事？他们也没有？"

卫毅平也有些意外，他挠了挠头，低声嘟囔道："嘿，真是活见鬼了！难道这信息的密级……是绝密中的绝密？"

"绝密中的绝密？"

"嗯，这种核心机密一般事关重大，如果泄密，将会造成极其严重的后果。为了保证绝对安全，这些信息只有他们和我们这里个别领导才知晓。而且这些数据一般不会联网，而是采取线下的传统储存方式。"

听了卫毅平的话，吴婷婷无奈地叹了一口气："如果真的如你所说，那这个秘密可以称得上无懈可击了。凭我们这点伎俩，根本没法继续查下去。"

"天无绝人之路，现在放弃未免太可惜了。我想，我们应该多尝试几种搜索方式。"他又拉过键盘，在上面敲击了两下，"这次，我单输入一个'丑'字试试。"

随着卫毅平敲下回车键，电脑屏幕开始迅速闪动。几秒钟后，屏幕上显示了几条与丑字有关的检索结果。但二人浏览了几遍，没有发现他们想要的内容。

吴婷婷呆呆地坐在椅子上，失望地说："难道，这个丑叔叔从一开始就是我们的臆想？"

“唉……”卫毅平身子一软，瘫坐在了椅子上。虽然他嘴上不愿意承认，但心里却似乎已经认同了吴婷婷的说法。希望越大，失望越大。原本二人对丑叔叔这条线索寄予了厚望，可结果却不尽如人意。一时间，房间里的气氛变得极其压抑，他们谁也不说话，各自想着各自的心事。

突然，吴婷婷的脑子里闪过一丝亮光。她推了卫毅平一把，语气里又带了几分希望：“哎，既然‘丑叔叔’这三个字搜索不到，要不你搜搜英文看看？”

“英文？”卫毅平一愣，随即不屑地说，“你是在搞笑吗？咱们的涉密操作系统都是国产中文系统，中文都搜不到，英文肯定更没戏啊。”

“哎呀，搜一下能累死你啊！”吴婷婷重重地拍了下他的肩膀，“你就输个英文单词 ugly 吧。”

卫毅平无奈地摇了摇头，输入了 ugly，然后敲下回车键。系统开始飞速检索起来。等了几分钟，不断闪动的屏幕突然间停下了，屏幕上显示了四个大字：检索完毕。吴婷婷内心一颤，赶紧凑上去查看。出乎意料的是，在检索结果的那一栏信息里，竟然有了一个匹配项。她心里一喜，兴奋得差点儿喊出声来。

卫毅平也立马坐直了身子，惊叹道：“哇，还真查出来了。”

电脑屏幕上写着一行小字：检索结果，1 条，标签：Uncle Ugly。

吴婷婷用手指点着屏幕，激动地大声说：“你看，有了！这次真的让我蒙对了！”

卫毅平似乎还有些不敢相信：“怪了，这中文系统，为什么还要用英文？不科学啊。”

吴婷婷没有理会他，只是不耐烦地催促卫毅平赶紧打开看看。卫毅平边嘟囔着边用鼠标点开了标题，资料开始展现出所有的内容。他扫了一眼，不由得大吃一惊：“怎么这资料内容也是纯英文的啊！”

吴婷婷心里也有些奇怪，这么重要的机密资料，为什么要用英文呢？吴婷婷定了定神，逐句读起了资料的详细内容。随着对内容的了解，她紧蹙的眉头而逐渐舒展开，轻轻笑了笑：“原来如此。”

卫毅平的英文赶不上吴婷婷，他心里不禁着急起来：“你别光顾着自己傻笑啊，这些洋文到底说了什么。”

吴婷婷归拢了一下额前散乱的刘海，对卫毅平解释道：“这份资料之所以用英文写，原因很简单，因为根本不是他们的资料。”

“怎么可能？不是他们的资料，怎么会出现在他们的数据库里？”

吴婷婷胸有成竹地解释道：“你看，这份资料上方有一个陌生的印鉴，结合它前几句的表述方式来看，这份资料应该出自于一个外国某特别机构之手。”

“外国机构？”

“这份资料，实际上是外国某特别机构撰写的调查报告，内容就是针对绝密信息丑叔叔的。”吴婷婷干脆利落地说道，“至于它为什么会出现在这里，原因很简单，这份资料被他们截获了。确切地说，这份情报是我们的战利品。”

“原来是这么回事。”卫毅平若有所思，“竟然还有外国机构对丑叔叔感兴趣，这也恰恰说明了这个秘密的重要性。”

“没错，看来我们还真是歪打正着了。”吴婷婷一脸的庆幸，“这个数据库的管理员真是太大意了。他把注意力都集中到了保护内部信息上，却没想到内部信息会出现在外部载体上。”

“嗯，这次算我们走运。”卫毅平站起身来，把电脑椅让给了吴婷婷，“赶紧往下看，看看都写了些什么。”

这份资料的篇幅很长。随着阅读内容的增加，吴婷婷的脸色也变得越来越严峻。

“你别老自己闷头看，”卫毅平不耐烦地催促道，“赶紧说说啊！”

“那我给你从头翻译翻译。”吴婷婷点点头，“丑叔叔，是我们这个系统一个绝密代号。一直以来，都是由我们的上级统一管理。很遗憾，对于丑叔叔这个代号，我们依然未能获取比较权威的信息。但根据我们的调查，至少可以肯定一点，丑叔叔这个代号的设立，是为了执行某些重要任务。”

“也就是说，丑叔叔应该是咱们省的一个王牌特警，这么理解没错吧？”

“差不多吧，”吴婷婷点头表示同意，“既然是执行重要任务，肯定不能找你我这样的半吊子警察。而且资料接下来也提到，丑叔叔并不是谁都可以当的。要想成为丑叔叔，必须经过层层考核和选拔，最优秀的那一位，注意，有且只有一位，才有资格成为丑叔叔。当然了，选拔的过程极其严格，保密等级也相当高。”

吴婷婷继续念道：“我们对选拔的过程进行了重点调查，并且获取了一些我们认为比较重要的信息。二〇〇四年十月，进行了丑叔叔的秘密选拔，全程高度保密。各市均推荐了一名最优秀的警察参加选拔，参选人多达三十八人。选拔过程异常严苛，除了难度大之外，还有受伤甚至死亡的危险。因此,各市均需提报一个替补人选,一旦主力人选在选拔中出现意外,替补人选可以直接继续参加选拔。”

卫毅平感叹道：“这丑叔叔的选拔，还真是不一般呐！”

吴婷婷继续翻译道：“虽然保密措施非常严苛，但经过努力，我们还是获得了丑叔叔候选人的合影照片和名单。”

“有照片和名单？”卫毅平使劲拍了下桌子，“那还等什么？赶紧看看啊！”

吴婷婷点了点头，点开了文档的照片附件。网速非常慢，点开附件后，照片只能一点一点地显示。吴婷婷和卫毅平屏住呼吸等待着，焦急的心情不亚于查询高考成绩的考生。照片加载到一半时，网速突然加快，剩下的一半一下子就加载完毕。一张合影照，完整地呈现在了二人面前。

吴婷婷快速扫了一眼，当看到合影中那个熟悉的脸庞时，她不由得发出一声惊呼，难以置信地捂上了自己的嘴巴。

电脑屏幕上出现的，是一张三十多人的合影。三十多位精英警察们站在一起，他们身姿挺拔、意气风发。照片里的所有人都散发出一种逼人的英气，甚至连看照片的人都能感受到他们内心的澎湃。可是，在这些朝气蓬勃的脸中，有一张脸显得格外引人注目。因为这张脸上并没有其他人的那种自信和憧憬，而是表情木然，眼神空虚，感受不到任何情绪。

那是徐环的脸！

八年前的徐环，从眉眼上看要比现在稚嫩很多。可是他的那种神态，却让吴婷婷感到有些陌生。八年前代表祁东市参加丑叔叔选拔的，竟然是徐环？这……也太出乎人的意料了！

没错，徐环当时的确是全市警察最引人注目的新秀，并且深受高局长赏识。所有人都相信，这颗警界的新星，日后一定会成长为一名出类拔萃的刑警。潜质虽好，但那时的徐环毕竟还年轻，无论是从能力还是从资历上，他没有绝对的优势可言。最后他竟然会代表祁东市参加丑叔叔的选拔，这在人才辈出的祁东市局里，简直是不可想象的。

卫毅平脸上的惊讶之色，丝毫不亚于吴婷婷。

过了好长时间，吴婷婷才难以置信地问卫毅平：“你觉得这张照片可信吗？会不会是假的？”

卫毅平摇了摇头，沉声说：“绝密数据库里的资料，不可能是假的。现在不是相不相信的问题，而是要分析一下这件事的原因和影响。”

“可是我们已经分析过了，徐环根本不符合呀。”

卫毅平略一思忖，答道：“有没有这种可能，徐环其实力气很大，但他一直在掩饰。”

“怎么可能，难道连他上学期间散打课不及格也是在掩饰？我看不会。”吴婷婷对卫毅平的说法嗤之以鼻，“不过呢，他也只是参加选拔，并不一定能够脱颖而出成为丑叔叔吧？”

“不会，根据我父亲那句诗的意思，丑叔叔就在祁东市公安局。”卫毅平十分肯定地说。不过，他并不想现在就同吴婷婷做无意义的辩论，于是他指了指电脑屏幕催促道，“行了，咱们先别瞎想了，你继续往下读，看还说了什么。”

吴婷婷定了定神，继续读了下去。

“选拔的过程和结果被严格保密。我们已经尽了所有的努力去调查，但依然未能成功获取。不过，我们可以依据观察结果和现有资料进行深入分析，尽量预测出丑叔叔的身份，以供上级参考。

“这次选拔持续了三个月，于二〇〇五年一月结束。我们注意到了一个有趣的细节：二〇〇五年的四月，参加选拔的所有人员都再次返回，目的应当是听取选拔结果以及做一些后续工作。可令我们感到不解的是，参加选拔的这一批精英中，有一个人并没有返程。”

“谁？”卫毅平禁不住问道。

“没有返程的人，是祁东市的年轻刑警，徐环。这个细节引起了我们的高度重视。随即我们对徐环展开了详细调查。我们发现，这个叫徐环的人在三月底因为击杀投降的绑匪被处分，并被开除出了警察队伍。”

读到这儿，吴婷婷停了下来，看向卫毅平说：“他们的调查没错，这恰恰说明，已经被开除的徐环连警察资格都失去了，怎么可能通过选拔成为丑叔叔呢？”

卫毅平没有搭话，而是示意她继续读下去。

“如果按照常理判断，被开除出警察队伍就意味着丧失了警察的身份和资格，绝对不会成为选拔最终的胜出者。可我们判断，徐环被开除，应该是一个欲擒故纵之计。”

“欲擒故纵之计……”卫毅平忍不住嘟囔道。

吴婷婷没理他，继续读道：“欲擒故纵，是中国的三十六计之一。实际上就是一种心理战。表面上看，徐环已经失去了成为丑叔叔的资格，在这种情况下，所有人的目光都集中到了其他选拔者身上，徐环自然无人关注。欲擒故纵之计的精妙，就在于把最不可能的事情变成可能。所以，我们判断，真正的丑叔叔，就是徐环。”

“精彩！”卫毅平狠狠地拍了一下桌子。

吴婷婷轻轻摇了摇头，继续读道：“我们作出这个判断，还有一个理由，那就是合影。从那张合影来看，徐环是唯一一个让我们的表情和心理专家看不透内心想法的人。他在伪装内心这方面的素质，应该是参选者中最高的。因此，经过综合考虑，我们认为这次打造的丑叔叔，就是徐环。”

“资料读完了，就是这些。”吴婷婷坐直了身子，揉了揉疲累的双眼。然后转脸问卫毅平，“你怎么看？”

卫毅平使劲点了点头，极其肯定地说：“这个机构的资料挺有含金量，他们的调查和分析都很有水平。我同意他们的看法。徐环，就是丑叔叔。”

“我不同意，”吴婷婷的口气也很坚决，“徐环虽然参加了选拔，但他肯定不是最后的丑叔叔。”

“婷婷，我知道你喜欢他，你的心情我可以理解。”卫毅平劝道。

“我没看出来。我觉得你只是在臆测。”吴婷婷下巴一扬，一副不服来辩的神色。

“行，既然你不相信老外的分析，那我就给你来一段带着祁东市本地风味的分析。你可听好了，咱讲道理，不能耍无赖。”

“那你说吧，我听着。”

“我先问你一个问题。”卫毅平看着吴婷婷，口气深沉，“我问你，八年前，徐环是因为什么被开除的？”

“因为‘8·23’枪案啊。当时，他击杀了一名已经投降的绑匪。你又不是不知道，又让我重复一遍干吗？”吴婷婷不屑地说。

卫毅平继续问道：“既然如此，那我再问你，凭借徐环的头脑和心思，你觉得他像是能做出这种极端行为的人吗？”

吴婷婷被他问得一愣，随即快声答道：“不像啊，我早就说过，徐哥不是那种头脑发热的人。以我对他的了解，这件事情一定有什么隐情，有可能他是被逼的；也有可能，他有更重要的目的。”

“说得好！”卫毅平一拍桌子打断了吴婷婷，“有更重要的目的，你算是说到点子上了。”

吴婷婷被他吓了一跳，没好气地说：“你别一惊一乍的，什么说到点子上了？”

“你看，徐环心思缜密，头脑冷静，不像是容易冲动的人，可他的的确确做出了击杀绑匪的事。所以，我觉得你刚才说的话很对，他肯定有更重要的目的。你想啊，在那个节骨眼上，他能有什么目的？”

“你什么意思？”吴婷婷警惕地问道。

“我觉得，徐环的目的只有一个，为了参选丑叔叔。”卫毅平认真地分析道，“我现在甚至怀疑，‘8·23’案中徐环击杀投降绑匪的行为是刻意安排的，就是为了让他成为丑叔叔。这是一出演给别人看的苦肉计。”

“苦肉计？这……这太匪夷所思了吧。”吴婷婷似乎难以接受卫毅平的说法。

“没错，的确是匪夷所思。”卫毅平继续说道，“可是，只有这么想，才能解释徐环击杀绑匪的行为。也只有这么想，才能解释为什么局里迟迟不作决定，非要等到第二年春天才开除徐环。”

吴婷婷想了想，反驳道：“可你想过没有，如果徐环击杀绑匪之后，又未能脱颖而出成为丑叔叔，那他不白费力气了？这种没有把握的事情，徐环和高局会做吗？”

“你说得没错，这个问题确实有点儿说不通。要解释这个问题，只有一种可能。”卫毅平的语气依然坚定，“徐环一定有把握成为丑叔叔。换句话说，徐环其实早就被内定了……”

“这……你瞎猜的吧。”吴婷婷瞪大眼睛，一脸的惊讶，“你别忘了，徐环自从被开除就去了远景集团工作，根本没参加什么秘密行动啊！”

“切，人家要参加什么秘密行动，还能事先通知你不成？”卫毅平不屑地说，“徐环有远景集团高管的身份作伪装，但同时又作为丑叔叔参与秘密行动，这恰恰是有人要达到的效果。”

吴婷婷眼睛一转，又反驳道：“还是不对。你想啊，如果徐环真的是丑叔叔，那他为什么要残忍地杀害你父亲，他是出于什么动机？难道杀掉几个人，就是他作为丑叔叔的秘密任务？”

卫毅平歪着脑袋想了想，最终还是叹了口气说：“这个……目前我也解释不清楚。但我父亲那句诗写得明明白白：欲问狂魔何处寻，莲花池里有丑树。这个断肢狂魔，就是丑叔叔徐环，这一点，我坚信不疑！”

吴婷婷没有了再反驳的理由，她无奈地摇了摇头：“我还是不太能接受这个结果。罢了，这个问题等会儿再说。这份资料最后还有一份附件，咱们打开看看。”

卫毅平点了点头，打开了附件二。这份附件是一份 Excel 表格，是参加丑叔叔选拔人员的姓名和简略的资料。随着鼠标的滚动，Excel 表格被下拉到了后半部分。两个人定睛一看，原来表格的后半部分是各市参加选拔人员的候补名单。

“嘿，找找看，谁是徐环的候补。”卫毅平边调侃着，边寻找着祁东市那一栏。不过，当他找到目标表格后，脸上的笑容却凝固在了脸上，慢慢化成一抹惊恐。因为那栏表格里清晰地写着两个字：卫鸣。

第三十三章　北菱村的老妪

Elly走下车，一股久违了的泥土清香扑面而来。她迈开步伐，轻轻走了几步，脚下竟然感受到了一种特别的舒适感。更难得的是，这里的土地一尘不染，鞋面沾不上一丝灰尘。

她的头顶上方，是一片湛蓝色的天空，偶尔点缀着几朵云彩。天空下面，是一条蜿蜒曲折的小径，虽然不是柏油马路，却异常平整。在小径的左侧，是一排高大的梧桐树，树后则是一眼望不到头的低矮灌木丛；而在小径的右侧，则是一片峭壁。站在此处，崖下的美景一览无余。山崖下有一片壮阔的湖泊，波光粼粼，与天空的蓝色相得益彰。虽然此时并不是观赏景致的最佳时节，可眼前的蓝天、白云、玉湖，依然构成了一幅绝美的山水画。

"这地方，真是美啊！"走在Elly身后的虎子感叹道，"我长大的村子，曾经也很美，可后来一开发就完了。"

"这个村子之所以美，就是因为附近的几座山把它同外界隔绝开了，原生态才得以保留。"Elly解释道，"看来经济落后，也不完全是坏事，至少生态环境没有被破坏。"

"也是，塞翁失马，焉知非福。"虎子边走边说，"不过，Elly姐，这地方既然被评为中国十大最美村落之一，应该有很多游客慕名前来才对啊，总不至于这么冷清吧。"

"还是那句话，交通不便。"Elly解释道，"再美的地方，如果没有便利的交通支持，是绝对不会发展成热门景点的。这儿虽然美，但也只是一个小众景点。"

"也是，要不是因为在这儿找到了那个假徐环，我根本就不知道还有这么一个地方。"

二人边说边走，很快就来到了村口。只见小径的左侧，竖立着一块巨大的石碑，上面写着三个红色的大字：北菱村。二人相视点了点头，走进了村落。迎面有一个宽阔的水泥场，看样子应该是村里集会或者活动的地方。穿过这片场地，就是一条还算宽阔的村路，路的两旁，都是古朴的村房。村子里很萧条，路上见不到几个人。偶尔有几个蹲在门口的村民，都用警惕且不善的目光看着他们。

“二位，需要导游吗？”终于，一个看上去只有十几岁的小姑娘走近他们，不冷不热地问道。

虎子从口袋里掏出两张百元大钞，在小姑娘面前晃了晃：“我们不是来玩的。哥哥想跟你打听几个事，你如实说，这钱就归你了。”

“你们……想打听什么事？”小姑娘的神色变得警惕起来。

Elly 把一张照片拿出来，递给了小姑娘。照片上，是菱形符号的特写。

小姑娘接过照片一看，脸色立刻暗淡下来，随即把照片扔给了 Elly，双手使劲地摇着：“我不知道，你们赶紧走吧！”

Elly 对小姑娘的反应有些奇怪，她一把拉住小姑娘的手，急切地问道：“为什么？”

“你们跟我来吧。”这时，一个低沉的声音在 Elly 和虎子身后响起。

Elly 和虎子回头一看，说话的是一个脸色黝黑、身体壮硕的中年妇女，她双眼冰冷，在他们二人身上不住地打量着。

“您是……”Elly 警惕地问道。

“我们族长要见你，你跟我来吧。”中年妇女冷冷地丢下一句话，转身朝巷口走去。

一眨眼的工夫，中年妇女已经走出了很远。Elly 没有时间细想，她心一横，快步跟了上去。二人跟随中年妇女来到了一个宽敞的大院内。院子里有很多穿着朴素的村妇，她们都在低头忙碌着，似乎无暇顾及他们二人的到来。

中年妇女把 Elly 引到南向的屋子门口，毫无感情色彩地说：“女人进去，男人在这儿等着。”说完，她扭头离去，根本不理会虎子愠怒的神情。

Elly 摁了摁虎子的肩膀，安慰道：“没事的，客随主便，你在这儿等着我就好。”随即推门走了进去。

房间很宽敞，采光也很好。大把的阳光透过窗户，把房间晒得暖意十足。

不过，房间的门窗都紧闭着，空气有些污浊，再加上房间内有一种难以名状的熏香气味，让 Elly 觉得有些胸闷。靠墙的床上，躺着一位白发苍苍、身形瘦削的老妪。从她满脸的恍惚和水肿来看，这位老人一定忍受着病痛的折磨。

“姑娘，过来，到我这儿来坐。”老人艰难地半坐起来，依靠在床上。

Elly 略一犹豫，慢慢走到了床边，坐到老人身旁。老人颤颤巍巍地伸出瘦骨嶙峋的手掌，把 Elly 的手紧紧握在掌心里。她抬起头，一双浑浊的眼睛紧紧盯着 Elly，让 Elly 不由感到一阵发毛。想到要在天黑前离开，Elly 不禁有些着急，她想起身离去，可无奈手被老人紧紧攥住，抽身不得。

老妪用沙哑而虚弱的嗓音说道：“你……是来这儿旅游的吗？”

“我……不是……我只是……”Elly 支吾道，一时间不知怎么回答才能脱身。

“我知道你不是来旅游的。别看我老婆子一辈子没有迈出过这个村子一步，可我见过的人并不比你少。你的心思，我一眼就能看穿。”说话间，刚刚还一片浑浊的眼睛突然变得炯炯有神起来，“姑娘，你的眼睛里，没有那种贪欲。况且，我老婆子已经不行了，随时可能去阴曹地府报到。这秘密啊，总不能带进棺材里。算你运气好，你有什么想问的就问吧，能告诉你的，我一定告诉你。”

Elly 一愣，自己的运气难道这么好，不会是老婆子要套自己的话吧？管她呢，先问了再说。Elly 平复了一下心情，拿出菱形符号的照片递到她面前，轻声问：“老人家，您认识这个东西吗？”

老妪眯缝着眼睛看了好一会儿，才说道：“这……是我们北菱村的图腾啊！”

“图腾？”Elly 一愣，“为什么要用这个做图腾呢？这个符号，有什么含义吗？”

“含义，那就说来话长了。”老妪似乎有些累，说完这句话后，她就闭上了眼睛。

看着老妪油尽灯枯的样子，Elly 有些担心。于是她试图慢慢将手从老人手里抽出，尽快离去。谁知，她的手刚刚挪动，就感到老人的手使劲一握。看似枯叶般的老人竟然有如此手力，着实让 Elly 吃了一惊。

“姑娘，我没事，你别着急走。”她睁开了眼睛，双目又重新亮了起来，“这个菱形符号的含义，要从我们村子的源头说起。”老妪费力地直了直身子，又清清嗓子，继续说道，“说起来，那是几百年前的事情了。明末清初的时候，西边一个因战乱背井离乡的家族逃难到了这个地方。因为这里的地形适合避乱，再加上风水不错，所以部族决定在此定居，建立了我们这个村子。这个族群，就是我们的祖先。”

“原来北菱村有这么长的历史。”Elly 低声嘟囔道。

“是啊。至于我们为什么选择了这个符号作为图腾，我可以给你讲一个一直在我们部族里流传的传说。”老人仍然紧紧抓着 Elly 的手，“传说村子建立后,有一只野狗经常光顾村落。狗的脖颈处,就有这么一个菱形胎记。这只狗仿佛通晓人性，与族长特别亲近。久而久之，村民们尤其是族长与这只狗产生了感情，甚至将它当成了家里的一员来看待。”

“有一天，族长全家人出门干农活，单把狗和小孩留在了家里。谁知回来后，族长却在家门口发现了满嘴鲜血的狗，嘴边还有孩子衣服的残片。族长以为狗兽性大发把孩子咬死了，于是在极度悲愤之下，他将狗活活打死了。可回家一看，孩子好好的，根本没事。这时他才听邻居道出了真相。原来族长不在的时候，有一只狼潜入了他家中，妄图将孩子叼走，多亏了这条狗同狼殊死搏斗，硬是舍命将孩子从狼嘴里抢了回来。族长这才知道自己错杀了这条狗。在深深的悔恨和自责中，他将狗身上的菱形符号刻到了自己的脖颈处，以示纪念。神奇的是，几年后族长又生了一个男孩，这个男孩的脖颈处，竟然有一个同狗身上一模一样的菱形胎记。村子里的人都说，那条狗含冤而死，死不瞑目，这是转世投人胎鸣冤来了……”

“奶奶,您这都是传说吧,太离奇了,不足为信。”Elly 打断了老妪的话。

“民间历史，自古一半传说一半实。”老妪盯着 Elly 说道，“不管这条狗是不是真的来鸣冤，族长儿子脖颈处的菱形胎记确实存在。族长为了报恩，便将这个菱形符号当成部族的图腾来供奉，直至今天。”

“这个菱形胎记，从族长的那个男孩开始，就代代遗传了下来。当然，只有少数北菱人遗传了这个胎记。他们被认为是血脉最纯的北菱人。因此，一旦身上有这个胎记，他们就会被赋予神圣的职责。”

“什么职责？”Elly 问道。

老妪拍了拍 Elly 的手背，一脸神秘地说道：“这个问题，就要从我们村子的一个秘密说起了。”

老妪喘了口气，休息片刻后，继续说道：“如果你们在别的季节来，就会看到山崖下的湖边，生长着很多高大的类似芦苇的植物。可惜现在是春天，你们看不到。”

“您是说村子里的秘密，与这种植物有关？”Elly 不解地问。

“是的。北菱村建立之后，村民们发现了这种很罕见的植物。经过长期摸索，他们发现这种植物虽然不能食用，却有一个神奇的功效。村子里的人将这种植物粉碎成末，并不断加入各种中药成分加以改良，久而久之，就发明出了一个可治百病的神奇药方。”

“可治百病？”Elly 一脸的狐疑，“这也是传说吧，世界上哪有包治百病的神药？”

“包治百病的确有些夸张，但肯定具有很高的医用价值。”老人的声音越来越虚弱，脸上的阴影也越来越明显，“在那个战乱纷飞、医疗条件又差的年代，北菱村的这个土药方就变得极其珍贵。后来，村子里的人开始把这种土药卖给外族人，换取钱或者食物。渐渐的，大家发现钱赚得太容易了，于是干脆放弃了农耕，开始专心配制这种土药。这个药方，也就成了养活整个部族的金饭碗。这么一棵摇钱树，自然要严加保管，于是族里制定了严厉的族规，禁止任何族人将配方传给外族人，违者只有一个下场，那就是死。为了确保泄密者受到惩罚，部族专门成立了一个惩罚泄密者的组织，这个组织的成员，就是那些身上遗传了菱形胎记的族人。他们自出生后就被灌输以杀戮泄密者为荣的观念。这个组织的成员，被称作收割者。”

“收割者？”

“是啊，可能在他们眼里，泄密者的性命就如同成熟的农作物一样，等待着他们去收割。”

老妪的话让 Elly 心里一寒：“那这些收割者，一定很残酷吧。”

“是的，残酷、冷血。为了保证绝对的忠诚，他们从小就被洗脑。这些遗传了菱形胎记的族人，胎记散布全身各处，有的在胸腹处，有的在后背和腿脚处。而每一代收割者中，只有胎记位置最接近脖颈处的族人，才会被认定为血脉最纯正的北菱人，并且担任收割者的首领，甚至可以同族长平起平坐。相传，他们在实施惩罚行为后，会在泄密人的尸身上刻下这个菱形符号，以起警示和侮辱的作用。每一个死后被刻上这个符号的北菱人，永远不能葬入族群墓地中，也永远被除掉北菱人的资格。”

原来，菱形符号有这种含义。可是，为什么十几年前，那个面目狰狞的残废警告自己要躲开这个菱形符号呢？难道，自己与北菱村有关系？

“这……是真的吗？”Elly暂且放下疑问，支吾着问道。

“我也不知道。这些事情只记载于族史中，应该真实，但应该有夸大其词的成分。”老妪双眼盯着Elly，眼神里出现了一种异样的神色，让Elly有些琢磨不透，“不过，纸是包不住火的。到后来，这个土药方的配制方法还是慢慢流传开了。其实就是一种特殊的中药，在现在的中药店里很常见。可大部分人不知道，这种中药的发源地就在我们北菱村。”

“那这样一来，北菱村也就没什么秘密可言了吧？”Elly问道。

“对，北菱村失去了摇钱树，又荒废了农耕，村子就慢慢衰败了。而那些收割者，逐渐成了有其名无其实的摆设。很多族人，包括一些收割者，都离开了村子去他乡谋生。新中国成立后，这些封建迷信的东西，包括图腾崇拜都被废除了。北菱村也接受了改造，什么宗族、收割者都不复存在，而是由村委取而代之了。”

老妪的脸上流露出一种伤感：“我刚才说的这些故事，只流传于我们这些老辈人的口中，现在年轻的北菱人，有几个还对这些土腥味儿十足的故事感兴趣的？他们关心的是怎么到城市去赚钱。不过呢，几十年前发生了一件事情，让我们北菱村又陷入了混乱中。”

“什么事？”Elly好奇地问。

“三十多年前，一个外国探险者无意中来到了我们村。他对我们这儿的风土人情非常感兴趣，并且在村子里住了很长一段时间。后来，他莫名其妙地染上了重疾。当时的族长，也就是名义上的村长，就用北菱村传统的药方给他治病，最后竟然治愈了。”老妪的声音越来越虚弱，但她丝毫没有休息的意思，“这个外国人由此对药方产生了浓厚的兴趣。于是，他花了将近一年的时间对这个药方，包括湖边生长的植物进行了研究。后来，他在土药方的基础上，研制出了新的药剂。他说，这种药品可以制成疫苗，预防很多疑难杂症甚至不治之症。”

“新型药品？这个外国人，身份一定不简单吧，不像普通的游客。”Elly质疑道。

“你的想法倒是跟我男人的想法一致。”老妪嘴角微微抽动，勉强可以看出她在笑，“这个外国人研制出新型药剂之后，并没有偷偷溜走，而是找到我男人，也就是当时的村长。他对我男人说了新型药剂的事情，提出要花大价钱购买我们土药方的使用权，并且与我们共享新型制剂的收益。

我男人答应了他，收了当时在他看来是天文数字的一笔巨款，然后把外国人研制新药剂的信息保存了起来。”

“然后呢？”

“我男人虽然答应了他，但心里却打着别的主意。在外国人要离开的前一晚，我男人……”老妪叹了口气，“杀了他。”

“杀了他？”Elly倒抽一口冷气。

“嗯。他同你一样，非常怀疑这个外国人的身份。他觉得这个外国人不是什么探险者，他的目的就是要获取北菱村的秘密。他对我说，这个新型药剂是老天送给北菱村的礼物，是老天要恢复北菱村的荣光。他当时情绪非常激动，我觉得他快要疯了。后来，他暗地里恢复了北菱村传统的宗族体制，并用金钱笼络身上有菱形胎记的族人，重启了收割者的名号，打压甚至迫害有异议的族人。”

“他是打算利用这个新型药剂，恢复对族群的控制啊！”Elly断定道。

“你说得没错。不过人算不如天算，过了没几年，我男人就病死了。我的儿子继任了族长。可惜啊，他根本就不是一个当族长的料。几年来，他把族里的钱全部挥霍掉不说，还染上了毒品。这下，好不容易被重建起来的宗族势力，又逐渐衰败了。当时收割者的首领带头出走，收割者组织名存实亡。再后来，我儿子在村里混不下去，带着老婆和刚出生的两个双胞胎儿子，偷偷溜走了。更重要的是，他将新型药剂的信息也带走了。”

“然后呢？”

“我儿子走后，村子的衰败更加迅速，越来越多的族人离开了北菱村。在这种情况下，族长的职务不再意味着荣耀和责任，而是成了累赘。无奈，只好由我这个女人担任了族长，而且将会是最后一任族长。”

“最后一任？为什么？您的继任者呢？”

老妪叹了一口气，话里透着深深的无奈：“现在已经没有合适的人选担任族长了，而且村子越来越衰败，这个职务也没有继续存在的意义了。”

“那您不是还有孙子吗？为什么不请他们回来担任族长呢？”Elly奇怪地问。

“自从我儿子出走以后，我就没见过他。两个孙子后来倒是回来一个，可已经成了傻子，生活都无法自理，更不用说担任族长传宗接代了。我对他也没什么感情，几年没有见他了，听说前几天被外面来的人带走了。唉，我病成这样也管不了，随他自生自灭好了。”

听了这话，Elly 的心不禁一沉。

“后来呢，我儿子死后，儿媳妇曾经带着一个小女孩回村里来找过我，跟我说小女孩是我孙女儿，没钱养活了，问我要钱。”老妪握紧了 Elly 的手，继续说道，“我没钱给她，她就跟我翻了脸，把我孙女儿也带走了。走时还扔下狠话，说要把我孙女儿卖掉。”

说到这儿，老妪突然眼闪泪花，全身开始颤抖起来：“当时，我孙女儿在村子里住了半个多月，她非常喜欢我，总是缠着我陪她玩。可她从来没叫过我奶奶，哪怕一次。唉，我也不怪她，毕竟以前她没见过我。”

“她妈带她走的时候，我哭得很伤心。我孙女儿就一直看着我，那种不舍深深刻在了我的心里，我永远也不会忘。甚至这些年，我也经常梦到。”

“那后来您见过您的孙女儿吗？”老妪的眼泪触动了 Elly 的内心，一股伤感不由自主地涌上她的心头。

“没有再见过，我也不知道她是不是真的被卖掉了。只是从那天开始，她就牵挂着我的心。”

老妪冰冷的眼泪滴到了 Elly 的手上，她嘶哑着嗓音说道：“我快死了，可我放不下内心的牵挂。我一直在祈祷，祈祷老天能让我这个老婆子再见孙女儿一面，祈祷我能听到她喊一声奶奶。”

“您不要太难过了……”Elly 刚想安慰她，却见她抬起颤颤巍巍的手，将 Elly 的脸捧在手心里。老人的手掌沟壑纵横，老茧密布，将 Elly 娇嫩的脸磨得生疼。她想挣脱开，可是看着老妪痛苦的脸，她不忍心那样做。

“幸运的是，老天听到了我的祈祷。”老妪泪流满面，激动地说道。尽管身躯颤抖，但她还是极尽温柔地摩挲着 Elly 的脸蛋，用尽全身力气挤出了最后一句话，“所以才把你送到我的身边。你的眼神，同她离开我那天的眼神，一模一样。”

Elly 浑身一颤，内心仿佛遭受了重击。她任凭老人粗糙的双手在她脸上抚摸，眼里的泪水，不由自主地流了下来。就在这时，老妪的眼睛里似乎划过一束流星，随即失去了神采，手掌僵硬地停在 Elly 的脸上，身子却缓缓地滑落下去。她下滑的手，还在努力伸张着，似乎想再一次抚摸 Elly 的脸。

“奶……奶奶……”Elly 泪流满面，轻轻叫出了这几个字。只是，房间里一片沉默，再无应答声。

第三十四章　追

铁叉上的烤肉发出嗞嗞的声响，热油顺着叉子慢慢滴下，让于东青看得垂涎欲滴。他耐着性子又等了几分钟，烤肉渐渐变成了焦黄色，诱人的香气直钻鼻孔。对面的徐环早已等得心急，催促道："差不多行了吧？"

于东青拿刀子割下一片焦酥的烤肉放入嘴里，试探性地嚼了两下，然后一拍桌子，爽声说："好啦，开动！"

话音未落，二人就拿起刀叉，迫不及待地对烤肉发动了进攻。于东青吸溜着咽下一片滚烫的肉片，对徐环说："这些天你在医院也吃不着什么好东西，今天给你补一补，使劲儿吃啊。"

徐环含糊地唔了两声，然后继续大快朵颐。

于东青又吞下几块肉，抓起面前的酒瓶咕咚咕咚灌了几口，这才问徐环："那个，小琳还是老样子？"

徐环喝了口啤酒，答道："伤情已经稳定，医生建议可以转到普通病房，可楚天舒不同意，坚持要在最好的ICU病房治疗。"

"也就是说，小琳依然没有苏醒？"于东青的脸色稍稍暗淡了些。

"唉，还在昏迷。"徐环放下手中的刀叉，叹口气说，"大夫说，如果三个月内不能醒过来，那么以后苏醒的机会极为渺茫。就算是三个月内能苏醒，也会留下严重的后遗症。"

"唉，你说小琳怎么会摊上这种事？她下半辈子该怎么办啊？"于东青扔下餐具，沮丧地说。

"她的下半辈子，我来照顾，即便她变成植物人，我也会不离不弃地照顾她。"徐环看着于东青，认真而又极其坚定地说。

"你对小琳的感情我绝对相信。只是……你父亲那边怎么办？"

“他和我叔叔一样，让我坚决不认账，可这次我绝对不会任他们摆布。我已经决定了，等小琳苏醒，我要辞去所有的职务，带她离开祁东，换个城市重新开始生活。”徐环坚定地说，眼神里充满了憧憬。

“这些事情都是后话，等小琳醒了再说。”于东青喝了口水说，“不开心的事情先别提了，说点高兴的事吧。”

徐环苦笑了一下：“好久没有什么事情能让我高兴了，说说看。”

于东青警惕地环视了下四周，压低声音说：“冯玲被杀之谜，有眉目了。”

“冯玲？”徐环先是一愣，随即凑近于东青说，“这事高局不是不让我们管了吗，你怎么还敢查呢？不怕高局收拾你？”

“嗨，我也没想查，可线索自己摆到我面前了。”于东青无奈地说，“煮熟的鸭子放在你面前，你能不吃？”

“什么鸭子不鸭子的，到底怎么回事？从头说。”徐环催促道。

于东青定了定神，把自己和钟萧从一起打架斗殴事件中发现线索，然后利用数据库查出十四辆嫌疑车辆的事情告诉了徐环。

听完于东青的叙述之后，徐环皱起了眉头：“那十四辆嫌疑车辆的车主都查了吗？他们供述了吗？”

于东青点了点头：“当然，我已经全部查清楚了。你一定听说过囚徒困境的故事，一个人不好审，可十几个人就好办了。经过我们分头突击审讯，这些车主都如实作了供述。”于东青又灌了口啤酒，感叹道，“之前，咱们一直以为李力一个人执行了刺杀冯玲的任务。可是没想到，这十四辆车除了三辆车是巧合以外，其他十一辆车全部参与了刺杀冯玲的行动。”

徐环夸张地撇了撇嘴：“还真是大费周章啊。不过，这十一个车主一定不是主谋，在他们背后，一定还有黑手。”

“黑手肯定是有。我查了这十一个车主的资料，他们全部是外地人，大都是在当地混社会的。而且，这些人有一个共同的特点，就是都欠下了巨额赌债。”

“赌债？看来，赌债就是他们的弱点，那个幕后黑手，正是利用赌债控制了他们。”

“没错。据他们透露，在冯玲死的前几天，他们陆续接到一个相同的电话。打电话的是个女的，自称黑姐。这个黑姐身份很神秘，在道上从未出现过。黑姐答应替他们还清巨额赌债，但前提是要帮忙杀一个人。

“一提要杀人，这些人自然不想干，但是黑姐告诉他们会把现场伪装成交通事故，只追究交通肇事罪，进去待几年就出来，保证不会出其他问题。这些人觉得方案可行，再加上巨额报酬的诱惑，最后就都同意了。”

“哼，好一个伪装成交通事故的如意算盘。”徐环冷冷地说道。

“可是，要把这次凶杀伪装成交通事故并不容易，其中最大的障碍就是各个交通卡口的监控探头。由于这些监控探头的存在，肇事车辆不能在分局附近停车等候，否则会留下非常明显的故意杀人的证据。但是如果不在附近停车的话，就很难保证冯玲出来的时候，车辆能及时赶到。

“为了解决这个矛盾，黑姐想出了一个令人咋舌的刺杀计划，那就是多辆车出动，形成攻击梯队。我们查到的是十一辆车，但是黑姐准备的肯定不止十一辆，只不过剩下的车在冯玲被杀死后，已经没有必要出动了，因此我们查不到。黑姐事先给每人制定了精确的发车时间和行车路线，而且这十一个人对其他人的存在并不知情，他们都以为杀手只有自己一人。”

“好一个歹毒的计划！”徐环感慨道。

“三月十二日那天早上，从七点钟冯玲走出家门开始，第一辆车就从雨山路出发了。之后每隔十分钟就有一辆车出发，每辆车都由黑姐通过网络电话控制车速，形成了一个有梯次、有秩序、时间跨越达一小时五十分钟的杀人车队。”

“这个杀人计划，的确让人震惊。”徐环忍不住插嘴道，“冯玲走出公安局大门的时间是不确定的，如果只有一辆车执行计划，考虑到信号灯和堵车的问题，再怎么实时控制车速，也不能保证在冯玲走出公安局大门的那一刻正好撞上她。凶手这样布置，相当于制造了多次行凶的机会。这样，冯玲一走出公安局大门，就肯定会有一辆车刚好开到公安局门口，冯玲必死无疑。”徐环摇了摇头，感叹道，“妈的，能想出这个杀人方案的人，真是个天才！”

“是啊，犯罪方面的天才。这个计划，既能抹除行凶车辆的故意杀人嫌疑，又可以保证达到杀死冯玲的目的。徐环，我看这家伙的聪明才智不亚于你啊。”于东青也感慨道，“但是，仅仅做这些准备还是不够。这个计划能成功实施，还有一个必要条件，就是黑姐要对冯玲进行实时监控。”

“嗯，没错。”徐环赞同道，“只有对冯玲进行监控，掌握冯玲出入警察局的大约时刻，才能有针对性地对参与刺杀行动的车辆进行布置和调度。”

“对。在马路上，甚至在冯玲家里对她进行跟踪与监控并不是什么难事。”说到这里，于东青脸上露出一丝不安的神情，“但令我细思极恐的是，冯玲在公安局里的动向，黑姐似乎也一清二楚。”

徐环耸耸肩：“这意味着什么你应该清楚吧。之前讨论案子的时候，我就推断海西区分局有凶手的眼线，当时马千里听了还不愿意，还要跟我急。但是现在看来，我当时的推测是正确的。”

于东青苦着脸说：“黑姐真有这么大能耐？能在公安局安插眼线？”

徐环笑了笑：“东青，海西区分局那么大的摊子，你们正式在编警察、协警、特勤人员、临时工、实习生等，加起来还不得将近千人。这还不算物业人员和外来办事的人员。局里这么多人，背景、素质、社会关系也都参差不齐，混入一两个眼线不很正常吗？”

于东青叹了口气，略显沮丧地说：“话是这么说，可我对这种事情，真的是零容忍。这个内鬼，我必须揪出来。”

“这个以后再说，你继续说冯玲这个案子吧。”

“就这样，在安插在海西区分局里的眼线的帮助下，黑姐的计划顺利进行。不过，前面的车都扑了空，一直到第十一辆车，也就是李力所驾驶的那辆大众车到达海西区分局门口时，才精确地在冯玲走出公安局大门的时候将她撞死。冯玲死后，作为刺杀计划总指挥的黑姐结束了行动。除了李力被我们当场抓获之外，其他人对于计划突然中止都感到有些纳闷，但丰厚的报酬到手，他们也没什么可抱怨的。直到在电视上看到冯玲被撞死的新闻，这些人才意识到还有别人也参与了刺杀冯玲的计划。这就是我推测的整个刺杀计划，你觉得怎么样？”

徐环笑着鼓了鼓掌：“可以啊东青，你现在也有点神探的感觉了。你推理得很科学，很合理。”称赞完于东青，徐环随即叹了口气感慨道，“东青，你觉得这个黑姐到底是何方神圣？她竟然有如此的胆识和谋略，还有极高的行动力和效率，这个对手，真的是太可怕了。”

“是啊，和普通的凶手根本不是一个级别的。”于东青表示赞同。

“不过，这个计划虽然令人咋舌，但是它的缺点也很明显，就是卷入的人太多了。”徐环话锋一转，进而分析道，“正所谓人多口杂，人多了，泄露秘密的可能性也会随之加大。这个案子黑妞发动了十几个人，每个人都有可能有意无意地泄露案情。因此，郭锐酒后吐真言看似偶然，但案情的泄露则是必然，即使他不泄露，其他人也可能会泄露。”

于东青若有所思地点点头：“有道理。可惜的是，最关键的人物黑妞没有抓到。”

徐环说：“意料之中。这个黑妞几乎没留下什么痕迹，就算是查，也无处下手。”

“那就这么放她走了？哪有这么便宜的事？”于东青有些不甘。

“当然不能这样放她走，可是，我们现在没有线索，难道你指望那十一个车主提供黑妞的信息？不可能，黑妞这种高手，怎么可能把马脚留给这些人？”

“不指望他们，那我们还能指望谁？”

“我先问你个问题，”徐环凑近于东青问，“黑妞为什么要杀死冯玲？也就是说，她的动机是什么？”

于东青想了一会儿，脸上露出一丝难色。

“我们之前分析过，冯玲是国外间谍组织SA的叛徒，从作案动机和作案的手段来分析，黑妞很有可能是SA的人，甚至有可能她就是冯玲的上级。”徐环提醒道。

于东青点点头：“你说得对，能拉这么大架势杀人的，也就只有SA了。看来这个黑妞，的确有可能是冯玲的上级。”

“既然是冯玲的上级，那她的目的就不仅仅是除掉冯玲，她还有一个更重要的任务，”徐环继续分析道，“那就是夺回冯玲从周远手里取走的调查结果。既然她有这个任务，那她肯定会为拿到调查结果采取一些行动。周远的调查结果，储存在那个玩具话筒里。你想，除了我们，还有谁对玩具话筒感兴趣？”

“楚云！”于东青大声道，“正是楚云从楚琳手里抢走了玩具话筒！”

“不会是他。”徐环摇了摇头，“就凭楚云的行事方式，不可能是冯玲的上级。你再仔细想想。”

于东青歪头想了好一会儿，摇了摇头。

徐环笑了笑：“你忘了，我们是从谁手中接过了这个玩具话筒？”

于东青一愣，没有说话。

“哼，我早就怀疑她了……”徐环冷冷地说，“赵彩霞。”

“赵彩霞？”于东青皱起眉头说，“你认为她是黑姐？”

“怎么，不可能吗？”

“她可是冯玲的表妹啊。”于东青摇了摇头，“如果她真的是黑姐，难道冯玲会不知道？”

“东青，不识庐山真面目，只缘身在此山中。有时候你看不清楚某样东西，并不是因为距离太远，反而是因为距离太近。就拿冯玲和赵彩霞来说吧，冯玲自小家境优越，无论是长相还是家境都甩赵彩霞几条街。在这种条件下，虽然二人是亲戚，但冯玲骨子里还是瞧不起赵彩霞的。因此，她绝对想不到赵彩霞会是自己的上级。”

“可是这只是你的一种感觉，你有证据吗？”于东青不太相信徐环的判断。

“证据确实没有，对法官来说，证据就是一切，可对我们刑警来说，更多的还是要相信自己的判断。如果总是规规矩矩办案，永远也成不了大气候。”徐环指了指于东青，口气里有些怨气，“这个赵彩霞，我早就怀疑她了，也不止一次地提醒过你，要对她进行调查，可你呢？就是不当回事。”

“不是不当回事，是真的人手不够。”于东青无奈地解释道，“况且高局嘱咐过，不让我们继续查下去。这节骨眼上，我可不敢顶风而上。”

“得，说这个已经没什么意义了，反正储存秘密的那个话筒在我们手里。”徐环拿叉子指了指于东青，“说到话筒，你有没有按照我说的方法检查它内部的存储芯片？还能不能用？”

于东青叉起一块肉刚想往嘴里送，听徐环这么问，他又把叉子放回了桌上，重重叹了口气：“我正想跟你说这件事情呢，这件事有点蹊跷。”

“蹊跷？”徐环不解地问，“这有什么好蹊跷的，你把芯片拆开，看看数据有没有损坏不就得了吗？”

“我知道。我找技术部门一个很靠谱的小伙子，帮我检查了玩具话筒里的存储芯片，可结果却是……”

“却是什么？”

于东青眼睛一转，低声说道：“有个好消息，还有个坏消息，你想听哪个？”

“你赶紧说，卖什么关子！”

"切，就许你卖关子，不许我吊你一次胃口？"于东青瞪了徐环一眼，解释道，"好消息是，芯片确实没有损坏。那个小伙子说，芯片的质量是军工级的，抗冲击能力非常强，里面的数据完好无损。他还帮我把数据转换成了音频文件，并且导出到了一张光盘上。"

"这不是很顺利吗，还能有什么坏消息？"徐环纳闷道。

于东青脸色一暗，支吾着说道："坏消息是，这个音频文件，是……空的。"

"空的？什么意思？"

于东青蹙起眉头解释道："整个音频虽然看上去很长，可是听到的，只有刚开始冯玲用英语说的那几句话，接下来就没有动静了，只有气流流动的沙沙声。"

"你的意思是，除了那几句英文，冯玲再也没说话？"徐环一脸的惊讶。

"嗯，除了咱俩听到的那几句话，噢，还有楚琳记在本上的那几句话，后面就再也没有冯玲的陈述了，只有一片沙沙声。"

徐环吸了一口凉气，想了想说："奇了怪了，会不会是数据被损坏了？"

于东青摇了摇头："不会的。技术人员说数据没有问题。"

"那要不就是他的操作有问题？在导出数据的过程中，他把数据损坏了？"徐环又推测道。

于东青再次摇了摇头："应该也不会，导出数据是个很简单的操作，对他来说根本不存在损坏数据的风险。"

"那可就怪了。"徐环一边小声嘟囔着，一边低头沉思。很快，他抬起头来看向于东青，脸上的疑惑一扫而光，"看来，出现这种情况，只有一种可能。"

"什么可能？"

"我推测，冯玲压根就没打算把秘密储存在这个玩具话筒里。她只是用这个玩具话筒录了几句故弄玄虚的话，用来迷惑他人的视线。"

"迷惑视线？难道冯玲没有把秘密带出案发现场？"

"那倒不可能。这个秘密如此重要，而且现场的不可控因素太多，因此冯玲不可能将秘密留在案发现场。她肯定用其他方式将秘密带了出来，至于她用的什么方式和载体，现在看来的确让人费解。"徐环的脸上因为思路不通而显得异常焦躁。他想了一会儿，抬头问于东青，"对了，冯玲离开案发现场的时候，都带了什么来着？”

“她自己没带什么东西，主要是小米带了两个玩具，一个是魔方，另一个就是这个玩具话筒。”说到这儿，于东青倒吸一口凉气，拍了下桌子说，“难道，是那个魔方？冯玲把秘密存储在了魔方里？”

“有可能。”徐环点了点头，随即又摇了摇头，“不，不会，既然她已经选择了一个玩具作为烟幕弹，那就不太可能选择另一个玩具做真正的载体。以冯玲的心机，应该不会如此行事。”

“那还能有什么方式？”于东青一脸的焦躁，“那天晚上，她只带了一个包，里面都是些必需的女性用品，其他的，她即便是想带我们也不会允许。”

徐环点点头，继续问道：“那我再问你，在那种条件下，有没有一样东西，是冯玲能够带走，而且不需要经过任何检查的呢？”

于东青想了一会儿，摇了摇头说：“没有吧，我们的女警察连她的内衣都检查了，还有什么东西是不能检查的呢？”

徐环笑了笑，说：“可我想到一样东西，冯玲带出案发现场不会被任何人怀疑。相反，如果她不带，才会被认为不合常理。”

“啊？”于东青惊讶地叫道，“有这种东西？”

徐环拿手指点了点桌子，一字一句地说：“这样东西就是周小米！”

于东青一愣，随即哭笑不得地说：“你这话说的，周小米是个活生生的小孩啊，你干吗把人家说成东西？”

“没错，他的确是个活生生的人，可在那天晚上，冯玲一定把他当成了一个物品，而且是一个可以储存信息的物品！”

“你的意思是……”

徐环一拍桌子，下结论道：“没错，冯玲真正用来存储信息的介质，就是周小米！”

“这……这也太匪夷所思了吧！”于东青略显激动地说，“不，不可能，马千里他们早就防着冯玲会利用周小米转移物品，所以他们也对周小米进行了搜查，除了那两个玩具，他没带别的东西。”

“我并不是指利用周小米带出信息，而是指这儿。”徐环边说，边用手点了点自己的脑子。

于东青嘴巴微张，惊讶道：“你是说那个秘密在……”

“你记不记得小米做催眠治疗的时候，常江曾经说过的一句话？”

“记得，他说小米虽然性格有些孤僻，但智商非常高，尤其是他的记忆力，大大超出常人，甚至可以达到过目不忘的程度。”于东青回忆道，“你的意思是，小米把那个秘密原原本本记在脑子里了？”

徐环点头，表示同意：“没错。我所说的储存秘密的介质，就是小米的脑子。试想，在案发现场，一个母亲带走受到惊吓的孩子，这是天经地义、无可厚非的事情。冯玲恰恰利用了这一点。更难得的是，小米有过人的记忆力，加上他心智尚不成熟，只会机械地记忆文字，并不理解秘密的真正含义，所以泄密的风险极低。因此，综合各方面考虑，小米是最佳的秘密储存介质。”

“既然小米记在了脑子里，那为什么吴婷婷对他进行催眠治疗的时候，没有套出这个秘密呢？”

“问得好。”徐环说，“你记不记得在那次催眠治疗中，吴婷婷曾经提到过，小米自己启动了心理应急机制，暂时屏蔽了一部分记忆？”

“记得啊，当时我们猜测，他忘掉的这部分记忆，应当是对他的心理产生严重冲击的记忆……”于东青话说了一半，突然明白了什么，“你的意思是，小米屏蔽的这部分记忆，就是冯玲让他记下的秘密？”

“没错，我觉得应该是这样。冯玲一定给小米灌输了一种心理暗示，如果小米泄露秘密，必定会遭到严厉的惩罚。小米十分恐惧，这才造成了心理应急机制的发生。”徐环推测道，“换句话说，冯玲在小米的这部分记忆中上了一把锁，以保证小米不会泄密。”

“这个冯玲为了带出秘密，真是煞费苦心啊！”于东青感叹道。

“所以我推测，那天晚上的真实情形应当时这样的：冯玲利用极短的时间，让小米背下了笔记本上的内容；同时，她用小米的玩具话筒录下了那几句英文；之后，她从容地带着小米和他的两个玩具离开了现场。”

于东青低头思索片刻，说道：“有道理。不过，既然她已经把小米当成了带出秘密的介质，她又何必多此一举，把那些话录到玩具话筒里呢？”

徐环笑了笑，解释道：“冯玲是个十分聪明的人，当时时间紧迫，她不可能浪费时间做没有意义的事情。我猜，她之所以设置玩具话筒这个烟幕弹，原因只有一个，这个话筒，并不是用来扰乱警方的视线，而是用来迷惑另一个对手——赵彩霞。”

“这也就意味着，冯玲已经知道赵彩霞的身份了？”

“对，我收回刚才的判断。我现在认为，冯玲即便没有确定赵彩霞的身份，也已经对她产生了怀疑。看来，我还是低估了冯玲的能力，她如果还活着，一定是个可怕的对手。”徐环摇摇头，似乎在发泄对刚才判断失误的不满，“赵彩霞要比警察难对付得多，所以冯玲必须设置这么一个烟幕弹来扰乱她的视线，以此争取时间，进一步妥善处理带出来的秘密。毕竟，存在小米的脑子里也不是长久之计。”

于东青沉思了一会儿，无奈地说：“唉，真是觉得脑子不够用啊。”他把喝完水的杯子重重拍到桌上，打起精神问，“那接下来我们该怎么办？”

徐环笑了笑，随手叉了一块肉往嘴里送：“那还用问，找到周小米啊……”话说了一半，他的脸色突然一沉。

“怎么了？”于东青追问道。

“糟了，赵彩霞一直和周小米在一起，恐怕……”徐环把叉子往烤肉上使劲一叉，大声说道，“快，我们去赵彩霞家！马上！”

夜色降临，霓虹灯下的祁东市，比起白天来多了一丝朦胧和暧昧。夜幕中，一辆绿色出租车发出了刺耳的轰鸣和刹车声，打破了夜色的宁静，引得路人纷纷侧目。即便如此，坐在副驾上的于东青依然嫌慢。他双腿抖动，一个劲地催促着司机再开快一些。终于，汽车一头扎在了赵彩霞家小区的门口。车子尚未停稳，于东青和徐环就开门跳了下来，迅速向赵彩霞家跑去。

跑到楼下，于东青拽了一把徐环，指了指赵彩霞家的窗户，喘着粗气说：“看，她在家！”

徐环顺着于东青手指的方向看去。果然，透过窗户，可以隐约看到房间里透出来的亮光。看来，屋子里的确有人。徐环心里稍稍安定了一些，他呼了口气，招呼于东青走进了楼里。二人走到赵彩霞家门口，摁响了门铃。

门铃的声音非常响亮，持续时间也很长。不过直到铃声结束，门内也没有任何反应。徐环脸上露出一丝不安，抬手又要摁一遍门铃时，却被于东青伸手拦了下来。于东青做了个“让我来”的手势，随即扬起拳头，在门板上重重地砸了几下。可门板后面，依然没有任何动静。

“怪了，不会是不在家吧？”于东青低声嘀咕道。

“既然亮着灯，那就应该在家。”徐环一脸的狐疑，“难道是出门买菜或者倒垃圾去了？”

于东青咂巴了一下嘴，又挥起拳头砸了几下门。这几下的力气更大，已经发旧的防盗门甚至开始微微发颤。可这扇门后面，依旧没有任何反应。

“一点儿动静也没有，家里应该是没人。”随即，徐环眼睛一转，凑到于东青耳边道，“东青，要不……咱俩把门弄开？”

“这……不太合适吧，”于东青犹豫着说，“咱俩不是在执行公务啊，我身上也没有搜查令，万一出了事，那可就……”

“这我知道。”徐环不耐烦地打断了他，“可问题是现在情况紧急啊，万一让赵彩霞抢在前面，那咱们可就没有任何挽回的余地了。”

“可高局不是不让咱们插手这件事情吗？”于东青还是有些顾虑，“高局要是知道了，那咱俩……”

徐环啧了一声，焦急地说：“将在外，君命有所不受。现在必须当机立断，如果能阻止严重后果的发生，撬坏一扇门又算得了什么！”

于东青又思虑了片刻，咬着牙说：“行，那就豁出去了。你说得没错，案子的情况瞬息万变，如果老是顾忌什么违纪不违纪的，那永远也抢不到对方前面。”

“这就对了，”徐环用拳头捶了一下于东青的胸脯，然后转头查看起贴在门边墙上的小广告来，“行，那我打电话叫开锁公司了。”

“切，打什么电话。”于东青瞪了他一眼，随即从口袋里掏出一张名片，一副鄙视的神情，“徐环，亏你以前干过刑警，就这点儿小事，还用找开锁公司？”说罢，他将名片轻轻塞入门缝中锁芯所在的位置，然后轻轻一划，门锁随之发出了啪嗒一声轻响。于东青冲徐环挤了挤眼，用手轻轻一拽，门竟然被打开了。

徐环冲于东青竖了个大拇指，想揶揄于东青两句，可碍于当前的紧急境况，又把话咽进了肚子里。他缓缓把头探到屋内，小心翼翼地叫道：“赵大姐？”

屋内仍然没有回应。

“不会是出什么事了吧？”于东青面色紧张地说道，“进去看看。”说罢，甩开步子就要往门里迈。

徐环伸手拦住了他，向他做了一个嘘声的手势，然后俯身脱下自己的鞋子扔在门口，只穿袜子进入了屋内。于东青会意，也脱下了鞋子。两人进去一看，房间内的陈设和布置同上次来时差不多。

“咦，好香的味道。”于东青吸着鼻子说道，“这是红烧肉的味儿啊！”

徐环有鼻炎，嗅觉不太灵敏，听于东青这么一说，赶紧走进了厨房。厨房异常狭小，几乎只能容两个人立足。在昏暗灯光的照射下，黄色的橱柜显得有些陈旧。橱柜上比较杂乱，除了案板上的青菜碎末以外，还四处摆放着葱姜蒜等调味品。灶台上的黑锅里还冒着热气。让徐环感到奇怪的是，灶台上方的吸油烟机依然大开着，发出持续的嗡嗡声。

“嘿，这儿还做着饭呢。”于东青边说边走到灶台旁，向锅里瞅去，“还真是红烧肉。饭菜还热着呢，看这架势，人应该没走远，说不定就是去买个急用的调味品。我看，咱们有点反应过度了。”

徐环没有说话，他又扫视了一遍厨房，然后回到了客厅。客厅被收拾得干干净净，茶几上除了一杯茶之外，没有任何杂物。茶几一侧的地板上则摆放着一个塑料筐子，里面整齐地放着周小米的玩具。徐环托着下巴，仔细打量着客厅，若有所思。

看他一言不发，于东青不耐烦地说：“没准赵彩霞马上就回来了，我看咱俩还是到门外等她吧。要是让人家知道警察撬门而入，那可就尴尬了。”

“不会的，赵彩霞短时间内不会回来。”徐环转脸看向于东青，十分确定地说，“她离开得非常匆忙，依我看，一定发生了什么紧急的事情。”

“紧急的事情？你怎么看出来的？”

“你刚才也看到厨房的情形了。厨房的灯亮着，吸油烟机还开着，锅也没盖上锅盖。这说明赵彩霞一定遇上了很紧急的情况，才在匆忙中离开了厨房。”他又指了指门口的鞋架说，“你再看这个鞋架。鞋架上的鞋子摆放得整整齐齐，只有这一双女士拖鞋是歪着斜靠在鞋架边上的，这又说明什么？”

“说明……说明赵彩霞出门时很慌张，连鞋都来不及摆好就匆匆出门了。”于东青推测道。

“没错，”徐环点了点头，随即皱起了眉头说，“赵彩霞看上去并不是个急性子的人，可她却如此慌张地离开，到底发生了什么呢？”

于东青蹙起了眉头，一语不发。

“这么匆忙地出门，一定是赶时间。可对她来说，要赶什么时间呢？”

徐环拍着自己的脑袋，绞尽脑汁地思索着。就在这时，赵彩霞家的电话突然响了起来。

于东青和徐环对视一眼，会意地点了点头，接起了电话。

“您好，祁东机场集团客户服务热线，请问您是赵女士吗？”电话那头响起了一个礼貌的女声。

“噢，”于东青略一沉吟，脱口而出道，“我是她对象，你们有什么事吗？”

“您好。是这样，赵女士二十分钟前给我们打了一个电话，询问机场的航班状况，我们的系统刚才发生了故障，因此没有及时答复。系统刚刚修复完毕，于是第一时间打电话询问。请问，您可以转告她吗？”

于东青一愣，一时间不知如何答复。徐环也是一脸意外，不过要比于东青冷静一些，他推了愣神的于东青一把，示意他赶紧接话茬。

“哦，当然可以。”于东青清了下嗓子问道，“那我对象问的是什么航班？”

“是这样，”客服十分耐心地回答道，“她问我们最近的飞往美国的航班状况。我们查过了，最近一班飞往美国的航班是今晚九点二十起飞的CA57**，从祁东机场起飞，经停东京，然后降落在旧金山。”

“飞往美国……”于东青一脸的惊讶，不由自主地嘟囔着，“她问飞往美国的航班？”

“对啊，先生，您还有什么疑问吗？”

“嗯……她有没有说问这个要做什么？”于东青问道。

“嗯，没有。”客服答道，“客户不会告诉我们原因的。请问，您还有什么疑问吗？”

“没……没了。”于东青愣愣地答道。

“那请您稍后对我们的服务进行一下评价，感谢……”话音未落，于东青便扣死了电话。

于东青看向徐环，刚想开口问，却见徐环脸色苍白，声音颤抖着说道：“糟了！”

“怎么了？”于东青心里也十分不安，但他一时还没有跟上徐环的思路。

“赵彩霞是想跑啊。”

“想跑？她想往哪儿跑？”

“这还用问吗？赵彩霞是SA的成员，她之所以问飞往美国的航班，不就是想跑回美国吗？”徐环焦急地说道。

于东青质疑道:“就算是要跑路，她完全可以从容地出发啊。为什么这么着急，连饭都等不及吃就匆忙动身?”

“我猜测，赵彩霞一定是在做饭的时候，突然想到了冯玲可能会将秘密储存在小米的脑子里，这才急着想将小米带回美国。因为我们也可能随时会想到这一点，到了那个时候，赵彩霞想走也来不及了。因此，她必须在最短的时间内离开祁东市，返回美国。”

“这么夸张?这也太难以置信了吧。”

“没什么夸张的。特工的生活瞬息万变,他们必须当机立断。如果犹豫，哪怕只有几秒，都可能带来杀身之祸。”徐环十分肯定地解释道，“所以，赵彩霞才第一时间联系航空公司询问航班状况。虽然她没有得到答复，但我猜她一定通过其他渠道得知了航班信息，这才匆忙离开家赶往机场。毕竟只有一个多小时的时间，如果错过今天这一班，那就只能等到明天了。”

“别只顾着叹气。”徐环催促于东青说，“你赶紧查一查，九点二十的那一班航班上，有没有周小米和赵彩霞这两位乘客。现在离起飞还有一个多小时，我们还有时间，快!”

于东青赶紧拿起手机，拨通了钟萧的电话:“喂，钟萧，你赶紧查一查，今晚九点二十飞往美国的CA57**国际航班上，有没有赵彩霞和周小米这两位乘客……什么?急不急?你觉得我的声音还不够着急?赶紧的，给你五分钟时间!”

“走吧，事不宜迟。我们先往机场走着，快!”徐环急促地说道。说罢，他迅速穿上鞋跑了出去。于东青紧随徐环扎进了茫茫夜色之中。

第三十五章　误伤

从赵彩霞家出来，徐环和于东青拦下一辆出租车，全速向机场赶去。此时，通往机场的绕城高速非常通畅，仅仅用了半个小时，他们就出现在了祁东市机场的出发大厅。两个人站在大厅门口，一时间有些目瞪口呆。

祁东市机场规模不算大，平时也不是很忙碌。可今天的出发大厅里，人流量却比平时多很多。乍一看上去，更像是首都机场这种繁忙的国际大型航空港。

“怎么这么多人？”出于职业本能，于东青对人流量大的地方有一种警惕感和紧张感。因为这种看似繁华的地方，最容易滋生各种危险。

徐环对于眼前的场景也觉得有些烦躁，但他更惦记周小米和赵彩霞的状况。他快步跨入机场大厅，招呼于东青赶紧行动：“没多少时间了，赶紧寻找他们吧。我看，咱们还是分头行动比较好。”

“头儿！”徐环话音未落，他们背后突然传来了一个熟悉的呼喊声。于东青回头一看，一个身穿黑色皮夹克的男子正从不远处急匆匆地向他们跑来。

“钟萧！”于东青向前快走两步，迎了上去，“你怎么在这儿？现在是什么情况？”

钟萧跑到二人面前，向徐环点了下头，然后喘着粗气说：“于队，你给我打电话的时候我刚好在机场附近，就赶过来了。已经查清楚了，CA57**这次航班上，的确有周小米和赵彩霞的乘客信息。另外，我刚刚还查询了他们的登机状况，还未通过安检，也没有办理出境手续。”

于东青听完，心里暗暗感到庆幸，转头对徐环说道：“我真服了你了，情况与你推测的基本一致，赵彩霞果然是想带着周小米逃跑。还好我们发现得及时，如果再晚一个小时，那后果可就严重了。”

徐环微微点了点头，脸上还是挂着些许的担忧：“现在情况依然不乐观。机场的情况非常复杂，情形瞬息万变。赵彩霞是职业特工，对于危险的敏感度很强，谁也不敢保证她不会想出什么歪点子。不说别的，如果她发现情况不对，使用伪造的身份登上其他航班，从别的国家绕道回美国，那我们就束手无策了。所以，最稳妥的方法，还是请机场海关冻结他们的出境手续。只要把他们留在国内，那就好办了。”

徐环说得没错，对付这些企图出境来躲避法律惩罚的嫌犯，海关的限制出境是最有力、最稳妥的一种手段。只是，这种限制公民出境权利的措施，必须要出具公安机关正式的生效文书，仅凭口头通知肯定是不行的。可他们上哪儿去弄文书呢？

于东青正为难之际，钟萧突然说道：“我刚要给你们说这事。我也知道防止嫌犯出境的最好方法就是让机场海关协助冻结出境手续，因此，在你们来之前，我已经向机场海关提出了这个要求。”

钟萧的话让于东青感到一丝欣慰：“很好，那他们配合了吗？”

“头儿，奇怪的地方就在这儿。”钟萧的话有些让人摸不着头脑，“说配合，他们其实并没配合我们；可说没配合吧，人家确实已经采取措施了。”

“慢着慢着，你到底想表达什么意思？”

“是这样，刚才机场那边告诉我，半个小时以前，乘客周小米的出境手续就已经被冻结了。”

“什么？半个小时以前就被冻结了？怪了，除了我们，还有谁知道这件事？”

“不知道啊，机场海关只是说遵照上级指示，具体是谁，他们也不说。”

“这可真怪了，”徐环摇了摇头，“难道，还有另外的高人走在我们前面？”

“奇怪的不止这些，还有更蹊跷的事。”钟萧继续说道，“被冻结出境手续的，其实只有周小米一人，并没有赵彩霞。”

“可是赵彩霞也是重要嫌犯啊，他们为什么不一块冻结呢？”

“不知道啊，我也纳闷得很。”钟萧的话里充满了无奈和疑虑，“我刚才让机场海关协助冻结赵彩霞的出境手续，可人家……人家不配合，说必须有公函才行。”

于东青叹了口气，安慰钟萧道：“算了，能把周小米留住就行了。至于赵彩霞，能拦下最好，拦不下也不至于太糟糕。”

“这事太蹊跷了，竟然有人在我们之前就冻结了周小米的出境手续，却又故意漏了赵彩霞。”徐环抬起头说，“能在这么短的时间内让机场海关冻结乘客的出境手续，我看，这个人一定大有来头。”

“嗯，”于东青边想边嘟囔道，“难道是……高局？”

“不可能。”徐环不同意于东青的看法，“高局早就把这件事当成一摊混水，不让咱们蹚了，既然如此，他自己还去掺和吗？”

“那除了高局，还能有谁？”

“不知道。”徐环一脸的疑虑，“不管是谁，这人肯定是在帮我们。虽然只冻结了周小米一个人的手续，但让整个形势有利很多。”徐环扫视了一下四周，对钟萧说：“钟组长，你刚才发现赵彩霞的踪迹了吗？”

“没啊，这儿人太多了。”钟萧指了指四周密布的旅客，无奈地说，“附近几个城市的机场因为建设问题全部停止运行了，全省的东半部只有祁东市机场可以正常起降，所以人都挤到这儿来了。咱们这个找法，跟大海捞针差不多。”钟萧愁眉苦脸地说道。

“钟萧说得没错，地毯式搜索肯定是来不及了。”徐环抬手看了看表说，“现在离 CA57** 开始登机还有五分钟，赵彩霞应该也快登机了。我看，我们还是去安检口守株待兔吧。”

“可安检口一共有五个，每个至少有四五条通道，我们该去哪儿守株待兔？”钟萧似乎不太同意徐环的意见，而是提议道，“要不……咱们找机场方面配合一下，把人群疏散？”

“那可不行，”于东青否定了钟萧的意见，“你们别忘了，咱们这是私下行动，局里根本不知情。如果疏散人群，势必会造成航班大面积的延误。真到了那个地步，这个责任谁来负？到时候追究起来，恐怕咱们三个都吃不了兜着走。”于东青的口气非常严厉，“再说了，今天我们的目的不止是防止赵彩霞出境，而是要将她捉拿归案。一旦疏散人群，就会引起骚动。这样一来，赵彩霞肯定会潜逃，再想找到她，可就没那么容易了。”

“那咱们怎么办？”钟萧耸了耸，一脸的无奈，“按照现在的速度找下去，纯粹是碰运气。这么多人里能碰到赵彩霞，这概率比我在大街上碰到前任女友的概率还低。”

“切，说的就跟你有前任似的。”于东青揶揄道，“大海捞针也得试试，反正小米肯定出不去了，我们的目的已经达成了一半，现在就是要尽快控制赵彩霞。”

于东青的话还没说完，机场大厅里突然爆发了一声刺耳的响声，紧接着，大厅某处传来了阵阵尖叫声和嘈杂声。

“糟了，”徐环脸色一暗，“是枪声！”

于东青也第一时间分辨出了那是枪声，他迅速拔出手枪，逆着人流朝枪声响起的地方冲去。钟萧和徐环紧随其后。可大厅里的人实在太多了，加上刚才的枪声引发的骚动，场面非常混乱。

“不要慌！我们是警察！”于东青一边呼喊，一边努力挤开人群，向事发地跑去。

祁东机场的安全工作比较到位，枪声响起后，机场立刻启动了应急机制。群众的疏散非常有序。很快，事发地附近的人群逐渐散去，于东青等人的视野开始变得开阔起来。就在这时，前方一个白色身影闪入了于东青的眼帘。于东青只觉得眼睛一辣，立刻锁定了她的身份——赵彩霞，原来躲在这里。

赵彩霞穿了一件再普通不过的白色外套，侧身躲在一个宽大柱子的背后。此刻，她的脸上已经没有了家庭妇女的温和和谦恭，取而代之的是一脸的冷静和杀气。她手里举着枪，一副随时要射击的架势。

“当心，对方有枪！”于东青喊了一声，随即躲到一个垃圾桶后面。可就在这时，他身旁的钟萧并没有躲避，而是扬手朝赵彩霞开了一枪。

赵彩霞觉察到了钟萧的意图。几乎在枪响的同时，她把身子一缩，躲到了掩体后面。子弹恰好打在她刚才站的位置。钟萧的枪法极其精准，如果不是赵彩霞反应迅速，恐怕此时已经毙命了。

“别开枪！”于东青朝钟萧怒吼道，“你还嫌这儿不够乱吗？”

钟萧一击未中，似乎有些恼怒，他毫不客气地顶了于东青一句：“她有枪啊，不马上开枪，造成更严重的后果怎么办？”

“那也得听我指挥！”于东青对钟萧的态度极为不满，大声训斥道。

“行了，别吵了。”徐环蹲到了他俩背后，“乘客已经疏散得差不多了，机场特警马上就会赶来。赵彩霞恐怕插翅也难逃了。”

于东青松了口气，心里稍稍安定了一些。不过，他立刻想到了另一个问题。周小米呢？周小米去哪儿了？

这时，徐环低声说了一句："我看赵彩霞的枪口，好像不是对着咱们啊。"

没错，赵彩霞又从柱子后面探出了头，但她并没有看向于东青三人所在的方向，而是紧紧盯着他们左前方的位置。于东青顺着赵彩霞的目光，向左前方看去。左前方有一个宽大的服务台。在服务台的一侧，一个瘦小的身影正蜷缩在阴影中，瑟瑟发抖。

"周小米！"徐环大喊了一声，"那是周小米！"

只见赵彩霞将枪口直直地对着周小米的方向。

于东青心里一寒，大声叫道："不好，她的目标是小米！"话音未落，于东青下意识地扣动了扳机。他只觉得双手一颤，一声清脆的枪声响彻了整个大厅。电光火石之间，只听赵彩霞发出一声惨叫，身子一斜，跌倒在了地上。

"东青，你杀了她！"徐环喊了一声。

"不可能，我是瞄着她的胳膊开的枪。"于东青摇了摇头，"不是致命伤，她不会死。"

果然，赵彩霞用一只手臂勉强撑起了身体，向他们三人投来了愤怒的目光，表情格外阴狠。

"她已经没有抵抗能力了，赶紧去救小米！"于东青吼道。几乎在他下达命令的同时，钟萧一跃而起，迅速向服务台跑去。不到半分钟，钟萧就跑到了周小米身边，他俯下身子，准备把周小米抱起来。

可就在这时，一个瘦高的黑影从服务台后闪了出来。

"当心！"几乎就在于东青喊出这两个字的同时，黑影扣动了扳机。随着一声震耳欲聋的枪声，钟萧身子一歪，重重地摔倒在周小米的旁边。

一切都发生在电光火石之间，于东青一惊。还没等众人反应过来，黑影再一次抬起了手臂，只不过，这一次他瞄准的，是他自己的脑袋。又是一声清脆的枪响，黑影就像一朵血红色的鲜花，瞬间凋落。

此时的机场大厅依然人头攒动，只不过三分之一的部分已经被封锁，这个区域只有全副武装的特警和医务人员在忙碌，显得有些空旷。而在警戒线之外，所有的旅客都挤在了大厅剩下的区域里，这让原本就不宽裕的空间显得更加局促。此刻，游客们惊魂未定，他们纷纷议论着刚才发生的枪击案，或不安，或惊恐，还时不时地发出阵阵感慨或者牢骚声。而媒体记者的加入，让整个场面显得更加混乱。

于东青呆呆地站在钟萧受伤的位置，脸色十分难看。钟萧受伤的场景不断冲击着他的大脑，让他心里既难受又内疚。

钟萧常年跟随于东青办案，为人忠实厚道，只知埋头干活，从不计较个人得失。不过厚道并不代表愚钝，他其实非常聪明，只是从不用这种聪明算计别人而已。于东青平时对他非常严厉，很少给他什么好脸色，不过内心里却非常认可这个直爽的汉子。

这些年，钟萧苦吃了不少，可从来没因为是刑警队队长的得力干将而尝到什么甜头。不管是职务晋升还是物质奖励，他根本沾不上于东青的光。另外，这次行动是于东青的个人决定，并没有经过局里的同意，他因为自己挨了枪子，万一再有个什么三长两短的……于东青不敢再继续想下去。好在歹徒射出的子弹只是打在了钟萧的腹部，除了失血有点多之外，暂时似乎并没有生命危险。此刻，钟萧的伤口已经得到了紧急处理，并被火速送到了医院。

于东青深深地呼了口气，竭力使自己冷静下来。可一想到刚才发生的一系列事情，他的头就又开始隐隐作痛。

刚才的事情，确实有些古怪。赵彩霞身份特殊倒是在意料之中，可她为何要将枪口对准周小米呢？难道眼看逃脱不成，她想让秘密永远石沉大海？更古怪的是，那个枪击钟萧的凶手是从哪儿冒出来的？为什么会攻击钟萧之后再自杀呢？另外，提前冻结周小米出境手续的神秘人物到底是谁？为什么要漏掉赵彩霞呢？是疏忽还是故意？

满脑子的疑虑让于东青十分焦躁。他抬头环视了一圈大厅内的情形。由于警方及时介入，现场保护完好。周小米已经在救护车上了，稍后就会送到医院；那个枪击钟萧的歹徒仍然躺在原地，几个警察已经将他的尸体保护了起来，等待法医前来做初步检查。

他的身上，到底隐藏着什么秘密呢？死人已经不会说话了，要解开心中的疑惑，只能从另一个人身上下手——赵彩霞。想到这儿，于东青向赵彩霞所在的方向看去。只见她还待在原来的位置，精神状态似乎还可以。

于东青定了定神，快步走了过去。

赵彩霞正倚靠在大厅的柱子上，面色苍白，看上去十分虚弱。她紧紧按着还在流血的右臂，而那把被击中时甩出去的枪已经被警察收走了。虽然表情十分痛苦，但看到于东青走过来，赵彩霞还是用愤怒至极的目光盯着他。当刑警这么多年，各式各样的歹徒见得也不少，可像赵彩霞这种被枪击伤后还这么嚣张的，还真是头一次见。

于东青冷笑一声，蹲在赵彩霞的身边，不无嘲讽地说道："赵大姐，你隐藏得可真够深啊。"

赵彩霞眼睛一瞪，口气十分凌厉："于东青，你这个白痴，你知道你做了什么吗？"

于东青心里一愣，一时间竟然不知如何回答。不过他尽快调整好状态，哼了一声，语气也变得严厉了几分："我告诉你赵彩霞，你少在这儿装腔作势。看在你受伤的分儿上，我才对你客客气气的，你别不知好歹！"说罢，他向旁边的一位医生做了个手势："给她处理一下伤口吧，如果不严重的话，我一会儿直接带她回局里，马上展开讯问。"

"讯问？"赵彩霞气恼地大声嚷道，"你他妈有病吧！赶紧把我送到医院！"

赵彩霞嚣张的态度让于东青也有些气恼，他强压怒火，冷冷地笑了一声："赵彩霞，你以为你是谁？"

"我是谁？"赵彩霞眼睛一瞪，狠狠地说，"看来你还真是无知者无畏。"接着，赵彩霞十分困难地撑起身子，将手伸到了自己的衣兜里，似乎在摸索什么。

于东青心里一紧，警惕地举起手枪。

"别紧张，没什么可怕的。"赵彩霞冷冷地说道，随即从兜里掏出了一个棕色的小本子。

"于东青，你看个够吧！"赵彩霞咬牙切齿地挤出了这几个字，然后把小本子使劲向于东青的脸上甩去。

于东青反应很快，迅速抬起手，接住了扔过来的小本子。只见封皮上有几个烫金大字：祁东市国家安全局。于东青只觉得脑子轰的一声，仿佛遭受了重击。他感觉自己的血压极速升高，血管似乎随时会爆裂。

"祁东市国家安全局？"于东青脸色苍白地喃喃道，"怎么会……"

"哼，于东青，你摊上事了，摊上大事了！"赵彩霞忍着伤口的疼痛，口气咄咄逼人，"枪击正在执行任务的国家安全人员，这种行为的严重性我想你应该明白吧？"她吸了口凉气，气愤地说道，"我看你怎么跟上级解释。"

“怎么……怎么会这样？”于东青的脸色变得极其难看。他倚靠在柱子上，似乎连站着的力气也没有了。

“于东青，你知道你闯了多大的祸吗？”赵彩霞咬牙切齿地说道，“当时我已经瞄准了那个歹徒的胳膊，只需一枪，就会让他丧失继续抵抗的能力。如果不是你捣乱，我一定会将他生擒，通过他，说不定会将隐藏在祁东市的SA组织一网打尽。可你呢？不仅不协助我，反而将我击伤。给了歹徒自杀的机会不说，还导致了你同事挂彩。你给我说说，你到底安的什么心？你是不是跟他们有什么瓜葛？”

赵彩霞说出的每一个字都像一记重拳，狠狠打在于东青的脸上。更令他无地自容的是，对于赵彩霞的每一项指责，他都不知如何解释。

“赵大姐，”于东青十分难堪地开口道，“对……对不起，都是我判断失误……”

“对不起？”赵彩霞余怒未消，“对不起有用吗？对不起能让我和你同事的伤势恢复吗？对不起能让歹徒活过来吗？”

于东青羞愧至极，可他不能逃避，也不能退缩。他深深呼了口气，对赵彩霞说道：“赵大姐，这次误伤事件我会负全责，不管是撤职查办还是刑事处罚，我都会坦然接受。当然，给您造成的伤害，我十分愧疚，我会尽我所能地补偿您。”说罢，于东青弯下腰，对赵彩霞深深鞠了一躬。

于东青负责到底的态度让赵彩霞的气消了不少。她叹了口气，语气缓和了下来：“你态度倒是挺诚恳的，但是这件事情，我还是主张严肃处理，你要做好心理准备。”

于东青点了点头：“没问题，该怎么办就怎么办，我没意见。只是……我心里还有些疑惑，您能不能给我解答呢？”

这时，旁边的医生似乎有些着急：“警官，还是让这位女士先接受治疗吧。”

赵彩霞冲医生摆了摆手：“没关系，我的伤不重。”转脸对于东青说，“要问什么赶快问。”

“谢谢。”于东青点点头，问道，“既然你是祁东安全局的工作人员，那你假扮赵彩霞到底是什么目的呢？难道就是为了周小米？”

赵彩霞微微笑了笑：“首先澄清一点，我并没有假扮谁。我确实就是赵彩霞，冯玲的表妹，周小米的小姨，只不过，我平时会计的职业是伪装的。

第二，我的任务并不是针对周小米，也不单单针对冯玲，而是要摧毁整个Salvation Alignment组织在祁东的势力。”

“是这样……”于东青若有所思地说道，“原来你们从一开始就知道Salvation Alignment组织。”

“那当然，”赵彩霞有些骄傲地说道，“我们早就知道SA组织已经渗透到了祁东市。这个组织的危险性不用我多说，我们决定尽早将其铲除。于是上级决定利用我是冯玲表妹的身份优势，潜伏在冯玲身边，伺机获取情报。”

“这步棋下得好，”于东青感叹道，“你这个身份，确实很有迷惑性。”

“没错，潜伏在冯玲身边，确实能让我获取不少有价值的情报。最有价值的一条情报就是，我了解了SA组织在祁东市的构架。”

“构架？您是指……组织结构？”于东青惊讶地问。

“没错。”赵彩霞皱了皱眉头，似乎在忍受伤口的疼痛，“SA组织在祁东市一共有三层组织。最底层的成员就是周远这种特勤人员；第二层则是以冯玲为代表的高级特工；而在冯玲上面，还有一个她的上级，这个上级就是SA在我们境内的最高领导者。”

“这个领导者是谁？”于东青十分急切地问道。

“遗憾的是，我还没有弄明白她的真实身份，”赵彩霞撇着嘴摇了摇头，“我只知道她的代号叫……黑姐。”

于东青在心里暗暗吸了一口气。徐环的判断果然没错，只不过，虽然他猜对了黑姐的身份，可在赵彩霞身份的判断上却出现了重大失误，这才导致一系列误伤事件的发生。看来老虎也有打盹的时候。

于东青轻轻叹了口气：“不瞒你说，今天晚上我们之间之所以出现这么大的误会，很重要的一个原因就是我们误把你当成了黑姐。”

“把我当成黑姐？”赵彩霞先是微微一惊，随即苦笑着摇了摇头，“这也难怪，就连冯玲也怀疑我就是黑姐。”

“跟我推测的一致，冯玲在死前就已经怀疑你了。”这时，一个沙哑的嗓音在于东青身后响起，他转身一看，说话的人是徐环。徐环有些尴尬，他走到赵彩霞身边，深深地鞠了一躬，“赵大姐，十分抱歉。这次误会从一开始就源于我的判断失误，于东青只是不慎采纳了我的错误建议。”

见平时心高气傲的徐环如此诚恳地道歉，赵彩霞胸中的闷气已经散了一半，她叹口气说："罢了罢了，这件事情既然发生了，那就让它尽快过去吧。"接着，她又勉强笑了笑，"能让素有神探之名的徐环判断失误，说明我伪装得很不错，这一点，还是值得欣慰的。"

对于赵彩霞的这句恭维和讽刺参半的话，徐环苦笑了一下："您的伪装确实很到位，可这次产生误会，还是因为之前出现了很多机缘巧合。"

"机缘巧合？"

"是的。我第一次跟你见面时，就对你异于常人的观察力起了疑心。而我后来查找 Salvation Alignment 的资料时，不由自主地就把你们二者联系到了一起。"徐环解释道，"另外，就是你对冯玲遗物的过于关注。想想看，如此关心冯玲的个人物品，除了冯玲一案的调查人员外，也就只有黑姐的嫌疑最大。当然，我确实忽略了一个重要问题，那就是调查冯玲一案的人不只有警察，还有你们国安局的人。"

"没错，我们跟公安是两条线，侧重点不同，调查起来难免撞车。"

"更令人难以置信的巧合还在后面。"徐环继续说道，"其实这件案子已经跟我俩没什么关系了，根据上级的指示，我们已经停止了调查。可在吃晚饭的时候，我突然想通了一个关键问题，就是小米的那个玩具话筒。"

"没错，看来你也想到了。冯玲的那个玩具话筒只是一个幌子，周小米才是储存秘密的真正载体。"赵彩霞替他说道。

"是的。想到了这一点，我立刻意识到事态的严重性。因为周小米一直跟你在一起，而我们当时高度怀疑你就是黑姐。于是我跟于东青立刻赶到了你家。果然，你和周小米都不在家中。我注意到了你匆忙离开而留下的痕迹，所以断定你一定是带着小米匆忙出逃了。"

赵彩霞摇了摇头："事实并非如此。当时我正在家里做饭，小米迟迟不回家。一开始，我不是很担心，因为我给小米随身带了一个定位装置，可以实时查看他的位置。原本我以为小米可能是贪玩，去了网吧之类的地方。可我一查看他的位置，吃了一惊。他竟然是在机场高速上，并且在迅速移动。我立刻意识到事情不对劲，就赶紧给小米的班主任打了个电话。班主任告诉我，放学后小米连校车都没坐，而是被自称是他家人的人接走了。"

"是 SA 的人骗走了小米？"于东青问道。

"嗯。听到老师的话，我一下子着急起来。人在情急之下，大脑转得特别快。我跟你们一样，突然就想通了一件事情，冯玲可能就把秘密储存在小米的脑子里。而拐走小米的人，很可能就是冯玲的同伙，SA组织的成员。他们的目标，就是小米脑子里的秘密。我也就明白了小米为什么会在通往机场的路上，一定是SA组织的成员控制小米后，想立刻潜逃出境。这下我更加心急如焚，因为一旦让他们得逞，小米这孩子就完了。”

“所以你就打了电话给祁东机场，询问最近的飞往美国的航班，对吧？”徐环脱口问道。看赵彩霞一脸疑惑的表情，他又解释道，“噢，我们在你家的时候，接到了机场的电话。也亏了这个电话，我们才知道你去了机场。”

“嗯。”赵彩霞点了点头，“机场客服的系统当时坏掉了，无法给我提供信息。情况太紧急，我没有犹豫，打算先赶到机场找到周小米再说。”

徐环说道：“也正是你急匆匆离开的痕迹，才让我起了疑心。只不过我误以为你就是黑妞，要赶着带小米潜逃出境，所以才走得那么匆忙。”

“嗯，你的推理大部分是正确的。可是你先入为主地把我错当成黑妞，之后你的判断又都基于这个错误的前提之下，所以才导致一错再错。”

“是啊，当时我还是太心急了。其实现在想想，当时你们家门口的鞋架上，虽然你拖鞋的摆放有匆忙出门的痕迹，可小米的拖鞋却摆放得非常整齐。很明显小米不是和你同时出门，稍加分析就可以得出你并没有带小米出门的结论。可惜，当时太急了，没有沉下心来分析。”徐环略显沮丧地分析着自己的失误，“接下来呢？到机场后发生了什么？”

赵彩霞继续回忆道：“到了机场后，我利用小米的定位装置，很快找到了他。我远远地看到他被一个陌生男人拉着手，神情有些呆滞，很有可能被他们下药了。可就在我快追上他们时，那个陌生男人突然一回头，一下子就发现了我。他的反应非常迅速，没有任何犹豫，拔出手枪向我射击，我赶紧侧身躲到了这个柱子旁边。紧接着枪声响起，子弹就打在我的身边。这个家伙枪法非常精准，由此可判断，此人一定是训练有素的特工。”

于东青看了一眼徐环：“这一声枪响，应该就是我们进入大厅之后听到的枪声。”

“接下来，我刚想开枪反击，却用余光瞥到了有人在向我瞄准，我赶紧下意识地躲避。果然，一颗子弹又打在了我的身边。连续遭遇两次枪击，我十分恼火，因为我不知道是谁在向我开枪。一时间，我的思绪也有些混乱。”讲到连续被人袭击，赵彩霞的眉头皱了起来，“就在这时，我突然发现那个带走小米的陌生男人将枪口对准了自己，似乎想自杀。看来，他认为自己已经陷入绝境，为了不暴露身份只得选择自尽。为了留下活口，我再次举枪瞄准了那个陌生男人，准备将他击伤，让他失去抵抗力。可真没想到，螳螂捕蝉，黄雀在后。你于东青跟我想做的似乎一致，只不过你的目标不是他，而是我。”

“我……很抱歉，当时确实是想击伤你，让你不能反抗，但又留下活口。”于东青尴尬地说。

“幸亏你没想击毙我，否则我可真是冤死了。”赵彩霞戏谑道，“接下来的事情就不用我再讲了吧？你们都亲眼看到了。”

“不过，我还是有一件事情不明白。”徐环皱着眉头问道，“既然你不是带着小米潜逃的嫌犯，也就没打算乘坐飞机，可那架飞往美国的CA57** 航班上，为什么会有你的乘客信息？”

听了徐环的话，赵彩霞脸上露出诧异的神色：“有这事？”

“没错，我的手下查询了航空公司的乘客数据，证实你确实购买了机票。”于东青十分确定地说。

“这就怪了，我从来没有买过那个航班的机票。”赵彩霞一脸不解。

于东青和徐环互相看了一眼，微微点了点头。

“好了赵大姐，这个问题我们会继续查清楚。已经耽误你很长时间了，现在你需要马上接受治疗，不能再等了。”于东青口气坚决地说道。

经过双方的沟通，赵彩霞的情绪稳定了很多。她点了点头，让医务人员把自己抬到了担架上。可医务人员刚走了两步，赵彩霞就大喊一声：“等等！”随即她吃力地抬起头来，对徐环和于东青说，“我这一伤，恐怕不能继续查这件事情了。所以我希望你们继续查下去，揪出隐藏在祁东市的黑姐，也为我表姐冯玲。”说罢，她无力地躺回担架上，被医务人员抬出了大厅。

“看来，这两姐妹感情还是很深的。”徐环感叹道，“她们的内心，一定承受着常人难以想象的痛苦。”

“行了，别感慨了。”这时，于东青突然捅了徐环一下，朝他努了努嘴。

徐环扭头一看，一个熟悉的身影正大步向他们走来。只见这个人眉头紧锁，面色阴郁，老远就对他们二人形成了深深的震慑。能让他俩吓成这样的，也只有高局长了。

“完了，你看他那个样，现在一定恨不得把我活剥了。”于东青说道，声音里透着一丝无奈。

“这老狐狸，早不来晚不来，偏偏等赵彩霞走了才来，明明就是不想给咱们擦屁股嘛！”徐环嘟囔道。

“那可不是，他要是早进来一会儿碰上赵彩霞，还不得跟人家鞠躬赔礼道歉？估计他早到了，一直在外面瞅着咱们呢。等赵彩霞一走，他才进来对咱俩耀武扬威。哼哼，真是老奸巨猾。”

“你们俩还有心思在这儿谈笑风生！”离着还有好几米，高局长就训斥上了，“知道闯了多大的祸吗？”

“知道。”于东青低头说道，“高局，这次都是我判断失误。作为刑警队队长，我愿意承担一切责任。不管是行政处分还是刑事处罚，我绝无怨言。”

见于东青把祸往自己身上揽，徐环也着急了:“高局，这事都是我的错，不关于东青的事，是我……”

“行了！你俩不用争着背锅。”高局长不耐烦地打断了他们，“现在不是问责的时候。你们有新的任务。”

于东青一愣，一时间没有反应过来。

“赵彩霞是祁东安全系统最出色的特勤人员，承担的也是最艰巨的任务。”高局长严肃地说道，“不过，她现在因伤不能继续进行原任务。鉴于你们两个人对情况比较了解，因此两个部门共同决定，由你们两个代替赵彩霞继续完成余下的任务——挖出隐藏在祁东市的外国间谍黑妲，并且彻底查清楚周远和冯玲被杀案背后的真相。”

徐环和于东青对视一眼，没有说话，似乎不太相信高局长的命令。

“怎么着，不想接？”见二人不说话，高局长冷哼了一声，“怂了？”

“不不，我们接。”于东青嘿嘿一笑，解释道，“这不是没想到嘛，本以为你是来收拾我们俩的，没想到是让我们戴罪立功。嘿嘿，幸福来得太快。”

“知道幸福就好。”高局长板着脸说，“事情发生以后，我第一时间跟人家国安系统那边联系，人家非常通情达理，并没有非要处理你们。可你们不能不知道好歹，要珍惜这次机会，好好查，别给我们公安丢人！”

“放心吧高局，保证完成任务！”于东青正色道。

“记住，这次要彻查真相。”高局长一字一顿地说道，“是真相，不是真相边缘。”说完，他意味深长地看了二人一眼，转身向大厅外走去。

第三十六章　编号022

浔州市位于祁东市西北部，自然资源丰富，经济发展迅猛，是近年来全省重点打造的最具潜力城市之一。卫毅平上午到达浔州市火车站后，便马不停蹄地来到了市区最繁华的商业街上。此刻，他正坐在出租车的后座上，心不在焉地看着窗外的街景。

“喂，到了，就在你右手边。”出租车司机把车子停在路边说道。

卫毅平转脸一看，右侧的街旁，有一个非常大的店面，店面的招牌上书写着五个龙飞凤舞的大字:兴隆元面馆。卫毅平点了点头,下车走了进去。

面馆一楼的大厅非常宽敞，中间摆着七八张圆桌，两侧则是可容纳四人的方桌。虽然现在已经过了饭点儿，可大厅里的食客依然不少。几个服务员在大厅里忙碌着，似乎没有注意到卫毅平的到来。卫毅平抬手看了一眼手表，离约定的时间还有五分钟。于是，他不紧不慢地来到最角落的一张桌旁坐下，警惕地注视着门口。

坐了一会儿，仍然没有人同卫毅平打招呼，就连服务员也没过来招待他。他瞄了一眼手表，时间已经到了下午一点四十分。卫毅平微微皱了下眉头。现在已经过了约定的接头时间，可那个人依然没有出现。就在他犹豫是否继续等下去的时候，一位中年男服务员走了过来，生硬地问道：“一个人？点菜吗？”

卫毅平冷冷地看了他一眼。此人长相普通，身材瘦弱，蜡黄的脸上布满褶皱。两只眼睛也略显呆滞，尤其是那两个黑眼窝，像极了瘦了两百斤后的熊猫。凭经验，卫毅平判断此人很可能是个瘾君子。

“先等会儿吧，我等人。”卫毅平冷冷地答道。

令他意外的是，这个男服务员竟然二话不说，坐到了自己的对面。他看着卫毅平惊讶的脸，嘿嘿笑了一声："等人？等我是吧？"

卫毅平一愣，小心翼翼地问："你……就是老鱼？"

服务员点了点头："你就是祁东的西门一平吧，"他笑了笑，"你们年轻人就是喜欢起这些乱七八糟的网名。"

"我可真没想到，你竟然是这里的服务员。"卫毅平吃惊地说道。

"有什么想不到的。我之所以跟你约在这里，就是因为方便，跟你约定的见面时间正好是我中午下班的时间。"老鱼心不在焉地脱掉了自己的服务员制服，露出一件脏兮兮的黑色毛衣。

"那你就直接过来跟我打招呼，不怕认错人？"卫毅平略显遗憾地说，"我精心准备的接头暗语都没用上。"

"你谍战剧看多了吧？"老鱼不无嘲讽地说，"我就一小服务员，有谁会搭理啊。"

"行了，废话不多说，说正事吧。"卫毅平从包里掏出一张银行卡递给了老鱼，"里面是谈好的价码，密码六个六。"

看到银行卡，老鱼原本萎靡的双眼像充了电一样亮了起来，赶紧伸出手准备接过去。

可卫毅平突然一收手，把银行卡又收了回来，警惕地盯着老鱼。

"怎么了小兄弟，"老鱼脸上露出一丝不满，"这是要反悔？"

"既然来了，怎么可能反悔。"卫毅平冷冷地说，"只不过，我怎么相信你就是真的老鱼？即便你就是老鱼，我怎么相信你的话不是瞎编的？"

"嘿嘿，小伙子年纪不大，心眼儿倒不少。"老鱼咧嘴一笑说，"你的担心也没错，毕竟我脸上也没写着'老鱼'两个字。"他伸手挠了挠头，说道，"你放心，我先给你说说我的经历，等我说完了，你也就信了。"

卫毅平伸手招呼服务员："上两碗招牌牛肉面，快一点！"然后转脸对老鱼点了点头，"你说吧。"

老鱼清了清嗓子，说道："十多年前，我从警校毕业，加入了浔州市公安局刑警队。别看我现在这个熊样，当时我也是浔州市综合素质数一数二的刑警。"

卫毅平打量着他，虽然没说话，但眼神里明明写着两个字：怀疑。

"我知道你不相信，"老鱼自嘲地笑了笑，"我今天落到这般田地，很大程度上都是因为参加了那次选拔。"

一听选拔，卫毅平立刻瞪起了双眼："你说什么选拔？"

"还能是什么选拔。几天前你在'海角论坛'上发了一个帖子，隐晦地提到了全省的那次丑叔叔选拔，并寻找知情者。看到这个消息我才联系了你。你难道不知道我说的是哪次选拔？"

这话让卫毅平心里的怀疑消去了一大半，他冲老鱼点了点头："你继续说。"

"刚当刑警那会儿，咱年轻，一心扑在工作上。几年下来，我就成为浔州市公安局刑警队的骨干。"他说道，"八年前，副局长找到我，说局里要重用我，决定让我参加一个绝密的培训和选拔计划。"

"这个计划，就是丑叔叔选拔计划吧？"

"没错。他还跟我说，这个计划云集了全省最优秀的警察，如果通过选拔成为丑叔叔，那绝对是警察最高的荣誉。"老鱼回忆道，"他的这些话听得我热血沸腾，二话没说就接受了这个任务。"

"所以，你参加了那次培训？"

"对，我参加了培训。"老鱼歪着脑袋说道，"那次培训的强度之大、条件之艰苦，绝对超乎你的想象。几个月下来，简直掉了一层皮。不过，我并没有在竞争中胜出成为丑叔叔。这对当时信心满满、志在必得的我来说打击非常大。因此，回到浔州市公安局之后，我变得异常消沉，失去了之前的那种锐气。再后来，我不慎交了几个道上的狐朋狗友，并逐渐被拉下了水，甚至染上了'溜冰'的恶习。"

"我一眼就看出来了，你这副模样，绝对与毒品有关。"卫毅平叹了口气，惋惜地说，"就因为一次失败，你就堕落成了这个样子？"

"唉，要不说那时候太傻呢。现在想想，选不上丑叔叔，实际上是一件好事。"老鱼无奈地摇了摇头。

"怎么说？"

"你以为各局选出来的都是精英吗？"老鱼神秘兮兮地说，"错了，后来我才了解到，各局选出来的参选者实际上都是刺头。"

这种观点卫毅平还是第一次听说，他奇怪地问："这是为什么？"

"这种刺头虽然很有能力，可领导不喜欢。现在有这么一个把刺头送走的机会，他们肯定要好好利用起来啊。就拿我来说吧，我还纳闷我们副局长为什么会给我提供这么好的机遇。其实他才不关心我的死活呢，就是想赶我走。”老鱼感慨道，“虽然不是全部，但我觉得大部分参选者都属于我这种情况。据我了解，你们祁东市的参选者应该也是。”

听了老鱼的话，卫毅平的心里十分诧异。他一直以为参选丑叔叔的一定是德才兼备、能力突出的优秀警察。难道徐环和父亲也是领导的眼中钉、肉中刺？

“不管怎么说，事已至此，我也无法回头了。”老鱼眼里掠过一丝悲凉，继续说道，“后来我因为严重违纪被开除，身体也因为吸毒垮掉了。我又没有别的一技之长，就只能在这儿当个端茶倒水的服务员了。”

“你啊……唉！”卫毅平深深地叹了口气。

“你别唉了。实话告诉你吧，丑叔叔的培训属于绝密，我平时根本不敢对别人说起此事，也就是因为急需用钱，这才同意把一些消息告诉你。”老鱼脸上又恢复了那种猥琐的神情，“刚才说了那么多，你该相信我了吧？”

老鱼的手指轻轻朝卫毅平勾了勾：“拿来吧。”

卫毅平笑着把银行卡递给了他，笑里带着明显的嘲讽意味。可老鱼压根不在乎，他接过银行卡就塞到了裤兜里。可能觉得不太保险，就又掏出来放在自己毛衣的内兜里。这时，两碗热气腾腾的牛肉面端了上来。卫毅平一点食欲也没有，而老鱼却抓起筷子，狼吞虎咽地吃了起来。

“好了，钱也拿了，别光顾着吃，继续说吧。”卫毅平催促道，“你对祁东市参加选拔的警察还有印象吗？”

“我当然有印象了。不止有，而且印象还挺深。”老鱼擦了一下嘴边的汤油，“当时，所有来参加培训的人都信心满满、意气风发的，只有他整天耷拉着一张臭脸，跟别人欠他钱似的。”

“那这个人叫什么名字，你还记得吗？”

老鱼摇了摇头：“当时参训人的名字都是保密的，我只知道他的编号是022，不知道名字。”

卫毅平掏出手机，调出了徐环的照片问道：“你看，是不是这个人？”

老鱼接过手机看了一眼，不禁皱起眉头。

“怎么，不是他？”

老鱼看了一会儿，摇了摇头，又点了点头，喃喃地说道：“原来是他啊。”

老鱼的反应让卫毅平感到奇怪：“你什么意思？难道他不是022？”

“他是，不过……他又不是。”老鱼前言不搭后语地说道，“哎，我想起来了，022不止一个人。”

“什么意思？”卫毅平一脸的疑惑。

老鱼放下筷子：“你有所不知，当年各局参加培训和选拔的人员，都有一名替补。当然，如果主力人员没出什么意外的话，替补人员是不会参训的。而你们祁东，是唯一一个动用替补人员的。照片上的这个人，就是那个主力022。”

“你的意思是，这个主力022出意外了？”

“嗯，应该是。祁东市最早派出参加培训的就是照片上的这个人，不过他仅参训了三天就退出了。接替他的，自然就是那个替补人员了。”老鱼十分肯定地说。

老鱼的话让卫毅平心里一颤。原来，徐环仅仅受训了三天。

“所以我对他几乎没什么印象。”老鱼又低头扒拉了几口面，边嚼边说，“刚才我说的那个耷拉着脸的，是那个替补022。因为他跟我们在一起的时间比较长，印象也就深刻一些。”

卫毅平调出了父亲的照片，递给老鱼：“是他吗？”

老鱼接过来点了点头：“没错，就是他。他就是022。”

卫毅平的心仿佛一下子跌进了冰窖里：“你胡说！”卫毅平使劲拍了一下桌子，“你到底是真知情还是假知情！实话告诉你，照片上这个人叫卫鸣。丑叔叔集训的时候，他就已经死了！”

老鱼嘿嘿一笑：“你别着急。这个人的确参加了培训，但他也没有坚持到最后，只是训练了一个月而已。十一月初的时候，他就悄无声息地退出了。因此，这个叫卫鸣的人即便是死，肯定也在十一月之后了，对不对？”

卫毅平一愣，随即点了点头。没错，父亲的确是十一月被杀死的，而之前那段时间，他也记不太清楚了，好像确实有很长一段时间没有回家。

“那么，祁东市这两个参选者为什么会退出？”卫毅平继续问道。

“第一位022的退出肯定不是普通原因。要退出丑叔叔的训练和选拔，只有两种原因，一种是健康原因，再一种就是犯下了重大错误。具体他是因为什么，我也不清楚。”老鱼答道，“不过第二位022的退出，却没有那么简单。其实确切来说，不应该叫退出，而是结束。”

“退出和结束有什么区别吗？”

“当然有。”老鱼微微笑了笑，“退出是中途放弃，而结束则意味着完成任务。”他看了眼卫毅平，若有所思地说，“我认为，第二位022，也就是你说的卫鸣，经过一个月的训练之后，他已经被选中成为了丑叔叔。”

“什么！”卫毅平惊讶地喊了一声，引得周围的食客纷纷侧目，“这怎么可能呢？”

“我知道你一定会惊讶，可我并不是瞎猜，而是有确切的依据。”老鱼认真地说。

“那你说说，你有什么依据。”

“第一个依据是，自从卫鸣退出训练之后，剩下两个月的选拔训练强度明显变小，组织也越来越不规范，给人的感觉就像是在凑合。所以我推测，丑叔叔的整个选拔过程实际上仅仅持续了一个月，自卫鸣被选中后就结束了。第二个依据是，丑叔叔集训结束之后，这个项目似乎就停止了。我曾经打听过，被选出的丑叔叔没有执行过任何任务，我对此感到非常疑惑。不过刚才你提到卫鸣十一月份就死了，这下倒是解释通了。”老鱼说完，轻轻喘了口气，随即大口吃起了面条。

卫毅平的思绪十分混乱。对于老鱼的叙述，他难以接受，可又不得不承认，他的分析确实有道理。按照老鱼的说法，自己的父亲通过选拔成为了丑叔叔，可父亲却又揭示了断肢狂魔的真正身份就是丑叔叔。如果以上的推测都是真的，那只能证明一件事情：断肢狂魔，就是自己的父亲卫鸣。

“你说什么，断肢狂魔就是你父亲！”吴婷婷一脸的惊愕，“你不是在开玩笑吧？”

“你小声点我的姑奶奶，”卫毅平吓得赶紧从椅子上跳起来，把办公室的门反锁上，然后面色惨白地说，“从情感上来讲，我比任何人都接受不了这个事实。可是从理智上来判断，这种可能性确实存在，而且非常大。”

“你去了一趟浔州，就得出了这么一个荒谬的结论？”吴婷婷摇了摇头，敲了敲办公桌说，“不用说别的，有一点就可以完全推翻你的结论，你父亲也是断肢狂魔的受害者，他怎么可能同时又是断肢狂魔呢？”

“你说得没错，在绝大部分情况下，凶手和受害者是对立的。”卫毅平双眼炯炯有神地说道，“可不能否认在一些极端的情况下，凶手和受害者有可能就是一个人。”

“这……这怎么可能？”吴婷婷一脸不解，“凶手怎么可能又是受害者呢，你这是什么逻辑？”

“有一种可能，那就是断肢狂魔在杀死另外四个人之后，又杀死了他自己。在这种条件下，他既是凶手，又是受害者。”

“自杀？你是说……”

“没错，我的意思是，父亲在杀死那四个人之后，自己砍下了自己的头。”卫毅平脸色惨白，嘴唇颤抖地说道。很显然，他正在竭力控制着自己的情感。

吴婷婷惊讶地伸手捂住了嘴巴，不仅为卫毅平的推断而惊讶，更为他谈论自己父亲时那种竭力压抑情感的自控力感到惊讶。如果换了她，她绝做不到如此镇定地讨论自己父亲的惨死。不过紧接着，她就觉得卫毅平的推测十分荒谬。虽然她不是法医，但也知道一个常识，一个人如果对自己够狠，那么他可以砍下自己身上的任何部位，但有一个部位除外，那就是头颅。

“卫毅平，亏你还是个法医，你的医学是体育老师教的吧，”吴婷婷讽刺道，“难道你不知道，人是不可能自己砍下自己的脑袋的？”

“哼，连你这种医学小白都知道，我怎么可能不明白？”卫毅平不屑地反击道，“没错，一个人的确不可能砍下自己的头，可那是在没有外力帮助的前提下。如果有外力帮助，那就很有可能了。”

“借助外力？”吴婷婷惊讶道，“你父亲可是在行驶过程中被杀的啊，当时他在开着车，怎么借助外力呢？”

“你肯定想不到，”卫毅平解释道，“这个外力，其实就是我父亲驾驶的汽车。”

“汽车？你不会告诉我，汽车变成一个刽子手吧！”吴婷婷揶揄道。

“我知道你不信。之前我也想不到这一点，一直以为他是在开车过程中被凶手袭击而死。”卫毅平站起身来，在办公室里踱步道，“可我从浔州回来之后，又重新查看了一下我收集的资料，再次去人民广场查看了当年的现场。经过这么一查，我果然发现了有几个地方不太合理。”

卫毅平边走边说道：“第一个不合理的地方，就是我父亲的尸体被发现时，还系着安全带。你不知道，他平时开车没有系安全带的习惯，可为什么要在那个时候系上呢？”

吴婷婷略一沉吟，开口解释道：“会不会是这样，当时你父亲已经意识到了危险，所以他想用撞击前车的方式来保护自己，撞伤同在车内的凶手。

为了防止自己受伤，他才提前系上了安全带。”

“应该不是。按照我父亲的身手和气力，他如果意识到了潜在危险，一定会采取其他方式来解决，不会用撞击前车这种杀敌一千，自损八百的方式。”卫毅平对于吴婷婷的观点不是很认同，“另外，如果你意识到跟你同车的人有危险，你会系安全带吗？我相信绝大部分人都不会。因为系上安全带会束缚人的行动，一旦有危险，身体就像被绳子绑住一般，不利于反抗或者逃跑。因此，我父亲系上安全带根本不是为了防御，而是有其他的目的。”

吴婷婷托着下巴，微微点了点头：“还有什么不合理的地方？”

“第二个不合理的地方是我父亲死时的姿势。被发现时，他倚靠在驾驶座上，头部被砍。可是这种姿势对于斩首者来说，是一个很别扭也很费力的姿势，凶手是绝对不会用这种姿势来砍头的。总之，我推测我父亲是自杀。至于他是怎么砍下自己头颅的，我等一会儿再解释。

“第三个不合理的地方，就是汽车副驾位置的车窗状态。当时那个车窗是开着的，这一点让人非常费解。要知道，那时已经是十一月份了，凌晨的气温又非常低，除非是特殊情况，否则我父亲不可能打开车窗。”卫毅平一脸严肃地解释着，“之前我们猜测，打开车窗有可能是我父亲在被袭击时摇下来呼救，可仔细一分析，这种假设却经不起推敲。你想，遭受袭击时，人的第一反应是什么？恐怕不是呼救，而是本能地反抗和挣扎。对普通人来说尚且如此，对经过特殊训练、身手不错的父亲来说更是如此。如果当时有人袭击他，他的第一反应应该是反抗，而不是腾出一只手来打开车窗。更何况当时是凌晨三点，车外根本没有人，即便打开车窗呼救，又能对谁呼救？”

吴婷婷点了点头：“说得有道理。”

“因此，这几个疑点肯定不是巧合。”卫毅平下结论道，“我父亲布置这些细节，一定有他自己的原因。综合上面几个疑点，我推测，我父亲应该是借助外力自杀的。”

“可是，要怎样做才能把自己的头颅弄下来呢？再说了，他有什么必要这么做呢？自杀一般都会选择痛苦最小的方式，他这样做，是要达到什么目的呢？”

“问得好！”卫毅平说得口干舌燥，喝了口水继续说，“这些问题也一直困扰着我。因此从浔州回来之后，我第一时间就赶到了人民广场，查看当年我父亲死亡时的现场。”

“都过去八年了，你现在看能看出什么来？”吴婷婷不以为然地说。

“你说得没错，八年过去了，很多痕迹早就不存在了。”卫毅平拿出几张在现场拍的照片摆在桌上，“可是，人民广场是地标性建筑，大体的地形和周边环境还是没有变的。”

“那你发现什么了？”

“首先，我发现人民广场附近的地形并不是完全平坦。在人民广场的东侧，也就是案发现场，路面实际上有一定的坡度。也就是说，我父亲的汽车当时是停在了一个斜坡上。”卫毅平抽出两张照片，递给了吴婷婷，“其次，我发现在我父亲停车位置右侧的马路边上，有一排密度很大的路灯。”

“斜坡和路灯有什么问题吗？”

“当然有，正是因为发现了这两点，才让我最终确定了我的推测。”卫毅平的嗓门虽然不高，但口气却异常坚决，“那就是，我父亲用一种令人匪夷所思的方式，借助一样工具，将自己的头割了下来。”

“我还是不敢相信。”吴婷婷轻轻叹了口气，“那他借助了什么工具？”

卫毅平看着吴婷婷，口气平静地说：“借助了一样随处可见的工具，铁丝。”

“铁丝？”

“没错，将我父亲的头颅从他身上割下来的，不是刀斧，而是一根小小的铁丝。”

“铁丝怎么可能将人斩首呢？”

“是的，单单一根铁丝确实做不到，可当铁丝遇到汽车以及路灯的时候，就可以组成一个……断头台了。”

“这三样风马牛不相及的东西，怎么会组成一个断头台呢？”吴婷婷自顾自地嘟囔道。突然，她似乎想到了什么，伸手捂住了嘴巴，“难道……”

卫毅平脸色严峻地点了点头：“据我推测，那天凌晨，我父亲独自巡逻到人民广场附近时，把车停到了路边。接下来，他将一根锐利的铁丝的一头弯成一个圆环套在自己的脖颈处，另一头则紧紧拴在了马路旁边的路灯柱子上。”卫毅平的嘴唇哆嗦起来，“接下来，他要做的事情就是坐在驾驶位上，点火挂挡，猛踩油门。车辆起步的冲力非常大，再加上处在斜坡上，速度就更快。在车辆的巨大冲击力下，铁丝非常轻易地割断了我父亲的脖颈。”

吴婷婷依然张着嘴，无法接受这么匪夷所思的自杀方式。

卫毅平叹了口气，下结论道：“就这样，我父亲用一种让人咋舌的方式结束了生命，并给人造成一种他杀的错觉。”说完，两个人都沉默了，办公室里瞬间变得非常安静。

过了一会儿，吴婷婷开口道：“可是，如果你父亲想自杀，他为什么要采用这种方式呢？还要伪装成他杀的样子。”

“这……目前我也搞不清楚。父亲的行为确实比较怪异，而且他也没有自杀的动机。你想，他刚刚通过选拔成为丑叔叔，可以说职业生涯达到了一个巅峰。他在这个当口选择自杀，的确不符合常理。”

“是有些古怪。”吴婷婷点头附和道。

“当然了,以上这些分析都是我的猜测。而且我没有权威的第一手资料，只有一些自己搜集的传闻。要证明我的结论是正确的，就需要另外四个人的死亡细节。”卫毅平盯着吴婷婷，“这也是我去浔州之前交给你的任务，你完成得怎么样了？”

吴婷婷点了点头：“那四个受害者我已经查过了，而且，确实查到了一些奇怪的事情。”

“快，说说看。”

吴婷婷从一个牛皮纸档案袋中拿出几张照片摆到了办公桌上，她从中抽出一张，递给了卫毅平。照片上是一个头发微微发白、眼角耷拉的年长男子。虽然他表情严肃，但看起来仍是一位慈眉善目的长者，给人一种莫名的亲近感。

“这老头是谁？”卫毅平不解地问。

“这就是断肢狂魔案中的第一位死者。他叫周旭，五十岁，生前是祁东大学医学院的一位教授。”吴婷婷站起身来讲道，“此人工作努力，品行端正，虽然谈不上德高望重，但周围的同事和学生们对他的评价都很高。周旭早年丧偶，子女都在国外上大学，因此他平时的重心都在学术研究上。他不热衷对外交际，认识他的人很难相信他会与别人结仇。”

说罢，吴婷婷像抽扑克牌一样又抽出一张照片。这张照片上是一个稍微谢顶的中年男人，他眼神飘忽，脸上带着略显谦恭的微笑。

“这个人是第二个死者。他叫周毅，三十九岁，在祁东市海洋科技研究所担任研究员。同周旭一样，他也是一个不善社交的人。同事们对他的评价就是为人善良但性格懦弱，经常被人欺负。”

“为人善良又性格懦弱。”卫毅平眉宇间闪过一丝疑惑，“奇怪了，有谁会对这样的人痛下杀手呢？”

“确实，单从这两个人的职业和性格来看，很难相信他们会被人如此残忍地杀害。”吴婷婷走到卫毅平身边，又抽出第三张照片，“不过，第三位受害者则跟他们完全相反。”

卫毅平搭眼一看，照片上是一名男青年，留着在今天看来也很时尚的发型。他面容英俊，笑容阳光，洋溢着年轻人所特有的那种自信。

“他叫安帅，三十三岁，是一家软件公司的工程师，说白了就是程序员。”吴婷婷轻轻拍了拍卫毅平的肩膀，“此人可是有名的花花公子，我看跟你有一拼。”

卫毅平原本还一脸严肃，可一听吴婷婷的戏谑口气，他自然不会放过这个机会，于是也戏谑地说：“千古奇冤啊！告诉你吴婷婷，我现在已经重新做人了，立志做一个专一的好男人。”

“切，之前不是还以此为荣吗？这会儿倒知道礼义廉耻了。”吴婷婷一脸的不屑。

“自从最近认识了一个美女之后，我就觉得自己遇到了真爱。”卫毅平十分认真地说，“我真的改邪归正了，以前那个游戏人生的卫毅平已经成为了历史，现在站在你面前的，是祁东市第一专一暖男。”

“哟，看不出来啊，你还属于浪子回头型的啊。”吴婷婷脸上嬉笑着，可不知为什么，心里却生出一丝失落，“你倒是给我说说，哪个姑娘这么倒霉被你看上了？是咱们局里的？”

“嗯，是咱们局里的。这个姑娘嘛，属于傻白甜的类型，总觉得自己很聪明，可实际上笨得很。”

“谁啊到底，”吴婷婷推了他一把，“赶紧说，我得去警告这姑娘，都是同事，可不能见死不救。”

“这个女孩……”卫毅平咧嘴一笑，“就是你啊！”

吴婷婷一愣，脸上立刻浮起两片红晕。一时间，她不知道自己该说什么才好。

“哟，怎么脸红了？”卫毅平坏笑着把脸凑到吴婷婷面前，“是不是觉得幸福来得太快啊！”

“去你的！”吴婷婷又羞又恼，她轻轻踢了卫毅平一脚，怒道，“你不胡说八道能死啊！”

卫毅平赶紧跳到一边躲开，嬉皮笑脸地说：“开玩笑，开玩笑。”随即，扬了扬手里的照片说，“姑奶奶，现在不是发飙的时候，还是赶紧说正事吧。”

吴婷婷理了理自己额前的刘海，指着卫毅平说道：“我警告你卫毅平，以后少拿这种事情开玩笑！”说罢，她拿起水杯狠狠灌了几口，似乎要浇灭心中的怒火。

“气得我都忘了刚才说到哪了……哦，这个安帅是个换女朋友比换衣服还勤的花花公子。据他的同事说，安帅除了上班以外，不是在夜店，就是在去夜店的路上。他最终也确确实实死在了夜店里。”

一讨论起案情，卫毅平刚才的嬉笑之色立刻一扫而空，取而代之的是一脸的严肃：“这个安帅为人风流，倒很有可能得罪别人。”

这时，吴婷婷又抽出一张照片，放到了卫毅平面前。卫毅平一看，两只眼睛立马瞪成了电灯泡，夸张地叫道：“这谁啊，哪个明星？”

这张照片的主角，是一位肤若凝脂、面如白玉的美女。她看上去二十几岁，一双清澈的大眼睛透着一丝俏皮，又似乎有些害羞，堪称古典美和现代美完美结合的典范，绝对不同于现在随处可见的网红脸。

“切，哈喇子都流地上了，”吴婷婷白了他一眼，“你们男人啊，一见美女脑子就短路。告诉你，这就是第四位受害者。按说人已经不在了，不应该说人家坏话，可这女孩长这么漂亮干啥不好，非得做那种事情，真是不可理喻。”

“哦，这就是她呀。”卫毅平若有所思地说，“我早就听说第四位受害者是一名从事皮肉生意的女孩，可真没想到她会这么美。从照片上来看，我绝对不相信这么清纯的女孩儿会做那种事。”

“这有什么不相信的。”吴婷婷冷冷地说，“你卫毅平看上去也是个人模狗样的正人君子，可实际上呢？不也是个靠下半身思考的动物。”

“怎么又扯上我了？”卫毅平无奈地摇摇头，“就此打住，还是说案子吧。”

“这个女孩名叫秦静，二十五岁。自称平面模特，可实际上经常与不同的男子出入高档酒店过夜，应该和今天的所谓外围女差不多。”吴婷婷说道，“她死在一个高档酒店里。被发现时全身赤裸，应当是在做那种事时被杀死的。”

听完吴婷婷的讲述，卫毅平踱步到窗边，看着窗外炽烈的火烧云。思索片刻，他转头对吴婷婷说：“婷婷，你查得的确很仔细，可是似乎并没有抓到重点啊。从你查明的这些信息来看，仍然解释不了这个案子最关键的一个问题，断肢狂魔为什么会挑他们四个人下手。”

“你急什么，关键的信息我还没说呢。”吴婷婷压低声音，“这四个受害者虽然年龄、性格各异，社会层次也不同，可他们却有一个共同点。”

“什么共同点？”

“这四个人，都曾在远景集团工作过。”

“远景集团？就是徐环家的那个远景集团？”

“对，就是祁东市最大的企业集团，远景集团。”吴婷婷一脸神秘地说，“其中，除了周旭曾是兼职专家之外，其他三人都曾是集团的全职职工。”

“那他们的具体职位是什么？”

“从职位来看，他们的差距很大。”吴婷婷解释道，“周旭是研发部的专家；周毅也属于研发部，但是属于普通科研人员；安帅呢，是信息部的普通职员；至于你的梦中情人秦静，则是销售部的普通销售。”

“这些职位之间，好像没什么联系。”卫毅平嘟囔道。

“至于他们之间的关系，我觉得很难说清楚。反正我没有找到他们之间互相认识或者关系密切的证据。毕竟远景集团的职工那么多，相互之间不认识也很正常。”

卫毅平点了点头，随即脸上又布满了疑云：“可就算都在一个公司工作，又能说明什么呢？这与他们被杀有什么关系吗？”

“除了这一点，这四位受害者还有一个共同点。”她小声说道，“他们都在十三年前，也就是被杀的五年前辞职离开了远景集团。”

卫毅平缓缓坐到了座位上，一脸的错愕：“十三年前……怎么又是这个时间节点？难道，与十三年前的‘9·19’绑架案有关？”

“没错，他们辞职的时间虽然不在同一天，但都在‘9·19’绑架案发生后的一个月内。”吴婷婷十分肯定地说，“周旭原本就是兼职，所以工作并未受多大影响；周毅和安帅有一技之长，辞职之后很快就找到了新工作；

至于秦静嘛，辞职之后就沦落风尘了。”

“这些都不重要，重要的是，他们为什么辞职？”卫毅平一脸焦躁地说，“他们四个人都在‘9·19’绑架案之后辞职，一定不是巧合。可具体与‘9·19’绑架案有什么关系呢？”他在房间内焦急地踱着步子，皮鞋踩在已经松动的地板上，发出嘎吱的杂音，在寂静的办公室内显得格外刺耳。

吴婷婷听得心烦，没好气地说：“你别走来走去的，烦死了！”

卫毅平叹了口气，面色阴郁地坐到了办公桌旁。他挠了挠头，突然发现桌上还摆着一张照片。他拿起来一看，照片上是个三十多岁的男子，头发凌乱，双眼呆滞，嘴角倔强地微微翘起，给人一种愣头青的感觉。

“这家伙是谁？”卫毅平奇怪地问。

“哦，他呀，他也是受害者。”

“怎么可能？除了我父亲，不就只有四个受害者吗？”

“你错了。”吴婷婷捋了捋头发，十分笃定地说，“这个案子其实还有第五位受害者，就是他。”

“还有一个？”卫毅平有些纳闷，“不会不会，断肢狂魔案我调查了那么多年，如果还有别的受害者，我怎么会不知道呢？”

“卫毅平，难道你忘了？你跟我说过，在祁东市公安局的历史上，一共有两个绝密案件，一个是十三年前的‘9·19’特大绑架案，另一个就是……”

“‘8·23’枪杀案啊，那又怎么了？”

“表面上看，这起案子同断肢狂魔案好像没有什么联系，可局里却把这两件案子合并在了一起。这样一来，两个案子就成了一个大案。既然是一个案子，那我们统计受害者数量的时候自然要算上‘8·23’案件中的那个受害者。”吴婷婷拿起那张照片晃了晃，“这第五张照片上的男人，就是‘8·23’枪杀案的受害者。”

“噢，原来你是这个意思。”卫毅平若有所思地点了点头，“你说得没错。既然局里把这两个案子并案侦查，那就说明这两个案子一定有特殊的关系。”他从吴婷婷手里接过照片，皱着眉头说：“不过，它们之间到底有什么关系呢？”

“想查清楚什么关系，还是得从受害者的身份入手。照片上的这个男人名叫顾猛，个体经营者，死时三十五岁。八年前的一天上午，他在银行门口抢劫一位刚取完钱的老太太时，被巡逻的警察发现。可他并没有悬崖勒马，而是摆脱了追逐的警察，并一路逃到了闹市区。后来被追得实在走投无路了，他就拽过路边的一个女孩作为人质要挟警察。巧的是，徐环正在案发现场附近调查别的案子。听说发生了绑架案，就立刻赶到了现场进行支援。”

“这个事我也听说过。”卫毅平插嘴道，“据说当时的形势并不是十分严峻。绑匪顾猛其实并不是穷凶极恶的惯犯，当时也是因为借了高利贷无力偿还，无奈之下才去抢劫。而绑架街边的女孩也是一时冲动，并非蓄谋作案。因此从主观恶性上来说，顾猛这件案子应该不至于弄成人命案。”

“你说得没错。在围观群众和警察的劝说之下，顾猛的情绪逐渐稳定下来，最终选择了投降。”吴婷婷滔滔不绝地讲道，“可谁也没有想到，就在徐环上前准备给他戴上手铐的时候，两人之间又发生了一些言语冲突和推搡。徐环的身板你是知道的，他被顾猛推了一把，踉跄了几步差点跌倒。身为一个警察，又是在众目睽睽之下，一向心高气傲的徐环自然不能容忍这种暴力抗法行为。他恼羞成怒，气急败坏之下向顾猛开了枪。这一枪导致顾猛当场毙命。”

“事情的经过我大体知道，可这与断肢狂魔案有什么关系吗？”

“嗯……整个案情看起来确实与断肢狂魔案没什么关系。”吴婷婷继续说道，“可如果仔细分析一下就会注意到，这两起案子之间，其实有一个很细微的共同点。”

“你快说！”卫毅平催促道。

“被害人顾猛也曾在远景集团工作过。”吴婷婷加重了语气，“更巧的是，与其他四名受害人一样，他也是在‘9·19’绑架案发生之后，辞职离开了远景集团。”

卫毅平瞪大了眼睛，一时间头脑有些发蒙。忍不住又开始在房间内踱起步来。

“哎呀，你别乱走了，能不能安静会儿？”吴婷婷被地板的嘎吱声搞得心烦意乱，十分不满地抗议道。

卫毅平无心同吴婷婷争辩，他沉浸在自己的思绪里，自言自语地嘟囔着：“可是，徐环杀死顾猛是一时冲动啊。很多人都认为，徐环的姐姐就是被绑匪害死的，因此他对绑匪有一种潜意识的仇恨。再加上当时顾猛对他有一些挑衅举动，这才让徐环失去理智开了枪。这样看来，‘8·23’枪杀案应该是一个突发意外，与断肢狂魔案无关才对。”

“可这两个案子并案处理了，不可能没有关系。”吴婷婷摇了摇头，十分肯定地说道，“如果这五个人的经历不是巧合的话，那只能说明一个问题，徐环杀死顾猛，并不是一时冲动，而是一次蓄谋已久的谋杀。”

“你是说，徐环故意制造出恰巧在附近巡逻，然后跑去现场支援的假象，实际上他从一开始就盯上了顾猛？”

“没错，虽然我不愿意相信徐环会做这种事情，可只有这样，才能解释这种巧合，才能解释为什么局里会把这两起案件并案处理。”吴婷婷抿着嘴说道，“如果这样考虑的话，‘8·23’枪杀案和断肢狂魔案的凶手虽然不是一人，但他们却有着共同的目的——杀死曾经在远景集团工作过却又在绑架案发生后离开的人。因此我怀疑，这两起案子是你父亲卫鸣和徐环联手作的案。”

“这……你这观点也太荒唐了！”卫毅平的脸都涨红了，着急地说：“我父亲和徐环都不认识，他们怎么可能会联手作案呢？”

“你怎么知道他们不认识？”吴婷婷步步逼问道，“他们可都是参加丑叔叔选拔的人。”

“是不是联手作案咱们先不谈。”卫毅平冲吴婷婷摆了摆手，试图缓和一下紧张的气氛，“那我父亲和徐环为什么要杀死这五个曾经在远景集团工作过的人呢？他们可是警察啊，如果不是有深仇大恨，他们怎么可能冒着身败名裂、前程尽毁的风险动手杀人呢？”

“这就是问题的关键了。”吴婷婷叹了口气说，“可惜，我也不知道答案。不过，根据目前的分析，这两个案子把我们引向了另一个悬案，那就是传说中的‘9·19’绑架案。”

“也就是说，祁东市历史上仅有的这两起绝密案件，实际上是存在关联的？”

“没错，我们在‘8·23’枪杀案和断肢狂魔案中，都发现了‘9·19’绑架案的影子。这说明这三起案件之间，一定有着我们尚不清楚的联系。”吴婷婷继续说道，“更令人生疑的是，这三起案件都与远景集团扯上了关系。”

“没错，十三年前的‘9·19’绑架案到底存在什么隐情？这五个人为什么会在那个时间点辞职？八年前又发生了什么，为什么徐环和我父亲要冒着风险杀死这五个人？更令我感到不解的是，我父亲究竟是不是断肢狂魔？如果是，他为什么要做这些？他到底有什么秘密没有告诉我呢？”卫毅平烦躁地说道，用手使劲挠了挠自己的头发，将原本整齐的发型挠成了鸡窝。

“你这些疑问，也同样困扰着我。现在，我们手头的资料非常有限。要解开全部谜团，这些资料肯定不够。”吴婷婷把五张照片归拢到一起，在手里晃了晃说，“依我看，要想解开所有的谜团，关键就是要揭开‘9·19’绑架案的真相。”

“你说得没错。”卫毅平稍稍冷静了一些，“现在看来，不管是周远之死还是冯玲被杀，不管是断肢狂魔案还是‘8·23’枪杀案，所有的一切，应该都始于‘9·19’绑架案。”紧接着，他的脸上又显出了愁容，“可‘9·19’绑架案是绝密中的绝密，凭咱们两个要想查清楚，那可比登天还难啊！”

“凭咱俩确实是没太大希望，”吴婷婷神秘地笑了笑，“不过，我们可以搭便车。”

“搭什么便车？”卫毅平莫名其妙地问。

“据我所知，于队和徐环他们也一直在调查这些事情。丑叔叔的信息就是从他们那儿得来的。”

“我知道啊，可后来高局不是不让他们查了吗？”

“事情在昨天又发生了转机。”吴婷婷解释道，“听说，高局的态度有了180度的大转弯，他责令于东青和徐环尽全力调查整个案件的真相。你想啊，既然所有的案子都与‘9·19’绑架案有关，那他们的调查最后肯定也会落到‘9·19’绑架案上。”

“你的意思是，我们等着他们调查就行了，坐享其成？”卫毅平一副不以为然的神情。

“不只是等着，我们最好是参与进去。”吴婷婷把几张照片像翻扑克牌一样翻来翻去，“他们的任务十分重，人手自然是越多越好。咱俩好歹也是于队的嫡系，我猜他会带上我们一块的。”

“不一定吧，”卫毅平咧着嘴说，“我看于队只要有徐环就够了，其他人在他眼里都是打酱油的……”

话音未落，桌上的办公电话突然响了，吓了他们俩一跳。吴婷婷抓起电话，电话那边的声音非常急促，吴婷婷的脸色也变得严肃起来，并且不住地点头。很快，吴婷婷就挂掉了电话，脸上闪现出一丝微笑："真是说曹操，曹操就到。"

"曹操？难不成是于队打的？"卫毅平猜测道。

"没错。"吴婷婷正色道，"他让咱们俩立刻去专案组报到。周远被杀一案的凶手虽然已经落网，可是还有很多真相没有揭开。这次成立的专案组，就是要彻查周远被杀一案。用于队的话就是，要揭开案件所有的真相，而不是真相边缘。"

"真相边缘，这个词用得好。"卫毅平感叹道，"折腾了这么久，总觉得马上就要触及真相了，可实际上却一直徘徊在真相边缘。"

"行了，别感慨了，咱们赶紧去于队办公室报到吧，迟到了小心他又熊你。"说罢，吴婷婷拉开门，冲卫毅平做了个一起走的手势。

可没想到，卫毅平突然抓住了她的手，并紧紧握在手里。吴婷婷吃了一惊，第一反应就是卫毅平又要犯贱。她拉下脸来，怒视着卫毅平。结果却发现他一脸认真，微微笑了笑，一字一顿地说："婷婷，有你陪我，真好！"

吴婷婷没有想到卫毅平会有这一面，一时间不知所措，只好低下头来，脸涨得通红。

"这次，我是认真的。"说罢，卫毅平松开了她的手，快步走出了办公室门口。吴婷婷的心脏怦怦直跳，一股奇妙的情感在她的内心涌动，让她既兴奋又焦虑……

第三十七章　黑车

北菱村族长去世后，天气一直很不错。可几天过后，一直晴朗的天空开始变得阴云密布，并且下起了恼人的绵绵细雨。雨不怕大，就怕绵，尤其是这种一连几天的淫雨，最为恼人。

北菱村的几条主干道虽是水泥路，可因为年久失修，早已变得坑坑洼洼。那些胡同里的小路更是泥泞不堪，想保持鞋子和裤脚干爽是不可能的。

Elly 跟在一位村妇的身后，尽量踮起脚尖，在相对干燥的地段行走着，姿势相当狼狈怪异。饶是如此，她的裤脚也溅满了泥点。鞋子就更不用说了，看上去就像是从泥水里捞出来的一样。见一身行头变成了这样，Elly 直接放弃了努力，干脆在泥地里甩开步子走了起来。

Elly 看着前面佝偻的背影，心中感慨万千。这次北菱村之行，对她来说就像做了一场亦真亦假的梦。这几天的经历完全颠覆了她对自己的认知，也彻底改变了她的人生。尤其是与族长临终前的那段谈话，触动了她内心最深处的情感——亲情。从小到大，她只有哥哥一个亲人，自从哥哥死后，她再也不知亲情为何物。

虽然没有更多的证据证明她与族长的血缘关系，可从族长故去时那充满怜爱、思念和略带欣慰的眼神中，她读到一种亲情，以及那种长辈对晚辈的深沉爱意。所以，Elly 从内心深处认同了她们的关系，认同了自己的出身，也认同了北菱村。

族长去世之后，虽然村子里的人并不十分欢迎她，但她还是执意让虎子先回祁东，自己留下来参加了葬礼。葬礼过后，Elly 并没有立刻离开村子，她打算在村子里住两天。一方面，她想深入了解一下北菱村；另一方面，也了解一下自己的过往。

又走了四五分钟，她们二人来到了村子北郊的一片空场。走到这儿，道路变得更加泥泞不堪，雨势也逐渐大起来。

Elly有些狐疑地问道："大姐，咱们这是到哪儿了？"

中年妇女抹了一把脸上的雨水，用浑厚的嗓音说道："你不是想去北菱村的祠堂看看吗，前面就是了。"看Elly一脸疲惫的样子，她回身拉了Elly一把，"前面就到了，再坚持一会儿。"

又走了大约五分钟，转过一个高大的土坡后，在道路的右侧，赫然出现一幢老式建筑。中年妇女收起伞，用力推开了木门。随着刺耳的嘎吱声，一股浓重的霉味和阴寒之气迎面扑来，让Elly不禁打了一个寒战。

"这祠堂啊，原来是个三合院，有正厅和左右厢房。那时候祠堂可不是一个普通的地方，女人和小孩都不让进的。"中年妇女叹了口气，无奈地说，"只不过，这些年大家都只顾自己，宗族观念淡了，哪还有人管这个祠堂啊。族长活着的时候，还三天两头地差人来看看，可她老人家一死，唉，这祠堂恐怕就没人管喽！"

说罢，她伸手在门口的内墙上摸索了几下，然后轻轻一拉，祠堂屋顶的一盏电灯亮了起来。虽然光线十分暗淡，但总算能看清楚祠堂里的情形了："还好，这灯还能用。"中年妇女走到祠堂中央的牌位前，跪下来行了几个大礼。

Elly见状，也学着她的样子走到牌位前拜了几拜。

做完这些事情，中年妇女拉开旁边的一个古旧木柜，从中拿出了一本古色古香的线装书。她拍打了几下书上的灰尘，递给Elly："喏，这就是你想看的族谱和村志。"

Elly接过来，小心翼翼地翻开了书。

书里的字苍劲有力，只可惜，这些字过于龙飞凤舞，再加上古怪的排列格式，Elly根本看不懂。翻看了一会儿，Elly把书一合，无奈地对中年妇女说："大姐，这族谱太复杂了，我看不懂。"接着，她哀求道，"要不我就不看了，您给我讲一讲村里的事吧。就讲一些近年的情况。"

中年妇女愣了一下，随后点了点头："也行。反正村子里大小事情我知道的也不少，你就问吧。"她指了指门口的一条木凳说，"走，咱们坐下说。"

坐在祠堂门口，看着屋外逐渐变大的雨，Elly心乱如麻，一时不知道该从何说起。沉默了一会儿，她开口问道："你对我奶奶……哦，也就是族长，熟悉吗？”

“当然熟悉了。我跟她是远亲，在她担任族长的这段时间，我一直协助她处理村子里的一些事情。”中年妇女叹了口气说，“姑娘，你说族长是你奶奶，虽然别人不太相信，可我信。真别说，你这模样，还真有几分她年轻时的样子呢。你奶奶那时候也是有名的大美人。”

Elly感激地笑了笑：“大姐，那我父母的事情，你了解吗？”

“嗯，多少知道一些。”中年妇女犹豫地说道，“你爷爷是咱们北菱村最后一个强势的族长，那些年在他的带领下，咱们村子的发展还是不错的。只是，他的儿子，也就是你父亲，确实有些不太像话。他继任族长之后，不仅败光了家产，还卷走了村子里的一些公款，带着老婆孩子逃走了。据说，是去了一个叫祁东的地方。他这一走啊，原本就人心不齐的村子彻底垮了。大家想让当时的收割者首领继任族长，可他不同意，一气之下也走了。据说，好像也是去了那个祁东市。”

“啊？”Elly一脸的惊讶，“这个收割者首领是谁？”

“他姓卫，叫卫鸣。”中年妇女想了一会儿说道，“嗨，说了你也不认识。虽然他很年轻，当年也就二十岁出头，可非常能干，在村子里也很有号召力，是个当族长的料。可惜，当时他也是年轻气盛，不想在村子里待了。”她一脸痛惜地说，“不过出去也是好事，像他这样的人才啊，到哪里都能混得不错。据说，人家后来娶了一个城里姑娘，在祁东安了家，过得也很好，怎么着都比在这山疙瘩里强。”

“那他这一走，收割者组织是不是也就解散了？”

“你有所不知，这个卫鸣虽然走了，可还是有一个继任者的。”中年妇女回忆着说，“就是你哥哥。”

“我哥哥？”Elly内心一颤。

“没错。你父亲当时有一对双胞胎儿子。大的那个脖子上有一个菱形胎记，因此被选为下一任收割者。可惜，你父亲带着他出走了，要不然，这收割者组织还能持续下去。”说罢，她盯着Elly，小心翼翼地问道，“对了，你哥哥现在怎么样了？他怎么没跟你一起回来？”

Elly的脑子有些乱，她摸着自己的额头低声说：“他……死了。”

“唉，真可惜，”中年妇女感叹道，“你另一个哥哥是个傻子。那你们周家，岂不绝后了啊。唉……”说完，她轻轻拍了拍Elly的肩膀，以示安慰。

“那……大姐，”Elly继续问道，“咱们村子里的那个秘密，你知道多少？”

“哦，那个啊。”中年妇女想了一会儿说，“那个秘密是村子里的传言，可后来你爷爷当族长的时候，真弄得煞有介事的样子。那段时间，村子确实想靠这个秘密发财，不过你那个败家父亲出走的时候，把秘密也带走了。带走之后他肯定用不到正道上，听说十三年前发生了一件事情，把秘密彻底毁掉了。”

“十三年前？”Elly瞪大了眼睛。

“具体发生了什么不知道，只听说秘密被抢来抢去，谁也没抢着，最后被销毁了。”中年妇女不以为然地说，“依我看啊，这都是骗人的，哪有什么秘密啊。对我们老百姓来说，最大的秘密就是怎么过好日子。这年头，谁还顾得上秘密不秘密的，还不都在闷头捞钱……”

Elly无心再听中年妇女的唠叨，她的思绪，早就飘回了十三年前。十三年前，哥哥参与的那起绑架案，一定有重大隐情。秘密被销毁，应该就是在那起绑架案中发生的。可既然如此，那个满身是伤的怪人为什么会对年幼的自己说那些古怪的话呢？为什么又会在自己的小腹处刻上那些奇怪的字符？不对，这其中肯定有玄机……

想到这里，Elly腾地站了起来，大声问道：“大姐，今天去县城的公交车是几点？现在能赶上吗？”

中年妇女有些奇怪地看着她：“能赶上，可天气这么差，你等明天再走不行吗？”

Elly回头看了中年妇女一眼，一脸坚定地说：“我要回去，找到咱们北菱村的秘密！”

“唉，你一个姑娘家，掺和这些事干吗？听大姐的话，回城里找个人嫁了才是正事。”中年妇女叹了口气，“再说了，你找到那个秘密又能怎么样，不怕让别人抢了去？”

“不会，就是这个所谓的秘密，才让我们北菱村破败成现在这个样子。如果我找到它，一定会把它毁掉。”看着中年妇女一脸的错愕，她不好意思地笑了笑，“大姐，谢谢你，我还会回来的。因为，我的根在这儿。”说罢，她撑开油布伞，冲进了滂沱大雨中。

当Elly挎着行李包走出祁东机场大厅时，已经是深夜时分了。她仰起头，深深吸了一口带着海腥味的空气，心中生出一种恍如隔世的感觉。北菱村和祁东市，简直是两个完全不同的世界。可谁能想到，一个秘密、一批人，把这两个相隔千里的地方联系在了一起。

Elly再次深深吸了一口清冷的空气，定了定神，拨通了虎子的电话。可奇怪的是，虎子竟然关机了。这小子说好了来机场接她，结果不仅没见着人，手机也关了。她又拨打了几遍，还是关机。

夜里的海风就像刀刃一般，直袭骨髓。Elly又困又乏，着急回家泡个热水澡。于是她顾不上寒风的肆虐，小跑着来到了出租车的上车点。可奇怪的是，出租车停靠点空空如也，竟然连一辆车也没有。

正当她纳闷时，一个尖锐得让人很不舒服的嗓音在耳边响起："美女，打车不？"

Elly闻声一看，一个尖嘴猴腮、留着分头的男子正站在她的身后，两只亮晶晶的小眼睛在她身上不断游走着。

"你……你是正规出租车吗？"Elly往后退了一步，双手护住自己的行李包问道。

"美女，你外地的吧？"分头男龇牙一笑，"这几天油价上涨，祁东的出租车司机正为燃油补贴闹罢工呢。嘿嘿，咱的技术，比正规出租车司机还靠谱。你去哪儿？既然是美女，那车价好商量。"

Elly看他流里流气的样子，心里甚是厌恶。她冷冷地说道："谢谢，我再等等看吧。"

"嗨，你等到天亮也等不着，再过会儿，连黑车你也打不到了。"分头男向前走了两步，伸手就拽Elly手里的包，一副要强拉她上车的架势。

"住手！"这时，一个浑厚的声音响了起来。紧接着，分头男的手也被一只粗壮的胳膊拽到了一边。

Elly定睛一看，说话的人是一个戴着眼镜的英俊男子。虽然看上去文绉绉的，但从他粗壮的胳膊可以判断出，这个男人肯定不是弱不禁风的白面书生。

"人家不愿坐就算了，干吗还要黏着人家？"眼镜男指着分头男的鼻子怒斥道，"没脸没皮！幸亏这是在机场，要是在别的地方，我还以为你要抢劫呢！"

分头男被人硬拽开，心中极度不爽。他瞪着眼刚要发作，却注意到眼镜男强健的肌肉，于是低声嘟囔了几句，悻悻地走开了。眼镜男朝着他离开的方向啐了一口，愤愤地说："这些跑黑车的，大多是附近一些游手好闲的痞子。"随即他转脸看向 Elly，关切地问："小姐，你没事吧？这种黑车千万不能坐，被宰一笔事小，万一他起了歹念可就麻烦了。"

"谢谢啊。"Elly 赶紧理了理自己杂乱的头发，尴尬地笑了笑，"多亏你出手相助，要不然，我还真不知道该怎么办好了。"

"没关系，我这人性子直，最看不惯女生被欺负。对了，你要去哪儿？要是顺路的话，我可以送你一程。"眼镜男提议道。见 Elly 有些警惕，又解释道，"哦，你别误会，我不是黑车司机，我是来送人的。刚刚把我朋友送上飞机，正好要回市区。你要去哪儿？顺路的话可以一起走。"

Elly 犹豫了一下，小声说道："嗯……我去人民广场附近。"

"噢，巧了，我家离那儿不远。"眼镜男一脸平静地说道，"你要是不介意，就坐我的车回去吧。当然也不是全免费，你给个油钱就行。嗯，三十块钱行吗？"

Elly 还是有些犹豫。她并不是在乎车价高低，而是对于要上陌生人的车感到不安，尤其是上次在楚云的车里差点儿被非礼之后，她对上陌生人的车多少有些心理阴影。不过，她看了看空空荡荡的出租车停车点，又看了看远处仍然恶狠狠盯着她的分头男，比起那些凶神恶煞的黑车司机，眼镜男应该更加靠谱一些。于是，她冲眼镜男点了点头："嗯，那就辛苦你了。"

"没事，反正顺路。"说罢，眼镜男帮 Elly 拎起行李包，大步朝机场停车场的方向走去。半分钟后，二人来到了眼镜男的车旁。车子是一辆黑色的奔驰商务车，打理得非常干净。眼镜男殷勤地开了车门，很有礼貌地请她上了车。Elly 上车前扫了一眼车子的车牌号，暗自记在了心里。

这辆车是七座商务车，内部空间很大。Elly 有些拘谨地坐在车座上，不住地搓着手来缓解内心的不安。砰的一声，眼镜男重重地关上了车门。顿时，车内变得极其寂静，仿佛同车外的世界隔绝开来。Elly 被这突然的关门声吓了一跳，再加上车窗上贴着黑膜，心中的不安越发强烈起来。

眼镜男坐到驾驶座上之后，发动了汽车："小姐，我开车很快，你最好系上安全带。"

Elly 点了点头，侧身拉过安全带系上。可就在这时，她感到第三排座椅的黑暗中，似乎有些异样。Elly 转脸向身后扫了一眼。这一眼，差点儿将她吓得背过气去。就在她身后的黑暗中，有一张凶神恶煞的脸！

“啊！”Elly吓得惊叫了一声，身子触电似的一跳，却又碰在了第一排座椅的座椅背上，撞得她腰间生疼。这时，Elly才看清楚第三排还坐着一个身穿黑衣的健壮男子。他留着寸头，满脸横肉，一脸凶相，如鬼魅一般隐藏在身后。

看到Elly被吓得花容失色，寸头男人咧起嘴微微一笑，戏谑地说道:“哎哟，小姐，不好意思啊，吓着你了。”

Elly没有答话，直觉告诉她，自己遇上麻烦了。

“小姐，别害怕，这是我的朋友，正好顺路捎回去。”眼镜男转头向Elly解释道。

“哦,那个……既然你有朋友,那我就不添麻烦了,我现在下车。”说着，Elly迅速地伸手去拉车门。只是，车门纹丝不动。Elly心中一凉，一股绝望涌上了心头。

更糟糕的是，一双粗壮的胳膊突然一把抱住Elly，将她死死摁在了车座上:“对不起了小姐，这车只要上来，就不能随便下去。”寸头男恶狠狠地说道，“赶紧开车！”

眼镜男使劲一踩油门，车子迅速开出了停车场。

“你放手！”Elly一边大喊一边使劲挣扎了两下，可是寸头男的手臂异常强壮，让她动弹不得。见反抗没有作用，Elly反而冷静了下来。她明白，在这种境况下，尽量保存自己的体力才是明智之举。想到这里，她尽量控制自己的情绪，装出一副平静的样子对寸头男说，“你们要干什么？要钱的话，我现在就能给你们。”

“钱？嘿嘿，我们不缺钱。”寸头男戏谑地笑着，“小姐，你别怪我们，我们也是奉命行事。至于我们老板想对你怎么样……嘿嘿，我们也不好说啊。”

“老板？”Elly心中一惊，“你们是楚云派来的？”

“楚云算哪根葱！”寸头男不屑地说，“小姐，我劝你少说两句，到了地方，有的是你说话的机会。”说罢，他拿出一个头套，掐住Elly的脖子，粗暴地将它套到了Elly的头上。

顿时，Elly眼前一片漆黑，头套里的臭味几乎让她晕厥。她试图将头套拽下来,可寸头男的手像铁钳一般掐着她的脖子,让她无法动弹。渐渐地，她觉得身子越来越软，意识也开始散乱起来。

就在她几乎失去意识的时候，突然感到身子重重一颤。随后，车子也剧烈晃动起来。晃了几下之后，她的身体像滚筒洗衣机里的衣服一般，在车内被甩来甩去。突然，她觉得自己的头部一热，随即失去了意识。

不知过了多久，Elly 才感到有了知觉，但头痛也如潮水般紧随而来。Elly 挣扎着睁开眼睛，艰难地坐起身来。她发现，自己正身处一个陌生的房间内，而在房间一角的椅子上，有个人正背对着她坐在那儿。这个身形很陌生，但从宽阔的肩膀和后背来看，是个男人。

这时，坐在角落里的男人听到动静，把脸转了过来。Elly 这才看清了他的模样。此人留着长发，脑后扎着一个小辫，再加上满脸的络腮胡须和一个文艺范十足的黑框眼镜，像极了一个郁郁不得志的艺术家。

看到 Elly 苏醒，艺术家松了一口气："谢天谢地，你醒了。"

Elly 仍然十分不安，狐疑地问："你是谁？"

"别担心，你现在是安全的。"艺术家的声音听起来十分有磁性，"你是不是不记得昨天夜里发生的事情了？"

Elly 警惕地看着他，摇了摇头。

"你头部遭受了撞击，有些脑震荡，出现短暂的失忆也很正常。"艺术家拉过一把椅子，坐在了 Elly 身边，"我给你点提示吧。昨天夜里，你上了两个陌生人的车，结果被他们挟持，对不对？"

听他这么一说，昨天夜里的惊魂一幕猛然闪入了 Elly 的脑海。那张坐在她身后的凶恶面目尤其清晰，让她不由得打了一个哆嗦。

"他们挟持你，一定没安好心。"艺术家继续说道，"如果不是我救了你，恐怕你现在……唉，不说也罢。"

"你救了我？"Elly 吃惊地问。

"没错，我开车从侧面将他们的那辆商务车撞翻了。不过我油门踩得有点猛，让你们都挂了彩。"艺术家起身倒了一杯水，递给 Elly，"幸亏你系着安全带，这才没什么大碍。可那两个哥们儿就没这么幸运了，如果没及时送医院的话，他们的后半辈子可能都要在轮椅上度过了。"艺术家轻描淡写地说着，似乎这些事情是别人做的一般。

Elly 接过水杯一饮而尽。她实在是太口渴了，也顾不上水有没有问题。她放下水杯问道："可是，我们素昧平生，你为什么要冒这么大的风险救我？"

“素昧平生？”艺术家微微笑了笑，“这话说得可不对啊，咱们可是刚刚在一起生活了好几天呢。”

Elly 一愣，惊讶地问：“你……是不是认错人了啊？”

“当然没有。”艺术家一脸神秘地说，“你叫周娅莉，英文名 Elly，昨晚刚刚从北菱村回到祁东市。我说得没错吧？”

Elly 心中一惊，身子往后缩了一缩：“你到底是谁，为什么跟踪我？”

“呵呵，我没有跟踪你，我们的相遇只是巧合而已。”说着，他突然站起身来，伸手往脸上一抹，变魔术似的将自己的络腮胡须抓了下来，“其实，我这个人最讨厌蓄络腮胡子。”

“假胡子？”Elly 吃惊地问。

“对，不只是胡须，这个也是。”紧接着，艺术家又伸手抓住自己的头发，用力一扯。随后，一个焕然一新的男人出现在了 Elly 面前。他冲 Elly 微微笑了笑，“现在，认识吗？”

Elly 努力在记忆中检索着这个人的信息，可一阵剧烈的疼痛感袭来，让她不得不放弃了努力。她看着艺术家，无奈地摇了摇头。

艺术家耸了耸肩说道：“看来你的脑震荡还挺厉害的。”说着，他从口袋里掏出一张硬纸片递给了 Elly，冲她努了努嘴，“喏，你看看这个。”

Elly 接过来一看，不由得大吃一惊。这是一张登机牌，而且同她昨夜所乘的飞机是同一班次：“你是……你是跟我乘坐同一班飞机回到祁东的？”

“没错。而且不仅仅是同一航班，从你乘坐公共汽车离开北菱村开始，我就跟你在一起了。”

一听这话，Elly 一下子想起了离开北菱村之后的经历：“原来是你！我在北菱村冒雨等公交车的时候注意到了，你当时也在附近等车。”

“你总算想起来了。”艺术家撇着嘴说，“其实，你刚去北菱村的时候就引起了我的注意。后来我才知道，你竟然是族长的孙女儿。”

“这一点，你相信吗？”Elly 有些意外，“村子里的大部分人都不信，甚至还有人怀疑是我害死了族长。”

“我为什么不信？”艺术家耸了耸肩，一副本应如此的表情，“如果你是一个与她毫不相干的陌生人，她会在病危时找你谈心？如果你不是她孙女，你会坚持参加她的葬礼，还整整守了三天三夜的灵？如果你不是她孙女，你会冒雨跑到祠堂去寻根？”

听了艺术家的这番话，Elly略感欣慰，可随即，她的心里又生出一丝寒意：“你也一直在北菱村，而且一直在监视我？”

“我确实一直在北菱村，”艺术家说道，“不过，我并没有监视你。我说过，我们的相遇只是巧合。”

Elly狐疑地说：“哼，撒谎！你不监视我，怎么会大老远地跑到北菱村？”

“谁规定去北菱村就一定要去监视你。”

Elly有些不爽：“那你为什么要去那么偏远的一个村落？”

“原因很简单，回家。”艺术家平静地说道，“北菱村是我的故乡，我是地地道道的北菱人。所以，族长去世，她的葬礼我一定会参加。”

“什么？”Elly吃惊地问道，“你也是北菱人？”她心里一颤，赶紧低头看向手里的登机牌。登记牌名字那一栏写着两个字：程凯。

“程凯？”Elly狐疑地嘟囔道。这个名字，似乎从未听说过。

“是的。”艺术家神秘地挤了挤眼，“不过我有很多名字，程凯只是其中之一。其实我最常用的名字是温华。”

温华？这个名字怎么这么耳熟呢？突然，记忆中一个不起眼的细节闪入了Elly的脑海中。她惊讶地看着对方，大声说道：“原来你就是温华！”

温华有些意外，他有些不解地问道：“你知道我？”

“嗯，我听徐环提到过你。好像有一次，他给你打电话请教符号学的问题来着。”Elly回忆道，“如果我没记错的话，你应该就是那个符号学教授。”

“对，我是祁东大学的符号学教授。前些天我听说族长病危，这才匆忙返回见她最后一面。”温华的脸色稍稍暗淡了些，“也恰巧在这个时间，你来到了北菱村。所以我说，我们的见面只是一个巧合。”

“既然是巧合，那你为什么要跟着我回来？”Elly冷冷地问。

“很简单，因为你是族长的孙女。”温华解释道，“不瞒你说，我们两家的关系曾经非常密切，你的父亲同我的父亲关系也非同一般。因此，我觉得我有义务……照顾你。”

“好吧，既然你一直跟着我，为什么还眼看着我被那个坏人骗走？”Elly话语里带着讽刺，“你就是这么照顾我的？”

温华不以为意地说：“这个嘛，原本我的确想跟你一块，可在机场的时候听你打电话说，好像有人要来接你。所以下了飞机我就直接去了停车场开自己的车，也多亏到了停车场，我才发现你上了别人的车。”

“没错，的确有一个朋友要来接我。可是飞机落地之后，他的手机却关机了。”想到虎子，Elly心里升起一阵强烈的担忧。

“关机？那我估计他凶多吉少了。”温华撇了撇嘴，一脸的惋惜，“按照那帮人的手段，我猜你这个朋友应该已经……死了。”

“啊！死了？不行，我得找他去！”说罢，Elly挣扎着要从床上下来。

“不行！”温华站起身，一脸严肃地将Elly按回到床上，“你现在绝不能迈出这个门半步。从昨天那两个人的行事方式可以看出来，他们为了抓你，不择手段，恐怕他们现在正满城寻找你的下落呢。”

Elly缓缓躺回床上，一脸悲愤地说：“他们到底是什么人？为什么要这样对我？”

“具体情况我也不知道，”温华摇了摇头，“不过可以肯定的是，他们的势力，很可能超出了我们的想象。而且你身上，一定有他们想要的东西。”

身上？ Elly下意识地护住了自己的小腹。难道是为了那些奇怪印记？

“好了，你也不用太担心。”见Elly面无血色，温华赶紧安慰道，“最起码在这儿，咱们是安全的。”

Elly定了定神，整理了一下脑子里繁杂的思绪。过了一会儿，她问温华道：“既然你也是北菱村人，那你也一定知道菱形符号的含义吧。族长临死前告诉我，菱形符号是北菱人的象征，身上有菱形胎记的北菱人通常被认为血统最为纯正，有资格成为一名收割者，守护北菱村的秘密。”

“她老人家说得没错。不管是什么人，只要对北菱村的秘密图谋不轨就会被杀，而且死时会被刻上菱形血痕。”

“是这样……”Elly自言自语地说，“那就奇怪了，为什么他一定要让我远离菱形符号呢？”

“远离菱形符号？”温华纳闷地问，“什么意思？”

Elly嘴唇一抖，刚想把十三年前自己经历的那件噩梦般的事情告诉他，不过话到了嘴边，她又生生咽了回去：“哦，没什么，就是有人告诫我菱形符号很危险，让我不要牵扯其中。”Elly含含糊糊地解释道。

“这个人说得没错。”温华若有所思地说，“要知道，北菱人一向都很低调。即便身上有菱形胎记也绝对不会轻易示人。所以一旦出现了菱形符号，那必定是出了人命。而一旦出人命，那必定与我们北菱村的秘密有关。”

“可是，最近这段时间，菱形符号确实出现了，而且出现了不止一次。”Elly 一脸困惑地说，“难道，它们的出现也与北菱村的秘密有关？”

“是的。”温华点了点头，“菱形符号频繁出现，只能说明一个事实，北菱村的秘密并没有在十三年前的‘9·19’绑架案中被销毁，它一定……一定还被隐藏在某处。要想知道答案，只有从一个地方入手，那就是查清‘9·19’绑架案的真相。”

“‘9·19’绑架案？就是十三年前，我哥哥被杀死的那件案子？”

“对，已经有很多迹象证明，‘9·19’绑架案必有蹊跷，包括你哥哥的死。”温华一脸严肃地说。

“可是，那件案子是绝密啊，要想查清楚，谈何容易？”Elly 摇了摇头，将身子靠在了床头，“这些年来，我一直在暗地里调查‘9·19’案件的真相，可一点儿进展都没有。”

“自己查当然很难。”温华一脸神秘地说，“不过，我们可以搭便车啊。现在于东青和徐环重建了专案组，决定彻查周远和冯玲被杀一案。查到最后，他们一定会查到‘9·19’绑架案上。”温华笑了笑，“徐环是我见过的最聪明的北菱人，由他来主持调查，一定不会让人失望。”

“那我们呢？我们能做些什么？”Elly 问道。

“我们能做的，就是盯紧徐环。”温华站起身来，掀起窗帘的一角向外看了一眼，回头叮嘱道，“记着，从现在开始，咱们俩都不能正大光明地露面了。尤其是你，已经被最危险的人盯上了。所以，只要走出这扇门，我们必须伪装。”

“我也要伪装？”Elly 指着自己的脸问道，“有那么严重？”

“对。不过对你来说难度比较大，因为你的外形太有辨识度了。所以，你的伪装力度要大一些。”说罢，温华从抽屉里拿出一把剪刀递给了 Elly，“首先，要用这个。”

Elly 往后缩了缩身子，警惕地问：“用剪刀干吗？”

温华指了指 Elly 的长发，十分平静地说：“首先，你的长发太碍眼了，要将它剪短。”

Elly 心里一沉，赶紧用手护住了自己的长发，皱着眉头问道：“要多短？”

温华指了指自己锃亮的脑门，笑了笑说：“要跟我一样短。”

第三十八章　引蛇出洞

徐跃武低头看着手里的照片，双手有些颤抖。照片上是一个穿着普通的年轻男子，他仰卧在地上，浑身是血，脸上的表情让人看了不寒而栗。

“是他……”徐跃武脸上的惊讶神色稍稍消散，抬头问道，“是那个和 Elly 在一起的男人，好像叫虎子，他什么时候死的？”

站在徐跃武办公桌对面的，是一个满脸雀斑的精瘦男子。他微微躬身答道：“今天一早在市郊的一个公寓楼下发现的。警方已经介入了，不过据说初步认定为跳楼自杀，因为现场没有任何他杀的痕迹。”

“哼，自杀怎么可能是这种表情。”徐跃武不屑地说，“对了，Elly 呢？”

“这女人就更奇怪了，”精瘦男子说，“我确定她昨天夜里就从北菱村回到祁东了，可是却下落不明，一直处于失联状态。不过昨天夜里，市郊一条公路上发生了一起两车相撞的交通事故，其中一辆车上两人死亡，另一辆车上却没人。我猜测，这件事情很可能与 Elly 的失踪有关。”

“这倒是有可能。”徐跃武点了点头，起身走到宽大的落地窗旁，看着远处波光粼粼的海面，“怪了，这到底是谁干的？他们为什么要这么做呢？”

精瘦男子也走到窗边，小心翼翼地说：“徐总，那个虎子是个混社会的，平时挺张扬。会不会是得罪了什么狠角色，被人家做掉了？”

“如果单是他死了，那还有可能，”徐跃武若有所思地说，“可是 Elly 也同时失踪了，我看这事没那么简单。凶手一定是冲着 Elly 去的。从他们手段的毒辣程度来看，这些人一定不是什么软柿子，我看咱们还是别蹚这浑水为妙。”

“您的意思是，我们不用再继续追查下去了？”

“不用查了，这两个人是死是活对我们来说并不重要。”徐跃武摆了摆手，脸上露出一丝愁容，“只是，他们两个人死了，我们到哪儿去找徐环的那个双胞胎兄弟呢？祁东市这么多人，总不能大海捞针吧？”

话音刚落，办公桌上的电话急促地响了起来。徐跃武接起电话，生硬地说道：“谁？”电话那头的人只说了两句话，徐跃武的眼睛就瞪了起来，忙不迭地说道，“好，好，我马上过去！”

“怎么了徐总？”瘦高男子惊讶地问。

“董事长突然发病，”徐跃武脸色煞白，一把扯过大衣往门外去，“走，马上去我大哥家。”

远景集团离徐跃升家不远，半个小时后，徐跃武就敲开了大哥的家门。被保姆引到卧室后，他看到了躺在床上的大哥。徐跃升脸色发暗，嘴唇干裂，花白的头发乱糟糟地堆在头顶，嘴边的胡须也已经发白。此刻，他正闭着眼睛躺在床上，不知是在睡觉还是在养神。

看到大哥病怏怏的样子，徐跃武心中疑窦丛生。几天前他还一副精神矍铄的样子，这才几天时间怎么就……徐跃武感慨着坐到了大哥身边，心中十分复杂。他们兄弟二人从小一起长大，创业时更是相依为命。可自从事业做大之后，二人之间的感情就慢慢变淡了，自己对大哥也从钦佩慢慢变成了畏惧。

可看到他病重，徐跃武的第一反应并不是替他的健康担忧，而是想到了两个字：继承。徐跃升会怎样安排后事？是把企业交给徐环，还是交给他这个弟弟？如果他要交给徐环，那他就不能再等了，必须要将徐环的真实身份告诉徐跃升……

“跃武，你来了？”正当徐跃武思绪万千的时候，病床上的徐跃升睁开了眼睛。

“哥，”徐跃武赶紧关切地问道，“这是怎么回事？怎么突然病成这个样子了？”

“前两天就觉得不太对劲，昨天夜里病情突然加重。”徐跃升脸上挤出一丝惨淡的笑容，“看来这是不让我等到春天啊。”

“肯定会好起来的。”徐跃武无力地安慰道，“你病得这么重，为什么在家躺着啊，怎么不去医院？”

徐跃升依然用虚弱的嗓音说道：“跃武啊，现在的人得了重病，基本上就是等死。一旦进了医院，花钱就不说了，单是那些治疗就能让人脱一层皮。

不仅痛不欲生，还不能尽快去死，说什么延长生命。可这样的生命被延长又有什么意义,还不如趁早死了拉倒。”他脸色一红,重重地咳嗽了两声,“所以，我坚决不去医院，宁可死在自己家里。”

徐跃武帮大哥拍了拍后背，劝道:“话说得没错，可你不去看，怎么知道治不好呢？没准就是个小病呢。”

徐跃升摆了摆手:“你不用劝我了，我的身体我自己有数，估计时日不多了……”

“哥，你别这么说。”

“行了跃武，咱们是亲兄弟，就没有必要拐弯抹角地说话了。”徐跃升喘着粗气说，“既然我已经到了现在这个地步，我看我们应该把一些重要的事情说清楚了。”

“什么事情？”徐跃武一脸意外。

“跃武，你是我亲弟弟，我就不兜圈子了。”徐跃升盯着弟弟说道，“你……一定知道徐环的真实身份了吧？”

一听这话，徐跃武像是当头挨了一棒，大脑顿时一片空白。

“你不用惊讶。”徐跃升微微笑了笑，“跃武，咱们兄弟这么多年，你还不了解我吗？你以为徐环的事情我真的被蒙在鼓里？”

徐跃武呆滞地摇了摇头。

“三十多年前我家发生闹鬼事件时，我不在家，是你一手处理的。”徐跃升挣扎着坐起身来说，“我想你一定看出了什么猫腻了吧。”

徐跃武扶了扶大哥，没有说话。

“我知道,自从那次闹鬼事件之后,徐环就被掉了包。我是孩子的亲爹,儿子被掉了包，我能看不出来？”徐跃升说道。

徐跃武的脑子有些乱，他蹙起眉头说:“可你既然看出来了，为什么不戳穿这个骗局呢？”

“戳穿有什么用？徐环他妈什么性格你又不是不知道，我要是戳穿了她，她还有勇气活下去吗？更重要的是，我没有别的选择啊。跃武，你还记不记得，徐环没出生的时候我得的那场重病？”

徐跃武想了想，轻轻点了点头:“我记得。那次你病得很怪，就连医院也不能确诊。后来你病重的时候，不知从哪儿弄来了一副偏方，这才把你的病治好了。”

“对，病看上去是好了，”徐跃升轻轻摇了摇头，“可我的身体也严重受损。比如……我失去了生育能力。”

“什么？”徐跃武惊得一下子站了起来，“竟然有这事！”他脸色苍白地站了一会儿，然后才缓缓坐下来，“怪不得这么多年来，你没有再……”

“我当时还能有什么选择？如果我戳穿了徐环他妈，她不仅会寻短见，这个孩子也肯定留不住了。我只能装作不知道，接受了这个事实。这样，至少在表面上，我还有儿子，有继承人。”

“可是，把一个来历不明的孩子当成自己的亲骨肉，你能这么坦然吗？”徐跃武叹了口气，心中有些不解。

“一开始心里确实有疙瘩，可时间长了也就慢慢淡化了。所谓血脉，平时看不见也摸不着，其实更多的是心理作用。”徐跃升躺回到床上，一脸的释然。

徐跃武若有所思地点了点头：“可是大哥，既然你早就知道徐环不是你的亲骨肉，那上次发现徐环身上的菱形胎记的时候，你怎么也那么惊讶？难道你事先不知道这一点？”

“没错，我虽然知道徐环不是我的亲儿子，可我并没有追查他的真实身份。”徐跃升摇了摇头，“直到前天我看到他身上的菱形胎记才知道，徐环竟然……竟然也是北菱人。”

徐跃武心中又是一惊：“你也知道北菱村？”

徐跃升笑了笑：“何止是知道，北菱村简直就是我一辈子的梦魇。”

“梦魇？什么意思？”

徐跃升没有回答他的问题，而是岔开话题问道：“跃武，我知道你一直在暗地里调查徐环的真实身份，你同那个叫 Elly 的女人混在一起，就是为了查清楚这件事情吧？”

一听这话，徐跃武的脸色顿时变得煞白，他战战兢兢地问：“你都知道了？”

“跃武，我知道的事情可比你想象的多。”徐跃升用异样的眼神看着弟弟，“你之所以要调查这件事情，肯定不是为了给我正名吧？我想，你应该是为了远景集团的继承权。”

“哥……”

徐跃升摆了摆手：“你不用内疚，这很正常，换了我也会这么做。”他又重重地咳嗽了两声，然后喘着粗气说，“不过跃武，你没有必要这么做。今天我明确告诉你，我死后，由你来接管远景集团。”

徐跃升的话大大出乎他的意料，徐跃武脸上掠过一丝不易察觉的欣喜，随即皱起眉头问道：“哥，那徐环怎么办？”

“徐环不适合，我不会让他接管远景。”徐跃升叹了口气，“我现在已经看开了。所谓的血脉，传宗接代，有什么意义呢？多少朝代的开国皇帝煞费苦心地保存血脉，以求江山永固。可结果呢？这些事情都是人力所不能控制的，随他去吧。”

徐跃武没有说话。

“对了跃武，徐环最近在忙什么？”徐跃升的脸色更加难看，语气也更加虚弱。

“他好像和刑警队的于东青在一起，还加入了专案组，在调查什么案子。”徐跃武答道。

“这小子，就知道搞这些。”徐跃升苦笑着摇了摇头，“自从徐曼死后，我就再没和他说过交心的话。唉，要说孝顺，还得是女儿。跃武，你把徐环给我叫来吧，我想跟他说说心里话，再不说，有些秘密就要带进棺材里了。”

“好。”徐跃武好奇地问道，“哥，你要对他说什么秘密啊？”

徐跃升轻轻叹了口气，脸上流露出自责、痛苦和悔恨的复杂神色：“我徐跃升一生坦坦荡荡，没做过什么亏心事，唯独在一件事情上犯了错。这个污点，伴随了我十几年。”他看着徐跃武，“这件事情，就是‘9·19’绑架案。”

春天的来临，总是无声无息，令人难以察觉。前几天还寒风彻骨，今天的气温就明显升高。街旁的树木也已经开始抽芽，空气中流动着春天所特有的气息。

徐环站在市局刑警队的会议室里，呆呆地看着窗外。自从楚琳出事之后，他的心情一直十分低落。更让他郁闷的是，又跟刚刚归来的父亲大吵了一架。他深深叹了口气，攥起拳头使劲捶了一下墙壁，试图用手上的灼痛感来缓解一下内心的焦虑。

“徐环，你对着墙发什么狠啊！”于东青的声音在门口响起，打断了他的思绪。

“噢，没事。”徐环不好意思地笑了笑，“唉，局势不乐观，我心里着急啊。对了，那两个绝密案件的卷宗，高局同意给我们看吗？”

“唉，高局不同意啊！”于东青撇起嘴摇了摇头，愤愤地说，“我告诉他，我们在案件侦破过程中发现此案与断肢狂魔案和‘9·19’绑架案有关，申请借阅这两个案件的卷宗。可是，你猜高局怎么答复我的？”于东青无奈地摇了摇头，“他竟然说，卷宗之所以定密，是因为里面有毒，而这些毒，绝不能泄漏出来。这理由也真是绝了。你说，高局为什么死活不让我们看？不会是他心里有鬼吧？”

徐环想了想，摇头道：“不，你还不了解高局吗？他这个人非常聪明，一向以大局为重，尤其擅长处理各种复杂的关系和矛盾。高局不想让我们看，并不是不信任我们，可能还是一种保护。”

“保护？”

“没错。就像‘8·23’枪杀案高局保护我一样。这两个案子，高局也有可能在保护其他人。而且，他是当年断肢狂魔案的主办人，既然他不让我们看，那就说明卷宗的内容对侦破确实没什么太大的作用。总之，高局的话已经说到这个份儿上了，我们就别再纠缠这个事了。”

“可是……”于东青还想说什么，却被一阵敲门声打断了。几个身影从门口鱼贯而入。

徐环一看，原来是钟萧、卫毅平和吴婷婷。他们几个人神情不一，颇有些微妙。钟萧的脸色不太好看，看上去很疲惫，可能与他枪伤刚刚痊愈有关系。而卫毅平和吴婷婷二人则一副心事重重的样子，与他们平时没心没肺的形象有点不太相符。

大家互相点了点头，然后各自坐到了会议桌旁。

于东青见大家都已经就座，清了清嗓子说道：“今天这个会的主题，我想大家都已经知道了，那就是重新组建‘3·11’周远被杀一案的专案组，彻查这起案件和相关衍生案件。你们几个都是我最信任，也是能力最突出的干警，都不是外人，我就不说套话了。之前，案件的进展情况都同你们说过了，相关的资料你们也已经看过了，接下来，我们主要是商讨一下下一步的计划。”

钟萧点了点头：“于队，你就布置任务吧，需要我们做什么？”

“现在我们主要面临着两个任务。”于东青布置道，“第一个任务，就是彻查周远被杀一案和相关案件的真相。不过呢，这个任务听起来似乎很重，可实际上我们已经取得了重大进展。”说着，于东青打开了幻灯片。屏幕上出现一张照片，照片上有一个十岁的小孩。

“这是冯玲的儿子周小米。”于东青解释道，“我们已经查实，周小米有超强的记忆能力，冯玲利用他这一点，让小米将周远的调查结果背了下来，存储在了脑子里。机场枪击案，就是SA组织的成员试图将小米带到境外而引起的。幸亏我们及时阻止，将小米救了回来。”

“既然小米知道真相，而且他又在我们手里，那我们还等什么？”卫毅平不解地问道，“赶紧让他把周远调查的结果说出来不就行了吗？”

“没有那么简单。”于东青摇了摇手指，“小米只是将那些文字记住了而已，并不了解这些文字的含义。更重要的是，小米的这部分记忆被施加了应急保护机制，处于暂时失忆状态。而小米又因为连续两次枪击案，遭受过度惊吓，导致精神状况不佳，一直在医院接受治疗。所以，我们在短时间内还无法对小米进行询问。只有在小米的精神状态好转之后，再由心理专家进行诱导，从而打破应急保护机制，他才能说出真相。”

“好复杂啊。”吴婷婷感叹道。

“没错，这需要相当长的时间。”于东青攥起拳头说道，“在这段时间内，肯定有人会打小米的主意，因此我们的任务就是保证小米的绝对安全。”

“那第二个呢？”

“第二个任务，就是要尽快捕获SA组织在祁东市的头目黑妞。”

“这个人神出鬼没的，不好抓啊。”卫毅平一脸的为难，“如果她一直蛰伏不动怎么办？”

“这个任务确实有难度。”于东青的脸色也暗了下来，“经过机场枪击案，黑妞已经意识到自己已经暴露，因此她势必会十分谨慎。这对我们来说，更是难上加难。”

众人都点了点头，沉默不语。

过了一会儿，徐环打破了沉默：“既然她蛰伏不动，那我们让她动起来不就行了吗？”

“动起来？”大家都一脸惊讶地看着他，“怎么让她动起来？”

“刚才于队长也提到了，周小米脑子里装着‘9·19’绑架案的秘密，所以肯定有很多人惦记着小米，黑妞也不例外。因此，如果有机会，她一定会有所动作，对小米下手。”

“你说得没错，”于东青点了点头，“不过，小米现在的安保工作非常严密，别说黑姐了，就是一只苍蝇也飞不进小米的病房。在这种条件下，黑姐应该不敢轻举妄动。”

“这就是问题所在。”徐环一拍桌子说，“我们不能一直保持这么高的安全等级，如果完全无懈可击的话，黑姐自然不会轻举妄动。但如果她一直不动，那我们永远也不知道她藏身何处，更别说抓住她了。”

于东青瞪起眼睛问道：“你的意思是……”

“没错，我的意思是用小米当诱饵，引蛇出洞。”徐环解释道，“我们故意露出破绽，诱使黑姐行动。在她动手的同时，我们将其一网打尽。”

“可是，这一计的风险也太大了吧。”于东青似乎不太感冒，“如果这个破绽太大，让黑姐得逞了怎么办？那不赔了夫人又折兵吗？真要是这样，高局不把我们扒一层皮才怪。”

“东青，俗话说舍不得孩子套不着狼，如果不冒点风险，怎么可能有大的收获呢？”徐环劝说道，“我有信心设好这个套，如果出现闪失，我负全责。”

“你负责，你负得了吗？”于东青拍了拍桌子，激动地说，“你知不知道小米万一被抢走是什么后果？不仅仅是案子破不了，就连小米这孩子的一辈子也会被毁掉。你明白后果的严重性吗？”

“这些我都明白。”徐环也激动起来，“可你总不能害怕出门被车撞，就整天待在家里吧？我还是那句话，不冒点风险是得不到收获的。何况只要我们小心谨慎，做好防护工作，小米是不会出事的。”

“你疯了！”于东青摇了摇头，对卫毅平他们说，“你们别光傻看着，倒是劝劝他啊！”

这时，吴婷婷小声说道：“于队，我觉得徐哥说得没错。如果不用这一招，我们根本不可能找到黑姐啊。”

“我也同意。”卫毅平歪着脑袋说，“要想得手，不担风险怎么能行。”

于东青叹了口气，转脸看向钟萧：“钟萧，你觉得呢？”

钟萧低头看了于东青一眼，小心翼翼地说：“于队，我也觉得徐总的话……有道理。”

“行了，少数服从多数，你总不能搞独裁吧。”徐环拍了拍于东青的肩膀，“群众的眼睛是雪亮的。”

“好，你们赢了。”于东青靠在椅背上，“那你说说，你这个引蛇出洞之计，到底要怎么个引法？”

徐环微微一笑，十分自信地说道：“后天上午，小米所在的学校要参加全市小学生合唱比赛。小米是合唱团的主力成员，我们之前认为，他的身体状况不适合参加。可现在，我觉得我们可以让小米去参赛。比赛期间是安保出现漏洞的唯一时间，也是黑姐能下手的唯一机会。当然，我们要做好详细的安保计划，确保万无一失。”他扫了一眼会议室，加重语气说道，“下面，我要重点说一说我们的安保计划……”

此刻，夜色已经深沉，原本灯火通明的楼群也逐减变暗，整个城市开始进入睡眠模式。

房间里只开着一盏小台灯，灯光幽暗，闪烁不定，再加上两个若隐若现的人影，给整个空间营造出一种诡秘的氛围。

其中一个人影坐在沙发上，一语不发地抽着烟。这个人，正是楚云。

“你的伤怎么样了？”坐在楚云对面的，是那个黑衣男子。他表情平静，神态自如，只是从他问话的语气中听不到任何关心，更像是礼仪性的问话。

“没事。”楚云吐了一口烟雾，淡淡地说，“只是被车辆撞飞的一块外壳砸了下脑袋，早就没事了。”

“那就好。”黑衣男子仍不冷不热地说道，“这段时间你就好好休息吧，别再抛头露面了。”

“我休息的够多了。”楚云用力把烟摁灭在烟灰缸里，狠狠地说，“大哥，我必须尽快找到十三年前被残废藏起来的那个秘密，只有这样，楚琳才有希望醒过来。”

“你不用着急，找到秘密是早晚的事情。”黑衣男子说道，“实话告诉你，我已经知道十三年前残废在医院见的那个女孩是谁了。”

楚云眼睛一瞪：“是谁？”

“就是你看上的那个女人，Elly。”

“她？真的是她？”楚云一脸错愕。

“世界上的事情就是那么巧。”黑衣男子感慨道，“我们费尽心思地想找出这个女孩，可万万没想到，她竟然就在你身边。”

“大哥，你……你确定吗？”

“我当然确定。”黑衣男子对于楚云的质疑有些不满，“你在医院休养的时候，我一直没放松对她的监视。我的人一路跟踪她去了北菱村，发现她与北菱村有着很深的渊源。很明显，十三年前，残废一定将秘密藏在了她的身上。”

“哎呀！”楚云一脸懊悔地捶了一下手，“我几乎就要搞定她了，就差那么一点儿。”接着他抬头质问道，“既然已经确定是她了，那你为什么没有抓到她？”

黑衣男子皱着眉头解释道：“在她返回祁东的当晚，我差点儿就得手了。可不知道什么人插了一杠子，把 Elly 救走了。这些天我一直在找她，可是没什么收获。看来，我们一击不成，已经打草惊蛇了。如果她铁了心不露面，那就很难找到她了。”

“哼，我就不信她能一直躲着，只要她在祁东，我挖地三尺也要把她找出来。”楚云站起身来，咬牙切齿地说，“我现在就去找！”

“你别冲动！”黑衣男子狠狠拍了下桌子，“当务之急是要毁掉周远的调查结果，保证我们不被曝光。至于 Elly 那个女人，我们以后有的是时间找。”

楚云这次没有妥协，而是冲着黑衣男子怒目而视：“可是楚琳怎么办？大夫说了，每昏迷一天，她苏醒的概率就会减小一些。我们等得起，可她能等得起吗？”

见楚云情绪激动，黑衣男子叹了口气，走到楚云身边轻轻拍了拍他的肩膀，语重心长地说：“你的心情我完全理解。可是你想过没有，如果周远的调查结果被曝光了，那我们将面临什么样的后果？”他用手指点了点楚云的胸膛，“你，甚至大良集团都会彻底垮掉。而我就更不用说了，一世英名，毁于一旦。我想这种结果，你一定不想看到吧？”

楚云抱住自己的脑袋，茫然地说：“我知道，这种情形绝对不能发生。可……可楚琳怎么办？”

黑衣男子继续安慰道：“你放心，我已经有了计划。接下来，我们集中全力毁掉调查结果，这用不了多长时间。做完这件事情之后，我们再全力查找 Elly 的下落。”

楚云苦着脸想了一会儿，还是点了点头：“好吧。可是大哥，你说要毁掉调查结果，要怎么做？”

“那个调查结果就在周小米的脑子里。”黑衣男子面目狰狞地说道，“要想彻底埋葬秘密，那就必须……”他做了一个劈砍的手势，“杀掉周小米。”

楚云颓然地坐到沙发上：“杀……杀一个孩子？”

“对于秘密而言，根本没有孩子大人之分，只有这样做才能彻底消除我们的隐患。换个角度讲，这孩子已经被冯玲毁掉了，我们杀掉他，也许对他是一种仁慈。”

“可杀掉他谈何容易，”楚云有气无力地说道，“周小米已经被警方严密保护起来了，就算能得手，我们也很难做到不留痕迹。”

“这个问题的答案，等会儿你就知道了。”黑衣男子抬起手腕看了看手表，“有一个客人要来，我们约定的时间马上就到了。”

“客人？你在这儿约客人，会不会不太安全？”

黑衣男子冷笑了一声：“哼，既然他敢来，那我就不能不见。”

话音刚落，一阵平缓的敲门声响了起来。黑衣男子对楚云使了个眼色，楚云会意，起身走到内间。此时，一个身穿黑色风衣、头戴兜帽的身影走了进来。虽然来到了陌生的环境，可他的腰板依然挺得笔直，脚步也稳健有力，散发出从容大度的气魄。

“你很准时。”黑衣男子看着来人，眼睛眯缝起来，脸上挤出一丝让人捉摸不透的笑意。

来人也冲黑衣男子笑了笑：“那当然，准时是最基本的礼貌，何况今天是这么一次重要的会面。”

黑衣男子上下打量了他一会儿，随即发出了一声自嘲的笑声：“与我猜测的一致，黑姐并不是女人，而是一个抠脚大汉。”

“老兄的眼光果然毒辣。”来人笑了笑，“不过，性别好猜，可我这张脸……你猜到了吗？”说罢，他一把摘下兜帽，一张有棱有角的脸立刻暴露在黑衣男子面前。

黑衣男子虽然尽力保持喜怒不形于色的表情，可稍稍张开的嘴巴还是暴露了他内心的惊讶：“真没想到，原来你就是黑姐。”短暂的沉默之后，黑衣男子摇着头，一副难以置信的表情，“机场枪击案之后我就有所怀疑了，可真没想到会是你。”

“这也是被你们逼出来的。你们祁东警方很难对付，像我这种在刀尖上行走的人，再怎么谨慎也不为过。”

“既然你如此谨慎，怎么还敢冒险到我这里来？”黑衣男子收起了笑容，咄咄逼人地说，“你就不怕我现在把你拿下？”

“你不会。”黑姐毫不见外地把外套脱了下来，然后轻轻坐到了客厅里的沙发上，“老兄，拿下我对你一点儿好处也没有。更何况在现在这种局面下，只有我，才是你的朋友。”

黑衣男子在他对面坐了下来，冷冷地看着他：“你们暗地里调查我，还大言不惭地说是我朋友？”

“哈哈，老兄，你这话就说得有点不在理了。”黑姐笑了笑，“要想成为你的朋友，自然要有一定的资本。你想想看，如果不是我们手里握着你的秘密，你会认我这个朋友吗？”

“哼，”黑衣男子发出一声冷笑，“你可别搞错了，我的秘密现在在周小米的脑袋里，而周小米并不在你手里。”

“没错，周小米并不在我手里。”黑姐跷起了二郎腿，一副轻松自若的样子，“但不管在谁手里，只要周小米在这个世界上存在一天，恐怕你就会担惊受怕一天吧？现在周小米在徐环他们的严密保护之下，恢复记忆那是早晚的事情，真到了那个时候，你还能笑得出来吗？”

黑衣男子盯着黑姐，嘴角微微抽动了两下，脸色阴沉地说：“我想黑姐今天来，不会是专程来挖苦我的吧？”

“我没那么无聊。”黑姐正色道，“今天之所以来拜访，是想跟您做个交易。”

“说吧。”

黑姐坐直了身子，看着黑衣男子说道：“周远被杀，冯玲背叛，我们的组织已经遭受了沉重的打击。因此，我决定放弃我们在这里的行动，撤回本土。”

“你们要走？”黑衣男子有些意外。

“没错。祁东市警方已经对我们展开了围剿，再待下去，恐怕会全军覆没。”黑姐端起茶几上的茶壶，给自己倒了一杯水，一口喝了下去，“三十六计，走为上计，撤退是现在最为明智的选择。”

“那你要怎么跟我交易？”

“想要撤走没那么容易，尤其是机场枪击案发生之后，我们更是成了警方的眼中钉。在警方和海关的严密监控下，我们现在寸步难行。因此，我希望你能够帮我清除出境的障碍。”虽然是请求，但黑姐的话语里没有任何放低姿态的意味。

黑衣男子冷笑了一声：“哼，你觉得我会答应你吗？”

“会的，因为我们不会白让你帮忙。”黑姐一脸自信地说，“我会替你解决一个棘手的难题。”

“什么难题？”黑衣男子狐疑地问道。

“除掉周小米，埋葬你的秘密。”黑姐脸上露出一丝得意的笑容，“我知道你巴不得现在就让周小米死。可是要知道，杀死周小米并不容易，如果你亲自动手，难免会留下痕迹，这对你来说很不利。可这件事情如果由我来做，就完全不存在这个问题。”

黑衣男子眼角抽动了两下，眼睛再一次眯缝了起来。他在试探，在观察，同时也在权衡利弊。他想了一会儿，点了点头说：“可以，你先替我除掉周小米，然后我帮你出境。”

“老兄，既然是交易，那我们就应该有诚意。”黑姐笑着摇了摇头，“如果我除掉周小米之后，你不帮忙呢？”随即，他收起笑容，认真地说，“我的建议是，一手交钱，一手交货。我会带周小米到公海边境，那里会有我们的人接应。在确认障碍被清除可以安全出境后，我会用一种让你知晓的方式杀掉周小米。你看怎么样？”

“这种方式看似公平，可对双方来说都有风险。”黑衣男子若有所思地说，“如果有一方……”

“必要的风险是不可避免的。”黑姐盯着黑衣男子，斩钉截铁地说，“你是个老江湖了，难道还怕担风险不成？”

黑衣男子托着下巴沉思起来。他的侧影在台灯的照射下在墙面上闪动着，仿佛一个舞动的魔鬼。片刻之后，黑衣男子站起身来，伸出右手：“好，成交！”

“痛快！”黑姐也站了起来，握住了黑衣男子的手。

“不过，你别想得过于简单了。”黑衣男子提醒道，“你刚才说要控制周小米，可你别忘了，现在周小米在徐环和于东青的严密监控之下，想要控制他，谈何容易？”

“这就不劳你费心了，我自有办法。”黑姐的眼睛里，闪动着十足的自信。

“哦，说来听听？”

“后天，周小米所在的学校要参加全市小学生的合唱比赛。”黑姐说道，“周小米到时候会参赛。这，可是千载难逢的良机啊！”

黑衣男子质疑道：“周小米的身体状况不佳，他能去参赛吗？”

“我已经得到了确切消息，他会去参赛。”说着，黑姐站起身来，冲黑衣男子笑了笑，“老兄，我不能在这儿待太长时间。希望我们合作愉快，告辞！”说罢，他戴上兜帽，转身快步走出门外。

黑衣男子看着黑姐离开的背影，嘴角露出一丝浅浅的微笑。

“大哥，他就是黑姐？”这时，楚云从内间里走了出来，吃惊地问道。

“别一惊一乍的，小声点。”黑衣男子不满地瞪了楚云一眼。

“可是大哥，他说一手交钱一手交货，您真的相信？”楚云皱着眉头说。

黑衣男子笑了笑，轻轻摇了摇头：“我怎么可能相信。黑姐是什么人，他能跟你公平交易？笑话。依我看，他一定会利用我们逃出国境，而且带走周小米。”

“既然您知道他心怀鬼胎，为什么还答应跟他合作呢？”

“楚云，虚虚实实，实实虚虚，这才是用兵之道。互相设局，局中有局，这才是我们的玩法。我知道黑姐心怀鬼胎，可他又何尝不知道我也如此呢？我们都明白，只是心照不宣罢了。他肯定也知道，我会帮他清除出境的障碍，可是绝对不会放他走。”

“那您想干什么？”

“借他的手，除掉周小米，然后再杀掉黑姐。这才是上上策。”他拍了拍楚云的肩膀，“高手对弈，比的就是后手。我们俩的第一步棋看似波澜不惊，可都留着杀招。至于谁能笑到最后……哼，那就要看谁的后手更厉害了。”

“可这样做，我们冒的风险很大啊，万一他最后带着周小米安全脱身呢？”楚云担心地问道。

“哼，我一辈子都在冒险，还怕冒这一次吗？”黑衣男子冷冷地说，“我已经布好了局，就等着他们来钻了。”说罢，他阴险地笑了笑，脚步轻快地走到酒柜旁，给自己倒了一杯洋酒。

“楚云，我已经写好了剧本，布好了舞台，就等着演员到位了。”他又给楚云倒了一杯，“相信我，这是一场前所未有的精彩大戏。”说罢，他脸上露出了夸张的笑容，在灯光的映衬下，显得格外扭曲。

第三十九章　惊险三关

窗外，暖风和煦，春意盎然。院子里高大的桦树上，原本光秃秃的枝丫似乎一夜之间生出了嫩芽，昭示着春天的到来。

满院的春色并没有让徐环感到轻松。此刻，他的右手正在微微搓动，这是他紧张时的一贯表现。不紧张是不可能的，让周小米参加这次合唱比赛，完全就是一次赌博。赌赢了，可以揪出黑姐，摧毁SA组织，等周小米恢复正常之后，还可以问出秘密，这样一来，皆大欢喜；至于赌输了……徐环不敢想。他抓起杯子，强迫自己灌下了一杯浓浓的咖啡。

这时，于东青、钟萧等几个专案组的成员陆续走进了房间。他们都身穿便装，很显然，这次行动既要来明的，又要玩暗的。于东青走到徐环身边，压低嗓门问道："徐环，我再最后问你一次，你真的决意实施这个计划？"

徐环面色凝重地看着窗外，冲于东青重重点了点头："最好的防守就是进攻，与其我们提心吊胆地等着黑姐来抢周小米，还不如设个套让她来钻。"

于东青张了张嘴，随即又叹了口气："好，既然你已经决定了，那咱们就这么干，我无条件支持。"他抬手看了看手表，"现在已经快八点了，我们该准备出发了。"

"先别急。"徐环搓了搓鼻子，走到会议桌旁对大家说，"今天行动的重要性我就不多说了，大家心里都明白。现在，我再把整个流程说一遍，大家务必警醒，保证万无一失。"

几名专案组成员的神情都有些紧张。也难怪，谁都知道这次行动的重要性和危险性。每个人都必须保持百分之百的专注，哪怕是丝毫的大意，都有可能酿成不可挽回的大祸。

见众人围了过来，徐环指着桌上的祁东市地图说："今天上午的行程是这样的：八点整，我们准时出发，护送周小米到祁东市育英小学，与他的同班同学会合。在学校化完妆，换上演出服之后，小米会和他的同学一起，乘坐校车赶赴祁东市少年宫，也就是合唱比赛的举办场所。到达少年宫的大礼堂之后，参加比赛的人员将会在礼堂右侧的观众席上就座，等候出场。小米所在的育英小学会在第五位出场，时间应该在十点半左右，表演时间为十分钟。表演结束后，小米将返回观众席就座，直到比赛结束。比赛结束后，小米不再返回学校，而是由我们护送返回这里。”

“整个过程倒是不复杂。”于东青托着下巴说，“今天上午的行程其实可以分解为四段。第一段就是从这儿到育英小学；第二段是从育英小学到少年宫；第三段呢，就是小米在少年宫参加表演；演出结束后从少年宫回到这里，是第四段。”

“第一段、第二段和第四段都是在路上，小米有大部队保护，应该不会出什么问题。”吴婷婷开口说，“有可能出现问题的，应该是第三段。”

“没错，我的想法跟婷婷一致。”徐环赞同地冲她点点头，“我们这次行动的最终目的是揪出黑姐。因此在第三段，我们的保护力量会相对薄弱，以吸引黑姐有所动作。我个人认为，第三段，也就是小米在少年宫参加比赛的这段时间，是黑姐最有可能动手的时段。”

“嗯，表演的时间很长，如果加上颁奖等环节，可能要三个小时。”卫毅平脸色凝重地分析着，“这么长的时间，黑姐可以很从容地选择行动的时机。而且，表演时会堂内光线较暗，观众席上人员复杂，对黑姐来说，确实是个动手的好时机。”他抬头看了眼徐环，“我说徐环，这对我们的安保是极大的考验啊，你有把握吗？”

“当然，我已经在里面布下了天罗地网，只要黑姐进去，就别想再出来。”徐环信心十足地说，“当然了，计划要想顺利实施，有赖于大家的密切配合。现在，我把我们几个人的分工再重申一遍。婷婷，你外表柔弱，可身手极好，是贴身保护小米的最佳选择；卫毅平，你脑子灵，眼神好，能够注意到一些可疑的细节。你们两个搭档，可以实现优势互补，发挥各自的长处。你们两个要扮成育英小学的带队老师，提前到达学校。除了小米上台演出的那段时间，要全程待在周小米身边，确保他的安全。”

布置完毕，徐环扫了二人一眼，朗声问道：“有没有问题？”

“你就放心吧，保证完成任务！”吴婷婷大声回答道，嗓门之高与其体格不太相符。卫毅平则平静得多，他只是点点头，表示认可徐环的安排。

徐环转脸看向钟萧："钟萧，待会儿你直接去少年宫礼堂，负责礼堂外围的警戒。"

"外围？"钟萧脸上有些失落，"我还是更想在表演礼堂内执行任务，那里才是主战场啊！"

"考虑到你的枪伤刚痊愈，不太适合承担强度太大的工作。"徐环解释道，"这次，你的任务是应急策应。"

钟萧看了眼于东青，还想再说些什么。可于东青面色严厉地瞪了他一眼，钟萧只得无奈地点点头，不再说话了。

徐环继续说道："这次行动，主要力量就是我们几个人。当地派出所和市局刑警队也会派出一些警力协助我们的行动。但为了避人耳目，他们的数量不会太多。这些警力，就由于队长和我来指挥。我和他将乘车跟在周小米附近，到达表演礼堂后，我们会在二楼观众席观察整个礼堂，根据现场情况向大家发出相应的指令。"

"我还有个问题，"卫毅平插话道，"这次行动，我们的目的是抓住黑妞。可是，你能肯定黑妞一定会亲自出马吗？按照她的习惯，很可能又会派出她的马仔吧。"

"这就是我为什么选择这次合唱比赛作为圈套的原因。举行合唱比赛的场所是一个封闭空间，如果黑妞想在此动手，那她必须亲自进入礼堂内部指挥，否则根本不可能观察到全局的状况。"

"那如果黑妞躲在外围，只是派手下进入礼堂，用一些视频或者音频通信手段传送现场情形呢？"卫毅平继续质疑道。

"这个你不必担心，我已经注意到了这个问题，并且想好了应对之策。"

见两个人之间气氛有些紧张，于东青赶紧岔开了话题："这次行动难度很大，既然我们要引蛇出洞，那目的就是要抓住黑妞。但大家不要忘了我们的底线，就是一定要保证周小米的安全。因此，无论发生什么事情，首先考虑的是保住底线，大家听明白了吗？"

"明白了！"所有人异口同声地答道。

于东青对大家的精神状态十分满意，他挥了挥手："那我们就按计划分头行动！"

市局大院里，五辆警车正闪烁着警灯停在门口。除了于东青驾驶的那辆越野警车之外，还有三辆新款桑塔纳。更吸引人眼球的是，车队的队尾还有一辆巨大的黑色特种车，车辆两侧写着“特警”两个大字。有这么一个庞然大物压阵，看了让人十分放心。

“我之所以让你从特警队借用这辆车，就是为了防止刚才卫毅平说的那种情况。”徐环略显得意地对于东青说道，“这辆车可以检测、监控、干扰无线电通信。有了它，就能断了黑妞远程遥控的企图，逼她亲自进入礼堂。”

“嗯，这样就没问题了。除非……”于东青蹙起了眉头，“黑妞不在礼堂动手，而是在路上行动。”

“你看看我们在路上的护卫力量。”徐环指了指整齐的车队，冷笑一声，“黑妞不会在路上动手的，除非她是脑残。别担心了，小米已经在车里了，咱们也该出发了。”

周小米此时正坐在一辆桑塔纳警车的后座上，车上四名全副武装的警察将他围在了车中央。只是周小米的神情依旧冷漠，根本看不到少年所该有的那种阳光和朝气。

“小米的精神状态很一般啊。”于东青走到徐环身边，小声地嘀咕道。

“他一直就是那个样子。”徐环见怪不怪地说，“这孩子虽然小，可经历真够坎坷的。自幼亲生父母双亡进了孤儿院，好不容易有了养父母，还来了这么一出。后来表姨赵彩霞收养了他，没想到也不是个普通人。现在呢，我们又要利用他来引出黑妞。唉，说到底，还是因为我们无能。”

“你这话虽然不中听，可确实没错。所以我们拼死也不能让小米有个三长两短。”

“嗯，走吧。”徐环拉开越野警车的车门坐到了副驾上。于东青深吸一口气，上车缓缓开动了车子。随即，整个车队鱼贯开出了院门。

因为是周末，路上的车辆并不多，因此交通非常通畅。于东青控制着车速，不紧不慢地向育英小学开去。徐环则警惕地看着街上的每一个细节，不时从后视镜里观察小米所乘车辆的状况。每当有别的车辆接近警车时，他心里都会不由得一紧。不过，随着车队不断行进，他的紧张感也慢慢消减了下来。

“徐环，别的地方我都不担心，就是在礼堂演出的时候，你真的能确保万无一失？”于东青握着方向盘，有点儿不放心地问道。

“其实你的担心我非常理解。在这次计划中，小米只有在上台演出的这段时间里是完全脱离我们的贴身保护的。我想，这是最容易出问题的一环。”徐环安慰着于东青，“小米演出的少年宫礼堂我已经仔细勘查过了，礼堂很大，可隐蔽的地方非常多，这确实是对我们不利的地方。”

“你一定想到了什么应对之策吧？”于东青瞅了徐环一眼。

“对。今天的合唱比赛，我决定先松后紧，只许进，不许出。”

“你仔细说说。”

“从今天早上开始，礼堂所有的出入口都将打开，对所有市民开放。表演期间，除了参加演出的小学生和他们的家长、老师之外，还会有大量来观看的普通市民。我想，黑姐的人，应该也会乘机潜入礼堂。比赛开始半小时后，我将封闭礼堂所有的出口，只留下一个侧门，我们只需集中警力看好这个侧门就行。这样，不管发生什么事情，黑姐的人都无法逃出礼堂。最后退场的时候，我们将对所有人逐一排查。”

“也就是说，你利用小米做诱饵，诱使黑姐进入礼堂，最后来个瓮中捉鳖？”

“没错，是这样的。”

“嗯，这一计不错。”于东青慢条斯理地低语着，“现在的问题是，黑姐会不会使其他花招呢？”

“黑姐一定十分狡猾，这一点毋庸置疑。不过，我这一计的精髓在于以不变应万变。只要我们封闭礼堂这个物理空间，那么黑姐肯定无法逃出。她再怎么神通广大，也不可能违背物理规则吧？”

“嗯。既然你都这么说了，那我就放心了。”这时，于东青突然抬手指了指前方，“看，育英小学到了。”他将车子拐入育英小学的校门，随即抬头冲徐环笑了笑，故作轻松地说，“第一关，Clear。”

此刻，合唱团的孩子们正在学校的礼堂内排队等着老师化妆。当吴婷婷和卫毅平带着周小米走进礼堂的时候，大部分孩子已经化完了妆。见他们二人进来，一位身穿中山装、带着黑框眼镜的中年瘦高男子迎了上来，略微躬身同他们二人握了握手，小声说道：“二位一定就是吴警官和卫警官吧……”

话说了一半，吴婷婷赶紧做了一个收声的手势。瘦高男子会意，赶紧不好意思地改口说道：“噢，是吴老师和卫老师。那个，我是育英小学的副校长于涛，也是本次合唱团的领队。你们有什么需要了解的，尽管问我好了。”

吴婷婷看了于校长一眼，低声问：“于校长，咱们学校这次去参加合唱比赛的，一共有多少人？”

于校长略一思忖，答道：“嗯，合唱团的学生是三十个，负责担任指挥的音乐老师一个，负责勤务的工作人员两个，再加上我，这就三十四个。哦，对了，还有从祁东大学音乐学院请的一位和声指导老师，再加上你们两位，一共是三十七个人。”

“这些人，没什么问题吧？”卫毅平问道。

于校长十分肯定地说：“你就放心吧，都是自己的老师，我都了解，绝对没有问题。”

“那就好。”吴婷婷拉住周小米的手，“今天上午，我跟卫老师的任务就是贴身保护小米。另外，在整个表演期间，小米的安全问题要听我俩指挥。”接着，她俯下身轻轻地对周小米说：“小米，见到老师和同学一定很高兴吧，赶紧过去同大家打个招呼吧。”

小米没有说话，而是慢慢走了过去，孤零零地坐到了化妆台一旁的座位上，掏出掌上游戏机玩了起来。吴婷婷注意到，周围的同学并没有注意他，甚至没有一个孩子同他打招呼。

“唉，小米这个孩子啊，虽然很聪明，但性格太孤僻，在学校里也没什么朋友。”于校长叹了口气，摇摇头说，“这种性格的形成，他的父母要负很大责任。”

“唉，这孩子的性格是有些缺陷。”吴婷婷也十分无奈，“这都是受家庭影响。”

这时，卫毅平突然打断了他们的谈话，指着礼堂中一位正在带领孩子们练声的女老师问道：“哎，于校长，那也是咱们学校的老师吗？”

于校长看了一眼，点了点头：“噢，那就是我刚才说的，祁东大学音乐学院的老师。这是我们专门为这次比赛请的指导老师。”

吴婷婷顺着卫毅平所指的方向看去。只见这位女老师长发披肩，看模样比较年轻，她身穿一件黑色的修身套裙，显出玲珑有致的身材。

“这是老师还是学生？怎么这么年轻？”卫毅平问道。

“小孟老师虽然很年轻，但她可是音乐学院刘教授的得意门生啊。人家歌唱得非常好，对孩子们也热情，大家都很喜欢她。这不，练了没几天，孩子们的水平就突飞猛进。这次比赛要是拿了奖，我看得给她记头功。”说罢，于校长回头看了看，说道，“我得过去看看他们准备得怎么样了，你们二位请便。”

吴婷婷微笑着对于校长点了点头。等于校长走远，她以迅雷不及掩耳的速度伸手掐住了卫毅平的胳膊，狠狠扭了一下。卫毅平疼得叫出了半声，赶紧拿手捂住嘴，把剩下的半声生生吞回到了肚子里：“你干什么！”他怒气冲冲地质问吴婷婷。

吴婷婷白了他一眼：“眼神挺好使啊。怎么着？看人家小孟老师身材好，眼睛又发直了？”

“不是，哎，你怎么这么小心眼呢？”卫毅平无奈地耸了耸肩，“你睁大眼睛瞧瞧，就她那颜值我能瞧得上吗？这个妹子可是典型的背身美女。”

吴婷婷搭眼一看，还真是。别看这女孩的身材凹凸有致，可脸上就逊色多了，眼睛眯缝着，似乎还有些龅牙，脸上的皮肤有些发黄，确实不怎么好看。她转头捶了卫毅平一拳：“人家长什么样，与你有关系吗？真是狗改不了吃屎。”

“哟，吃醋了？”卫毅平脸上泛起一丝坏笑，“你不是还没答应嫁给我吗？干吗管我这么多？”

“滚，脑残才吃你的醋。”

“行了，别闹了。”卫毅平指了指已经化完妆的孩子们，正色道，“看，于校长开始清点人数了，咱们也该出发了。走，上车吧。”

一刻钟之后，合唱团的孩子们就都坐上了校车。吴婷婷和周小米坐在校车中间的两个座位上。吴婷婷靠窗，周小米靠过道，卫毅平则隔着过道坐在周小米的另一侧。校车的座位是专门为小学生设计的，吴婷婷身架小，还勉强能坐得住，可卫毅平这体格挤在座位里就非常难受了。

前方的警车发出一声轻鸣，接着，由六辆车组成的车队浩浩荡荡地开出了校门。一出校门，一股难以名状的焦虑感排山倒海般向吴婷婷袭来。她警觉地看着窗外，不断地调整呼吸以减轻自己心中的紧张感。虽然前后都有警车护送，但毕竟自己离周小米最近，这个孩子的安全，直接托付在她一人的手里。

此时，路上的车辆已经多了起来。但由于有警车开道，很多车辆主动避让，车队的车速还算比较快。照目前的速度，他们应该能在八点四十五分左右到达祁东市少年宫。随着校车拐过一个大路口，车队行驶到了人民广场附近。祁东市少年宫离人民广场并不远，再开五分钟差不多就到了。吴婷婷缓缓松了口气，心中的焦虑也慢慢地退去。

就在这时，一声低沉的声响传入耳中，将她惊得打了一个激灵。紧接着，校车晃了一下，有些狼狈地刹停了下来。车上所有人的身子都猛地向前一扑，幸亏孩子们都系了安全带。突如其来的变故让吴婷婷的心提到了嗓子眼，她将手放到腰间的手枪上，低声问卫毅平："怎么了？"

卫毅平的脸色也有些紧张，他往前瞅了两眼，做了一个下压的手势："别紧张，听声音，像是车胎爆了。奇怪啊，走之前我还看了看轮胎，没什么异样。你在这儿看好小米，我下去看看。"

"大家别慌，是汽车爆胎了！"司机喊了一声。他也是市局的一名警察，因此十分镇定。他熄灭发动机，同卫毅平一起下了车。

吴婷婷的身子紧靠到周小米身上，警觉地查看着四周，刚才那声爆胎声让她本来就紧绷的神经更加敏感。过了一会儿，卫毅平和司机重新回到了车上。卫毅平神色平静，冲吴婷婷点了点头。看样子，事态并不是很严重。

"什么情况？"吴婷婷轻声问道。

"就是普通的爆胎。"卫毅平坐在座位上，轻轻摇了摇头，"只不过我刚才发现，爆胎的原因并不是扎了钉子。从爆裂的口子来看，轮胎应当是被人先用刀扎了一下，然后又用胶简单封起来了。所以，在出发之前看不出异样，但行驶一段时间之后就爆了。"

"难道……是黑姐干的？"吴婷婷蹙着眉头问道。

"除了黑姐，还能有谁？"

"可她把车胎扎了，应该有后续行动吧？一定是想制造混乱伺机下手，可怎么接下来没动静了？"吴婷婷不解地问。

"也许，这是一次试探，也可能是一次挑衅。当然，也可能是原本她想动手，可看我们的警卫十分严密，于是临时放弃了。"卫毅平解释道，"但可以确定的是，黑姐竟然能在校车上做手脚，足以证明她的神通广大。依我看，这次爆胎仅仅是餐前的开胃汤，而接下来的演出，她才会上几道硬菜。"

刚刚的爆胎事件让吴婷婷惊魂未定，她的手心里全是汗水，心脏也剧烈地跳动着。听卫毅平这样一说，她心中又生出了几分焦虑，甚至觉得徐环这次引蛇出洞的计划有些过于草率了。好在剩下的路程没再出什么乱子。当“祁东市少年宫”几个大字出现在吴婷婷眼前的时候，她长长地舒了口气，甚至有一种解脱的感觉。她擦了擦额头上的汗珠，对着隐形麦克轻轻说道：“第二关，Clear。”

祁东市少年宫位于市区的繁华路段，是一个集演出、教育、体育活动等功能于一体的综合性活动场所。少年宫的建筑从外观看虽然有些落伍，但内部却进行了数次翻新，硬件设施并不陈旧。承办合唱比赛的表演礼堂位于少年宫的东侧，大门经过翻修之后显得非常大气。门上方的液晶屏滚动着几个大字：“首届祁东市小学生合唱比赛”。

礼堂的正门前有一个开放的小广场，若搁在平时，这个时间人流量并不大，不过此刻的广场上却人头攒动。显然，很多人是冲着这次合唱比赛来的。虽然进场不需要门票，但要在门口接受安检，因此，等着进场的人们在广场前排起了长龙。这种场面在小学生的合唱比赛中甚是少见。

“乖乖，一个小学生合唱比赛怎么这么火爆啊。”于东青感慨道，“这热度快赶上明星演唱会了。”

“东青，你说这话，证明你的功课还是没做足。”徐环瞟了他一眼，“据我了解，这次合唱比赛的规格相当高。虽然只是小学生的合唱比赛，但教育局却将其委托给了演艺公司来运营，不仅采用专业的演唱会模式，还拉来了三个大企业作赞助商；为了搞好这次比赛，演艺公司还邀请了国家级的评委；祁东市电视台也会全程直播；更重要的是，这次比赛还请了当红的小鲜肉组合 MTBoys 来助兴，他们会在比赛结束之后上台演唱一首歌，并在随后的颁奖仪式上作为嘉宾进行颁奖。要知道，这个组合你我是不太感冒，可对这些小学生来说可是有着致命的杀伤力啊。”

“那这次还真是下了血本了，怪不得场面这么火爆。”

“没错，合唱是祁东市教育局重点打造的一张教育名片，将来是要走出国门的，市政府全力支持，所以才会有如此高的规格。”

“你怎么了解得那么详细？有商业运作，主办方还能如此配合我们，真是不容易。要知道，这些商家都是唯利是图，他们只关心演出的效果，对我们警方的要求一向比较抵触。”

徐环冲他挤了挤眼睛：“想知道答案吗？”

“废话，你知道？”

“那当然。告诉你，这次合唱比赛的所有细节和流程我都知道。只要我想，我一会儿还可以作为颁奖嘉宾上台颁奖。”看着于东青一脸诧异的表情，徐环笑了笑，“答案很简单，因为这次比赛的主赞助商就是远景集团。”徐环拍了拍于东青的肩膀，“这年头，金主才是爷。走吧，咱们去侧门看看。”

徐环和于东青从广场上穿过，来到了礼堂的侧门。说是侧门，其实就是一扇应急门，门很小，勉强能容纳两个人同时出入。这时，钟萧正带着几个警察站在门口巡查。看到于东青和徐环，钟萧赶紧迎上前去打招呼。

“情况怎么样？”徐环轻声问道。

“一切正常。”钟萧给于东青递了一支烟，“只不过广场的人流量比较大，人员成分也复杂。等演出开始后，黑姐如果在这儿安插两个眼线，那可真是防不胜防啊。”

“广场上暂且不用管。”徐环胸有成竹地说道，“等小米上台表演的时候，礼堂所有的出入口都会封闭。如果有人中途离开，只能通过这个门。”徐环指了指狭窄的应急门说道，“这个门口我们会布置重兵，对离开的每一个人进行仔细排查。因此，战斗在礼堂内就会解决，烧不到广场上来。”说罢，徐环冲钟萧挤出一个微笑，从侧门走入了礼堂。

此刻，各个学校的参赛队伍已经进入礼堂。比赛的工作人员忙碌地在礼堂中来回穿梭，做着比赛前最后的准备。观众席上，一楼的座位基本上已经坐满，除了孩子们的家长，还有一些围观的市民，大都是些年轻人。徐环知道，这些人很多都是冲着 MTBoys 来的。徐环习惯性地审视着观众席上神色各异的面孔，推测着每个人的身份。

“徐环，别愣着了。”于东青走过来拍了拍他的肩膀，“比赛马上开始了，咱们去二楼吧。”

徐环点点头，和于东青走上了二楼。二楼的观众席并没有开放，除了两个摄像工作人员之外没有任何人。不过这里的视野确实极佳，舞台和观众席的前半部分一览无余，每个细节都可以尽收眼底。育英小学的学生们坐在观众席左侧的前三排。其中，小米坐在第二排的中央，吴婷婷和卫毅平分别坐在他的两侧，贴身保护着。此外，靠墙还站着一些警察。

“咱们这安保级别真够可以的。”于东青凑到徐环耳边说道，“就咱这架势，别说黑姐了，就是黑奶奶也不敢轻举妄动吧。我说，咱们是不是布置得有些过头了，这黑姐要是被吓退了，那咱不是白忙活这一场了？”

“你先别得意得太早，”徐环说道，“如果我所料不错的话，黑姐此时就混在观众席中。不过，这个时间她肯定不会轻举妄动。依我看，比赛开始之后，尤其是小米上台演唱之时，才是她动手的最佳时机。”

话音未落，礼堂里的灯光暗了下来，随着慷慨激昂的音乐伴奏，正中央的舞台被点亮，一男一女两个主持人走到了台上。看样子，比赛正式开始了。

徐环无心观看舞台上的情形。虽然灯光变暗，但是整个礼堂的能见度还不算差，观众席上的情形基本可以看清楚。他的目光在观众席间扫来扫去，心跳也开始慢慢加快。短暂的工夫，前两个参赛小学已经表演完毕，一切都很顺利，没有出现异常。徐环使劲搓着自己的鼻子，以发泄心中的焦躁。

就在这时，徐环的耳边传来了于东青的一声惊呼：“什么！”于东青冲着隐形麦克怒吼道，“什么时候的事？”

于东青的话让徐环浑身一哆嗦，他急切地问于东青：“出了什么事？”

于东青脸色苍白地答道：“刚刚有人给少年宫的韩主任打去电话，说他在礼堂内安放了定时炸弹，半小时之后就会爆炸。”

徐环不禁一愣，不过随即摇了摇头：“这一定是虚假信息，不用管它。别声张，省得引起观众恐慌。”

“我就是这么跟韩主任说的，可是韩主任不同意，他说即便是恶作剧也得排查清楚，要不然出了事谁也负不起这个责任。他还拿出安全管理条例来压我，说按规定这种情况必须由防暴警察来检查，确认安全之后比赛才能继续进行。”

话音未落，正在表演的合唱戛然而止，礼堂里的灯光也全部亮了起来。观众们一时没有反应过来，礼堂里出现了短暂的沉默。不过紧接着，楼下的观众席开始骚动起来，爆发出了不解的议论声和牢骚声。

这时，一位工作人员模样的中年男人走到台中央，语气急促地宣布道：“很抱歉，礼堂出现了一些小问题，表演不得不中断。现在大家请按照工作人员的指示，有序离开会场。问题解决后，比赛将继续，希望大家理解。”

话音刚落，观众席上又是一片哗然。显然，大家正沉浸在欣赏比赛的氛围之中，突然被强行中断，心中自然十分不爽。

“看来,人家并不是跟我们商量。”徐环冲楼下的工作人员撇了撇嘴,“人家是在通知我们。”接着，他冲衣领内侧的隐形麦克说道:“吴婷婷和卫毅平注意了，你们贴身保护小米，按次序退出会场，将小米带到广场上的特种车中，确保安全。”

虽然不明白发生了什么，但经过工作人员的有序疏导，场内的观众还是在短时间内被疏散到了场外。

十几分钟后，防暴警察进入礼堂，开始对礼堂进行地毯式的搜索。为了不造成恐慌，减少这次比赛的负面新闻，防暴警察并没有走正门，而是从地下车库的入口直接进入礼堂。

由于人数多，这次搜查的进度非常快。半个小时不到，就结束了搜查，确认现场并无炸弹。

很快，比赛又重新开始了。徐环注意到，观众人数并没有明显减少。

从计划开始到现在，黑妞似乎并没有什么大的动作，仅有的两次突发事件，也都是不痛不痒，看上去并没有什么威胁。可不知为什么，黑妞越是没有动作，徐环的心中却越发感到不安。难道，黑妞正在设一个局？每一步都看似平淡无奇，可接连几步下来，就会形成一个无解的杀招。想到这儿，徐环浑身打了一个寒战，赶紧向周小米的方向看去。此时，周小米仍然坐在吴婷婷和卫毅平的中央，并无异样。

这时，主持人来到台上，用洪亮的声音宣布道:“下面参赛的是育英小学合唱团，他们的参赛曲目是《明天的太阳》，请欣赏。”

轮到周小米出场了！徐环的心顿时提到了嗓子眼。接下来的五分钟，可能是最危险的五分钟，也是决定本次行动成败的五分钟。

为了演出效果，舞台上的幕布已经拉了起来，聚光灯也已关闭，舞台上一片黑暗。此时，周小米已经和同学们一起站到了幕布的后面。徐环焦急地等着幕布拉开。

可就在这时，一件意想不到的事情发生了。

徐环眼前突然一黑，音响里的背景音乐也戛然而止。他愣了一下，下意识地抬起手臂在自己眼前晃了晃，一时间，他甚至怀疑自己突然休克了。过了几秒，他的眼睛适应了突如其来的黑暗后，便在礼堂里迅速扫动起来。他发现，罢工的不只是灯光和音乐，就连舞台上的一些电子设备的指示灯也都熄灭了，整个礼堂只有暗淡的应急灯还亮着。这时他才猛然反应过来，赶紧大声冲于东青喊道："冬青，停电了！"

于东青猛地站了起来，"不是还有应急电源吗？"

"肯定也被破坏了。"徐环也站起身来，焦急地喊道，"这个节骨眼上停电，肯定是黑姐搞的鬼。糟了，小米不在我们的视线范围之内，必须要防范黑姐的后招！"

"漆黑一片，什么也看不见啊。现在楼下已经乱了，黑姐的人肯定会趁乱劫走小米。"说罢，他大声冲着麦克喊道，"所有人都保持镇定……卫毅平和吴婷婷，你们立刻到后台找到小米！"

徐环向台下一看，楼下的观众席果然乱作一团，大家纷纷向出口跑去。可几个主要出口被封锁，这让他们更加慌乱，像无头苍蝇一样在大厅内乱撞。

这时，徐环的耳麦里传来了吴婷婷焦急的声音："刚才我们几个人一跑，把大家都带慌了。现在很多人不知道发生了什么事情，都急着寻找出口。于队，舞台附近已经乱了，很多人开始推搡，我怕这样下去，会发生踩踏事件。"

"情况不妙，现在最重要的是稳住局势。东青，赶紧命令站在一楼的警察们维持会场秩序，万一发生踩踏，后果不堪设想。"

"可是……都去维持秩序了，小米怎么办？"于东青迟疑地问道。

"小米那边，有吴婷婷和卫毅平足够了。"徐环此时已经完全冷静了下来，"更何况，对于停电，我早就备好了应对之策。"接着，徐环冲着麦克喊道："婷婷，你现在立刻赶到后台，寻找衣服上带有绿色荧光圆圈的小孩，那就是周小米！"

"好的。"耳麦里传来吴婷婷急促的声音，"不过这里太拥挤，我看不到舞台上的情形。我现在去把幕布拉开，你站得高，帮我确定一下小米的位置。"

"好。"徐环听罢，两眼死死盯着舞台。

"什么绿色圆圈？怎么回事？"于东青纳闷道。

徐环飞快地解释道："我已经预料到了出现停电或者光线太暗的情形，为了能在黑暗中快速确定小米的位置，我用一种夜光涂料在小米衣服的胸口位置画了一个圆圈。"

"你怎么不早告诉我？"于东青用拳头打了徐环的胳膊一下，"害得我刚才心脏病差点儿发作。”

“这事就我知道，我谁也没告诉。”徐环解释道，“不告诉你是为了保密，万一你不小心说漏了嘴，让黑姐知道那就麻烦了。她要是在所有小孩的衣服上都画这么一个圆圈，那咱们岂不傻眼了？”

此刻，吴婷婷应该找到了拉幕机，因为舞台上的幕布开始缓缓向左右两侧拉开。可徐环的表情，却慢慢凝固在脸上。当幕布完全拉开后，他只觉得自己的心脏仿佛被人狠狠捏了一下，一口血从心口上涌，几乎要吐出来。

幕布后面的舞台上，出现了不止一个圆圈，而是密密麻麻地挤满了绿色的圆圈，至少有二十个。这些圆圈就像一只只古怪的眼睛，冲徐环笑着。

“这是怎么回事！”于东青惊讶地叫道，“怎么全他妈是圆圈！”

“妈的，被耍了。”徐环懊丧地说道，拳头狠狠地砸在面前的椅背上，“黑姐早就识破了我的这个方法，她一定提前将圆圈画在了所有孩子的衣服上。这简直是在玩我啊！”

此刻，耳麦里传来了吴婷婷焦急的声音：“怎么回事？这些小孩的衣服上全都有绿色的圆圈，而且他们的队列已经乱了，我根本找不到小米。”

徐环脑子里一片混乱，他使劲拍了拍脑袋，竭力让自己冷静下来：“婷婷，别着急。你和卫毅平继续在舞台上寻找小米，找到小米后，你们俩将他保护好，待在原地不要动。”

“好。可我担心，小米会不会已经被黑姐劫走了？”吴婷婷着急地快要哭出来了。

“即便是黑姐已经控制了小米，我们也不用过于担心。”徐环很快镇定了下来，对吴婷婷说，“礼堂其余的出口都被封锁了，只有侧门可以离开。而我们在那里集中了几乎全部的警力，黑姐休想带着周小米逃走。”

说罢，徐环向楼下扫了一眼。由于警力的及时介入，楼下的秩序已经基本得到了控制，大部分观众坐回到了自己的座位上。但仍然有一些观众心有余悸，打算退场。他们在侧门附近排起了长队，正在接受严格的检查。

“多亏你还留了一手。”于东青感慨地说，“其实想想，黑姐也该出手了，他破了你的荧光圈之计也没什么。我们的目的，不就是要瓮中捉鳖嘛。”

徐环的情绪也稍有好转。方才黑姐识破了他的计策，让他产生了深深的挫败感，其实仔细一想，这未尝不是一件好事。现在蛇已经被引出洞了，自己在洞外又给它布了一个陷阱，这下，纵使你黑妞有天大的本领，也插翅难逃了吧！

“现在的关键是，侧门的检查不能出现任何纰漏。”徐环拍了拍于东青的手臂说，“礼堂里已经没什么事了，咱们也去侧门吧，哪怕多一双眼睛盯着也好。”

于东青点点头，二人起身往楼下跑去。可就在这时，楼下的观众席又骚动起来。徐环警惕地看向楼下，并未发现异样。可是楼下的人们纷纷站了起来，情绪似乎十分激动，声音也很杂乱，听不清他们在议论什么。

“咦？”于东青吸着鼻子说道，“怎么一股怪味啊……这是煳味儿啊，”于东青狐疑地看向四周，“不会是什么设备烧了吧？”

话音未落，楼下突然传来了一声歇斯底里的喊叫：“着火了！快跑啊！”

徐环慌忙向楼下看去，果然，在礼堂的一角，隐约出现了一团红色的火苗。着火的消息让观众们全乱了阵脚，他们拼命向各个出口涌去。警察们虽然还在尽力维持着秩序，可是在逃生的欲望面前，秩序维持显得十分苍白和无力。

“糟了，场面要失控！”于东青焦急地喊道，“我们不能再逐一搜查了，必须打开所有的出口，尽快疏散观众！”

“可是这样一来，小米就……”

“顾不上这么多了，总不能为了小米一个人，让这么多人活活烧死在礼堂吧。那我们岂不成了千古罪人了？”

徐环声音发颤地对麦克说道：“全体注意，放弃原来的检查任务，立刻打开所有出口，尽快疏散人群！”下达完这个指令之后，徐环颓然地抱住了自己的脑袋，坐在地上。此刻，他的大脑一片空白。

“火势已经起来了，我们必须赶紧出去。”于东青抓住徐环的衣领，一把将他拉了起来，“更重要的是，我们还没有输！就算是黑妞已经带走了周小米，可她一定没有走远。外面都是我们的人，我们还有机会！”

于东青的话给徐环当头浇了一盆冷水，让他立刻冷静了下来。他站起身来，用坚定的语气对着麦克说道：“所有人注意，立刻撤到广场的外围，尽全力搜寻周小米的下落。”他拍了下于东青，“走，我们也去。”

礼堂的所有出口，包括应急通道被全部打开。幸亏火势不大，再加上疏散及时，并没有造成严重的人员伤亡。此时，广场上挤满了惊魂未定的观众。徐环和于东青在人群中艰难地搜寻着周小米，可一无所获。

“走，去特种指挥车！”徐环急切地说道。

特种车内有一个大屏幕，连接了附近的几个治安监控，能够全方位地监视广场附近。不过搭眼望去，屏幕上密密麻麻的全是人，要想从这片人海中找出周小米，难度可想而知。

这时，卫毅平和吴婷婷也匆忙走进了指挥车。卫毅平大声喊道：“礼堂里没有小米的行踪，他应该被带出来了。”

徐环来不及多解释，他指着屏幕布置道：“每个人两个监控点，尽全力查找周小米的下落，要快！”

事态十万火急，几个人连喘口气的工夫也没有，立刻把精力投入到了监控屏幕上。人多力量大这句话不是吹的，经过这么一分工，每个人的目标明确了很多，搜寻效率也提高了不少。只是几分钟过后，屏幕里依然没有发现疑似周小米的身影。随着时间一分一秒地流逝，找到周小米的希望也越来越渺茫，大家脸上焦急的神情逐渐被失望所代替。

就在这时，吴婷婷突然大喊一声，指着面前的监控屏幕喊道：“找到了！在这里！”

徐环等人赶紧扭头向吴婷婷所指的屏幕看去。只见在屏幕的边缘，一个女人模样的身影正吃力地分开前方的人群，缓慢向前移动着，她的右手握着一个小男孩的手腕，而这个小男孩，正是周小米。此刻，他们已经来到了广场的外侧，离马路不远了。

“在广场东北侧，大家赶快行动！”徐环急迫地吼道，话没说完，他已经蹿跳出了特种指挥车。于东青等人紧随其后，向广场的东北侧急速赶去。但等他们到达那个地点时，周小米和那个女人已经没了踪影。

“在那边！”吴婷婷指着马路对面大喝一声。果然，那个女人正抱起周小米急速向路口跑去。过了路口就是一片居民区，如果让她逃到那里，就如同放虎归山，再想找到他们就困难了。

“快追！”徐环大喝一声，一马当先冲了出去。

不到一百米的距离，对方又是一个女人，追上她应该没什么问题。除非，有人接应她。

此时，女人已经抱着周小米跑到了路口。从步履上来看，她已经十分劳累了。也难怪，周小米已经是个十岁的孩子了，一个女人抱起来实属不易，更别说还抱着他跑了那么远。

徐环他们撒丫子跑着，距离小米越来越近，五十米……四十米……三十米……可就在这时，一辆黑色桑塔纳疾驰而至，在女人身边急停了下来。

徐环心里不禁一沉，完了！真是越怕出鬼越有鬼。

果然，从桑塔纳上跳下来一个中等身材的男子。可出乎意料的是，男子并没有让二人上车，而是粗暴地把小米从女人手里夺了过来，然后迅速闪入车内。紧接着，桑塔纳加足油门蹿了出去，只留下那个女人不知所措地站在路边。

眼前发生的一切在转瞬之间，可还没等众人反应过来，就听见没开出多远的黑色桑塔纳发出了一声刺耳的刹车声。一辆黑色牧马人不知从何方蹿了出来，狠狠地撞上了桑塔纳。随着一声巨响，强大的冲力把桑塔纳撞得转了两个圈，被狼狈地甩在了人行道上。

这一系列变故发生在电光火石之间。不仅是徐环，所有目击者都愣住了。

“徐环，吴婷婷，你们去抓住黑妞！”于东青大吼，“我和卫毅平去救小米！”

于东青这一嗓子把大家从震惊中拉回了现实。徐环和吴婷婷迅速向仍然站在路边的那个女人跑去。

“警察，不许动！”吴婷婷先跑到女人身边，一把扭住了她的胳膊，将她的头狠狠按了下去。

此时徐环也跑了过来。他站在女人对面，喘着粗气：“真没想到，咱们会以这种方式见面。”他冲吴婷婷摆了摆手，示意她不要下手太重，“黑妞，该让我看看你的真面目了吧？”

女人抬起了头，一张其貌不扬，甚至可以称得上丑陋的脸出现在徐环面前。她的表情还算平静，只是似乎带着一些疑惑。

“是你？”吴婷婷看到女人的模样，捂着嘴惊呼道，“怎么会是你？”

徐环不安地扫了吴婷婷一眼：“你认识？”

吴婷婷似乎没有听到徐环的问话，她瞪着眼睛，结结巴巴地对那个女人说道：“你……你是合唱团的小孟老师。”

第四十章　身世之谜

“此次少年宫起火案，初步定性为人为纵火而引起的群体性突发事件。事故共导致轻微伤二十八人，轻伤十九人，没有重伤和死亡。经初步计算，造成的直接经济损失达八百多万元，不包括因合唱比赛夭折而造成的间接商业损失。最终的损失数额还需要进一步统计。目前，伤者的情绪都比较稳定，赔偿和后续处理工作也在有条不紊地开展……”

“有条不紊？你还好意思说有条不紊。”高局长生硬地打断了于东青的汇报，“你们知不知道这件事情造成了多大的负面影响？告诉你们，这件案子省里的领导高度关注，要求彻查事故原因。你们啊，捅了大娄子了！”他扫了一眼面前的于东青和徐环，冷冷地问道，“这是谁出的馊主意？”

“是我……”徐环战战兢兢地答道。

“我就知道是你。”高局长拍了一下桌子，怒斥道，“拿礼堂内这么多人的生命做赌注，亏你想得出来！”

徐环的心里五味杂陈。挫败感、失落感、愧疚感交织在一起，让他心里有一种说不出的苦涩。苦涩归苦涩，可自己的确把事情搞砸了，对于高局长的训斥，他一点脾气也没有。

“高局，您别生气了，所有的责任由我一人承担。”徐环声音虽低，但态度却异常坚决。

“你承担？你承担的了吗？”高局长没好气地瞪了他一眼，“就算是承担责任，你们的身份也不够格！”他叹了口气，语气缓和下来，“行了，这件事情你们别管了，出去之后千万别乱说。问责的事情，我来想办法。”

“高局，这……”

“这件事情总得有人背锅。廖局长马上退休了，不能再给人家添乱，而你们俩是我的爱将，我不可能把你们推出去。这个替罪羊啊，就由我来当吧。”高局长有些无奈地说道。

听高局长这么说，徐环心里有些过意不去，但同时又有些感动。高局长一向护犊子，这也是他在市局有如此高威望的原因。

“唉，八年前我就替你擦屁股，现在，还得替你擦。徐环啊，你可得长点心了。”高局长摇了摇头，“问责的事情到此为止。说说案子的事情吧。小米伤势如何？”

“受了轻微伤，没什么大碍。”于东青赶紧汇报道，“小米坐在桑塔纳的后排右侧，牧马人则撞了前排左侧的驾驶员位置。因此小米没什么事，不过驾驶员当场死亡。”

“除了驾驶员和小米，车上应该还有一名歹徒吧？”

“没错。这个歹徒坐在驾驶员后面，也受了严重撞击，身受重伤，现在还在抢救中。不过，有一点非常奇怪，”于东青欲言又止，看高局长示意，才继续说道，“我们到了现场之后，发现后排的这名歹徒对小米有一个保护动作，不知道是有意为之还是无意识的举动。也正是这个动作，才使周小米没有受到更大的伤害。”

“这也不奇怪，小米掌握着秘密，对他们来说非常重要，所以才拼死保护他的安全。”高局长略一沉吟，“对了，这几拨人的身份查实了吗？”

“这正是让我们感到不解的地方。”徐环摇了摇头，“目前来看，整个事件中应该有三拨人。第一拨是从礼堂中劫走周小米的那个女人，经我们初步查证，这个女人叫孟芸，是祁东大学音乐学院的一名教师，是校方请来指导合唱的。当然，这个身份很有可能是假的，至于她的真实身份和劫持小米的动机，我们还在进一步调查中。第二拨人就是驾驶桑塔纳从孟芸手里抢走周小米的歹徒，他们的身份目前尚不明朗，不排除是黑姐的手下。至于第三拨，也就是驾驶牧马人撞击桑塔纳的人。当我们赶到现场的时候，驾驶员已经逃走了，我们正在调取附近的监控，全力捉拿此人。”

“三拨人……”高局长低头沉吟，“怎么突然冒出这么多人来？难道除了黑姐，还有别人打小米的主意？”

“不好说啊，也有可能是黑姐他们起了内讧。”徐环说道，“要查明整个事件，还需要进一步的调查。”

“那就尽快查，一定要查清楚。”高局长严厉地下着命令，“光天化日之下纵火，公然抢人，还故意撞人，这性质太恶劣了！祁东市的治安在全国有口皆碑，可自从周远被杀一案之后，恶性案件频发，严重影响了群众的安全感和城市形象。绝对不能再这样下去了，必须要尽快查明真相！”

高局长声如洪钟，话语里充满不可辩驳的威严，让他们二人感到重重的压力。

从高局长办公室出来之后，徐环和于东青就马不停蹄地赶去了审讯室。现在，侦破案件的所有希望，都落在了这个叫孟芸的女人身上。

吴婷婷正站在审讯室外，焦急地踱着步子。看到徐环他们走过来，她赶紧快步迎了上来：“于队，你们可回来了。”

“怎么了？”徐环对吴婷婷的反应有些意外，“孟芸审得怎么样？”

“一直在沉默。”吴婷婷无奈地摇了摇头，“不过她说可以交代，只是……只能对你一个人说。”

“对我一个人？这是搞得哪一出？”徐环纳闷道。

“不知道，你还是自己去问吧。”吴婷婷压低声音道，“对了，孟芸并不是她的真实名字，外貌也做了伪装。至于她的真实身份……你还是自己进去看吧。”

吴婷婷的话让徐环疑窦丛生，他定了定神，推门走进了审讯室。嫌疑人孟芸正低头坐在审讯椅上，似乎在发愣。看到徐环走进来，孟芸抬起了头。一抬头，两人的目光正好撞在了一起。

“是你……”徐环惊叹道，“你就是孟芸？”

Elly没有出声，只是平静地点了点头。徐环呆呆地坐到审讯桌前，思路有些混乱。良久，他才开口问道：“你到底是谁？”

“我是谁？”Elly笑了笑，“难道你不认识我了？我是你的私人管家Elly啊。”

“恐怕没那么简单吧。”徐环身子前倾，咄咄逼人地问道，“我问你，你为什么要劫持周小米？”

“很简单。”Elly的身子也向前一倾，毫不示弱地答道，“因为我想知道周小米脑子里的秘密。”

“为什么？这个秘密与你有关吗？”

“当然，这个秘密事关十三年前的‘9·19’绑架案。”Elly的口气依然十分平静，“而‘9·19’绑架案，对于我来说有着非常重要的意义。”

徐环一愣：“你……你也知道‘9·19’绑架案？”

“何止是知道。”Elly答道，脸上掠过一丝苦涩，“我的哥哥，就死在了‘9·19’绑架案中。”

说起“9·19”绑架案，大部分人的第一印象就是豪门恩怨，关注点都集中在大良集团和远景集团的冲突上。其实很多人都忽略了一个细节。在这起绑架案中，还有一个不起眼的死者，那个死者被炸得面目全非，已经无从分辨相貌。警方最终只是确定了他的身份，对于他为什么出现在绑架案现场，在绑架案中起到了什么作用，都没有作出定论。大部分人认为，该死者很有可能是楚楠的帮凶。既然楚楠已经落网，那么这个无足轻重的从犯自然就被大家遗忘了。

“难道你哥哥，就是那个在绑架案中被炸死的男人？”

“没错，那就是我的哥哥，周峰。”Elly的语气有些颤抖。

Elly竟然与“9·19”绑架案有这么一层关系，这实在是出乎徐环的意料。

“你我都是‘9·19’绑架案的受害者。”Elly接着说道，“你在这起惨案中失去了姐姐，而我则失去了相依为命的哥哥。”

“那不一样。我姐姐是无辜的，是受害者，”徐环摇了摇头，“可你哥哥是凶手的帮凶。他落到如此下场，纯属咎由自取！”

Elly脸色一暗，脸上掠过一丝愠怒：“没错，很多人说我哥哥被凶手花钱买通，做了他的帮凶。可我不这么认为。我哥哥虽然是个粗人，但是他心地很善良，绝不可能做出这种伤天害理的事情。我觉得这件案子一定有什么隐情，我哥哥很可能被凶手利用，一时糊涂做了傻事。”

“所以，你才想方设法地了解当年的真相，对吧？”

“没错。你以为我卑躬屈膝地做私人管家是为什么？就是为了能借助会所这个平台结识一些有权势的人物，从而挖出‘9·19’案件的真相。”

“看来你接近我，甚至跟我玩暧昧，也是出于这个目的了？”徐环冷冷地说道。

“没错，徐总。你这个人聪明绝顶，又是‘9·19’绑架案的受害者家属，如果这世界上有人能查出绑架案的真相，那一定就是你。”Elly解释道，“因此，我才想办法接近你，想借助你的力量来查出真相。”

“既然你想通过我查出真相，那为什么还铤而走险？”徐环不解地问，“要知道，小米脑子里的秘密，用不了多长时间我们就会问出来了。”

“求人不如求己，我实在是不想再等下去了。”Elly叹了口气说道，“而且就算你查清楚了，也不会告诉我，到时候我还是什么也不知道。不如趁合唱比赛这个千载难逢的机会，自己动手。”说到这里，Elly沮丧地踢了一脚椅子腿，“我几乎就要成功了，如果不是那辆突然冒出来的桑塔纳，恐怕我现在已经知道真相了。”

“可惜没有如果。”徐环不以为然地说，“没错，你的确很聪明，识破了我布的所有局。可是你想过没有，你这样做是拿多少人的生命在冒险？如果火势不受控制，那后果不堪设想！”

Elly把头歪向了一边，没有说话。

“这些招数都是你自己想出来的吗？以我对你的了解，我看不太像。”

Elly看着徐环，目光阴郁：“没错，是我自己的主意。我Elly一向独来独往，以前还有一个叫虎子的朋友，前些天也被人害死了。”

徐环冷笑了一声：“你一个人又是断电又是放火的，最后还能劫走周小米？你觉得我会相信吗？”

Elly也毫不示弱地笑了笑，耸耸肩说：“信不信由你，反正我就是这句话。”说完，她就闭上了眼睛，似乎不想再继续谈话。

就在这时，于东青突然推门走了进来，扫了眼Elly，然后凑到徐环耳边低声说：“哎，有人要自首。”

“自首？”徐环一脸的惊讶，“哪个案子要自首？”

“还能有哪个案子，当然是少年宫纵火案了。他说他是主犯，而且还指定要向你自首。”于东青无奈地摇摇头，“我真是纳闷了，怎么今天来的嫌疑犯都认你呢？也太不把我这个刑警队长放眼里了吧。”

徐环没理会于东青的揶揄，皱着眉头问道：“纵火案的主犯？难道是黑姐？”

“不是黑姐，”于东青眼神闪烁地说，“这个人你我都认识。快走吧，你见了就知道了。”

于东青带着徐环走进了另外一间审讯室。审讯室里，一个瘦削的身影正躺坐在审讯椅上。从他的坐姿来看，此人没有半点被审讯的惶恐和不安。徐环走到跟前，才看清了他的脸。这人头发蓬乱，面色憔悴，唇边的胡须杂乱地生长着，应该好久没有剃过了。虽然他的眼睛闭着，但徐环还是一眼就认出了他。

“温华！”徐环心中一颤，不由得脱口叫道。

温华懒洋洋地睁开了眼睛，看到徐环诧异的表情，他嘿嘿一笑：“老同学，好久不见了。”

徐环一时间不知道该说什么好。两个人就这么互相看着，足足看了有五分钟。最终，还是温华打破了沉默：“你……一定有许多问题要问我吧。你尽管问，我一定知无不言。不过，我希望咱们的谈话不要被录音录像，你也不要做笔录。相信我，这是为了你好。”

徐环面色冷峻：“可以。不过，既然是在审讯室，那就得按照审讯室的规矩来。首先，请说明你的身份。”

“我是你的老同学温华。”温华平静地答道，“当然，我还有另外的身份，比如，”他略一停顿，探头对站在徐环背后的于东青说道：“于队长，可否让我跟徐环单独谈谈？”

于东青犹豫了一下，点点头，转身向门口走去。

“对了，于队长，”温华又喊住了他，“我午饭和晚饭都没吃，随便给我弄点吃的吧，什么都行，我不挑食。”

于东青耸耸肩，走出了审讯室。

“继续说吧，你还有什么身份？”

温华盯着徐环看了一会儿，突然伸手把衣领一拉，露出了自己的锁骨。一个同徐环身上一模一样的菱形符号跃然出现在他的视野中。看到这个阴魂不散的符号，徐环心中先是一惊，可随即他想起了一个细节。前些天给徐环看病的那位医生曾经说过，他在一个姓温的患者身上也看到过这个胎记。当时徐环的第一反应就是温华，现在看来，果然不出所料。

“这就是你曾经打电话问过我的菱形符号。”温华淡淡地说，“其实它是一个胎记。”

“我知道。”徐环指了指自己的脖颈，“我这儿也有。”

“我知道你有。”温华往前坐了坐，“可是你知道这个胎记意味着什么吗？这意味着我们不仅是同学，还是老乡。具体地说，你和我，都是北菱人。”

“北菱人？”徐环诧异地问道。

“没错。北菱是一个村落，是我们的故乡，也是这一切谜团的根源。”

徐环冷笑一声：“哼，你在胡说八道吧？我的籍贯是祁东市西桥镇西桥村，虽然我很少回去，但我记得很清楚。至于你说的什么北菱村，我连听都没听过。”

“你可以怀疑我说假话。”温华又指了指自己锁骨上的菱形符号，“可是这个菱形胎记总不会是假的吧？”

徐环不由得一怔，瞪大了眼睛：“难……难道……”

“我知道你想说什么，”温华微微一笑，“不过你的内心还接受不了，所以不敢说出口，那我就替你说吧。你我都是北菱村人，而北菱村是以血缘关系为纽带的族群，因此，你和我之间，应该存在一定的血缘关系，只是比较远罢了。”

“我姓徐，你姓温，我们怎么可能有血缘关系呢？”

“错了。”温华生硬地打断了徐环，“你不姓徐，你姓周。”

徐环愣了几秒，笑道：“老同学，玩笑开大了吧？”

温华冷笑一声，往前凑了凑，几乎贴到了徐环的脸上：“徐环，你那么聪明，难道没有怀疑过？你们徐家，为什么只有你身上有菱形胎记呢？”

“这有什么奇怪的，你是大学教授，总该知道遗传是有概率的吧。”

“没错，是有概率。可概率再低，也不至于除你之外一个也没有吧？”温华的口气里充满了嘲讽，“偌大个徐家，就你身上有，这叫遗传吗？这是基因突变吧！”

徐环一时哑然。他吸了口气，继续辩解道：“你是在挑拨我跟我们家的关系吗？你觉得你这些狗血电视剧的情节能骗得了我？我问你，你编这些话，到底有何居心？”

“就一个目的，那就是让你知道真相。”

“真相？你说得倒是好听。人为财死，鸟为食亡，让我知道真相对你有什么好处？我凭什么相信你？”

温华没有直接回答徐环的问题，而是反问道：“你有没有听说过，在你出生那年，你们徐家曾经发生过一次闹鬼事件？”

徐环一愣，蹙起眉头说：“略有耳闻。我对这件事很感兴趣，可是我父亲我姐姐对这件事似乎有些忌讳，从来不跟我谈论细节。”

“那你不想想，他们为什么不告诉你？”

“这很好理解，闹鬼嘛，肯定不是什么光彩的事。而且我听说，当时因为这件事情，我们家的保姆死了，奶妈也被吓疯了。”

温华不屑地笑了笑："徐环，这种鬼吓死人的传闻，你相信吗？"

徐环一愣，脸色变得暗淡起来。

"告诉你，这次闹鬼事件，与你的身世密切相关。"

徐环冷笑一声："你不会是想说，我就是那个鬼吧？"

"哼，差不多。"温华的眼睛里闪烁着异样的光芒，"你们家的保姆和奶妈之所以一死一疯，就是因为你。"

徐环腾地站起身来，重重拍了一下审讯桌："温华，你要再胡说八道，那我们之间就没什么可谈的了！"

温华眨了眨眼睛，身子往后一仰，满不在乎地挤出两个字："请便。"

徐环气鼓鼓地在审讯室里来回踱了几步，然后一屁股坐回座椅上，激动地说："你凭什么说她们因我而死？我那时还只是个婴儿，有什么本事害别人？"

"我并没说是你害死了她们。"温华的口气平静下来，"其实小保姆的死和奶妈的疯，并不是因为她们招惹了鬼，而是因为她们知道得太多了。秘密知道多了，自然容易招来杀身之祸。这个你懂。"

"什么秘密？竟能给她们带来杀身之祸？"

"一件事情足矣，你的真实身份。"温华死死盯着徐环，"刚才我说过，你并不姓徐，而是姓周。换句话说，你根本不是徐家的血脉。这三十多年，你一直是披着别人的外衣在生活。"

徐环瞪大了眼睛："你是说……我不是徐跃升的亲生儿子？"

"没错。徐跃升的亲生儿子，也就是真正的徐环，出生之后一直体弱多病。后来因为徐母的一时疏忽，导致他患了重疾，医生也束手无策，随时可能夭折。作为徐家的独苗，徐跃升把这个婴儿当成了宝贝。徐母害怕徐跃升责怪她，于是趁婴儿还有一口气，就将他同别人家的孩子进行了交换。而你，就是那个别人家的孩子。"

徐环愣愣地坐在椅子上，脸色惨白。许久，他才抬起头，自嘲地笑了笑："温华，你觉得就凭你的这些胡话，我会相信吗？你有证据吗？"

"证据就在这里。"温华指了指自己身上的菱形符号，"如果你是徐跃升的亲生儿子，那怎么会有北菱人独有的遗传基因呢？"

徐环摇着头："那……我的真实身份是什么？我的亲生父母是谁？"

"你的亲生父亲，就是北菱村的前任族长。你的生父，天生好吃懒做，三十多年前因为败光了家产和北菱村的公款，在村里待不下去了，才带着老婆孩子来到了祁东市。一开始，他还到徐跃升的工厂打工养家。可他很快就被祁东的花花世界迷花了眼，每日不好好工作，只知道吃喝嫖赌。等把仅有的一点积蓄挥霍完之后，他的脑子里就只剩下一个念头，那就是尽快弄钱。”

徐环呆呆地听着，脸色变得极其苍白。

“你的生父为了弄钱，做了两件伤天害理的事情。”温华继续说道，“第一件，就是把自己的亲生儿子，也就是你卖给了徐家。当时徐母偶然间见到了还是婴儿的你，巧合的是，你同真正的徐环长得十分相像，而且健康活泼，煞是可爱。于是徐母萌生了一个大胆的念头，就是要用你交换当时身患重疾的真徐环，以瞒天过海，逃避徐跃升的责罚。”

“母亲去世得早，我对她没有太多的印象。”徐环声音低沉地说，“可我怎么也……怎么也想不到她能做出这种事情。”

“你也不能完全怪罪她。徐跃升的脾气之暴在当时远近闻名，你母亲非常怕他，她对你父亲的恐惧已经超过了对亲生儿子的爱。这种恐惧使她丧失了理智，做了这个丧尽天良的决定。当然，徐母支付给了你生父一笔非常可观的费用。从那天起，你就成了徐环，而那个身患重疾的婴儿，就成了你。”

“闹鬼事件，就发生在这次交换之后。”温华继续说，“这件事情徐母做得神不知鬼不觉，但是并非无人知晓。”

“这件事情，应该瞒不过奶妈和小保姆吧。”

“没错。”温华点了点头，“除了徐母，奶妈和小保姆是接触徐环最多的人。当你把真正的徐环代替之后，她们很快就发现了异样。年轻的小保姆嘴巴不严，从而引来了杀身之祸。而年纪大一些的奶妈则深知其中的利害关系，她装疯卖傻，借机逃出了徐家，才保住了一条命。”

“慢着，你的意思是……我母亲杀死了那个小保姆？”

“没错，你母亲怕她泄露秘密，所以一不做二不休，杀她灭口。事后为了掩盖罪行，才编造了闹鬼这一出戏。其实哪里有什么鬼，就算是有也只是心鬼而已。就这样，你们两个婴儿的人生轨迹，因为徐母和你生父的荒诞举动而彻底改变了。你戴上了徐环的面具，逐渐成长为徐家大公子；而你所代替的真正的徐环，也在原本属于你的人生角色里逐渐成长……”

“慢着，”徐环伸手打断了温华，“你刚才不是说他身患重疾了吗？难道他熬过来了？”

“没错，所有人都觉得他熬不了多长时间，而且你的亲生父母也不怎么照料他。可令人想不到的是，他竟然跟病魔抗争了三年，最终奇迹般地痊愈了。这无法用科学来解释，只能解释为天意。”

“既然他活了过来，那他现在在哪里？还在祁东吗？”徐环急切地问道。

“他死了。”温华轻轻叹了口气，“死在了十三年前的‘9·19’绑架案中。”

徐环只觉得脑子嗡的一声，难道……

“他的名字叫周峰。”温华看着徐环，眼睛炯炯有神，“他还有个妹妹，名字叫作周娅莉，英文名叫作 Elly。”

此刻，任何词语都无法描述徐环心中的感受。他的脑子里，似乎有几条蛀虫，在狠狠地啃噬着他的神经。他用拳头狠狠敲了几下自己的前额，以缓解越发剧烈的头痛。

“我知道你一时很难接受。”温华安慰他道，“不过，事实就是事实。Elly 和你，是有着血缘关系的亲兄妹，而且 Elly 已经知道了你的真实身份。但一直以来，你在她心目中就是个高高在上、把她当女佣使唤的人。她实在无法接受你才是她亲生哥哥这件事，因此她拒绝承认这个事实。”

“这不能怪她。”徐环叹了口气，“感情是培养出来的，而不是从血脉里带出来的。从感情上来讲，不仅是她，就连我也很难接受这个事实。”徐环抹了一把脸，稳定了一下情绪，继续问道，“后来呢，后来又发生了什么？”

“没过多久，徐母就病逝了，你的身世也就成了一个几乎无人知晓的秘密。几年之后，你的生父也去世了。没有了男人，你生母不堪重负，丢下两个孩子改嫁到了外地，从此生死不明，杳无音讯，只留下了周峰和 Elly 相依为命。再然后，就是你们各自成长，直到今天。”话毕，温华没有继续说下去，而是静静地扭头看向了一旁。

这时，于东青推门走了进来，手里拿着两盒泡好的桶装方便面。他把面分别放到温华和徐环面前，清了清嗓子说：“我说，太晚了，食堂已经关门了，你们就将就将就吧。”

“谢谢。”温华边道谢边迫不及待地端起面桶，狼吞虎咽地吃了起来。由于戴着手铐，他的吃相看起来十分别扭，也很滑稽。

见徐环面色惨白，于东青拍了拍他的肩膀，关切地问："没什么事吧？你也一天没吃饭了，多少吃一点儿。"

"没事东青，你出去吧，让我们再单独聊会儿。"徐环勉强冲于东青笑了笑，让他不必担心。于东青犹豫了一下，点点头走了出去。徐环看着眼前热气腾腾的方便面，一点食欲也没有。面汤的热气升腾在自己脸上，让他的神情更加恍惚。

其实，徐环对自己的身世并不是没有怀疑过，他一直觉得自己的性格与徐家格格不入，自己骨子里，似乎没有徐家人那种与生俱来的商业基因。尤其是在得知颈部的血痕竟然是胎记之后，他的这种怀疑就更深了。可他从来没有认真思考过这个问题，甚至觉得自己的这种想法十分荒诞。

可今天，他的这种怀疑却得到了证实。虽然温华也只是一家之言，可他的话符合逻辑，严丝合缝，实在让人想不出不相信的理由。真相从来都是残酷的。徐环告诉自己，既然从一开始就要追求真相，那么就必须忍受真相带给他的痛苦。

渐渐的，理智战胜了情感，徐环的思维逐渐清晰起来，头部的疼痛也减轻了很多。

看到温华把面吃得差不多了，徐环问道："温华，你究竟是什么人？这些事情，你是怎么知道的？"

温华捧起面桶，咕咚咕咚地把面汤全部喝了下，然后抹抹嘴说道："这要从我的身世说起了。我父母也是北菱村人，与你的亲生父母关系非常密切。这些事情，都是你的生母告诉我母亲的。孩子是父母心头的肉，把你卖给徐家，你的生母自然万分不舍，她把这个秘密告诉我父母，想让他们作一个见证。"说到这儿，温华看徐环没有动泡面，嘿嘿笑了笑说，"你要是不吃，那我可就不客气了。"

徐环把面桶推到了温华面前，做了一个请的手势。

温华端起面桶，迅速地往嘴里扒了两口，边吃边说道："后来，我父母也去世了，而他们唯一的遗愿，就是让我在合适的时机把你的身世告诉你。在我们温家，父母比天大，完成父母的遗愿就是我人生最大的目标。因此，这么多年来，我一直在想方设法告诉你真相。"

"真相真的那么重要吗？"徐环摇头感慨道，"很多人宁可活在谎言中，也不愿意去揭示真相。温华，我现在宁愿不知道这些真相。"

“你必须要知道真相，你要对得起你的身份和责任！”温华把面桶往桌上一放，口气变得十分严厉。

“什么？”徐环愣愣地说，“我的身份和责任？”

“徐环，你并不是普通的北菱人。”温华脸色凝重地看着他，“你是北菱村族长的儿子，同时也是北菱村收割者组织的领袖。”

徐环惊讶道：“什么收割者？”

“收割者，是北菱村传承已久的组织。他们的任务就是捍卫北菱村的重大秘密，并且对泄露秘密的人进行惩罚，通常是执行死刑。而你，就是最后一任收割者组织的领袖。”

“这北菱村的秘密我听都没听说过，怎么可能把我选成领袖呢？”徐环诧异地问道。

“很简单，因为收割者组织的领袖并不是通过选举，也不是世袭。他的产生只有一个标准，那就是菱形胎记的位置。”温华指了指徐环被衣领遮挡住的颈部，“凡是出生后身上带有菱形胎记的北菱人，都会被当成收割者来培养。而菱形胎记最接近颈部的人，就会被指定为收割者的领袖。换句话说，就凭你的菱形胎记，你一出生就注定是收割者的领袖。只是你生父带着你逃离了北菱村，后来又把你交换给了徐家，所以你从小对这些事情并不知情。”

“北菱村到底有什么秘密，还需要建立一个专门的组织来保护？”徐环不解地问道。

“北菱村自古以来就是医药之乡，在药品稀缺的年代，北菱村的土药方救过很多人的命。在你爷爷担任族长的时候，有外国的医学专家对这种土药方进行了改良，并提炼出一种新型的疫苗。这种可以预防很多绝症的疫苗，就是北菱村的秘密。”

“也就是说，收割者的任务，就是保证这个疫苗不外泄对吧？”

“没错。按照族规，凡是对这个秘密图谋不轨的人，收割者都可以出手惩罚。不过，有一个例外。”温华咳嗽了一声，继续解释道，“这个例外就是族长。族规规定，收割者是不能对族长动手的。因此你生父带着疫苗的配方出走时，收割者明知这是一种泄露秘密的行为，可还是束手无策，只因为你父亲族长的身份。当时，收割者的首领一气之下解散了组织，收割者从此名存实亡。”

“那这个秘密……后来怎么样了？”

“在你生父这种人手里，你说会怎么样？”温华不无鄙夷地说，“刚才我说过，你生父做过两件天理不容的事情。第一件是将你卖给了徐家；第二件，就是把北菱村的秘密也卖了。”

“果然不出所料。”徐环咬牙切齿地说，“这种人，只要能弄到钱，恐怕连自己身上的肉也能割下来卖。多亏他死得早，否则早晚会把自己的女儿也卖掉。”

“你说得没错，你生父为了钱，什么都能做出来。最后，他打起了疫苗的主意，他找到一个人，并以高价把北菱村的秘密卖给了他。”温华清咳一声，慢慢说道，“而这个人……就是徐跃升。”

“啊？”徐环忍不住惊呼一声，“是我爸？”

温华耸了耸肩：“这不奇怪，远景集团本身就是医药起家，北菱村的这种新型疫苗对徐跃升来说，简直就是一棵摇钱树。他早就对这种新型疫苗有所耳闻，垂涎已久。此时疫苗主动送上门来，他焉有不收之理？”

“如此说来，按照我父亲的性格，这个疫苗应该已经被研发推广了。”徐环沉吟道，“难道远景集团那些年发展迅速，是因为这种新型疫苗的缘故？”

“应该不是。”温华摇了摇头，“这些年没听说有什么重大疫苗问世。我推测，徐跃升买下疫苗之后，可能认为时机不成熟，就一直没有后续动作，把疫苗的事暂时搁置了。直到……‘9·19’绑架案的发生。”

徐环心中一惊：“北菱村的秘密，与‘9·19’绑架案有关？”

“没错。”温华十分肯定地说，“不仅有关，甚至可以说，‘9·19’绑架案之所以发生，就是因为北菱村的秘密。”

徐环浑身一哆嗦，快步走到温华面前，颤抖着说：“把你知道的全部告诉我！”

第四十一章　徐环的陷阱

对于徐环的反应，温华有些吃惊："你别急，我……"

"我怎么可能不急！"徐环重重地拍着桌子，"'9·19'绑架案是我这一辈子的心魔。我之所以费尽心思地侦破周远被杀一案，就是因为这案子与'9·19'绑架案有关系。只要能知道'9·19'绑架案的真相，我愿意付出任何代价！"

"你的心情我理解。"温华似乎被徐环的反应吓了一跳，"怎么说呢，对于'9·19'绑架案，我了解的的确比一般人多一些，可是至于案发现场究竟发生了什么，我也不清楚。"

"那你先把你知道的告诉我！"

"好。"温华轻轻敲了敲脑袋，严肃地说道，"我先问你，你认为'9·19'绑架案的凶手是谁？"

"楚楠啊，大良集团的楚楠。"徐环紧皱眉头说道。

温华冷哼一声，摇摇头说："楚楠是凶手，那被炸得死无全尸的周峰呢？周峰在绑架案中是什么角色？"

徐环一时语塞，磕磕绊绊地说："周峰……顶多就是个从犯吧。"

"你错了，我认为事实恰恰相反。这个毫无存在感的周峰，才是'9·19'绑架案的主犯！"

"为什么，你凭什么这么说？"

温华撇了撇嘴："因为在'9·19'绑架案之前，周峰曾经找过我。"

"你们认识吗？"

"我们不认识。当他找到我的时候，我也很惊讶。"温华回忆着说道，"后来我才知道，周峰被交换到周家以后，经过十几年的生活，他敏锐地觉察到自己父母的身份有些特殊，于是他偷偷进行了调查，了解到了北菱村的一些信息。另外，他不知从什么地方打听到了我也是北菱人，于是他找到我，想通过我来了解他祖辈的情况。"

"你告诉他了？"

"我告诉他了，"温华的脸上露出一丝难以掩饰的悔意，"为这件事情，我至今还在后悔。"

"为什么要后悔？"徐环不解地问道。

温华叹口气说："我后悔对周峰说得太多了。我给他讲了北菱村的历史和周家在北菱村的地位，说了他父亲卖掉北菱村秘密的事情。哦，连收割者的事情也告诉他了。原本我还想把他的真实身份也告诉他，可看到他对北菱村兴致勃勃的样子，我决定先不打击他，就忍住没说。"

"你告诉他北菱村的事情之后，他有什么反应？"

"那时他还是个热血大男孩，喜欢看一些打打杀杀的武侠小说。因此，当我把收割者的事情告诉他之后，他非常感兴趣，甚至问我他是不是收割者。你知道，周峰不是周家血脉，不可能是收割者。"温华苦笑着说，"可是看他一脸期望的样子，再加上我觉得他可以加以培养为我以后所用，于是谎称他也是收割者的一员。"

"他相信了？"

"不仅信了，而且还很坚定地告诉我，他要想办法把北菱村的秘密从徐跃升手里夺回来。我当时没当回事，以为他只是一时冲动，可没想到，他后来真的付诸行动了。"

徐环心中一颤："他做什么了？"

"话都说到这份儿上了，你还没明白吗？"温华突然加重了语气，"他做了'9·19'绑架案啊！这起绑架案就是周峰为了夺回北菱村的秘密策划的，他绑架你姐姐徐曼，索要的并不是赎金，而是北菱村的秘密！"

听到这儿，徐环差点儿晕过去。原来周峰的目的是北菱村的秘密，怪不得父亲在电话里一直跟周峰讨价还价，原来他是舍不得这个价值连城的秘密。徐环深深叹了口气，继续问道："那楚楠呢？楚楠是什么角色？"

温华摇了摇头："刚才我说过了，案发现场具体发生了什么，我也不清楚。至于楚楠，我推测，应该是周峰找去的帮手吧。所以我刚才说，周峰才是主犯，楚楠只不过是帮凶。"

“这也太匪夷所思了，”徐环脸色苍白地说，“所有人都以为楚楠是主犯，周峰是帮凶，可没想到，真相却恰恰相反。那后来呢？我父亲有没有把秘密交给周峰？”

“这我就不清楚了。”温华耸耸肩，“但大部分人，包括我在内，都认为周峰已经得手了。”

“为什么？”徐环蹙着眉头问道。

“第一，那次爆炸太诡异。你想，当时现场有三个人，你姐姐、楚楠、周峰，分属徐家、楚家和北菱村三股势力。如果想除掉其中某个人，大可不必用爆炸这种团灭的方式。我绞尽脑汁也想不出是谁设置了这次爆炸，也想不明白这次爆炸的目的是什么。直到后来我才想通，只有一个原因可以解释这次爆炸，爆炸的目的不是针对人，而是针对北菱村的秘密。”

“你是说，有人想用那次爆炸来毁掉这个秘密？”徐环诧异道。

“没错，只有这样，才显得合情合理。”

“不对啊，北菱村的疫苗既然能预防绝症，肯定是各方争抢的对象，怎么会有人想把它毁掉呢？”

温华看着徐环，用十分确定的口吻说道：“有一个人具备这种动机，他就是周峰。”

徐环摇摇头，表示不认同温华的观点：“当时周峰自认为是收割者，而收割者的使命是保护秘密，他怎么会毁掉它呢？”

“有时候，毁灭也是一种保护。”温华深吸一口气，感慨道，“明朝崇祯帝在城破前夜，亲自动手砍死了好几位公主。这是一种毁灭，但更是一种保护。”

“用毁灭来保护，能做出这种事情的人，他的性格一定非常极端。”

温华点了点头：“你猜得没错，周峰的确是一个性格很极端的人。在他眼里，北菱村兴是因为这个秘密，衰也是因为这个秘密，与其被这个秘密搞得分崩离析，不如尽早把它毁掉。我想，这是周峰当时的想法。”

“可是周峰毁掉的不只有秘密，还有我姐、楚楠，甚至他自己。难道，为了毁掉这个秘密，他连自己的性命也不要了？”

“有这种可能。虽然我只见过周峰一面，但我能感觉到他是个意志坚定，为了达到目标不惜一切代价的人。”温华一脸惋惜地说，“所以我很后悔把北菱村的事情告诉了他，在一定程度上，是我的那些话害死了他。”

徐环沉吟片刻，感叹道：“没想到徐曼竟然死在了她的亲弟弟手上。我父亲为了发财买下了北菱村的秘密，可没想到，自己的亲生女儿却被北菱村的秘密害死了。唉，真是造化弄人啊！”

“是啊，要不说人生如戏。”温华动了动发麻的双手，继续说道，“我判断周峰已经得手的第二个原因是，从绑架案发生后，一直到现在，医学界并没有什么轰动的疫苗问世。从这一点来判断，这个秘密应该已经在绑架案中被毁掉了。”说到这儿，温华把手铐举了举，无奈地请求道，“我说徐环，你能不能把手铐弄松点？我是来自首的，就算给我解开，我也不会跑。”

没等温华把话说完，徐环就不假思索地走到他身边，掏出钥匙打开了手铐。

徐环的举动出乎温华的意料，他愣了一下，随即揉着自己被铐麻的手腕说道：“嘿，谢了。不愧是收割者组织的领袖，格局就是大。”

“行了，别扯没用的。”徐环打断了他，“关于‘9·19’绑架案，你还知道什么？”

“别的我就不知道了。”温华耸了耸肩，“我能推理出来的都告诉你了。”

“根据你刚才的推理，北菱村的秘密已经在十三年前就被毁掉了，既然已经毁掉了，那围绕北菱村秘密的故事就应该画上了句号。可奇怪的是，为什么几年后祁东市又发生了与菱形符号有关的惨案？”

“惨案？你是指？”

“八年前的断肢狂魔案，以及前段时间发生的周远、冯玲被杀案。”徐环一脸严肃地说道，“在这几起案件中，都出现了北菱村的菱形符号。我想，这一定不会是偶然吧。”

温华嘿嘿一笑，冲徐环发出了啧啧的声音：“不愧是祁东市有史以来最优秀的刑警。看来，你已经注意到了断肢狂魔案，而且发现了断肢狂魔一案中隐藏的菱形符号。”

“断肢狂魔案中，虽然每个受害者身上没有菱形图案，但他们被砍下来的肢体，却恰恰组成了一个菱形；还有周远、冯玲的尸体上，也都留下了菱形符号。既然有菱形符号，那就说明收割者还在行动，因北菱村的秘密所引发的纷争，也并未完全消失。”

“你真是说到点子上了。”温华大加赞赏地说道，“那我就给你解释一下。

我刚才说过，收割者的使命不仅仅是保护北菱村的秘密，更重要的是要对窃取和泄露北菱村秘密的人进行惩罚。虽然秘密被卖，保护秘密的使命已经结束了，但惩罚泄密者的任务却还在继续。”

“泄密者？泄密者是我生父啊，他不是已经死了吗？”徐环纳闷道。

“不,除了你生父,还有其他的泄密者。”温华站起来伸了个懒腰,问道，“你知不知道断肢狂魔案有几个死者？”

徐环一愣，想了一下答道：“不算上卫鸣的话，应该是四个人。”

温华笑了笑：“你别忘了，断肢狂魔案并不是一起孤立案件，它与‘8·23’枪杀案是并案处理的，所以‘8·23’案件的受害者也应该算上，这样就是五个人……”

“等等，”徐环摆摆手打断了温华，“我对‘8·23’案件十分了解，因为那个绑匪就是我开枪打死的。可是我无论如何也搞不明白，‘8·23’案件与断肢狂魔案这两个截然不同的案件怎么会有联系呢？”

温华解释道：“表面上看，这两个案子屁关系也没有，可仔细调查就会发现，这两起案件中的受害者都有两个共同点：第一，他们都是北菱人；第二，他们都有在远景集团工作的经历。”

徐环吃惊地瞪大了眼睛：“这……”

“你是推理高手，不用我说你也知道这种巧合的概率基本为零。”温华继续说道，“北菱人、远景集团，考虑到这两个因素，你觉得这几个人被杀是因为什么？”

徐环声音颤抖地问道：“因为这五个人都是泄密者？”

“没错。”温华点了点头，“徐跃升买到北菱村的疫苗之后，虽然没有立即进行开发，但也做了准备。那段时间，徐跃升广招生物医学界的人才，高薪聘请相关专家。其中名气最大、水平最高的，就是祁东大学医学院的教授周旭。”

“你的意思是，这个周旭参与了新型疫苗的研发？”

“对，不只是周旭，断肢狂魔案中的死者都是周旭的北菱老乡，或多或少都有些亲戚关系。周旭被远景集团高薪聘请以后，也把这些亲戚带进了远景集团。不过，可能是因为时机不成熟或者遇到了技术瓶颈，这个项目一直没有正式启动。”

徐环啧了一声：“那么说，这几个人并没有泄密啊。”

“不管泄不泄密，他们既然进了远景集团，就已经背叛了北菱村。”温华的脸上现出一丝狰狞，“按照收割者的规矩，这些人都要被处以极刑。”

他的表情不禁让徐环打了个寒战，追问道：“那个时候，收割者还存在吗？”

“那时候的收割者组织已经分崩离析，形同散沙。曾经被认为至高无上的收割者成员也变得一文不值。”温华痛惜地叹了一口气，“作为最后忠实的收割者，我对当时的乱象感到非常痛心。”

“温华，你说你是最后忠实的收割者，”徐环用犀利的眼神看着他，“那杀死这几个北菱人的断肢狂魔，不会就是你吧？”

“嘿嘿，这你倒是抬举我了。”温华禁不住笑了起来，“没错，我是收割者组织坚定的拥护者，主张对周旭等北菱村的叛徒施以极刑。可是，我虽然身为收割者，但并没有单独执行刑罚的能力；更尴尬的是，我也没有找到志同道合的朋友。”温华脸色一变，压低声音说，“于是，为了达到杀死那几个叛徒的目的，我打起了另一个人的主意。”

“谁？”

“那个人就是最后一任收割者领袖，卫鸣。”

“卫鸣？”徐环一愣，吃惊地问道，“就是断肢狂魔案的死者之一，卫毅平的父亲？他是收割者领袖？”

“没错，卫鸣是你生父当族长时的收割者领袖。你生父带着秘密出走之后，卫鸣气愤至极，可又无能为力，于是干脆解散了收割者组织，负气出走，并且宣布永不回到北菱村。”

“真想不到，卫鸣出走之后竟然当了警察。”

“嗯，卫鸣一直以收割者为荣，他认为收割者的使命是保护和惩罚。除了收割者，这个世界上与之相似的职业就只有军人和警察了，因此他义无反顾地当了一名刑警。”温华解释道，“不管是头脑还是胆识，卫鸣在同龄人之中都是佼佼者；再加上他本来就具有收割者的身份，因此如果能说服他出面对背叛者实施惩罚，那再合适不过了。”

“那他帮你了吗？”

“没有。”温华叹了口气，“卫鸣毫不犹豫地回绝了我，他说他是一名警察，不可能做那些违法犯罪的事情。在他的心中，北菱村已经成为过去，他只想好好过自己的日子，不想再与收割者产生任何瓜葛。”

“卫鸣这么想合情合理，你也无法指责他什么。”

“不，对于普通人来说这么想没有问题，”温华摇了摇头，表情严肃地说，“可卫鸣是收割者领袖，领袖就意味着责任，他逃避责任，就是数典忘祖！”说罢，他苦笑了一下，无奈地说，“不过我说服不了卫鸣，就不得不打起了另一个人的主意。”

“谁？”

“就是你。”温华冲徐环努了努嘴，“其实我本来不想找你，虽然你也是收割者领袖，但你从来不知道自己这个身份，也不像卫鸣那样具有高超的身手。可没办法，只能矮子里面拔将军了。”

徐环尴尬地说：“可是，你最后没来找我啊。”

“不，我找你了。只不过，你忘了而已。”

“我忘了？”徐环一愣，随即不屑地笑了一声，“你他妈扯淡吧？你要是真来找过我，这么重要的事情我能忘？”

“这个……说来话长，你听我慢慢讲。八年前，我私下找到当时还在当刑警的你，对你说了两件事情。第一就是兑现我父母的遗言，把你的身世告诉了你，并鼓动你接替卫鸣，担任收割者领袖；第二就是要让你执行收割者刑罚，除掉周旭等北菱村的叛徒。我们两个谈了一天一夜，可你的精神状态却越来越差。当时我注意到，你颈部原本是肉色的菱形胎记，竟然变成了血红色。后来我问过医生才知道，这是精神受到严重刺激，血压急剧升高，毛细血管充血而产生的生理现象。”

徐环双眼圆睁，嘴巴微张，似乎在听一个不可思议的传说。

“你的反应非常不正常。后来我才知道，咱们攀谈之后，你闭门不出，在家里闷了整整一周。”温华语气低沉地说，“等你出来之后，整个人都变了。”

“我……变了？”

“对，你找到我，宣布继任收割者领袖，重建收割者组织，立刻实施对周旭等人的刑罚。”温华回忆道，“从你的眼神中，我看到了从未有过的狂热。我很惊讶，也很兴奋，毕竟我们迈出了重建收割者组织，恢复北菱村荣光的第一步。接下来，你很快就实施了刑罚，亲自杀死了一个背叛者，就是‘8·23’枪杀案中的绑匪，顾猛。”

“怎么可能！”徐环忍不住惊呼道，“顾猛是因为在投降之后与我发生了摩擦，我一时冲动才击毙了他。这与什么叛徒不叛徒的没有关系。”

“不，你错了。顾猛的死，是你精心设计的一个圈套。”温华死死地盯着徐环，眼神闪烁，“不过，这个圈套在实施过程中出现了一点儿差错。如果按原计划顺利执行的话，你可能不会背上枪击已投降罪犯的罪名。”

看着徐环匪夷所思的表情，温华淡淡地笑了笑，继续说道：“八年前，因为失去了利用价值，周旭等人全部被远景集团辞退。顾猛离开远景集团后，自己做了点小生意谋生，可他不是做生意的料，赔得一塌糊涂不说，还染上了赌球的恶习，因此负债累累。就在这个时候，你联系上了顾猛，以破获祁东市赌球集团为名，把顾猛发展成了自己的线人。还替他还清了数额不菲的债务，也因此获取了顾猛的信任。”

“八月份的时候，你找到顾猛，要求他完成一项任务。当时顾猛对你俯首帖耳，应了下来。”温华轻轻咳了一声，“你告诉顾猛，八月二十三日上午，会有一个老太太去银行取钱。这个老太太不是一般人，她的真实身份是警方在赌球集团的线人。出了银行，她会交给顾猛一个提包，里面是她掌握的祁东市赌球集团上线的情报。顾猛的任务是与老太太接头，接过提包，然后迅速离开现场，到指定地点交到你的手里。”

“这是一个套？”

“当然。”温华讲述道，“那天上午，顾猛如约来到银行门口。等老太太走出银行后，顾猛走上前去接头，二人迅速交换暗语，确认了身份，老太太随即把提包向顾猛递去。可就在顾猛伸手去接提包时，老太太的手却没有松开，而是紧紧抓住提包，大声呼救了起来。

“银行地处闹市区，老太太这一嗓子像是平地一声惊雷，把顾猛给喊蒙了。他一时不知如何是好，情急之下夺过提包就跑。而在这时，恰恰有几个在银行蹲点，办理其他案件的便衣警察，见顾猛在他们眼皮子底下抢劫，他们自然不能不管。于是，两男一女三个警察暂时退出了原任务，朝顾猛追去。

“顾猛当时根本不明白怎么回事，见后面有三个气势汹汹的人紧追不舍，他以为是赌球集团的打手发现了他，就更加没命地向指定地点跑去，可好不容易到了指定地点，却不见你的踪影。这时，三个便衣警察也追了上来。众所周知，便衣警察执行任务，很多时候都不亮明身份，而是先将歹徒制服之后再说。这三个便衣警察也是如此。顾猛心里早就慌了神，情急之下，他将那个女警察一把抓了过来，想以她为人质要挟这几个所谓的打手。

“剩下的两个便衣警察见状，赶紧亮明了警察身份。不过顾猛对此半信半疑，正当他犹豫的时候，你突然出现了。顾猛看见你现身，这才松了口气。可没想到的是，你却抢先开口，让顾猛交出人质和劫走的现金。

“听到这个话，顾猛觉得不对。他赶紧打开提包一看，不由得吃了一惊，里面哪里是什么赌球情报，明明是好几大捆崭新的人民币。这下子顾猛恍然大悟，虽然他还是不明白具体是怎么一回事，但已经意识到被你耍了。

“顾猛知道自己一言半语是说不清了，最明智的选择就是先投降，等到了公安局再作解释。于是他放开了那位女便衣，举起双手示意投降。不过事情并没有就此结束，你在给顾猛戴上手铐的时候，低声对他进行了言语刺激。顾猛本来就是急性子，经你这么一挑唆，他一时控制不住情绪，伸手就对你推搡了起来。所有人都没料到，你二话不说就拔出枪来，一枪命中了他的前额。”

“整个事件的经过就是这样。”温华端起一次性纸杯喝了几大口水，喘着粗气说，“整个‘8・23’案件其实是你策划的针对顾猛的一个局。你假借接受情报，将顾猛置于抢劫犯的境地。而案发当时，在附近蹲点的便衣警察也是你早就安排好的。你提前告诉当地派出所，谎称那天上午会有犯罪团伙在银行接头，于是这几个便衣警察早早就在银行附近蹲点。谁知那天他们没有等到犯罪团伙，却目睹了顾猛的抢夺过程。而顾猛又会误以为这几人是赌球团伙的人，他一定会奋力反抗。原本你的如意算盘是，趁顾猛拒捕或者抗法的时候开枪将其击毙，这样名正言顺，你不仅没有杀人嫌疑，也不会违纪。可是没想到，顾猛比你想象的聪明，他意识到你耍了他，所以放弃了抵抗，早早投降了。”

“顾猛投降出乎你的意料，可是你没有别的选择，如果让他回到公安局交代真相，那你就完了。所以你在给他戴手铐的时候，故意低声说脏话刺激他。顾猛脾气暴躁，果然中计，对你动了手。这样一来，你才有借口击毙他。”温华叹了口气，总结道，“总之，你的计划虽然没有完美实施，但也除掉了顾猛这个叛徒，结果还不错。”

徐环听毕，沉吟许久。最后笑了笑说：“我说温华，你能编出如此精彩的犯罪情节，不去写小说真是可惜了。哼，你尽管编，我如果信就算我输。”

“怎么，你不信？”温华惊讶地问道。

“我当然不信！”徐环一拍桌子，情绪激动地说道，“你把我当傻子吧？首先，我徐环不会害人，像陷害顾猛的这种卑鄙手段，我鄙视都来不及，更不用说自己做了；其次，如果这个事是我做的，我为什么一丁点儿印象都没有？”

“你别急，听我慢慢跟你说。”温华安抚着他的情绪，“在除掉顾猛之后，我发现你的情绪越来越极端，性格也变得越来越乖张，比起之前的徐环，你简直就像变了一个人。后来，我觉得你有点不太对劲，甚至有些……病态。”

“病态？什么意思？”

“怎么说呢，就是做事情有种病态的极端，动辄就要打打杀杀。另外，你对周围的人，包括我在内，越来越像一个独裁的君主，没有丝毫的信任可言。”温华蹙起眉头说道，“对你这种转变，我非常不安。于是我找到了一个学心理学的同学，以体检的名义对你进行了心理诊断。经检查，他认为你受了严重的精神刺激，已经超出了可承受的范围，如果不及时治疗，可能会发展为妄想症或者精神分裂症。”

“这也太匪夷所思了吧！”徐环一脸的惊愕。

“为了避免对你的精神产生永久性的损伤，我们给你进行了治疗。他提出两种治疗方案，一种是每周一次的慢性治疗，疗效好，而且可以除根。可是以你当时的暴脾气，是不可能进行这种慢性治疗的。于是，他提出了第二种方案，就是对你进行保守治疗，确切来说，就是在你的记忆中设置一个心理应急机制。”

“周小米也被人设置了心理应急机制，难道我脑子里这个同小米的一样，可以屏蔽一段特定的记忆？”

“没错，就是这样。”温华点了点头，“他在你的记忆中设置了一个恐怖片段，每次你试图回忆的时候，都会触发这个恐怖片段。几次之后，你就会形成心理暗示，自觉屏蔽掉这段记忆。形象地说，这段记忆并没有被抹除，而是锁在了一个保险柜里，暂时打不开罢了。”

听了温华的这段话，徐环突然有一种恍然大悟的感觉。难道自己前段时间做的噩梦，就是因为这个恐怖片段？自己经常感觉脑海深处隐约藏着一些记忆片段，原本还以为是错觉，可现在看来，的确是有记忆被屏蔽掉了。

温华继续说道："因此，你对八年前的这些事情虽然还有些记忆，但是当时的主观想法已经被屏蔽了，所以一提起当年的这些事情，你才觉得压根儿没有发生过。"

"虽然听起来犹如天方夜谭，但符合我的切身感受。"徐环重重点了点头，"既然屏蔽了我的犯罪记忆，让我恢复了正常，那断肢狂魔案呢？断肢狂魔到底是谁？"

温华笑了笑，故弄玄虚地说："猜不出来吗？除了你，只有一个人有能力做到。"

"谁？"

"卫鸣。"温华的声音不高，但力道十足，"是卫鸣杀死了周旭等四人。他，就是断肢狂魔。"

"什么？这怎么可能呢？"

"能独自杀死四人，并卸下他们的肢体，这种事情一般人很难做到，而对卫鸣来说并不是问题。"

"你刚才不是说卫鸣拒绝跟你合作吗。"徐环语速飞快地说道，"再说了，卫鸣也是断肢狂魔案的受害者之一，如果他真的是断肢狂魔，那就意味着他要把自己的头砍下来。你觉得这可能吗？"

温华不紧不慢地喝了口水，表情淡然，就像在跟老友喝茶聊天："周旭等四人的的确确是他杀死的，这是卫鸣亲口告诉我的。说起来，这起断肢狂魔案还与丑叔叔有关。"

"丑叔叔？"徐环惊讶地喊了一嗓子，"你是说……丑叔叔！"

"没错，美丑的丑，叔婶的叔，丑叔叔。"温华撇了撇嘴，"有问题吗？"

"丑叔叔这三个字我并不陌生。"徐环的呼吸变得急促起来，"前些天我们对周小米进行了催眠。在催眠过程中他就提到了这个丑叔叔，它与周远的调查有关系。可是我们多方查询，终究也没有弄明白这个丑叔叔的含义。"徐环声音颤抖着问道，"这个丑叔叔，究竟代表了什么？"

"丑叔叔实际上是一个代号。"温华面色平静，"八年前，省厅在全省范围内召集了一批刑警，组织了一次培训选拔，旨在选出一名综合素质过硬的刑警，承担一些重要的绝密任务。选出来的这名刑警，代号就是丑叔叔。因为整个选拔过程都是绝密，因此你们不知道也很正常。"

"既然是绝密信息，那你是怎么知道的？"徐环不解地问。

“简单，是卫鸣告诉我的。”温华笑了笑，“不仅是丑叔叔的事，卫鸣把断肢狂魔案的整个过程也都告诉了我。”

徐环的心里一阵悸动，他抹了抹鼻子，急切地催促道：“快说，到底是怎么回事？”

“这要从丑叔叔的选拔说起。”温华清了清嗓子说，“这次选拔被定成了绝密行动，每个市局可以推荐两名警察，一名主力一名替补。你知道祁东市局推荐的这两个人是谁吗？”

“我猜应该有卫鸣。”徐环沉吟道，“因为你刚才提到丑叔叔的事情是卫鸣告诉你的，既然这次选拔是一次绝密行动，以卫鸣当时的级别，肯定没有权限接触选拔内容。那么卫鸣知道内情的可能性只有一种，那就是他参加了丑叔叔的选拔，所以他才了解内幕。”

“漂亮！”温华情不自禁地拍了拍手，“逻辑清晰，严丝合缝。徐环，单论头脑，你比卫鸣还要强，真是一代胜过一代。”

徐环没有理会温华的夸奖，而是急切地问道：“你刚才说每个市局可以推荐两个人，那么除了卫鸣，另一个是谁？”

温华笑了笑，指了指徐环说：“另一个人就是你。”

“我？”徐环指了指自己的鼻子，“你不是在开玩笑吧？”

“当然没有开玩笑。”温华收起笑容，严肃道，“而且在最初的推荐计划里，你是主力人选，卫鸣只不过是你的替补，只有在你发生意外时他才会顶替你。只不过这段记忆也被心理应急机制屏蔽了，所以你现在没有什么印象。”

“既然我是主力，那参加选拔的应该就是我了？”徐环继续问道。

“对，最初去参加选拔的，的确是你。”温华苦笑了一下，“但你就去了三天，就退出了选拔。”

“为什么？”

“因为在‘8·23’枪杀案中，你枪杀已投降绑匪的事情影响太大，你们的那个高局使出浑身解数也没能给你压下来。”温华解释道，“当时省厅的调查组已经指明要对你进行调查，所以没办法，只能让你退出。”

“然后呢？卫鸣接替我继续参加了？”

“没错，卫鸣兴致勃勃地接替你参加了选拔。可仅仅一个月后，卫鸣也退出了。”

“为什么？他也出意外了？”

“这倒没有。”温华摇了摇头，“卫鸣离开，是因为他已经没有必要待在那里了。经过一个月的观察，上级认为卫鸣的能力远远超出了其他警察，因此选中他成为丑叔叔。只不过，为了保密，省厅并没有将选拔的结果公开，而是将丑叔叔的培训又继续了两个月。当然，这两个月的培训跟头一个月没法比。”

“你说卫鸣就是丑叔叔。”徐环紧紧皱起了眉头，“那周小米提到的针对丑叔叔的调查是怎么回事？难道周远调查的就是卫鸣？”

“很有可能。”温华若有所思地点了点头，“周远之所以调查卫鸣，就是因为卫鸣具有收割者领袖的身份。看来，周远他们的最终目的应该也是北菱村的秘密。”

徐环没有纠缠周远的问题，而是继续问道：“那接下来呢？卫鸣成为丑叔叔和断肢狂魔案有什么关系吗？”

“当然有。卫鸣成为丑叔叔之后，没过多久，上面就有一项绝密任务交给他。平心而论，这个任务并不复杂，任务要求卫鸣秘密监视控制几个人，并从他们身上挖出一个绝密情报，必要时，可以采取非常手段。要知道，监视、控制犯罪嫌疑人是卫鸣的强项，对于这种任务他非常有信心。可是，当他了解到任务细节时，原本满腔的热情却被当头泼了一盆冰水，浇灭了他的一腔热血。”

“为什么？”徐环惊讶地问道。

温华轻轻咳嗽了一声，向徐环解释道：“第一，卫鸣要监视控制的这几个人物，就是断肢狂魔案中的四个受害者。第二，要从这四个受害者身上挖出的绝密情报，就是北菱村的新型疫苗的配方。”

徐环忍不住惊呼道：“原来是要获取北菱村的秘密！”

“没错。”温华点了点头，“卫鸣曾经是光荣的收割者领袖，使命就是捍卫北菱村的秘密，而现在，他的任务却是要获取北菱村的秘密。一夜之间，他竟然从惩罚窃密者变成了窃密者。这个角色转变得太突然，让他的内心十分痛苦。”

“是啊，这种角色转变太戏剧性了，就像狱警变成了他鄙视的犯人，法官变成了他审判的被告人。”徐环惋惜地摇了摇头，继续问道，“不过，我还有个问题，北菱村的秘密不是已经在‘9·19’绑架案中毁掉了吗？

为什么还要去监视这四个人呢？难道他们知道那个疫苗的配方？”

“可能也是病急乱投医吧。”温华略一思忖说道，“‘9·19’绑架案发生之后，秘密就一直下落不明，大部分人都认为秘密被毁掉了，可总有那么一小部分人不愿相信。而周旭等四人都有北菱村的背景，而且都在远景集团工作过，或多或少地接触过这个秘密。即使不知道全部，也能知道些皮毛。这对于那些渴望获取北菱村秘密的人来说，对他们下手是唯一可以得手的机会。”

“是这样……可是不对啊，丑叔叔的任务是由省厅下达的，难道获取北菱村的秘密是省厅的意思？这说不过去啊。”

温华轻哼一声，脸上露出了微妙的神情：“没错，省厅是绝不会对北菱村的什么秘密感兴趣的，可省厅里的个别人……可就保不准了。”

徐环蹙起眉头：“你的意思是，有人假公济私，动用丑叔叔来达到个人的目的？”

“没错。”温华十分肯定地说，“虽然你我都没有确切的证据，但我觉得很有可能是这样。每个系统里都有那么几条蛀虫，有人做这种事情也不奇怪。我甚至怀疑，丑叔叔的选拔很有可能就是为了这个目的而举办的。”

“如果是这样，那就太可怕了。”徐环吸了口凉气。

“这个问题以后再说。”温华继续说道，“咱们刚才意识到的这些问题，卫鸣也意识到了。他认为在系统内部，有人也对北菱村的秘密虎视眈眈，而且周旭等四人很有可能确实掌握了一些秘密。”

“那卫鸣是怎么做的？他真的去执行这个任务了？”

温华摇了摇头：“卫鸣是不可能去完成这项任务的。他嘴上不说，但心里的北菱情结还是非常深的，这种背叛北菱村的事情，他一定不会做。”温华看着徐环，语气变得低沉起来，“卫鸣原本打算放弃丑叔叔的身份，拒绝执行这次任务。可他觉得这样做并不能彻底解决问题。全省能执行这种任务的警察没有一千也有八百，离了他地球照样转。卫鸣想来想去，认为要想一劳永逸地解决这个问题，只有一个办法，除掉他们！”

温华的语气让徐环打了个寒战。

“当时摆在卫鸣面前的，只有两条路。”温华继续讲述道，“一条是接受并完成丑叔叔的任务。可这样一来，他就成了北菱村秘密的泄密者，这对一名曾经的收割者领袖来说，简直是莫大的耻辱。”

“而第二条路，就是趁任务正式开始之前，尽快动手除掉周旭等四人。这样的话，不仅任务会随之取消，也捍卫了北菱村的秘密。”温华脸上随即露出一丝失落，“可这样做，也就意味着卫鸣背叛了警察的神圣职业，沦落成为一名杀人犯。总之，不管选择哪一条路，他都要背负‘背叛’的恶名。”

“无论如何都要身败名裂。”徐环感叹道，“虽然有两条路，可都是绝路啊。”

温华看着徐环，一脸好奇地问道：“如果你处于卫鸣的境地，你会怎么抉择？”

“我不知道，”徐环十分坦诚地摇了摇头，“如果是我，可能已经崩溃了。”

“你倒是有些自知之明。我对你也有些了解，在我看来，你虽然头脑绝顶聪明，可是心理承受能力太差。”温华评价道，“与你相比，卫鸣的内心显然要强大得多。虽然处于那种绝望的境地，但他的头脑依旧清晰，在他看来，既然要在两条罪孽之路中选一条走，那自然要选一条罪孽相对较轻的路。”温华正了正身子，继续说道，“他觉得卸任收割者领袖、解散收割者组织已经让他背负了很大的罪恶感，因此他不可能再去做窃取北菱村秘密的事情；而除掉周旭等四名背叛者却是事出有因，他们四人属于自作孽不可活，卫鸣除掉他们，并不是完全的滥杀无辜。”

“在这种想法的支配下，卫鸣毅然决定选择后一条路。他重新披上了收割者领袖的外衣，决意对周旭等人实施刑罚。”温华神色肃然地说道，“也正基于此，在八年前的秋天，那起震惊一时、人人自危的断肢狂魔系列杀人案发生了。”

“四个人……都是卫鸣一个人干的？”徐环声音低沉地问道。

“以他的头脑和身手，不露行踪地除掉四个人并不是什么难事。周旭年事已高，没什么抵抗能力，卫鸣很轻易地潜入他家杀死了他。周毅是一介书生，性格内向，平时经常泡在实验室里，卫鸣伪装成清洁工，在实验室里将他杀死。至于安帅这个花花公子，那就更好办了，卫鸣趁他酒醉时，将他带到了酒吧旁边的小巷子里解决了。最后被除掉的秦静是个女孩，经常干些见不得人的勾当，一个独来独往的女流之辈，卫鸣解决她也很容易。”

徐环默默地点点头，表示了解。

“你也知道，收割者执行死刑之后会在尸体上留下菱形符号，以示对叛徒的羞辱和警告。”温华继续讲述道，“既然卫鸣杀死他们四人是以收割者的名义，那么自然会在他们身上留下菱形符号。只不过这次，他选择了一种匪夷所思的方式。”

“这个我知道。卫鸣把死者的肢体卸下来，四条胳膊加上他自己的头颅，正好构成了一个菱形套圆圈的符号。”说着，徐环脸上露出一丝疑惑，“可我还是不明白，卫鸣为什么要把自己的命也搭上？既然他已经杀死了周旭等四人，丑叔叔的计划也就不复存在了，他为什么还要牺牲自己？我看不出他这样做有什么意义。”

温华的脸色暗淡下来：“虽然我与卫鸣见面不多，但能感觉到他是一个具有强烈责任感和仪式感的男人。他除掉周旭等人并不是为了他自己，而是为了荣誉和责任。”温华清了清嗓子说，“卫鸣兼具收割者和刑警的双重身份，就意味着要担负两种责任。如果这两种责任之间产生了冲突，那么对他这种责任感过强的人来说就是一种煎熬和折磨。”

徐环仔细听着，若有所思地点了点头。

“至于卫鸣为什么要赴死，我也不知道确切的原因。但我猜测，他应该是为了维护一份更重要的责任而摧毁了另一份责任，从而导致内心极其纠结和痛苦，可能正是这种纠结和痛苦让他选择了赴死。”温华脸色严峻地说道，“杀死周旭等人后，卫鸣被局里任命为断肢狂魔案的办案人，同时他又是该案的凶手。这种右手抓左手的游戏看似荒诞不经，可究竟该怎么办？自首？不行，绝不能让周遭的人知道他是一个双手沾满鲜血的杀人犯，他还想尽量维系警察的形象。”温华喝光了杯子里的水，一把将一次性纸杯捏在了手里，“可另一方面，作为一名刑警，卫鸣实在无法原谅自己的杀人罪行。这种矛盾在他的内心慢慢发酵，冲突也越来越激烈。最终，他精神崩溃了，只能选择死来寻求解脱。”

“你的意思是，卫鸣选择了自杀？”徐环吃惊地问道，“可他的头……”

“卫鸣的确是自杀，可是他不想让别人看出来他是自杀。”温华轻轻敲了敲桌子，“如果他选择自杀，一定会引起各方的怀疑，所以，他将现场布置成了他杀的样子。这个伪装实在是高明，谁也不会认为一个被斩首的人会自杀。”

“可是，他究竟是怎么做到的？”

“他具体用了什么方式我也不清楚，但我可以肯定，像卫鸣这样的人，想制造出这种他杀的假象并不难。”

徐环略一思忖，点点头说：“断肢狂魔案的过程虽然听起来匪夷所思，但仔细想想，这也是卫鸣所能做出的最佳选择了。只是，他付出的代价实在是太高了。”

“代价高低，只能由卫鸣本人来评判。”温华耸了耸肩，“对一个把收割者的责任看得比生命重要的人来说，这个代价也许并没有你想象的那么高。”

徐环听毕，深深叹了一口气。

“好了，‘8·23’枪杀案和断肢狂魔案的真相我都已经告诉你了。”温华拨弄着审讯桌上一块翘起的桌皮，漫不经心地说道，“这两起案子，在某种程度上是‘9·19’绑架案的延伸，而卫鸣用自己的生命，为北菱村的秘密，为整个事件画上了句号。”

徐环站起来，在房间里慢慢踱着步，慢慢消化着海量的信息。

这时，审讯室的门被打开了，于东青走了进来，严肃的脸上带着一丝不易察觉的好奇。他眯着眼端详了温华片刻，随即走到徐环身边，低声问：“你们都说什么了？已经三个多小时了。”

“温华是个重要人物，他掌握了很多关键的信息。”徐环凑到于东青耳边说道，“具体的内容稍后我跟你详细说，你还是先回避会儿吧。”

于东青无奈地撇撇嘴，悻悻地走了出去。

第四十二章 前因后果

徐环又倒了一杯水端到温华面前，平静地问道："咱们继续？"

温华笑笑："我没问题，虽然现在精力不如以前了，但陪你聊个通宵还是没什么问题的。"

徐环也微微一笑，算是回应："既然北菱村的秘密已经画上了句号，那最近周远这一系列案子中出现的菱形血痕又是怎么回事？难道……北菱村又生出了什么新事端？"

"周远被杀以及后面的一系列案件，我也不是很清楚。"温华微微皱起了眉头，"可是直觉告诉我，北菱村的秘密，也就是新型疫苗的配方并没有完全被毁掉。"

"难道，北菱村的秘密又重现江湖了？"

"应该是。"温华若有所思地说，"不瞒你说，几个月前，我曾经与周远有过两次接触……"

"什么？"徐环大声喝问道，"你接触过周远？"

"没错，周远知道我是北菱人，他找到我，但并没有说明来意，只是想从我嘴里套套话。"温华一脸不屑地说，"我当然不会让他得逞。他在我这儿碰壁之后，就再也没来过，不过，我能感觉到他是冲着北菱村的秘密来的。不过即便如此，我也没太当回事。因为听说过北菱村秘密的人有很多，他们大都怀着一种猎奇的心态，并不是很认真。况且，我认为北菱村的秘密已经被毁掉了，就算有人心怀鬼胎，也不可能得逞。"

徐环嗯了一声，表示赞同。

"可是当得知周远被杀的消息后，我立刻意识到事情没有那么简单。果然，紧接着冯玲也被莫名其妙地撞死了。更重要的是，他们的尸体上，都出现了菱形血痕。”温华摇摇头说，“这让我非常不解，也非常紧张。因为卫鸣死后，能数得着的收割者除了你我之外，也没其他人了。那么这些血痕到底是谁留下的呢？是别的收割者在履行职责，还是有人打着收割者的幌子在行凶？”

徐环低头看着桌面，满面愁容，他也被这个问题纠缠许久了。

“我对周远被杀这件案子非常关注，而我又不能出面调查。在这种情况下，我想到了你，徐环。”

徐环看着温华，嘴角挤出一丝冷笑：“如果我没猜错，那封尸体照片的电子邮件，是你发给我的吧。”

“除了我还能有谁？”温华也笑了，“为了能把你拉到这起案子里，我把冯玲车祸现场的照片用电子邮件的形式发给了你，而且我没有匿名。你应该注意到了，那封邮件署名是Harvest，就是收割者的意思。”

“我相信，作为一名好奇心很重，以破解谜题为傲的前刑警，一定会被尸体上的符号激发出探索欲。尤其是当时你脖颈间的菱形胎记再一次由肉色变成了血红色，看上去同尸体上的血痕一模一样。在这种条件下，你肯定不会对这封邮件视而不见，照你的急脾气，你一定会立刻着手调查这个菱形符号的含义。而我又是你能接触到的为数不多的符号学专家，所以我料定你一定会给我打电话。”温华摆出一副一切尽在掌控中的表情，“果然，照片发给你没几分钟，我就等到了你打来的电话。”

“我有两个问题。”徐环把身子向前凑了凑，“第一，既然你想把我拉下水，为什么不直接来告诉我？如果你直接把北菱村的事情告诉我，我想效果比这种拐弯抹角的方式更好。”

“因为有前车之鉴啊。”温华无奈地摇了摇头，“徐环，我说话直你别介意。虽然你各方面都很优秀，但是性格却并不健全，突出表现在心理承受能力太差，神经有些脆弱。这一点你跟卫鸣比，确实差得很远。”

徐环心中有些不服气，可现在不是逞强的时候，他深呼了一口气，忍住没有说话。

温华接着说道：“不过，这些事情总不能一直瞒着你，而且你已经三十多岁了，比起八年前，心智肯定更加成熟。于是我决定慢慢地给你透露一些线索，诱使你逐渐发现真相。这样一来，虽然你还是会多少受到些刺激，但这种循序渐进的方式，总比我一股脑儿告诉你要好很多。”

温华的话虽然不太中听，可确实有理有据，徐环根本无从辩驳。

徐环振作了一下精神，避开了刚才的话题："第二个问题，你发给我的尸体照片应该是对冯玲尸体的近距离特写，那种特写程度，绝不可能是围观群众拍的。冯玲的这张尸体照片，你是从哪里搞到的？"

"你考虑得确实很细致。"温华不无赞赏地说道，"没错，冯玲被杀时我的确不在现场，这张照片也确实不是我拍的，而是卫毅平发给我的。"

"卫毅平？"徐环先是一愣，可立刻就想通了，"嗯，如果我没记错，当时一共有三个人问你菱形符号的事情，除了我和楚琳，另一个人就是卫毅平。卫毅平是法医，当然有机会近距离接触冯玲的尸体，他拍下冯玲尸体的照片发给你也很正常。"

"没错，卫毅平还打电话问我照片上符号的含义。同你和楚琳一样，我把他也支到了书店。"

"楚琳卷进这件事情，也是你搞的鬼吧？"徐环打断了温华，冷冷地问道。听温华提到楚琳，他心里感到一丝不悦。

"是的，我也给她发了那封邮件。"

"她一直是局外人，你为什么要把她拉进来？"

"楚琳的确与北菱村没什么关系，"温华解释道，"可是她毕竟是楚家的人，多少了解一些'9·19'绑架案的内幕。我把她卷进来，可以利用她了解楚家，尤其是她那个哥哥楚云的行踪。"说完，温华抬头瞟了一眼徐环，语气同样十分生硬，"当然，还有一个原因，就是为你们两个创造和好的机会。十三年前'9·19'绑架案发生后，你就与楚琳断绝了关系，我实在是看不惯你这一点。楚琳只是无意犯了错，你凭什么把人家甩掉？"

"我说，你操心这事干吗？一个大老爷们儿，怎么跟居委会大妈似的。"提到楚琳，徐环的心里泛起一丝伤感，于是赶紧岔开了话题，"你刚才说要利用楚琳了解楚云的动态，难道楚云也与这些事情有关？"

"何止是有关，"温华严肃地说，"据我所知，楚云虽然没有直接卷入这些案件中，可从他的一些表现来看，他与这些事情绝对脱不了干系。"

"怎么说？"

温华伸出一根手指比画道："第一，楚云的颈部，竟然也有一个菱形血痕。令人感到奇怪的是，他对这个血痕一点也不避讳，反而像是在炫耀，似乎知道的人越多越好。"

“他这个举动，确实有些奇怪。”徐环也有些纳闷，“菱形符号要么出现在收割者身上，要么出现在叛徒的尸体上，绝没有其他可能。他这是搞得哪一出？”

“我也不太清楚他的用意。不过可以肯定的是，楚云不是二傻子，他脖子上弄这么个符号一定不是为了让别人观摩，而是与北菱村的秘密有关系。”温华判断道，“第二，楚云曾经让 Elly 监视你和楚琳的动向，而你和楚琳当时正在调查菱形血痕的事情。不难猜出，他监视你们一定是想随时掌握你们的调查结果。”

“我早就觉得 Elly 对我的跟踪有些奇怪，原来根子在这儿啊。”徐环眯缝起了眼睛，自言自语道。

接着，温华又伸出三根手指：“第三，楚云曾经到过溪山监狱，目的是要了解‘9·19’案件的犯人，也就是楚楠的境况。”

“他找楚楠并不奇怪吧。”徐环不以为意地说，“毕竟他们是堂兄弟，去探望一下也是应该的。”

“呵呵，这你就有点儿想当然了。”温华微微笑了笑，“十三年间，楚云没有去监狱探望过楚楠一次。可他早不去晚不去，偏偏在周远案案发之后去，你不觉得有些奇怪吗？”

“嗯，确实奇怪。另外，前些天发生在楚琳身上的那次交通事故也有些怪异，我推测应该是楚云抢走了存有周远调查结果的那个玩具话筒，这才引起了楚琳的追逐。这充分说明，楚云对周远的调查结果很感兴趣，否则不能冒着兄妹反目成仇的风险去抢那个玩具。”

“你分析得没错。”温华使劲点了点头，“综合考虑上面的几点，我们很自然地就能得出楚云也在关注北菱村秘密的结论。”

“这倒不奇怪。”徐环耸了耸肩，“楚家既然参与了十三年前的‘9·19’绑架案，就说明他们一直对北菱村的秘密虎视眈眈。但楚云这个人志大才疏，没什么本事，不用把他当回事。”

“楚云没什么心计，他自己的确折腾不起什么大风浪。”温华蹙起了眉头，“可是，他并不是孤军奋战，在他身边，似乎有高手指点。”

“谁？”

“溪山监狱的人告诉我，楚云在去看望楚楠的时候，同行的还有一个戴着墨镜的黑衣人。这个黑衣人虽然穿着、行事十分低调，但散发出来的气场却十分不一般。他们根据黑衣人的脸型检索了一下他的身份，可惜没有结果，估计是体制内的人物。”

“体制内的人物……”徐环沉吟片刻，突然重重地拍了下审讯桌，“很有可能！前段时间，打断我们对林舒的审讯，勒令我们停止对周远一案调查的，是省厅的一位什么王副队长；刚才你也说到，八年前的丑叔叔任务其实是省厅个别人的个人意图。这样来看，前几天给高局施压，阻碍我以私人名义调查的，应该也是省厅的某个人。”

温华托着下巴想了想：“有可能。如果真是这样，那他肯定不是指点楚云，恐怕他才是老大。这么说的话，前些天在祁东机场跟踪并劫持 Elly 的，极有可能也是他们。”

“他们劫持了 Elly？”徐环一惊，“他们得手了吗？”

“Elly 没事，当时我恰好在机场，目睹了她被劫走的过程，随后开车撞翻了歹徒的车辆，解救了 Elly。”温华轻描淡写地说道。

徐环点了点头，脸上露出感激的神色。可很快他就又皱起了眉头，问道：“这就怪了，他们的目标是北菱村的秘密，可 Elly 应当不知情啊，为什么要对 Elly 下手？”

“我也不太清楚。”温华摇了摇头，“可惜，她还没有完全信任我，很多话对我还有所保留。”

“这并不奇怪。”徐环感慨道，“你别看 Elly 风风火火的，可她是个非常缺乏安全感的人。在取得绝对信任之前，她是不会与你交心的。”徐环站起身来，深深叹了口气，“不过，既然她是我亲妹妹，我一定会尽快取得她的信任。这个任务，就交给我吧！”

温华看了徐环一眼，微微点了点头。

“你接着说吧。”徐环提醒温华，“那本有关符号学的英文原版书是怎么回事？”

“那本书啊……”温华脸上露出一丝异样的神情，笑了笑说，“那本书中的谜题是我设置的，目的就是要把你的注意力吸引到断肢狂魔案和‘8·23’枪杀案上来。”

“那本书其实不是公开发行的书籍，而只是一本出版社的样书对吧？”徐环皱着眉头问。

“没错。我带着书稿去了英国伦敦的一家出版社，用自费出版的方式跟出版社签订了合同。”温华解释道，“当然，我的目的并不是大规模出版上市，而只是想得到那本样书。之所以选择到国外去印，就是为了不留痕迹，可没想到，楚琳竟然跑到英国查到了那家出版社。”

“不仅查到了出版社，楚琳还顺藤摸瓜地查到了这本书的快递信息。”徐环的眉头蹙得更紧了，“根据快递信息，这本书的邮寄地址是我家，签收人也是我的名字。更离奇的是，经过鉴定，签收联上的笔迹竟然是我自己的笔迹。”

徐环死死盯着温华：“这到底是怎么回事？”

“你没印象就对了。”温华故弄玄虚地笑了笑，“因为这本书压根儿就不是你签收的。”

“不是我签收？”徐环的眼睛瞪得更大了，“那就奇怪了，既然不是我签收，那签收联上的笔迹为什么是我的？难不成，是鉴定机构出差错了？”

“不，鉴定机构没错，签收联上确实是你的真实签名。”温华笑着，似乎带着些嘲弄。

“我没有亲自签收，可又在签收联上签了字，这怎么可能呢？”

“连名侦探也被蒙蔽了吗？”温华神秘兮兮地说道，“答案其实很简单，你动脑子想一想。”

徐环又沮丧又气恼，他竭力回忆着签收联的事情。突然，徐环脑子里闪过一个念头，大喊道：“我明白了！出现刚才你说的那种情况，有且只有一种可能，签字确实是真的，可签收联是假的！”

“看来你想到了。”温华笑着点了点头，“只是，这次的思考似乎比较慢啊。”

徐环没理会温华的调侃，继续说道：“签收联上的签字虽然是我的笔迹，可签收联却不是那本书的签收联，签收联物品信息那一栏的内容，一定被你改了。”

“没错。”温华撇了撇嘴，“我买通了法斯特快递公司负责你这一片小区的快递员，把你三年前的一个快递签收联找了出来。这张签收联上有你的签字，可承运物品那一栏却是空白的，因此我直接填上了那本书的名字。整个过程，就这么简单。”

“聪明！”徐环感叹道，“我和楚琳的注意力都集中在签字的字迹上，反而忽略了签收联本身的真实性，唉……”他重重拍了下桌子，表情有些沮丧。

温华安慰似的拍了拍徐环的肩膀，继续说道："我在这本书上设置了两个线索。第一个，就是书中缺失的页码。其实，页码的缺失并不是要隐藏什么信息，而是要帮助你找到信息。"

"没错，这个我想到了。两张原本不相邻的页面在页码缺失后反而连接在了一起，构成了一串字符。这串字符就是断肢狂魔案的刑事案件卷宗号。"徐环失望地摇了摇头，"可惜，断肢狂魔案是绝密卷宗，我们原本想偷偷调出来，但没有成功。因此这条线索就暂时搁浅了。"

"其实凭你的能力，不依靠卷宗也可以查个八九不离十。"温华说道，"如果你继续查下去，就会发现隐藏在你身上的身世之谜，还有北菱村的秘密。"

"可惜，当时只顾着调查冯玲了，忽视了这两起案件的调查。"徐环的神情颇有些无奈。

"我设置的第二个线索，就是你的笔迹。"温华继续说道，"设置这条线索是为了促使你重新审视自己身上隐藏的谜团。可惜，这次你依然没能继续查下去。"

徐环僵硬地坐在椅子上，心情同他脸上的表情一样阴郁。愣了一会儿，徐环语气低沉地问道："你做这些事情，不单是为了给我设置线索吧？"

"没错，我还有一个目的——搅局。因为我对当前的局势也有很多不理解的地方，只有把祁东市这潭死水搅起来，才能发现更多的线索。果然，经过我这么一搅，什么楚云、黑衣人、黑姐，全都坐不住了。"

"既然你想搅局，为什么后来又躲起来了？"

"我确信只要把你拉下水，你一定会对这些谜团进行调查，替我把局搅下去，所以我躲了起来。"

"你其实一直在祁东市，对吧？"徐环眼神闪烁不定地问道，"你究竟躲到哪儿了？连公安都找不到你。"

"我躲在了一个最安全的地方"温华笑了笑，"溪山监狱。"

"监狱？"徐环吃惊道，"你怎么可能躲到那里面？"

"溪山监狱有一个监区长也是北菱人，虽然他不想再与北菱村产生什么瓜葛，但给我提供这点儿方便还是没问题的。"温华解释道，"原本我想在里面多待一段时间，等事态发展到差不多了再出来。因为我相信你的能力，我觉得你一定会了解自己的身世和北菱村的秘密，也会侦破周远和冯玲被杀的案子，查实北菱村的秘密究竟有没有没被销毁。”说到这里，温华轻轻吐了口气，“可是……”

“可是，我让你失望了。”徐环黑着脸说。

“没错,事态的发展已经超出了我的预期，”温华的眉头也皱了起来，“意外一个接着一个，楚琳遭遇交通意外；赵彩霞被枪击；黑姐的行动越来越诡异；Elly突然出现在北菱村……这些事情都让我始料未及。我在监狱里待不住了，这才冒着风险跑了出来。”

“是啊，越来越多的意外发生了，事态也越来越难以预料。”徐环苦笑了一下，“我是一个很自负的人，原本我以为什么样的难题都难不倒我，可现在看来，我差得太远了。如果卫鸣处在我的位置上，应该会比我做得好。”

温华拍了拍他的肩膀，安慰道：“面对这么复杂的局面，与多方势力斗智斗勇,你已经做得够好了。也只有你,才有能力侦破周远和冯玲的凶杀案，才能把事情推进到这一步。现在我们已经把他们逼到了绝境，只要再坚持一段时间，我相信他们一定会垮掉。什么黑姐、黑衣人……我看他们已经是秋后的蚂蚱，蹦跶不了几天了。”

“温华，你真是一个怪才。”徐环感慨道，“思路怪异，不按套路出牌。幸好你不是对手，如果你选择做一名罪犯，我根本没有把握斗得过你。”

“呵呵，怪才……卫鸣也曾经这么说过我。”温华笑了笑，随即脸色严肃了起来，“徐环，你的逻辑推理能力最强，而我确实喜欢剑走偏锋。如果卫鸣不死，凭我们三个，完全可以恢复北菱村和收割者的荣光。不过，卫鸣已经死了，现在收割者的责任和使命，就落在了你一个人的肩膀上。接下来，你必须查清北菱村秘密的下落！”

“我一个人？这不还有你吗？”

“我是指望不上了。”温华摇了摇头，脸色稍稍一沉。

“为什么？”

“别忘了，我今晚来的目的并不是给你答疑解惑，”温华苦笑着说，“我今天是来自首的。”

徐环顿时哑然。没错，温华是来自首的，自己差点儿忘了这一点。

“现在，我要交代今天少年宫纵火案的犯罪事实。”温华面色平静地说道，“审讯至少要两个人，现在你可以叫于东青进来，打开录音录像。”

看着温华略显疲态的脸，徐环突然生出一种复杂的情绪，确切来说，是一种掺杂着敬佩、好奇和怜悯的情绪。眼前这个跟他同龄的男人，让他既熟悉又陌生。他原本是年轻的大学教授，却为了所谓的北菱村的荣光，放弃了一切，甚至不惜走上了犯罪的道路。

徐环叹了口气，低声劝道："一旦打开录音录像设备，可就没有反悔的余地了。我看，你还是先跟我说说吧。"

"也好。"温华略一思忖，"那我就从头说吧。今天祁东市少年宫发生的一系列事情，包括断电、纵火，带走周小米，都是我一手策划的。"

"你的意思是，这次劫持周小米的计划是你的主意？"

"劫持？"温华摇了摇头，"为什么要用这个词儿？周小米并不是你们警方的物件，我策划这次行动，并不是为了拐卖之类的非法目的，而是为了了解他脑子中的那个调查结果。了解完毕后，我们会把他完璧归赵。"

温华的辩解让徐环不由得一愣，他想反驳，却一时哑口无言："不愧是教授，思维就是清晰，法律漏洞找得也很准。"徐环敲了敲桌子，"你说得没错，虽然你并没有拐骗儿童的犯罪行为，但是你却实施了纵火、危害公共安全、妨害公务等犯罪行为。这些，你总没法否认吧？"

"我不否认，因为我今天就是来自首的。"温华笑着说。

"你为什么要这样做？"

"我也不想冒这么大风险从警方手里带走周小米，"温华有些无奈地说，"其实我原本想等你将全部事情查个水落石出之后，直接问你的。可后来，有两个担忧促使我改变了主意。"温华脸上浮现出一丝愁容，"第一，周小米在警方手里是否真的绝对安全？当然，我对你是绝对信任的，可是你知道，我们已经推测出省厅可能有某个败类。既然他能阻止你对林舒的审讯，那从你手里带走周小米也不是什么难事。"

"有道理。"徐环点点头，"省厅的个别败类，不得不防啊。"

"第二，你的进度太慢了。我知道你是想等周小米完全恢复之后，再问出他所掌握的秘密。可你别忘了，小米之所以想不起来调查结果，精神受到严重刺激是一方面，更重要的是他也被设置了心理应急机制。"温华的语气十分急切，"该怎么解决这个问题？很明显，应该给他找心理医生，消除心理应急机制，而不是让他跟普通病号似的在医院里慢慢恢复。为了防止夜长梦多，我才冒着这么大的风险做了这件事。"

“可是，你怎么知道小米要参加合唱比赛的？”徐环不解地问。

“你别忘了我原本的身份是什么。”温华不无得意地笑了笑，“在祁东大学工作自然认识音乐学院的刘教授。我听他说，这次合唱比赛育英小学很重视，连一名在医院接受治疗的小同学也被调回了合唱团。他这么一说，我便明白了。因此同 Elly 一商量，便决定利用这个机会抢出周小米。”

“可是你这样一插手，直接打乱了我们钓出黑姐的计划啊！”

“其实基本没什么影响，”温华轻描淡写地说，“就你这个计划，连我都能猜出你的意图，你觉得黑姐会看不出来？告诉你，她是绝对不会来冒险的，这次行动，你注定是竹篮打水一场空。”

徐环的眉头越皱越深：“可是要想抓住黑姐，除了合唱比赛这个时机，没有更好的机会了。对黑姐来说也是如此，错过这次合唱比赛，他们就很难劫走周小米了。”

“我觉得你还是低估了黑姐的实力，能在祁东经营多年，她一定不简单。而你这个计划明显是个坑，黑姐绝不会上当的。”

“真没想到，黑姐没引来，竟然把你引来了。”徐环苦笑着调侃道，“既然你知道这是一个坑，为什么又要铤而走险呢？”

“因为我有十足的把握破掉你做的这个局。”温华微微一笑，笑里带着得意，“我和刘教授打过招呼，说我有个朋友想借用他的名声，对外宣称是他的学生。得到允许后，Elly 通过化装、戴假牙的方式伪装成孟芸，成为了育英小学合唱团的一员。而我，则伪装成了少年宫礼堂的保安。”

“你下手倒是挺准。伪装的这两种身份，恰恰是最难防范的。”

“确实不好防范，但要是想防，也完全防得住。只是你内心里并没有当回事。对你来说，安保人员混入一两个眼线也无所谓，反正最后都会被你集中到礼堂里。”温华毫不客气地说道，“这次计划你最大的问题便是过于自信，过于依赖礼堂的封闭性。而一旦这种封闭性被打破，那整个计划也就崩溃了。”

“是的，尤其是怕发生火灾……”徐环用异样的眼神扫了眼温华，“可是，你是怎么知道我要用封闭礼堂的方式？”

“这就是伪装成保安之后的收获。”温华笑了笑，“作为保安，我们提前接到了通知。育英小学上台表演后，要关掉所有的出入口，只留一个侧门。而一听说这个怪异的命令，我很容易就明白了你的意图。”

"唉，我想到了所有可能，可就是没想到放火。"徐环无奈地摇了摇头，"对了，表演时那个宣称礼堂有炸弹的报警电话是你打的吧！"

"没错，我这样做主要是为了趁乱潜入礼堂的控电室，以切断电路，破坏应急电源。断了电之后，我们就可以趁乱趁黑控制住周小米了。"

徐环默默点了点头，随即又问道："我有个问题不太明白，其实我早就料到了停电的可能性，所以才用荧光涂料在周小米的衣服上画了一个符号。可你是怎么知道这件事的呢？"

"这个很简单。"温华解释道，"虽然你画的这个符号在光线亮的情况下看不出来，但你别忘了，这种荧光涂料有一种刺鼻的气味。小米在入场接受安检的时候，我就在他身上闻到了这种气味，随即明白了你的用意。于是我在安检完毕之后，立刻去少年宫内的商店买到了这种荧光笔，并趁育英小学上台表演前，在很多合唱团成员的衣服前画上了这个符号。"

"我这么做直接扰乱了你原本的计划。停电之后，你不能确定小米的具体位置，而这时 Elly 乘机领走了小米。我呢，跑到了礼堂的一角，点燃了准备好的燃烧物。"温华回忆道，"火势一起，礼堂果然就乱了，你对礼堂的封锁因为着火也无法再继续了，为了疏散人员，避免惨案，你只得把所有的出入口都打开。Elly 也乘着这个时机，带着小米逃出了礼堂。"

"完败啊！"徐环沮丧地摇了摇头，"我的计划看似无懈可击，却被你如此轻巧地见招拆招。温华，你太可怕了。"

"不，你的反应已经够快了，竟然在如此复杂的局面下找到了跑出广场的 Elly 和周小米，并实施了追捕。"温华赞叹道，"如果不是那辆突然杀出的桑塔纳，Elly 和小米可能就被你追上了。"

"说到桑塔纳……"徐环沉吟道，"你觉得那辆车什么来头？"

"只有一种可能，是黑姐的人，"温华斩钉截铁地说，"我推测，黑姐其实一直在暗地里观望。发现周小米后，她立刻安排手下对周小米实施了抢夺。这个纰漏是我的疏忽，我原本预测黑姐不会参与这次合唱比赛，可没想到他们不是不参与，而是在一旁暗中观察，伺机抢走周小米。"

"可如果桑塔纳上是黑姐的人，那撞击桑塔纳的那辆牧马人又是哪方势力？看样子，他们可是下了死手啊！"徐环心有余悸地问道。

"具体是谁，我也不太清楚"温华说道，"可是根据现场的痕迹判断，牧马人是全速撞到了桑塔纳上，绝对下了死手。也就是说，他的目标是让车上的人死，包括周小米。”

“周小米只是个孩子,他为什么要让他死?”徐环有些不解,也有些愤怒。

“对小米这么一个小孩子下手，只有一种可能，那就是不想让小米脑袋里的秘密被公之于众。”温华谨慎地解释道，“这股势力的目的就是要防止某个秘密泄露。你想，想防止秘密泄露的人会是谁呢?”

“防止秘密泄露……”徐环苦脸思索，突然，他一拍桌子大声说，“难道是省厅的那个败类?自从周远被杀后，省厅那边就有人阻挠我们审讯林舒，阻止我们继续调查冯玲，这些行为的实质都是要防止秘密泄露，虽然同这次袭击的目标不同,但本质是一样的!”随即,他的脸色一沉,叹口气说,“看来，谜团还有很多啊。比如说，黑姐到底是谁?再比如说，省厅的那个败类是谁?”

“这些问题全都交给你了,”温华苦笑着摇了摇头,“我已经无能为力了,接下来，要送我去看守所了吧?”

徐环略一思忖说:“虽然你和Elly带走了周小米，可你们并没有拐卖等其他犯罪，所以不会追究这个行为。可是，你破坏电力设施危害公共安全，而且还纵火，这些罪行恐怕你是甩不掉了。”

“我知道，我今天来自首，就是做好了要坐牢的心理准备。”温华一脸的坚毅，“我会把罪行全部揽下，你就不要再讯问Elly了。虽然严格说起来她也是共犯，但毕竟没什么证据，所以我希望你也睁一只眼闭一只眼，放过她。她是你的亲妹妹，我想你不会这么不近人情吧。”

“我明白……”徐环低声点了点头。

“但是，你要保护好Elly。”温华嘱咐道，“刚才我说过，有人对Elly虎视眈眈，不怀好意，你最好先让她躲起来避避风头。你是她哥哥，一定要确保她的安全!”

徐环点了点头，语气坚定地说:“我会的。”

“好了，该说的我也说得差不多了。”温华揉了揉自己的眼睛，一脸的疲态，“对了，我想问你最后一个问题，如果北菱村的秘密没有被摧毁，而且被你找到，你会怎么处理?”

徐环略一思忖，笑了笑，语气生硬地说:“我会……将它毁掉。”

第四十三章　再次拜访

于东青的越野警车开得一反常态的平稳。听着轮胎在柏油马路上摩擦的沙沙声，徐环窝在副驾上，昏昏欲睡。

昨天夜里讯问完温华已经很晚了，徐环并没有回家，而是在于东青办公室的沙发上凑合了一宿，而且温华的话对他的触动太大，他亢奋得根本没睡。就这样一直辗转反侧到天色发白，他才浅浅地眯瞪了一会儿。

“我说，你怎么突然想起来要去找赵彩霞了？”于东青吸着烟，脸上也挂着掩饰不住的疲惫。显然，他昨夜也没有休息好。

“昨天温华的那些供述解答了我们的很多疑惑，”徐环闭着眼睛，懒洋洋地说，“可是最关键的问题我们依然没有答案，那就是，黑姐到底是谁。”

“你这次瓮中捉鳖的计划没能成功，已经打草惊蛇了。黑姐原本就神出鬼没,这样一来,要想挖出黑姐那可更难了。”于东青重重地叹了口气,“不过，既然温华怀疑那辆桑塔纳车上是黑姐的人，那我们至少还有一条线索，就是桑塔纳上那个被撞伤的歹徒。”

“我看够呛，”徐环满面愁容地摇了摇头，“这个歹徒本来就是重伤，现在还在昏迷中，要等他恢复到可以接受讯问的程度，那黄花菜都凉了。再说了，他们可是特工组织啊，不是一般的犯罪团伙，就算是能讯问，咱们就一定能从他嘴里挖出东西来吗？”

“那你说咱们怎么办？”于东青吐了口烟圈,“别的招,我可是没想出来。”

“我想来想去，觉得黑姐这个人，不只是神出鬼没那么简单。”徐环托着下巴分析道，“你想，自从周远被杀以来，黑姐一共出手过三次。第一次是冯玲被杀；第二次是机场枪击案；第三次，就是昨天这次少年宫纵火案。”徐环啧了一声，“你发现没有，黑姐这三次出手都没有直接出马，而都是通过遥控指挥的。”

于东青点了点头：“没错，三次出手，三次都是遥控指挥，而且每次的指挥都非常精准，仿佛她就在现场一样。”

“说得好！”徐环突然一拍手，提高了嗓门，“你说，有没有可能她就在现场呢？”

于东青被他说得一愣，随即摇了摇头：“如果她只是单纯的人在现场，不指挥手下，那还是有可能的，可这样她就成了一名纯粹的旁观者。不参与指挥，即使在现场也没什么意义，反而增加了暴露的危险。”他把烟头摁灭在车载烟灰缸中，轻轻咳嗽一声说，“可如果她在现场指挥，那她一定会与她的手下联系，一旦联系，那就更容易暴露了。所以我觉得，她应该不在现场。”

“嗯，有道理……”徐环若有所思地点了点头，“不过，有没有可能她在现场指挥了行动，但我们并没有发现呢？”

“这种可能性几乎没有。”于东青摆了摆手，“目前的短距离联络，貌似只能靠无线电或者网络，这种联系一旦发生，我们肯定会发现，尤其是昨天的行动我们还出动了特种指挥车，用来屏蔽附近的信号和无线电通信。在这种情况下，黑姐不可能在现场遥控指挥啊。”

“那如果黑姐不用无线电方式指挥呢？比如说，她在现场用语言或者手势指挥？”徐环又问道。

于东青不以为然地否定道：“嗨，那更不可能了，黑姐那么谨慎，怎么可能这么明目张胆地露面？她要是那么做，肯定会引起我们的怀疑。”

“也不完全是。在一种特殊的情况下，她这么做其实不会引起我们的怀疑。”

“不引起我们怀疑？”于东青一脸的疑惑，“你是说……”

徐环盯着于东青，眼神发亮：“我是说，如果黑姐就在我们中间呢？”

于东青身子一哆嗦，脚底一松，导致警车也随之一抖。他赶紧把车子停到了路边，右手狠狠拉起了手刹，惊讶之情溢于言表：“你是说，黑姐一直卧底在我们身边？”他吞吞吐吐地说，“这……这怎么可能呢？”

“为什么不可能？”徐环一脸严肃地说，“我早就怀疑过海西区分局有卧底，现在看来，不是分局有问题那么简单。这个卧底，很可能就在专案组，这么长时间里，她一直在监视着我们的一举一动！”

于东青面色一抖，他又点起一根烟：“要真是这样的话，那这个黑姐真是太可怕了。”

沉默半晌，于东青逐渐恢复了镇静。他问徐环：“你说专案组成员……会是谁呢？你我肯定不可能；钟萧跟随我多年，可能性也不大；吴婷婷性格单纯，也不太像；难道是卫毅平，或者是马千里？”

“现在这还只是我的一个想法，没有什么依据。”徐环并没有妄下结论，而是呼出一口气说，“要找到依据，我想我们现在只能求助一个人，赵彩霞。”

于东青点点头：“嗯，没错，赵彩霞是国安局的工作人员，她早就对SA组织开始调查了，并且很可能掌握了一些我们没掌握的信息。”

“没错，所以我们现在要去找她。”徐环拍了一下于东青的肩膀，催促道，“别傻愣着了，赶紧开车吧！”

于东青点了点头，狠狠地踩了下油门，警车车头一抖，飞快地开了出去。二十分钟后，徐环和于东青二人手里拎着一些补品，站在了赵彩霞家的门口。门铃响了好长时间，赵彩霞才缓缓地打开了门。看到来人是徐环和于东青，她的脸上掠过一丝惊讶，随即又恢复了常态，把二人让进了屋内。

屋子里仍然是熟悉的布置，可主人赵彩霞的脸色却明显有些憔悴，再加上略显蓬乱的头发和更加臃肿的体态，整个人显得无精打采。不过，从她走路的姿势来看，机场枪击案的枪伤似乎已经没什么大碍了。

“赵大姐，您的伤不要紧了吧？”落座之后，于东青关心地问道。

“不碍事了。”赵彩霞脸上挤出了一丝淡淡的笑容，“以前受过比这还严重的伤，好得也很快。只不过现在年纪大了，身子骨不行了，这么点儿伤，硬是恢复了这么久。”

“赵大姐，机场那天发生的事情，多亏了您大人大量，否则我早就停职问责了。”于东青一脸的感激，“等您伤好了，我在宋雅庄园摆一桌给你赔罪。”

“于队长言重了，都是为公家办事，出点误会也没什么。再说了，我这一伤，不是把原来我的任务交给你们了嘛，你们帮我完成任务，也算是给我赔礼道歉了。”说着，她起身拿起茶壶，准备给二人倒茶，“对了，任务进展得怎么样了？”

“我来。”徐环赶紧起身接过茶壶说道，“不瞒您说，我们的能力有限，再加上这个黑姐神出鬼没，任务一直没有什么进展。也正是因为没什么头绪，我们哥俩才找您请教来了嘛。”

赵彩霞啜了一口茶，爽声说：“有什么问题尽管问，我一定知无不言。”

徐环嗯了一声，低头略一沉思，然后开口道：“赵大姐，您和黑姐也算是老对手了，对她的了解，您应该比我们两个要深得多。所以我想问一下，您对黑姐，到底了解到什么程度？”

“嗨，这你就有所不知了。”赵彩霞放下茶杯，不紧不慢地说，“这个黑姐啊，其实是SA组织在祁东市头目的惯称，并不是特指一个人。我只了解到，现在的黑姐，是半年前刚刚上任的，因此我对她并没有多少了解。”

“是这样啊……”徐环有些失望。他端着茶杯，喝着茶，脑子里却在飞速运转着。

“赵大姐，有一个问题我一直不太明白。”沉默片刻，徐环又开口问道，“在SA组织中，黑姐是冯玲的上级，那意味着冯玲应当经常跟黑姐联络。既然如此，那是不是意味着冯玲认识黑姐呢？”

“这倒不一定。”赵彩霞解释道，“很多间谍组织等级森严，组织架构严密。为了安全，上下级之间只能通过特定渠道交流信息，并不一定知晓对方的身份。至于SA是哪一种组织架构，我也不是很清楚。”

“嗯，”徐环点了点头，随即又问道，“我还有一个疑惑，那就是冯玲在周远被杀一案中的行为动机。”

“动机？冯玲的动机不是已经很明确了吗？”于东青不解地问，“她之所以要设局让林舒和周远相争，就是要渔翁得利，获取周远的调查结果。”

“没错，可是接下来呢？”徐环追问道，“冯玲获取周远的调查结果，又要做什么呢？她是要交给别的组织，还是要拿到黑市上卖掉，或者是有其他的目的？”

于东青的脸色也凝重了起来，显然，他没考虑过这个问题。

徐环转头看向赵彩霞：“赵大姐，您与冯玲接触比较多，您觉得她在案发前，有没有什么异样的表现？或者说，有没有跟什么可疑的人接触过呢？”

“异样的表现……”赵彩霞沉吟片刻说道，“没什么异样表现啊，至于可疑的人嘛，应该也没有。”她皱着眉头想了一会儿，突然一拍手道，“哎，不对，有！”

“什么人？”徐环和于东青追问道。

“其实，也说不上可疑，只是有些不太合理。”赵彩霞的语气有些不确定，

“你们说，律师算不算可疑的人？”

“律师？”

“对，在周远被杀前的一段时间，冯玲先后约了好几个律师见面，这对她来说可不常见。”

“律师……”于东青皱着眉头分析道，“一个间谍组织的特工，去找律师干什么？要知道，国外特工从事的事情都是非法的，最用不着的就是律师。”

“不,在一种情况下他们会用到律师。”徐环托着下巴,若有所思地说道。

“什么情况？”

“国外特工干的都是非法勾当，一旦落网，那倒是需要请律师为他们辩护。”

“有道理，”于东青点了点头，“可是，冯玲那时候还没落网啊，干吗要请律师？难不成她已经预见到自己会落网？”

“还真有这种可能。”徐环认真地说，“你想，如果冯玲打算自首的话，那不就相当于预见到自己的落网了吗？”

“自首？”于东青一脸的惊讶，“你说冯玲打算自首？”

“对，只有自首，她才需要频繁地去咨询律师，目的就是想要了解一下自己的罪行会被判处什么样的刑罚。当然了，她肯定不能直接问，而是会旁敲侧击。”

“说得有道理，实在想不出她还有别的什么事情需要律师。”赵彩霞也同意徐环的观点，“想搞清楚这一点也不难，我们去问问她咨询过的律师就知道了。”

“嗯。”于东青沉吟片刻问道，“也就是说，冯玲设计取得周远的调查结果，目的是为了要自首？”

“应该是。”徐环说道，“如果直接去自首，那么凭她的罪行，刑罚会相当重，而如果她把这个秘密当成自首的砝码，那可就属于重大立功了。自首加上重大立功，如果再协助警方抓到黑姐，那么她就有免除刑事处罚的可能了。”

“说得有道理。”赵彩霞也附和道，“可惜，她还没来得及自首，就被黑姐杀死了。”

“可既然她打算自首，那么她见到我之后为什么没说呢？”于东青纳闷道，“当时我把她叫到海西区分局询问，那可是一个自首的最好机会啊！”

徐环不答反问道：“她都说什么了？有没有隐晦地提到自首的意思？”

“没有啊，她就是跟我说了案件的事情，没有流露出自首的意思啊。”

“她别的什么也没说？”

“没说。”

“这确实很奇怪，因为那时候她自首的确是最佳时机。”徐环脸上露出了疑惑的神色，“如果再拖下去，等警方侦破到她的嫌疑将她控制住的话，那就不是自首了。这两者之间的差距可就大了。”

“难道是我们猜错了？冯玲根本就不想自首？”

“也有可能。”徐环叹了口气，情绪有些沮丧。突然他眼睛一亮，又问道，“东青，冯玲虽然没明着说，可你仔细想想，她有没有给过你什么暗示？”

“暗示？”于东青蹙起眉头，慢慢回忆道，“应该没有吧……如果非说有的话，也就只有那张纸条了。”

“纸条？”徐环脸色一变，身子向前一倾问道，“什么纸条？上面写了什么？现在在哪儿？”

“嗨，你别一惊一乍的。”于东青不以为然地说，“上面没写什么别的，只是她家丢失的奢侈品清单，让我尽快帮她找回来。”

“奢侈品清单？那种关键时刻，冯玲会在乎她的奢侈品？”徐环加重语气说，“一定有什么猫腻！纸条现在在哪儿？”

“一直在我兜里装着呢。”说着，于东青伸进口袋，掏出了一张皱巴巴的纸条递给了徐环。

徐环迫不及待地打开了纸条。纸条可能被水打湿过，皱得很厉害，不过上面的字迹还是很清晰。纸面上，由上到下写着四组英文单词：

Hermes

Ermenegildo Zegna

Louis Vuitton

Prada

没错，虽然徐环的英文很差，可他还是能认出这些单词的含义。四组单词都是国际一线奢侈品牌，似乎并没有什么问题。

于东青也凑了上来，指着纸条说道：“虽然奢侈品我不太懂，但这些我基本上能认识。这些应该没什么特殊的意义吧。”

徐环没有搭理于东青，他只是看着纸条，面色冷峻。许久，他才缓缓地抬起头来，嘴里缓缓挤出一个单词："Help……"

"Help？"于东青纳闷道，"什么 Help？"

徐环把纸条递还给了于东青，声音低沉地说："把每组单词的首字母摘下来，就是 H，E，L，P，这四个字母就是英文单词 Help，救命的意思。"

于东青又低头扫了一遍，这才脸色苍白地低语道："还真的是……难道冯玲的真实意图并不是为了让我追赃，而是在向我求救？"

"很有可能。"徐环脸色阴沉地说，"以冯玲的性格和身家，怎么可能对几件丢失的奢侈品念念不忘呢？"

"嗯……现在想想，冯玲的这一举动确实有深意。"于东青回忆道，"当时她给我这张纸条后，还嘱咐我一定要仔细看，可惜我没明白她的用意，只是误以为她过于看重奢侈品。"接着他皱起眉头问，"可是，冯玲为什么要在纸条上写上救命呢？难道她已经意识到了自己有危险？"

徐环看了一眼赵彩霞。她正低头看着那张纸条，一副若有所思的样子。

"我猜她一定觉察到了危险。"徐环沉吟道，"在周远死后，一直到去警局接受询问这段时间，黑姐一定有了细微的动作，从而引起了冯玲的警觉。为了保证自身安全，她这才给你传递这个纸条。可惜，你并没有明白她的用意，否则……冯玲可能不会死。"

"可是，如果她需要我的保护，直接告诉我不就好了吗？为什么要采取这种递纸条的方式呢？当时可是在公安局啊，还有比那儿更安全的地方吗？"

"问得好。"徐环问道，"东青，你觉得什么情况下人们才会采取递纸条的方式来传递信息？"

"递纸条……"于东青低语道，"把内容写在纸条上，是一种点对点的信息传递方式，这种方式，应该是不想让第三人看到纸条上的内容。"

"没错，你答到了点子上。"徐环说道，"冯玲之所以采用传纸条的方式，正是因为不想让第三人看到。"

"话是这么说，可现场也没有别人了，除了我就是钟萧，没外人啊！"于东青还是不太理解。

"可从冯玲的反应来看，她一定是对现场的某个人有些顾忌。"徐环脸色严肃地说，"现场只有你们三人，运用排除法不难得出，冯玲顾忌的肯定不是你或者她自己，只能是……只能是钟萧。”

“钟萧？冯玲给我传递纸条，是为了避开钟萧？”于东青脸色一变，“可为什么？钟萧是一名警察，冯玲怎么会害怕他呢？”

“那就说明钟萧的身份并不那么简单，”徐环提高嗓门说道，“我高度怀疑，钟萧就是黑妞！”

于东青的脸色霎时变得惨白：“怎么可能呢？钟萧跟了我这么多年，能力先不说，起码忠诚方面毋庸置疑，他怎么可能是黑妞呢？徐环，仅仅因为冯玲的一张纸条你就认为他是黑妞，未免太武断了吧。”

“不瞒你说，其实我早就怀疑他了。”徐环继续解释道，“东青，你难道没觉得，在前些天的机场枪击案中，钟萧的举止有些不太正常吗？”

“怎么讲？”

“第一，那天你给钟萧打电话让他去机场支援，钟萧告诉你他在机场附近，很快就能赶过去。”徐环回忆道，“据我所知，钟萧那天没有在机场附近的任务，也没有去机场送接人，而且他家离机场也很远，他那时候出现在机场附近，难道不奇怪吗？”

“第二，钟萧到了机场，发现赵大姐之后，忙不迭地掏枪就打，钟萧并不是一个急性子啊，为什么当时他如此着急地开枪呢？”

“我当时也觉得有点儿奇怪，”于东青抿着嘴唇说，“钟萧平时行事稳重，并不是一个鲁莽的人，他上次的举动确实不太符合他的一贯风格。”

徐环继续说道：“第三，也是最重要的一点。当你击伤赵大姐之后，钟萧向小米冲去，歹徒偏偏在那个时候从掩体后蹿出来向他开枪，你们觉得正常吗？”

“确实有些奇怪。”赵彩霞若有所思地说，“那个歹徒已经决定要赴死了，为什么要突然冒出来开这一枪呢？这对歹徒来说根本没什么意义啊！更奇怪的是，那么近的距离他竟然没击中钟萧的要害部位，这可不像是一名职业特工的枪法啊。”

“你们的意思是，这一切都是钟萧自导自演的？”于东青面色凝重地问道。

“对。我认为，机场枪击案的真相是这样的。”徐环端起茶杯喝了口水，定定神说，“那天小米放学后，钟萧和他手下的一名特工接走了周小米，直接前往机场，计划乘坐前往美国的那架国际航班出境。可赵大姐的反应很快，她查明了航班状况，并通过国安局第一时间协调机场海关冻结了周小米的出境手续。这也就是为什么只有周小米一人被冻结手续的原因。”

于东青不解地问：“可是，当时我让钟萧查了航班信息，他说乘客信息里有周小米和赵大姐的资料啊。”

“周小米的应该有，可赵大姐的乘客信息肯定没有，钟萧一定对我们撒了谎，他这样说是为了把自己的嫌疑引向赵大姐。”徐环解释道，“钟萧接到你的电话之后，明白了他们已经暴露，于是他立刻调整方案，让那名手下带周小米过安检，自己则装出若无其事的样子和我们碰面。这就是为什么钟萧说他就在机场附近的原因。”

“与此同时，赵大姐在我们之前火速赶到了现场，并很快找到了带周小米过安检的那名歹徒。当她正想办法制服歹徒的时候，却恰好碰上了我们。这时钟萧不由分说就冲赵大姐开了一枪，目的就是想杀死赵大姐，这样就可以把所有嫌疑都转移到赵大姐身上。”

“没错。”赵彩霞心有余悸地说道，“幸亏我眼角瞥见了他，及时缩回了身子。想想还真是后怕。”

“接下来，钟萧跑到了周小米身边，而杀手此时却突然露头击伤了钟萧，然后再自杀。”徐环两眼炯炯有神地说，“杀手的这一枪，应该是提前安排好的，为的是消除钟萧身上的嫌疑，可殊不知，这一出并不太成功的苦肉计，反而让他露出了马脚。”

“太匪夷所思了……”于东青神情痛惜，“钟萧跟我那么多年，一直是我的左膀右臂，我真的不愿意相信他竟然是……”

“我非常理解你。”徐环拍了拍他的肩膀安慰道，“可事实就是事实，容不得你愿不愿意相信。要证明我们的推测其实很简单，我们可以去机场查一查那架航班信息，看看上面有没有钟萧的资料。当然，名字有可能是假的，但相貌做不了假，查一下所有乘客的照片就可以了。”

于东青沮丧地躺坐在沙发上，很显然，他认可了这个结果，但内心并不好受。

“东青，别犹豫了。”徐环站起身来催促道，“趁钟萧还没意识到他已经暴露，赶紧派人把钟萧控制起来。”

赵彩霞也附和道：“没错，这可是抓捕黑姐最好的机会，如果让他逃走，那就麻烦了！”

于东青点了点头，阴着脸拨通了一个电话，口气生硬地布置道："老赵，你带几个人，立刻将钟萧控制起来。对，你没有听错，就是钟萧。"说完又补充道，"对了，麻利点儿，一定不要伤了他。"挂掉电话，于东青再次捂住了自己的脸，情绪十分低落。

也难怪，钟萧不仅是于东青最信任的助手，也是与他感情深厚的兄弟。对于东青来说,钟萧如果是黑妞,于公于私都是一个重大的打击。于公来说，刑警队长最器重的助手竟然是间谍，这传出去恐怕会被当成一个巨大的笑话；于私来说，他朝夕相处的战友却一直在隐瞒身份欺骗他，这种被背叛的感觉不亚于恋人劈腿。

这时，于东青的手机突然急促地响了起来。他看了眼来电号码，立刻从沙发上站了起来，急切地问道："老赵，怎么样了？"

电话那头的语速同样急促。听了几句，于东青的脸色一下子黑了下来，大声叫道："什么？跑了！"

第四十四章　单刀赴会

阳光透过宽大的落地窗肆意地洒在房间内，将病房晒得暖烘烘的。徐环穿得比较多，额头上已经渗出了汗珠。他脱下大衣，坐在了病床一侧的凳子上，呆呆地看着楚琳。他突然意识到，这是自楚琳出事以来，自己第一次这么仔细地观察她。

楚琳的长发早已在做手术时被剪掉，此刻已经长出了短短的一层。她的脸色虽然还有些暗淡，但比起之前要好了很多，呼吸也还算平稳。更让徐环感到振奋的是，楚琳的嘴巴时不时地还能动一下，偶尔也会发出点声响。医生告诉徐环，这些现象都预示着情况的好转，这样下去，她离苏醒的那天就不远了。

度过最危险的阶段之后，专家还是建议将楚琳转到另一家康复医院接受进一步治疗，以缩短楚琳苏醒的时间。这家医院位于省会城市，以术后康复速度快、效果好而著称，经过严格考察，楚天舒最终同意让女儿转院。

今天就是商定转院的日子。徐环今天来，除了探望楚琳之外，也是来与她告别的。他握着楚琳的手，心中泛起了阵阵不舍。不过，短暂的离别，为的是以后的长相厮守。徐环已经暗自下定了决心，等这一切尘埃落定之后，他会辞掉远景集团的职务，带着楚琳去一个新的城市重新生活，远离祁东市、北菱村以及徐楚两家的是非纷争。

“徐环，差不多行了。”楚天舒走到病床边，拍了拍徐环的肩膀，“救护车已经在下面候着了，咱们先出去吧，让女眷们给楚琳收拾收拾。”

徐环依依不舍地放下了楚琳的手，给她掖好被角，随即走出了病房。

今天的天气不错，微风和煦，春色宜人，暖暖的阳光洒在身上，让人心里有一种说不出的舒适。

自从周远案件发生后，徐环一直处于长时间的紧张、沮丧和焦虑情绪中，而今天的好天气则让他的心里也亮堂了起来。究其原因，还是因为揭开了黑姐的真实身份。钟萧虽然尚未归案，但在各方的大力通缉下，落网也是迟早的事情。现在只剩下十三年前“9·19”案件的秘密尚未揭开，但这个秘密随着周小米心理应急机制的解除，也一定会水落石出的。

更重要的是,楚琳的伤情一直在好转,恢复意识指日可待。他已经决定，等楚琳苏醒后，就策划一次盛大的求婚，给她一个惊喜。想到这儿，徐环的嘴角不禁泛起了久违的微笑。

正当徐环思绪联翩时，却听见病房楼门口传来了一阵嘈杂声，原来楚琳已经被推下了楼，准备出发转院了。

徐环快步走到了救护车旁，想再看一眼楚琳。可楚家来送行的人实在太多，在救护车周围形成了一个圆圈，徐环根本挤不进去。于是他索性放弃了这个念头，只是站在人群外目送楚琳被推入救护车。

救护车是康复医院派来的，号称是目前最先进的车型，不仅有着最高级别的空气悬挂系统，更有着顶级的舒适配置。不过，即便是如此高级的救护车，车顶的警示灯却只有一半亮着，看来这家医院对车辆的管理养护并不是十分到位。徐环摇了摇头，不禁对这家医院的水平产生了些许的疑虑。

很快，救护车发动了，闪动着只亮了一半的警示灯开出了医院大门。随即两辆黑色的路虎追了上去，跟在救护车的后面。看样子，这应该是楚天舒派出的护送车辆。

看到救护车开出院门，徐环的心中突然生出一种空落落的情绪。这是一种在完成强度极大的工作之后，突然无事可做而产生的巨大心理落差。这种感觉并不好受，习惯忙碌的人对此深有体会。

偷得浮生半日闲，既然目前没什么可忙的，那不如干脆休息一日。想到这里，徐环不由得伸了一个懒腰，谁知懒腰刚伸到一半，兜里的手机突然响了起来，把他剩下一半的懒腰硬生生憋了回去。他郁闷地掏出手机一看，来电的竟然是自己的叔叔，徐跃武。

叔叔？徐环心中生出了些许的不安，叔叔找自己，八成没有什么好事。徐环犹豫一下，还是接起了电话。

“徐环，你在哪里？”电话那头的语气十分急促。

“有什么事？”徐环没有回答问题，而是不冷不热地反问道。

“你抓紧时间回家！”徐跃武大声喊道，“你父亲他……病得很厉害，怕是挺不过几天了！”

徐环脑子里嗡的一声，身子一踉跄，几乎要瘫倒在地。他赶紧扶住路旁的一根路灯柱，勉强挺住了身子。

父亲他……病了？怎么会呢？前些天不是还好好的？他的脑子里闪过父亲熟悉的脸庞，一种难以名状的悲伤如潮水般涌来。

没错，徐跃升不是自己的亲生父亲，而且他们之间的感情也并不深，尤其是前些天温华告诉他自己的身世之后，徐环甚至生出了一种隐隐的恨意。可是，徐跃升毕竟履行了一个父亲的职责和义务，就算不是很完美，但也把自己养大成人，过着富足的生活。俗话说，一日为师，终身为父，更何况这三十多年的陪伴呢？

“徐环，你听到没有！”电话那端的徐跃武急切地说道。

“叔叔，我马上回去。”徐环哽咽着应了一声，挂掉电话，转身向停车场跑去。

可没等他跑两步，手机铃声再次响了起来，一看屏幕，居然是一个170号段的陌生号码。这个号段是虚拟运营商的专属号段，大部分都是一些广告、骚扰甚至诈骗电话。徐环暗自骂了一句，按下了拒接键。

可恼人的是，没走几步，手机铃声又响了起来。徐环心中火起，他狠狠地摁下了接听键，不管对方是谁，先痛骂两句再说。接通后，电话那头却没有人说话，只听见一阵呼呼的风声。

“谁啊？有病吧！”徐环怒喝一句，准备挂断电话。

可就在这时，电话那头却响起了一个熟悉的声音：“徐总，您好啊。”

这个声音让徐环心中不由得一颤，这是……这是钟萧的声音啊！

“怎么了徐总，才几天没见，听不出我的声音来了？”

“钟萧，不……黑姐！”徐环迅速冷静了下来，冷笑一声，“哼，你还敢给我打电话？”

“别对老朋友这么凶好不好？”钟萧的声音很平静，但带着一丝戏谑和阴狠，“打电话给你没有别的意思，就是想请你帮个忙。”

“帮忙？你到底想干什么！”

“我想做的事情对你来说很简单。你知道，周小米对我来说很重要，可是他现在正被你们严密看管着。”钟萧淡淡地说道，“所以我想请你帮个忙，把周小米带给我。”

“切，我帮你？”徐环不屑地切了一声，“黑姐，你是不是哪根筋搭错了啊？我劝你还是尽快投案，争取宽大处理。”

“徐总，别那么冷酷嘛，”钟萧阴阴地笑了一声，“嘿嘿，你这次肯定会帮我，因为……你的未婚妻现在在我手上。”

未婚妻？徐环一时间没有反应过来。几秒钟之后，他心中一颤，一下子明白了钟萧的意思：“你说楚琳？”徐环呼吸急促地说道，“怎么可能？楚琳她……”

“她上了一辆救护车对吧？”电话那头的钟萧得意地说道，“可惜，那辆救护车是我安排的，真正去接楚琳的那辆救护车，已经被我截在路上了。”

徐环只觉得自己的脑子嗡的一声，似乎被木棍重重地击打了一下，接着一股强烈的眩晕感袭来，他差点儿休克过去。几秒钟之后，他才强迫自己镇定下来。

楚琳，真的落到了他的手上？这并非不可能，当时大家都在关心着楚琳的情况，谁也不会去注意救护车有没有问题。如果钟萧找一辆救护车顶替原本的车来接楚琳，那么骗过楚家人的可能性相当大。这种看似不起眼的环节，却最容易出事，目前需要的是冷静，先稳住钟萧再说。至于楚琳是不是真的落到了他手上，一会儿查一下便知，毕竟楚天舒还派了两辆车护送楚琳。

想到这儿，他冷冷地问：“你到底想要干什么？”

“简单。”钟萧说道，“请你不动声色地把周小米从警方的看护中带出来，开车前往 2 号码头。记住，千万不要报警，否则我的手一抖，你的未婚妻就会马上死掉。这个风险，我相信你不会冒。”

周小米事关重大，绝不能让钟萧得逞！不过目前情况紧急，姑且先答应着，稳住对方。

“你不要轻举妄动，我立刻出发。”徐环尽量让自己的声音听起来显得平静一些。

“痛快！徐总果然是个聪明人。好，你保持手机畅通，我会随时联系你的。”说罢，钟萧挂断了电话。

徐环站在原地愣了一秒钟，随即快步向刚才楚天舒所在的位置跑去。

跑到刚才楚琳上车的地点，他发现楚天舒的劳斯莱斯轿车已经发动，正缓缓地向院外驶去。徐环以百米冲刺的速度跑到了车前，伸手拦下了车子。

“徐环，”楚天舒摇下车窗，皱着眉头说道，“怎么了？”

徐环跑到车窗前，气喘吁吁地说：“楚总，你赶紧联系护送楚琳的那两辆车，看看他们到了哪里。”

楚天舒愣了一下，不解地问道：“为什么？”

“来不及解释了，快！”徐环急切地催促道。

楚天舒满脸不悦地看了徐环一眼，还是掏出手机拨通了一个电话。他把手机放在耳边等了一会儿，却皱起了眉头。

“打不通？”

“怎么关机了呢？”楚天舒不满地啧了一声。随即他又拨通了另一个号码，可这个号码也关机了。楚天舒的眉头皱得更紧了，他一连拨了四个号码，全都关机了。

糟了……徐环的心中生出一种不祥的感觉。

“嘿，这四个饭桶，怎么都关机了？”楚天舒骂了一句，随即脸色一变，“徐环，他们不会是出什么事了吧？”

楚天舒为人强硬，徐环怕他一冲动做出傻事来反而害了楚琳，因此不敢对楚天舒透露太多：“先别急，我打电话问问省会那家医院的120调度中心。”徐环用手机上网搜索到了那家医院的电话，然后拨了过去。

手机只嘟了两声，就有人接起了电话。

“您好，康复医院120调度中心。”电话那头响起了一个温柔的女声。

“你好，我是病人家属，麻烦问一下，今天你们是不是派了一辆救护车到祁东市？”

“稍等，我查一下……”电话那头传来了一阵键盘的敲击声，“没错，车号是52K37。今天早上六点从医院出发，现在应该已经到了祁东市了。您有什么问题吗？”

“是这样，我们现在联系不上病人了，请你联系一下救护车的医务人员，看看病人的状况如何。”

“好的，请您稍等……”大约半分钟之后，电话那头的女声说道，“不好意思久等了，我们联系了车上的医务人员，可奇怪的是，他们的电话都关机了。”

“都关机了？”

“没错。更奇怪的是，我们的救护车都安装有GPS全球定位系统，能实时发送定位信息，可那辆救护车的图标，却在地图上消失了。”

徐环的心不由得一沉，糟了！这些状况的出现绝对不是巧合。那辆救护车和楚天舒派出的两辆路虎很可能已经出事了，而楚琳，恐怕也已经落到了钟萧的手里。

此时，电话那头的声音也紧张了些许：“那个……您也别着急，我们马上启动应急预案，如果再找不到的话，会立刻报警。”

“不不，你们先别报警。”徐环赶紧说道，“那就这样吧，请你们找到目标后马上联系我。对了，你们派出的那辆救护车，车顶的警示灯是不是坏了？是不是只有一半可以亮？”

“警示灯？”话务人员愣了一下，“不会吧……那辆车是上个月才启用的新车，车灯应该没有问题的。”

徐环脸色发白，默默地挂掉了电话。种种迹象表明，接走楚琳的那辆救护车确实被掉包了，看来，钟萧并不是在诈他。不行，楚琳在极度危险之中，现在必须马上赶到2号码头！

“徐环，到底出什么事了？”楚天舒怒睁双眼，急切地问道。

“你别急，我现在就去找，等我信儿吧。”徐环含糊地说了两句，扭头向病房楼跑去，跑到病房楼门口，徐环突然停下了脚步。

难道，真的要用周小米来交换楚琳吗？不行，绝对不能为了救自己的未婚妻而牺牲掉一个无辜的孩子，绝对不行。可是钟萧的目标就是周小米，不带他去，怎么营救楚琳呢？跟钟萧来硬的？自己单枪匹马，根本不可能。就在徐环极度焦虑之时，他的手机再次响了起来。

电话屏幕上，又是一个170号段的号码，只不过这次尾号与刚才的略微不同。看来钟萧他们应该是架设了一个伪基站，可以模拟出不同的号码，这对他们来说不是什么难事。

“徐总，你到哪儿了？”电话那端响起了钟萧阴冷的声音。

徐环竭力让自己显得冷静：“我马上就到，你千万不要轻举妄动。”

“马上就到？徐总，你糊弄谁呢？十分钟是马上，一个小时也是马上，你徐总口里的马上，到底是多长时间呢？”钟萧的声音陡然冷酷起来。

徐环冷冷地说：“我现在无法确定精确的时间，你等着就是了。”

“哎哟，徐总，我等是没问题，可就怕……你未婚妻等不起啊！”

徐环心中一沉：“什么意思？”

“徐总，为了能让你早点赶过来英雄救美，我给你未婚妻所在的救护车上装了一个定时炸弹。炸弹威力不大，只不过能把车子炸成碎片而已。”

“你……”徐环心里一凉，神经立刻紧绷了起来，咬牙切齿地骂道，“你他妈真是丧心病狂！”

“话别说得这么难听嘛徐总。”钟萧也不生气，依然不慌不忙地说，“你现在应该哄我高兴才对，因为定时炸弹的时间由我来设定，原本我想定四十五分钟，可既然你对我出言不逊，那我就将爆炸时间改成半个小时。”

“你……”

“行了，请你抓紧时间吧，我要你在半小时之内把周小米带来，如果晚了……哼，哪怕晚一分钟，那你就准备跟她办阴婚吧！另外，不要耍花样，不要找救兵，否则你未婚妻马上就会死。好了，还有二十九分钟，一会见！”

“混蛋！”徐环狠狠地踹了路旁的垃圾桶一脚。

现在怎么办？联系于东青？不行，钟萧这帮人都是成色十足的亡命徒，要是惹恼了他们，楚琳可就危险了。现在情况万分紧急，他没有时间细细思考，只能走一步看一步了。看来，必须要拿周小米冒冒险了。

不知不觉间，徐环已经来到了周小米所在的病房楼。为了确保他的安全，警方给周小米安排了单人病房，并安排了精锐警力二十四小时轮流看护，可谓戒备森严。走廊上的警察大多认出了徐环，并没有对他进行阻拦。

徐环走到病房门口，径直走了进去。房间里的两名警察警觉地站了起来，看到来人是徐环，这才松了口气。其中一名女警察不解地问道：“徐总？专案组这么忙，您怎么有空来看小米了？”

此时，周小米正倚靠在床头，手里拿着一本故事书。对于徐环的来访，他只是抬头扫了一眼，随即又低下了头，脸上还是那副冷漠的神情。

“哦，有急事找小米。”他冲两名警察点了点头，“情况紧急，来不及解释了，我需要马上把他带走。”

两名警察有些意外，他们互相看了一眼，女警察小心翼翼地问道：“需不需要跟于队长打声招呼？”

“于队长知道，不过他忙，这才派我来了。”徐环脸不红心不跳地撒了个谎，走到周小米身边说，“小米，马上跟叔叔走，你小吴阿姨要找你玩儿。”

周小米无神的眼睛闪动了一下。他点了点头，下床穿上了鞋子。

“可是徐总，医生嘱咐不让小米乱动啊，您带他走，是不是要跟大夫说一声？”女警察再次提出了异议。

“嗨，不瞒你们说，我就是要带小米去看心理医生。”徐环边说边给周小米穿上了外衣，“时间太紧，详细情况以后再说。”说罢，他拉起周小米的手，在一片狐疑的眼神中飞快地跑出了病房。

五分钟后，徐环已经开车载着周小米，飞速地向 2 号码头驶去。和于东青不同的是，徐环不喜欢开车，车技也非常一般。可现在情况紧急，他不得不使出浑身解数，操纵车辆在车流中穿梭。十五分钟后，徐环驾车冲入了 2 号码头。他停下车，拨通了刚才的那个号码。

“我已经到了 2 号码头，你在哪里？”徐环看了一眼手表，急切地问道。

“速度够快啊徐总，”钟萧冷冷地说道，“别着急，时间足够。你现在开出 2 号码头，沿着沿海公路大约开三公里，路边会有一辆打着双闪的面包车。到了那里，你再给我打电话。”

果然不出所料，钟萧一定要让徐环兜足了圈子才会跟他见面，而附近一定有双眼睛在盯着他，以观察他是否带着援兵。徐环定了定神，将车子掉头，顺着沿海公路继续向前开去。很快，他就看到了那辆停在路边的面包车。停下车后，他再次拨通了钟萧的电话。

这次钟萧只说了一句：“现在你带着周小米，到那辆面包车上去。”

徐环略一犹豫，拉着周小米的手下了车。

路边的这辆面包车十分破旧，后保险杠还有被撞击的痕迹，车子后方玻璃上贴着“铁汉防盗门”几个字，应该是钟萧他们不知从哪儿盗来的。车子没有贴玻璃膜，可以清晰地看到驾驶座上坐着一个男人。他一身黑衣，戴着墨镜，看上去应该是钟萧的手下。

一个人……徐环的大脑飞速运转着，有没有可乘之机呢？他抬手看了一下表，心跳也越发快了起来。时间不多了，他没有更好的选择，即便前方是陷阱，也只能硬着头皮向前冲。他拉开车门，抱着周小米上了车。

驾驶员锁上车门，熟练地打火挂挡，驾车顺着沿海公路向前开去。

“叔叔，小吴阿姨呢？”周小米似乎觉察到了气氛的异常，他蜷缩在徐环身边，弱弱地问道。

“嘘……”徐环拍了拍周小米的头，“别说话，抓紧叔叔的手。”

周小米不再说话了，他瞪大眼睛看向窗外，一语不发。

面包车顺着公路开了几分钟，突然猛地向右一拐，车子颠簸着碾过了路牙子，直接开到了公路旁的草地上。驾驶员丝毫没有停车的意思，而是加大油门，继续向前开。车子颠簸着驶过一片坑坑洼洼的草地，直直地向海边开去。又颠簸了几分钟，车子才猛然停了下来。

透过车窗，徐环才发现车子已经开到了海边，他环视四周，立刻明白了自己所处的位置。这里已经出了市区，地处偏僻，地势险要，是祁东市沿海地形最特殊的一段。这里的海岸线没有平缓的沙滩，取而代之的是高耸的悬崖峭壁，加上海里湍急的暗流，绝对是毁尸灭迹的最佳地点。

徐环的心不由得一紧，把周小米的手死死地抓在了自己手里。

“下车！”驾驶员头也不回地命令道。

徐环缓缓起身向车门蹭去。就在他伸手拉门时，突然瞥见了车座椅与车身之间的缝隙里，静静地躺着一把螺丝刀，他侧脸看了驾驶员一眼，驾驶员正低头看着什么，根本没有注意他。徐环起身拉开了车门，趁这个工夫，他弯腰将手伸进座位的缝隙里，不动声色地捡起螺丝刀藏到了自己的口袋里，然后回身拉住周小米的手，把他抱下了车。

徐环轻轻呼了一口气，有这么一把螺丝刀，总胜过赤手空拳吧。

这时，徐环听到身后面包车发出一阵巨大的轰鸣声。他扭头一看，驾驶员打开驾驶位的车门，将一块石头压在了油门踏板上。随着这声轰鸣，车子猛地一蹿冲出了悬崖。车身在空中划出了一个弧线，坠入了大海中，激起了一片浪花。随即，一片海浪打来，将车子卷入了海面下。

几只海鸥飞过，海面又恢复了平静。

徐环这才看清了这位驾驶员，他个头不高，也就一米六五左右，身形瘦弱。他扭头看了徐环一眼，淡淡地说：“跟我走。”

徐环摸了摸口袋中的螺丝刀，拉着周小米跟在驾驶员身后往前走。三人在荒草地中走了五分钟左右，驾驶员停了下来。

徐环心中一紧，打量着四周的环境。在他左前方的一片灌木丛中，有一抹白色映入了他的眼帘，定睛一看，藏在灌木丛中的，正是那辆只有一半警示灯闪动的救护车。奇怪，另外两辆路虎车呢？他看了眼远处波光粼粼的大海，再联想到刚才驾驶员处置面包车的方式，立刻明白了。

“徐总，果然准时！”这时，钟萧的声音在不远处响了起来。

第四十五章　爆炸

徐环抬头一看，离他不远处的草地上，不知何时已经闪出了四五个汉子。

这几个汉子有胖有瘦，有高有矮，穿着也是五花八门。乍一看，这帮人更像是普通的上班族，而不是什么国际特工。但是如果仔细观察的话就会发现，他们虽然外形各异，但是脸上的神态却是惊人的一致。与其说他们是特工，还不如说是间谍组织培育的杀人机器。

站在最前面的，自然是黑姐钟萧。他戴着墨镜，身穿一件黑色夹克，一手握着一把手枪，另一只手则拿了一个黑色的手机状物体。此刻，他已经没有了警察的那种阳刚之气，取而代之的是一种说不出来的阴狠。他身后的汉子手里也都握着手枪，还有一人竟然拿着一把微冲，可谓是武装到了牙齿。

徐环摸了摸兜里的螺丝刀，心不由凉了半截。这下子，来硬的恐怕是不行了……

“钟萧，楚琳在哪里？”徐环咬牙切齿地吼道。

“就在那边的救护车里。”钟萧咧嘴一笑，指了指一旁的灌木丛，“我钟萧一向说到做到，既然你带了周小米过来，那就证明你有诚意，所以……”说着，他从口袋里掏出了一把车钥匙，扬手扔了出去。

车钥匙在空中打了个转，不偏不倚地落到了徐环脚下。

“这是救护车的钥匙，你现在把周小米交出来，我们马上离开。”钟萧淡淡地说，“我们走后，你就可以带走你的未婚妻了。但是，别想耍花样，否则我手一抖，你未婚妻就没命了！”

徐环捡起车钥匙，冲着救护车的方向摁了一下，果然，救护车发出了啪嗒一声。看来，钥匙没什么问题。徐环点点头，指着身边的那位驾驶员对周小米说：“小米，你跟那个叔叔走吧。”

“我不去……我害怕……”小米颤抖着身子，往徐环的怀里钻。

看到周小米害怕的样子，徐环心如刀绞，可他现在没有别的选择，只能搏命一赌了。

“小米，听话，你先过去。”徐环压低声音说道，“你放心，叔叔知道你在哪儿，一定会把你救回来的。”

“行了，别叨叨了，又不是你的孩子，有什么舍不得的！”钟萧向徐环身边的那个面包车驾驶员做了个手势，“你，把小男孩抱过来。”

身材矮小的驾驶员点了点头，快步走到周小米的身前。周小米一个劲地往徐环的身上贴，驾驶员不由分说地扯住周小米，像扛大米袋一样把他扛在了肩上。周小米被这粗野的动作吓了一跳，哇的一声哭了出来。

“哭什么哭，臭小子！”驾驶员骂骂咧咧地向钟萧走去。

看着驾驶员毫不设防的后背，徐环心中一凛。机不可失，时不再来！他掏出口袋里的螺丝刀向那位驾驶员扑去。说时迟，那时快，徐环左手勒住驾驶员的脖子，使劲把他向后一拉，周小米应声摔到了草地上。接着，徐环扬起手里的螺丝刀，死死地顶在了他的脖颈右侧。

徐环的动作非常敏捷，不仅驾驶员没有料到，甚至把钟萧他们也吓了一跳。

“钟萧！赶快把楚琳从救护车里推出来，否则我杀了他！”徐环此刻肾上腺素飙升，面目狰狞地向钟萧吼道。

出乎意料的是，钟萧没有半点慌乱。他抬头吐了口烟圈，然后把剩下的半根烟甩在了草地上，恶狠狠地说：“徐环，我原本以为你是个识时务的人，可没想到你会做这种蠢事！”

“别废话！要想他活命，就按照我说的做……”话音未落，徐环感觉到自己的肋部被重重地一击，一阵剧痛随即扩散至全身，他整个人都软了下来。接着，他被抓了起来，在空中打了一个转，重重地摔到了地上。这一摔力道十足，幸亏身下是草地，如果是水泥地，恐怕他的腰都会断掉。

驾驶员拍了拍手，狠狠地踢了徐环一脚，然后扛起瘫在地上的周小米，不紧不慢地向钟萧走去。

一时间，身体和精神的双重打击让徐环有些恍惚，他徒劳地向周小米的方向伸了伸手。可惜，他再也无力做什么了……

“哈哈哈……”钟萧大笑道，“徐环啊徐环，真得谢谢你，在我离开之前，你还能让我看一出这么精彩的戏。告诉你，别看我这位兄弟又瘦又矮，可他的身手却是我们之中最好的。就凭你那两下子，恐怕连我们的女特工也敌不过。”

“钟萧，你要是有点儿良心，就把周小米还给我！”徐环的声音透着愤怒和绝望。

“良心？你跟我们这种人讲良心，和跟瞎子讲颜色有什么分别？现在都什么时候了，你还惦记着这小子？”钟萧戏谑地说道，“好了，赶紧去救你的未婚妻吧。”

“你……真是禽兽不如！”徐环咬着牙喊道。

“行了，事已至此，骂我有用吗？告诉你，我完全可以一枪干掉你，可是我不会那么做。第一呢，是想让你把我导演的这出戏看完；第二呢，我不能恩将仇报对吧？要不是你，我们怎么可能全员安然撤退呢？”钟萧抬手看了眼手腕上的表，耸耸肩说，“好了，还有五分钟，别磨蹭了。”说罢，钟萧冲徐环嘲弄般地敬了个礼，转身向海边走去。

徐环吃力地坐起身来，盯着钟萧他们离去的背影。他们要逃走吗？怎么逃？往哪儿逃？这个地方临海，要想潜逃并不容易，除非……他们打算乘船逃走。可是，乘船逃走也不明智，因为此处边防支队的巡逻船只很多，巡查特别严格。钟萧他们想下海容易，可要想偷渡出国境，就没那么简单了。

这时，徐环突然瞟见了手腕上的手表，他打了个激灵，跳起来就向灌木丛中的救护车跑去。还有三分钟！徐环没命地跑到救护车旁，一把拉开了救护车的后门。可救护车里的场景，却让他目瞪口呆，车厢里面，竟然空空如也。徐环眼前一黑，像是当头挨了一棒，缓缓地瘫坐在了地上。

“钟萧！”徐环声嘶力竭地喊道，“楚琳呢？”他站起身来，踉踉跄跄地向钟萧离开的方向跑去。刚跑了两步，口袋里的手机突然响了起来。打来电话的，是楚天舒。

“徐环，你在哪儿呢？”楚天舒淡淡地问道。

“我……我在……”

“你不会还在找小琳吧？”楚天舒自嘲地笑了笑，“嗨，不用找了，我已经联系上那四名护送人员了。”

"什么?"徐环惊讶地喊道,"他们还活着?"

"活着?"楚天舒不解地问,"那当然了。他们人没事,就是刚刚手机突然无故没有信号了。噢,不只是手机,所有的通信好像都中断了,就连车载GPS也不好用,收音机也收不到信号。一开始他们以为是郊区信号不好,就没有在意,后来才觉得不太对劲……"

"那楚琳呢,楚琳怎么样?"徐环急切地打断楚天舒,直问重点。

"楚琳当然也没事,好好地躺在救护车里呢。估计再有半个小时就到康复医院了。"楚天舒平静地答道。

还好,楚琳是安全的。徐环不禁松了口气,可随即,一股懊悔和愤怒的情绪直上心头,他气血上涌,几乎要吐出一口血来。妈的,被钟萧耍了,钟萧根本没有劫走楚琳,而是找了辆空救护车,跟他玩了一出空城计!

"喂,徐环,你在听吗?"楚天舒奇怪地问道。

"噢,我听着呢,不过楚总,这好好的,他们怎么就突然没信号了呢?"

"据车上的人说,他们刚刚驶上高速公路不久,就有一辆黑色商务车跟在他们车后。恰恰是在那段时间,他们的GPS和手机都失去了信号。更巧的是,等那辆黑色商务车离开后,信号也随之恢复正常了。依我看,他们的短暂失联很可能是那个商务车搞的鬼,不过他们是谁呢?为什么要这么做?"

为什么这么做?看上去是冲楚琳去的,实际上是为周小米啊……

徐环缓缓挂掉了电话,一屁股坐在地上。钟萧从一开始就没打算真正劫持楚琳,那样做的风险实在是太大。楚天舒所说的那辆黑色商务车,一定装载了信号屏蔽设备,使救护车和护送车辆短暂失联。自己联系不上楚琳他们,本来就十分着急,再加上钟萧的心理暗示,很轻易地就陷入了他的骗局。

徐环不由得叹了口气……人家钟萧是空手套白狼,可自己呢,是赔了夫人又折兵啊!这下可好了,小米怎么办?怎么向于东青和高局交代?怎么向赵彩霞交代?

徐环狠狠地用拳头捶打着自己的脑壳,发泄着心中的悔恨。片刻后,他稍稍冷静了下来,再次掏出了手机。不行,现在不是后悔的时候,自己还没有完全输掉!

他熟练地打开了手机上一个App。手机界面立刻出现了一幅地图,地图上一个小光点闪烁着，背景是一片蓝色，应该是进入了大海中。结合光标的移动速度，可以判断出小米应该在快艇之类的交通工具上。

之所以能监视小米的位置，是因为在将小米交给钟萧前，徐环偷偷在他内衣里放入了一颗纽扣电池般大小的追踪器，可以在手机端实时显示小米的位置。

看来，自己所料不错，钟萧他们已经带着周小米离开了海岸，向深海开去。想到这儿，徐环反而松了一口气。这儿的边防支队巡查非常严格，想要偷渡出去，根本不可能！钟萧啊钟萧，你煞费苦心地编了这出戏，可没有导演好结局啊。

徐环赶紧拨通了于东青的电话，用最简练的语言讲述了刚刚发生的事情，又急切地说道："你马上联系边防支队，让他们的船只拦截钟萧所乘坐的那艘快艇！现在他们的船只位于2号码头以东差不多五海里的海域……记住，一定要快！"

"好，我马上联系。"于东青的声音听起来十分沉着，"你待在原地不要动，我马上带增援赶到现场！"

通完电话，徐环的情绪稍稍缓和下来，低头继续观察起小米的位置。出乎他意料的是，屏幕上光标移动的速度非常快，似乎并没有遇到什么阻拦。这就有点不太对劲了，按常理，边防支队的快艇早就应该把他拦下来了啊……不会是出什么差错了吧？

这时，徐环的手机再次响了起来。

"怎么样东青？"徐环急切地问道，"边防支队有动静了吗？"

"嗨，别提了，"于东青的口气略带沮丧，"今天边防支队有特殊活动，在海上巡逻的就那么几条船，要想拦住钟萧，基本上不太可能啊！"

"什么？"徐环原本稍稍平缓的神经又紧绷了起来，"怎么会这样？"

"听说是因为省厅来视察指导工作，边防支队的大部分人都去参加活动了，只留下几个人值班……"

徐环蹙起了眉头："又是省厅！为什么非要在今天搞活动？难道是巧合吗？"

"你这么一说是挺怪的，"于东青沉吟道，"边防支队历来和省厅联系不多，这一回活动，怎么偏偏选在今天呢？"

"这些以后再说，现在我们怎么办？"徐环焦躁地说，"即便让他们现在增援，恐怕也来不及了……”

话音未落，徐环听到了手机App上发出了滴滴两声响。他低头一看，只见代表着小米位置的光标闪动两下，然后消失了。之后屏幕上闪动着四个字：信号丢失。

信号丢失？徐环心中一哆嗦。难道他们发现了小米身上的追踪器，把它销毁了？还是他们已经被边防支队拦下来了？

“喂，徐环，你怎么了？”见徐环没动静，电话那头的于东青奇怪地问道。

“没什么，你赶紧联系边防支队让他们继续搜寻，现在也没别的好办法，只能试一试了。”

挂掉电话，徐环快跑到了海边，站在悬崖的边缘向海里眺望。这里视野极佳，海浪拍打在下方的峭壁上，传来阵阵的轰鸣声。波光粼粼的海面上有几艘船只在不紧不慢地航行着，整个大海显得壮阔而又恬静，与徐环焦急的内心形成了鲜明的对比。

小米啊小米，你究竟在哪儿呢……

“徐环！”

背后响起了熟悉的声音，徐环回头一看，是于东青等人赶到了。于东青跑在最前面，后面紧跟着的是卫毅平和吴婷婷。

看到他们，徐环浑身的神经随之松弛了下来。一直以来，他都喜欢独来独往，从来没有像今天这样期待同伴的出现。

于东青快步跑到徐环面前，焦急地说道：“刚刚我接到边防支队的电话，此处向东五海里处，发生了小范围爆炸。他们赶到现场后发现了快艇残骸，高度怀疑这是钟萧他们所乘的快艇。”

“什么？爆炸！”徐环骇然道，随即就想到了刚才光标的突然消失，一种绝望从心底生出，逐渐弥漫至他的全身。

真的是爆炸，这就意味着小米他……徐环抱住自己的脑袋，缓缓地蹲到了地上。

此刻，懊悔、恼怒，以及对自己的愤恨像潮水一般将他淹没。他突然觉得胸闷气短，头晕眼花，随即眼前一黑，失去了知觉……

徐环再次睁开眼睛的时候，并没有任何不适的感觉，反而觉得头脑出奇的清醒。他脑子里的每个神经元，似乎都处于高度兴奋之中……

“你醒了。”于东青的声音在他身前响起。

徐环这才发现，自己正坐在警车的后座上。于东青在前面开车，卫毅平坐在他身边，正不冷不热地瞧着他。

“徐哥，你醒了。”坐在副驾上的是吴婷婷，她边说边递给徐环一瓶水，关切地说道，“喝点水吧。”

徐环点了点头，接过水咕咚咕咚全部灌了下去。喝完，他抹了抹嘴问道：“我昏迷了多长时间？”

“没多长时间，二十多分钟吧。”卫毅平插话道，“别担心，没什么大碍，就是受到强烈刺激后的神经性痉挛。确切地说，这是大脑的一种自我保护机制，其实就是强制休息。有时候不仅无害，反而会让你的头脑更加清醒。”

原来是这样……怪不得这会儿自己的思维如此活跃。可是，事已至此，现在活跃有啥用？徐环的情绪低落了下来，他拍了拍于东青的椅背，低声问道：“这件事情，还会有转机吗？”

“船都炸了，还能有什么转机。”于东吐了口烟，摇摇头说，“案子的事情你就别管了，至于如何跟高局汇报，我来想办法……你先回家。记住，好好休息几天。”

徐环颓然地靠在了座椅上，任凭沮丧将自己团团包围。他看着窗外的海景，表情暗淡，不过，与低落的情绪相反，他的思维却在飞速地运转。刚刚发生的所有事情，被拆解成一个个关键词，像思维导图一般呈现在了徐环的面前。

小米的定位光标、钟萧离开前的异样目光、离奇的爆炸、省厅的突然造访……这一切，难道都是巧合？还有，钟萧曾经说过，他们全部人员安然撤离，自己的身手比女特工还差，还有那辆干扰信号的黑色商务车……这些事情背后，似乎隐藏了什么信息，到底是什么呢？

突然，一束光闪过徐环的脑际，身子也随之一颤。

原来是这样！

卫毅平注意到了徐环的反应，凑过来问：“你怎么了？”

徐环没有搭理他，而是使劲拍了一下于东青的座椅后背：“东青，赶紧掉头回去，马上！”

“回去？”于东青一脸诧异，“回哪儿？”

“还能回哪儿？回刚才我和钟萧见面的地方。”徐环急切地说，“钟萧没有走，他一定还在那里。”

“没走？”于东青惊呼道，“不会吧！他不是乘船离开了吗？如果他们没走，那艘爆炸的快艇是谁的？”

“来不及解释了，”徐环又拍了座椅几下，“去了再说。”

“那就坐好了！”于东青转动方向盘，把车子在马路中间调了个头，加足油门向刚才的地点开去。

一刻钟之后，他们回到了刚才同钟萧接头的地点。徐环跑下车，站在悬崖边向下张望。

卫毅平走过去，好奇地看了几眼，不以为然地说道：“徐环，这次你猜错了吧，这儿连个人影都没有啊，更别说什么黑姐了。”

“走，咱们去悬崖下面看看。”徐环皱了下眉头，招呼道。

“去下面干什么？”卫毅平苦着脸说，“下面本来就不好走，再加上现在海水涨潮，连个落脚的地方都没有。”

“对啊，下去干吗？”于东青也蹙起了眉头，“难不成，你怀疑钟萧他们藏在下面？”

徐环没有回答他们的问题，而是指着悬崖下面说道：“咱们所在的这个位置视野极佳，所有的景色都尽收眼底，可是……单单有一个地方看不到。因为这个地方的悬崖是内凹的，悬崖下方正好位于我们视线的死角。”

“你说得没错，悬崖下的确是个藏身的好地方。”于东青先肯定后质疑道，“可是钟萧他们没有理由留在这儿啊……刚刚边防支队仅仅有值班船只，是一个逃走的绝佳机会，他们为何不趁这个机会逃走，而是在这儿躲猫猫呢？这不科学啊。”

“他们并不是不想逃，而是逃不了。因为他们知道快艇上被设置了炸弹。”

“提前知道？那他们为什么不把炸弹拆掉呢？”卫毅平凑上来质疑道，“以他们的手段，拆掉一个炸弹还不是分分钟的事？”

“这就要从设置这枚炸弹的目的来说起了。”徐环看了看于东青他们三人，“你们觉得，这枚炸弹设置的目的是什么？”

“应该是有人想除掉钟萧他们，”吴婷婷答道，“这才在船上装上了炸弹。等他们到了深海里一引爆，干净利落，不留痕迹，从杀人灭口的角度来说，不可不谓之完美。”

“不，你错了。”徐环看向吴婷婷，“这颗炸弹的设置，目的并不是要除掉这些特工。”

“不为了除掉他们，那为什么要装炸弹？”卫毅平一脸的不解，“总不会是因为看着快艇不顺眼，想把船炸毁吧？”

徐环冲他笑了笑：“你别忘了，船上不仅有钟萧他们，还有周小米啊。”

“周小米？”于东青惊呼道，“你的意思是，设置炸弹的目标并不是钟萧，而是周小米？”

“没错。”徐环点点头解释道，“你想啊，钟萧他们是特工，想置他们于死地的没几个人，而且他都已经要撤退了，更没有人这么着急要除掉他。”他把目光又转移向卫毅平，“可是……周小米就不一样了。周小米的脑子里存储着一个重大的秘密，设置炸弹的人，并不是想要炸死周小米这个人，而是想要毁掉这个秘密。”

“想毁掉这个秘密……”于东青纳闷道，“会是谁呢？”

“考虑到省厅今天的突然造访，再加上这个人是秘密的相关者，”徐环沉吟道，“不难猜出，设置炸弹的人，很可能又与省厅的那个败类有关。”

“不对啊，省厅的这个败类既然安排了这次突然造访，调开边防支队的巡逻船，那就说明他在协助钟萧逃跑，”于东青皱起了眉头，“可既然要协助他逃跑，为什么又要安置炸弹除掉他们呢？”

“这就是欲擒故纵吧。”徐环若有所思地说，“我猜他们两方很可能事先达成了某种交易，钟萧给这位败类某种好处；作为回报，败类先生就要想办法引开边防支队的执法船，协助钟萧他们逃走。不过败类先生在协助钟萧的同时却又要了个心眼儿，在快艇上设置了炸弹，这样，在炸毁秘密的同时，又可以除掉钟萧，从而不留痕迹地解决所有问题。”

“只可惜，精明的钟萧早就预见到了这种风险。作为SA组织在祁东的头目，自然不是个吃干饭的主，他决定将计就计，借力打力。所以他并没有拆掉炸弹，而是假装乘船离开，实际还躲在崖下。”徐环解释道，“为了演得更加逼真，他把小米身上的追踪器搜了出来，放到了那艘快艇上，造成了小米在快艇上的假象。而在爆炸后，所有人的注意力都被集中到了这次爆炸上，认为钟萧他们包括周小米已经死掉了。这样一来，钟萧他们的关注度就会大大减少，从而增加了成功出逃的概率。”

三个人一脸严肃，思考着徐环所作的解释。

“所以刚才那个问题也有了答案，钟萧不拆除炸弹的原因就是要将计就计，让他们更加安全地撤离。”徐环下结论道，“钟萧这一手，既避开了危险，又利用爆炸制造了一个自己被炸死的假象……还真是高手啊！”

于东青微微点了点头，表示认可徐环的推测。

“除此之外，还有一个细节让我更加确信，钟萧并没有随船离开。”徐环继续解释道。

“什么细节？”

“钟萧曾经对我说过，他们这次撤退是全员撤退。可是我突然想到，之前他们还派了一辆黑色商务车去执行干扰信号的任务，这辆车上的特工肯定还没有赶回来。”徐环说道，“钟萧既然说是全员撤退，那就说明他不会丢下黑色商务车上的特工，这也在一定程度上证明了钟萧当时并没有立刻离开的想法。”

“有道理。”于东青点了点头，“可是……”

“别可是了，”徐环看了看表，打断了他，“我们下去看看就明白了。”

“可他们手里有枪啊，人也比我们多，”卫毅平皱着眉头说，“依我看，还是叫增援吧。”

“危险还没确认，叫什么增援。”于东青没有采纳他的建议，“我们还是先下去看看吧，确认钟萧他们还在之后，再请求增援。”

“下去就下去。”卫毅平指了指悬崖的外侧，“可关键是，咱们怎么下去啊？总不能跳下去吧！”

徐环伸手向前指了指：“我看钟萧他们从那个方向下去了，咱们过去看看。”

四人顺着悬崖边缘走了十几步，绕过一块凸起的巨大岩石，突然发现这里的悬崖坡度缓和了下来，在岩石的一侧，斜坡上还出现了一条简陋的小路。不过，这条路一看就不是正儿八经修起来的路。这条小径，像是抄近路者硬生生走出来的一条路。

说是小径，其实坡度还是很大，只不过是多了几个落脚的地方而已。从上往下更像是在攀岩，而不是在走路。十几分钟后，一行人十分吃力地走了下来，来到了悬崖下方。

正如卫毅平所言，悬崖下面有一块小滩涂，不过此刻已经被涨潮的海水所淹没，根本无从下脚。

走在中间的卫毅平不满地抱怨道:“这儿全是水，连个立足之地也没有啊。”

吴婷婷的脸上，更是显出了为难的神色。

“水不深，下来吧。”于东青挽起裤脚，一条腿已经踏入了水中，“不过脚下乱石很多，小心点儿。”

几个人脱下鞋袜，放到一块凸起的岩石上，卷起裤腿踏入了海中。海水异常冰冷，他们打着哆嗦，顺着峭壁慢慢向前蹚去。

走了几步，徐环发现悬崖下确实别有洞天，越往前走，峭壁内凹的幅度越大。这也就意味着，如果有人站在悬崖上面观察的话，视线死角会非常大，恐怕峭壁下藏上一个连的人都不会被发现。如果在战争中，这儿一定是个发动偷袭的绝佳地点。

想到这儿，徐环越发相信自己的判断。钟萧他们，一定藏在这儿。

又走了几步，峭壁的内凹突然断了，取而代之的是峭壁凸出来的一个巨大延伸，拦住了他们前进的路。如果想继续走，必须要向海里多走两步绕过去。这也就意味着，他们要游入海中。可是在这个季节下海，想一想都觉得“酸爽”啊……

“我说，这儿连个人影也没有啊，”卫毅平本来就反对下来，此时更是牢骚满腹，“咱们下来干什么嘛，跟一群傻子似的。”

卫毅平的话让气氛一下子尴尬起来，虽然谁也没有明说，但徐环明显地察觉到，大家对他的这个决断并不是很信服。也难怪，最近自己的失误太多了，已经透支了之前建立起来的威信。

“徐环，你觉得还有必要继续向前吗？”于东青蹙起眉头问道。

徐环看了看他们三人。卫毅平自不用说，于东青这样问，恐怕也是萌生退意，而吴婷婷冻得嘴唇发白，低头不语，想必也不想再继续前行了吧。

话音未落，峭壁的另一侧突然响起了巨大的轰鸣声，把几个人生生吓了一跳。听到这个声音，徐环的脸色一变。这是……马达的声音啊！

“船！”徐环大声说，“这是船的马达声，在那边有一艘船！”

“嗯……这好像是船的声音。”卫毅平皱着眉头说，“奇怪了，这鸟不生蛋的地方，什么船会到这儿来呢？”

“那还用问吗？一定是钟萧他们！”徐环咬牙切齿地说，“这艘船，一定是钟萧他们用来偷渡出境的，刚刚那艘爆炸的快艇只不过是障眼法，这才是他们出境真正的交通工具。”他边说边脱掉了自己的外衣，“马达响起，说明他们马上就要出发了。没时间了，我们必须马上行动救回周小米。”

“可是你刚才不是说他们全副武装吗？”于东青稍稍犹豫道，“就我们四个人，而且没有像样的武器，你和卫毅平又没什么身手，我们根本没有把握啊。要不，等我叫增援过来？”

“来不及了，”徐环着急得脸都变了形，“现在边防支队也只有几艘值班的船只，如果让他们逃走，那就不可能追回来了！要想救回小米，只有这一次机会。”看几个人还有些犹豫，徐环啧了一声，“你们待在这儿别动，我过去看一下。”

徐环往海里走了几步，走到了峭壁的边缘。此时海水已经没了他的腰，整个下半身似乎都被冰冻了起来，他顾不上寒冷，小心翼翼地探头向前看去。果然，在峭壁凸出的另一侧，也有一个巨大的凹陷，而在凹陷对面不远处的海面上，漂着一艘中型渔船。渔船的发动机已经启动，发出巨大的轰鸣声。

船上，有几个渔民装扮的人在甲板上俯身忙碌，似乎在做着出海前的最后准备。

徐环仔细分辨，这几个人虽然换上了渔民的装束，但根据他们的体态判断，应该就是钟萧手下的那几个特工。令他感到稍稍心安的是，他们手里都没有拿武器。不过，甲板上并没有看到钟萧和周小米的影子，可能他们躲到船舱里了吧。

观察完毕，徐环回到于东青他们身边，用力点了点头：“我的判断没错，钟萧他们果然还没有离开，就在那艘船上。”

“既然如此，那就干！”于东青略一思忖，抬头说道，“但是我们人少，火力也不够强，硬来恐怕不行。”

“对，必须要智取。”徐环点了点头，“我们的优势在于，他们没想到我们会再回来，再加上船的马达声也给我们提供了很好的掩护。如果策略得当的话，我们完全能赢。”他指了指船的方向说，“据我观察，他们甲板上站着五个人，加上钟萧和黑色商务车里的那几个特工，总共可能有八九个人，都是身手不错的特工。因此，我们不能留给他们反应的时间，必须一下子除掉他们。”

“你真是站着说话不腰疼，”卫毅平苦着脸说，“他们可是职业特工啊，我们呢？一个刑警队队长，一个法医，再加一个女孩儿，还有一个老总，就凭我们这个奇葩组合，哪能那么轻易地除掉他们？”

“这就需要动动脑子了。”徐环转过脸对吴婷婷说道，“婷婷，你的枪法不错，从这里到船的距离不远，你有没有把握一枪干掉一个？”

吴婷婷点点头：“只要目标不动，应该没问题。”

“好。”徐环点点头，“吴婷婷水性不好，就让她留在这儿开枪掩护我们。第一枪是偷袭，务必干掉一个。”他又转脸看向卫毅平和于东青，“在她开枪之前，我们三个潜水游到船后准备好。等枪一响，特工们势必被枪声吸引注意力。这时我们立刻上船，迅速消灭船上的人。注意，这些并不是全部的敌人，如果他们有枪我们一定要捡起他们的枪，这样，即便船舱里的特工出来支援，但我们手中有家伙，也可以从容应对。消灭所有人之后，我们再去救小米，当然，还要尽量活捉钟萧……你们觉得这个计划怎么样？”

几个人略一思忖，纷纷点头表示同意。

“对了，一定记住，如果他们拿小米作挡箭牌，一定不要轻举妄动。”徐环补充道，“让我来，我对我的枪法还是有信心的。”

于东青点了点头：“行，那就准备一下，马上行动！”

四人中只有于东青配了枪，他把唯一的手枪递给了吴婷婷，叮嘱道：“记住，打出第一枪后，不管对方死不死，赶紧躲到岩石后面，千万不要恋战。”

随即，他又掏出一把匕首，迟疑地问道：“我赤手空拳没问题，可只有一把匕首，你们两个怎么分配？”

“给卫毅平用吧。”徐环掏出自己兜里的螺丝刀，苦笑一声，“至少我还有这个。”

于东青看了看他手里的螺丝刀，露出一副哭笑不得的神情：“鉴于手里就这点破玩意儿，所以我们必须保证一击必杀。我是没问题，你们两个可就……”

“嘿，于队，你可别瞧不起人，我虽然不是练家子，想当年也是学校一霸。”卫毅平打断于东青，一脸的跩样，“不就是打架嘛，谁怵谁啊！”

于东青笑了笑，随即脱下了外套：“好了，各自小心，出发吧。”说罢，他双腿一蹬，悄悄地潜入了水中。徐环和卫毅平见状，脱掉外套紧跟了上去。

扎入水中，一股钻心的寒冷朝徐环袭来，差点儿让他休克过去。他停下来缓了一缓，然后向已经游远的于东青追去。也就是几分钟的时间，三个人就游到了渔船旁边。可就这几分钟的时间，对徐环来说仿佛几个小时般漫长。

三人将头伸出海面，深深地吸了几口气。来到船边，原本就很吵的马达声更加震耳欲聋，这个声音对他们来说是个掩护，可也造成了一定的麻烦。如果吴婷婷开枪，他们肯定听不到枪声。还好，在徐环这个位置，可以清楚地看到吴婷婷的动作。

几分钟后，吴婷婷从峭壁后闪了出来，只见她双手持枪，枪口迅速地闪动了一下。徐环意识到，吴婷婷开枪了。他赶紧冲于东青等人做了个动手的手势，翻身向船上爬去。

到了甲板上，徐环才发现这几个特工的反应的确很快，只一瞬间，他们已经持枪做好了战斗准备。不过，他们的注意力都在吴婷婷那边，根本没有注意到背后的动静。

于东青发出一声闷哼，向离他最近的一个特工扑去。徐环也不甘示弱，他抄起手里的螺丝刀，扑到一个特工背后，直直地向他脖颈处刺去。他只觉得自己的手一颤，螺丝刀插入了特工的脖子里，鲜血顿时喷涌而出。特工发出一声凄厉的惨叫，可是他并没有完全丧失战斗力，而是挥出一肘，正好打在徐环的面门上。

徐环只觉得眼前一花，重重地摔倒在地。

接着，他看到对方举起了枪，黑洞洞的枪口直直地瞄准了自己。

徐环的心顿时一沉，完了……

第四十六章　玩火自焚

就在徐环闭眼等死那一刻，特工的身子却猛地一抖，脑袋一侧绽起了一片血花，随即重重地摔倒在地。

徐环惊魂未定地站起身来，发现对方已经被一枪击毙，而开枪的，正是不远处的吴婷婷。真是好枪法！他顾不上感慨，赶紧捡起了对方的手枪。有枪在手，徐环的底气一下子足了很多。他抬起头来，却发现其余四名特工已经倒在了血泊之中。

卫毅平正站在一旁喘着粗气，甩了一下匕首上的鲜血，脸上浮现出激动和狰狞的神情。这小子不愧是收割者领袖的后代，此刻竟然没有任何犹豫，丝毫不手软。

而于东青正和最后一名特工扭打在一起。徐环认出来，这名特工就是带走周小米的那个面包车驾驶员。虽然他身形瘦弱，可是在与于东青的扭打中丝毫不落下风。徐环见状，举起手枪，想帮于东青一把。

可是，他们俩缠斗在一起，徐环根本无法瞄准。就在这时，卫毅平举着匕首冲了过去，试图助于东青一臂之力。可特工轻轻一闪就躲过了他的攻击，在躲避的同时扬起一脚，结结实实地踹在了卫毅平的胸口上。这一脚力道十足，直接把卫毅平踢出了甲板，狼狈地跌入了海中。

虽然袭击未成，但这一下却让于东青觅到了可乘之机，他一拳将特工击倒在地，扑上去压在了特工的身上，利用体重的优势将他控制住，随即用铁钳般的双手死死掐住了对方的脖子。

那人的身子像泥鳅一般扭动着，可惜于东青的身子压得太紧，他根本挣脱不得。终于，他的身子渐渐停止了扭动。徐环这才松了口气，走过去拉起了于东青。

“卫毅平呢？”于东青问道。

“被一脚踹到水里了，”徐环不无担忧地说，“别一脚给踹晕了，掉海里给淹死。”

这时，船的马达声戛然而止，船体也停止了震动。一时间，徐环从来没觉得自己的耳边会这么清静。

“你以为我跟你那么笨！”卫毅平的声音在不远处响起。徐环和于东青搭眼一看，原来卫毅平从船舱里走了出来，肩上还扛着周小米，“喏，任务完成了。”他指了指趴在肩上的周小米说，“这孩子估计被灌了安眠药，呼吸正常，可身子一动也不动。”

“干得漂亮。”于东青夸赞道。

“船舱里就只有小米一个人？”徐环奇怪地问道，“其余的特工呢？”

“没看见啊，”卫毅平摊了摊手，坏笑道，“一定是被我们的气势所震慑，趁早逃了吧。”

逃了？不太可能吧……不过既然周小米已经救了回来，那任务就完成了一大半，总算可以松口气了。

“既然找到周小米了，咱们还是尽快回到悬崖上，赶紧把他送往医院，以免夜长梦多。”于东青建议道，“至于钟萧和其他特工，恐怕已经逃了，等会儿增援来了之后，咱们再仔细搜寻。”

徐环和卫毅平都表示同意。于是三人带着周小米，吃力地游回了那块凸出的峭壁旁。

突然，徐环觉得事情似乎有点儿不太对劲。刚刚他们三人一共除掉了对方五名特工，而这几个特工，他都面熟，应该都是之前在悬崖上遇到过的。既然如此，那黑色商务车上的特工呢？难道……他们根本就没回来？而且钟萧呢？钟萧为什么不在船上？这不符合常理啊，能让他离开船的，一定是什么重要的事情……

突然，他心里一颤，糟了！如果刚才黑色商务车上的特工恰好赶来，他们可能会撞见吴婷婷，而吴婷婷一个人，肯定对付不了他们。真要这样就麻烦了，必须要提醒吴婷婷注意。徐环刚想开口喊吴婷婷的名字，却见她突然从峭壁后闪了出来。

徐环这才松了口气……

不过，这口气只松了一半，却又戛然而止。徐环的表情僵在了脸上，因为闪出来的人，不只是吴婷婷自己，在她身后，竟然还有几个人影。紧紧站在吴婷婷背后的人，是钟萧。他一手勒住吴婷婷的脖子，另一手拿枪顶住了她的太阳穴。

而钟萧背后，还有三个特工。这三人形色各异，其中两人举着枪，枪口对准了徐环他们；另一人则戴着兜帽、墨镜和口罩，将自己包裹得严严实实。前面两个举枪的，应该就是黑色商务车里的特工，可后面那个人，是什么身份呢？

“真没想到，”钟萧双眼冒火，“你们竟然返了回来，还杀死了我这么多兄弟，要不是我恰好离开，恐怕现在也落得同样的下场。”

看来同徐环所料一致，钟萧他们刚刚抵达悬崖下方，恰好撞见了留守在那儿的吴婷婷。吴婷婷寡不敌众，被他们控制了起来。

徐环内心懊悔不已。事已至此，只能走一步看一步，见机行事了。

徐环把枪口对准了钟萧，冷冷地说：“钟萧，你毕竟做了这么多年警察，我劝你赶紧投降，以争取宽大处理……”

“住嘴！”钟萧恶狠狠地说道，“你难道还不明白你们现在的形势吗？赶紧放下枪，否则我一枪崩了吴婷婷！”

吴婷婷的脸色有些发白，不过看上去却比上次被林舒劫持时镇定很多。她一脸坚定地对徐环说道：“徐哥，千万别放下枪！放下枪，我们都会死！”

“闭嘴！”钟萧用力勒了一下她的脖子，脸色变得更加狰狞，“快点！真的想让她死吗？”

“好……我们照做就是。”徐环把枪扔到了海里，“你不要轻举妄动。”

于东青也掏出手枪，犹豫了一下，还是扔了出去。

“很好。”钟萧阴险地笑了笑，突然眉头一皱，“嗯？卫毅平呢，那小子躲哪儿去了？”

徐环也不由得纳闷，卫毅平刚刚一直跟在后面啊……

钟萧环视了一下四周，也露出了迷惑的神色。就在这时，钟萧身后的海水下面，突然跳出了一个水淋淋的人影，人影直直地扑了过去，从后面死死抱住了钟萧。

徐环定睛一看，这个人影正是卫毅平！原来他刚才悄悄潜入了水下，利用海水的掩护发起了偷袭。是个聪明的办法！不过，也是个很愚蠢的行为。因为钟萧背后，还有三个特工。卫毅平这样做，等于把后背完全暴露给了他们。

卫毅平不笨，他不会想不到这一点。明白这一点还毅然去做，这说明，他已经有了牺牲的准备了……

果然，卫毅平身后的两名特工见状，迅速扑了上去，用匕首狠狠地刺入了卫毅平的后背。卫毅平发出一声痛苦的吼叫，可双臂依然死死地抱住了钟萧。

钟萧被卫毅平偷袭，恰恰给了吴婷婷机会，她从钟萧的胳膊下滑了出来，转身用膝盖狠狠地顶在了钟萧的要害处。钟萧发出一声惨叫，痛苦地弯下腰来。说时迟，那时快，吴婷婷顺势夺过钟萧手里的手枪，把他往后面一推，对着身后的特工就是两枪。子弹准确射入了后面两个特工的胸口，二人应声倒在了海水之中。

整个过程都发生在电光火石之间。等于东青和徐环上前控制住钟萧的时候，海水已经被染成了红色。徐环这才注意到，地上只有两具特工的尸体，而那个戴着墨镜和口罩的特工却不见了踪影。

“卫毅平！”吴婷婷发出一声撕心裂肺的吼叫，俯身把倒在海水中的卫毅平抱在了怀里，“你怎么样？一定坚持住，我这就送你去医院……”

卫毅平的嘴角向外淌着血，身躯在不断地抽搐。

“妈的，这俩孙子扎得……扎得可真准……”卫毅平看着吴婷婷，极其痛苦的脸上挤出一丝惨笑，“恐怕，我无法再和你一起……一起调查了。”

“你别说话，我们马上去医院，你不会有事的。”吴婷婷已经控制不住自己的情绪，眼泪如泉涌般滑落下来。

“再不说，就没有机会了……”卫毅平看着吴婷婷，吃力地说，“婷婷，我最早接近你，是为了利用你帮我查出我父亲死亡的真相……对不起，我一直在利用你……”

卫毅平的身子一阵痉挛，又吐出了一大口鲜血。他喘了会儿粗气，继续说：“可是造化弄人，到最后，我也没能查明真相……不过，我却发现了比真相更为宝贵的东西……”他颤颤巍巍地抬起了手，轻轻触摸了一下吴婷婷的脸，脸上挤出了一丝欣慰的笑容，“虽然我一直在骗你，可至少有一句话是真的……”

此刻，卫毅平的双眼布满血丝，眼皮已经耷拉了下来，似乎连眼睛也无力睁开了。他干脆闭上了双眼，休息了片刻，随即睁开眼睛，用尽全身力气挤出了一句话："有你陪我……真好……"

接着，卫毅平的身躯停止了痉挛，安静地倒在了吴婷婷的怀里。吴婷婷再也控制不住自己的情绪，撕心裂肺地大哭起来……

徐环坐在床边，静静地看着躺在自己卧房的父亲。确切地说，应该是自己的养父。

徐跃升花白的头发凌乱地堆在头上，原本就不胖的脸变得更加瘦削，身上还散发出一种难闻的气味儿。乍一看，很难将这个病怏怏的老人与不怒自威的远景集团董事长联系起来。虽然在沉睡，但病榻上的他还时不时地扭动着身子，很显然，就算是在睡梦中，也逃不过病痛的折磨。

此刻，徐环思绪万千，心中五味杂陈。

在一般人眼里，像徐跃升这样的集团公司掌门人，一定会将全部精力集中到事业上，很少顾及家庭。可实际上，徐跃升对徐环和徐曼的陪伴并不少，尤其是徐环的母亲去世之后，他更是担负起了父亲和母亲的双重职责。因此，徐环小时候，父子二人之间的感情其实非常深，小徐环对自己的父亲既有崇拜，又有依赖。

可自从"9·19"绑架案发生后，徐环认为徐跃升对姐姐的死负有不可推卸的责任，从那时起，父子之间的关系就开始越发疏远，二人之间的交流也变得越来越少。而自从知道了自己的身世之后，这种陌生感和隔阂感进一步加剧。他甚至想过，要公开宣布断绝与徐家的一切联系……

可是今天看到病榻上的父亲后，徐环却突然生出了一种复杂的情绪，恨意和隔阂，逐渐被悲伤和不舍所代替。徐环开始反省自己。

自己的生父早就死了，他不仅没有尽到一个父亲最基本的责任，更是把自己卖给了别人。是徐跃升把自己养育成人，无论是感情上还是物质上，都对自己付出了很多。这么多年的陪伴，他与生父又有什么区别呢？想到这儿，徐环的心中突然感到一阵轻松。

他不再纠结生父养父的问题，对他来说，自己的父亲只有一个，那就是眼前这位老人。

徐环起身，把父亲伸出来的手塞回了被子里，转头问坐在他身边的叔叔："我父亲……就这样一直睡着？"

"嗯，医生说，这是一种半昏迷半沉睡的状态。"徐跃武声音低沉地说，“现在他每天有十七八个小时都处于这种状态中，清醒的时间越来越少……”

“他到底得了什么病？”徐环脸上浮现出深深的不解，“前些天的气色还很好，怎么突然之间就变成了这个样子呢？”

“这是一种很怪的病。”徐跃武解释道，“从发病到去世，整个周期非常短。你父亲一直拒绝看医生，因此谁也不知道他究竟得了什么病，后来趁他昏迷的时候，我们偷偷请了医生来诊断。可惜，医生只是说怪病，究竟是什么病却始终无法确诊。”

“既然是病，那就得治啊……”徐环喃喃地说，“我父亲不是个讳疾忌医的人，平日里有什么病都会及时看医生，怎么这次就这么固执呢？”

“一开始我也纳闷……”徐跃武犹豫地说道，“可后来，你父亲告诉了我原因。”

“你快说，什么原因？”

“在你还没出生的时候，你父亲曾经得过一次重病，那次病得非常严重，他差点儿就没挺过来。”徐跃武心有余悸地说，“后来，你父亲不知从哪儿找来了一个土方子，当时也是死马当活马医，可没想到，这方子竟然管用，硬是把你父亲救了回来。”

“有这事？”徐环惊讶道，“既然如此，那这次能不能试试那个方子呢？”

“肯定不行，”徐跃武摇了摇头，“因为，这个怪病，就是因为用了那个方子才引起的。”

“啊？”徐环一脸的错愕，“为什么？”

“这个土方子是当时厂里一个工人提供给他的，后来才知道，这个工人曾经是一个叫作北菱村的村子的族长。那个村子，一向以医药水平高而著称。”徐跃武不紧不慢地讲述道，“你父亲的病被治好之后，对这个方子产生了浓厚的兴趣，开出高价购买配方，可是族长并不想卖。后来经不住你父亲三番五次的请求，再加上他不务正业败光了家产，这才把方子卖给了你父亲……”

“你叔叔说得没错……”这时，病床上的徐跃升突然低声说了一句。

二人见徐跃升醒了过来，赶紧凑上前去。

“把我扶起来，我想坐一会儿。”徐跃升眼睛里有些混浊，虽然刚刚醒来，但脸上还是挂着深深的疲惫。二人合力把徐跃升扶起，倚靠着床头坐了下来。

徐跃升喘了几口粗气，对徐跃武说："跃武，你先出去吧，让我跟徐环单独待一会儿。"

徐跃武点了点头，退出了房间。

二人沉默了一会儿，徐环开口道："爸爸，咱们去医院看看吧，现在医学这么发达，说不定就能治好。"

"唉，我自己的病我自己清楚。"徐跃武吃力地摆了摆手，"可能这场病，就是对我作孽的报应。"

"作孽？"徐环有些意外。

"我这一生为人光明磊落，从不给人背后捅刀子使绊子……"徐跃升深深叹了口气，"不过，有一次例外，只有一次例外……这次例外，也是我心中的一个梦魇啊。"

"爸爸，你指的是……"

徐跃升用混浊的双眼看了看徐环，轻轻说："我指的是……十三年前的'9·19'绑架案。"

一听到这几个字，徐环不由得浑身一颤，不过很快他就恢复了平静，张口问道："我早就知道，'9·19'绑架案并不是那么简单。平日里无论我怎么问，你都绝口不提，可今天你怎么……"

"这件事情，我不想让别人知道，也不敢让别人知道，尤其是不能让你知道。"徐跃升叹了口气，"可是人之将死，也就不会顾虑那么多了。我已经憋了半辈子了，不想到了另一个世界之后还憋在心里。现在告诉你，也算是对我的一种解脱。"

徐环点了点头："你说吧，我听着。"

徐跃升吃力地说道："所有人都认为，我们徐家是'9·19'绑架案的受害者，对吧？"

徐环愣了一下："难道不是吗？徐曼被绑架杀害，难道我们还不算是受害者吗？"

"是受害者没错，可我们徐家不仅仅是'9·19'绑架案的受害者，而且还是……策划者……"

"什么，策划者？"徐环惊呼了一声，"你说徐家是策划者？"徐环十分惊讶，一时间，他甚至觉得自己的父亲病得说起了胡话。

“这要接着你叔叔刚才的话来说起。”徐跃升的表情依然十分平静，“在我高价购买了北菱村的药方之后，立刻组织人对它进行了研究。经研究发现，这是一个从未有过的新型疫苗，对目前很多重大疾病，甚至是对绝症都有预防和治疗作用。我当时简直欣喜若狂，要知道，有这么一个疫苗，先不提能救活多少人的性命，单论经济效益，就足可保我远景百年无忧啊。”

随即，徐跃升的表情暗淡下来：“可后来经过深入研究发现，这个疫苗并不是灵丹妙药，它其实是一把双刃剑。”

“什么意思？”

“这个疫苗虽然可以预防和治愈很多疾病，但在杀死疾病的同时，却也在透支着身体的免疫力，损毁免疫系统。因此，使用这个疫苗会有严重的副作用，轻，会体质虚弱，小病不断；重，则会造成全身脏器突然衰竭。我这个病，可能就是以前那个药方所致。”

“原来这个疫苗，还有这一面……”徐环喃喃道。

“没错，中国人讲究阴阳，这个疫苗也是如此。其实它并不是治病，而是饮鸩止渴啊，尤其是孩子，使用这种疫苗的副作用非常明显，与自杀无异。”徐跃升深深地叹了口气，脸上浮现出痛惜的神情，“我耗费巨资组织专家研究解决副作用的办法，可惜没能成功。因此，我这才停止了研究，把疫苗封存了起来。”

“看来这种疫苗更像是兴奋剂，用的是一种杀敌八百，自损一千的方式。”

“对，这种副作用不解决，疫苗就无法使用。当时不具备解决副作用的医疗条件，因此我决定暂停对疫苗的开发和研究。”徐跃升叹了口气，“可我没想到，远景集团掌握了新型疫苗的消息，很快就传了出去。你知道，很多人对这个疫苗垂涎已久，为了得到它不惜铤而走险，高价收买、要挟、威胁，什么方式都有。但是我心里明白，疫苗在我手里还是可控的，可万一到了那些只为赚钱的人手里，恐怕后果会不堪设想啊。”

“是啊，为了牟利，这种药品很可能会被滥用。长此以往，病人的体质会越来越差，恐怕所有人都会变成病秧子。”

“基于这点考虑，我对提出高价购买的人只有两个字，不卖！”徐跃升神色凛然地说，“可后来，这些人见我不吃敬酒，就开始给我灌罚酒了。

那段时间简直不堪回首，我们家几乎每天都会受到骚扰。我记得有一年，家里至少遭受了十几次入室盗窃和抢劫，我的车也被砸烂过好几次……”徐跃升的脸上，浮现出了心有余悸的神情。

“终于有一次，有个歹徒不知用什么方式潜入了我们家，被家里的保姆撞见。歹徒怕暴露，竟然对保姆下了毒手。”徐跃升愤然道，“在经历这次血腥事件之后，我终于做出了一个决定，销毁这个疫苗。”

“销毁疫苗？”徐环略显意外，“你舍得吗？”

“嗯……我确实不太舍得。一方面，它不是什么好东西，而是一个潘多拉的魔盒，会给人招致祸端。后来我也了解到，这个疫苗的发源地北菱村，也正是因为这个疫苗而导致内忧外患，早早破败了。”徐跃升皱起眉头，“可另一方面，我还对进一步改良它抱有幻想。虽然现在技术还不成熟，可若干年后可能就会有突破，所以我决定，想办法制造一个疫苗被毁掉的假象，既能使疫苗留存下来，又能断了那些人的非分之想。”

“想法倒是不错，”徐环说道，“可是要骗过其他人，谈何容易啊！”

“因此我必须想个办法，让所有人都相信疫苗确实已经被毁掉了。想来想去，只有一个办法可以做到这一点，那就是……苦肉计。”

“苦肉计？”徐环突然明白了什么，他惊讶地张大了嘴巴，“难道……”

徐跃升混浊的眼睛里发出一丝亮光：“是的，这个苦肉计就是‘9·19’绑架案。”

“这……这太疯狂了。”徐环瞪大眼睛，一脸的惊恐。

“疯狂？我倒是认为这是唯一能让其他人信服的方式。因此，我决定，找人配合我演这么一出戏。”说到这里，徐跃升的精神似乎比刚才振作了很多。

“配合？”徐环皱起了眉头，“难道，绑匪也是你找的？”

“对，绑匪是我提前安排好的。”徐跃升略一沉思，继续说道，“我通过社会上的朋友，找到了一个年轻机灵的小伙子，他的名字，叫周峰。”

周峰……徐环的心不由地微微一颤。

“周峰是个穷小子，为了让他在这出戏里假扮绑匪，我付给他一笔巨额费用。”徐跃升回忆道，“我的计划是，周峰将徐曼绑架至郊外一个废旧的厂房内，并向我索要疫苗配方。而我呢，在报警的同时，会将假的配方交给周峰。拿到配方后，周峰会释放徐曼。”

“我在那个厂房内提前安放了炸弹，等徐曼被救出，周峰做好伪装偷偷溜出现场之后，我会将炸弹引爆，造成周峰和疫苗配方葬身火海的假象。这样一来，由于警方的见证，所有人都会相信疫苗已经被摧毁，周峰也可以改头换面，用巨额酬金重新开始生活……按照我的剧本，这出戏没有输家，只有赢家。”

徐环冷冷地笑了一声：“可是，剧情并没有完全按照你的剧本来发展，是吧？”

“是的……在这出戏里，最关键的人物就是周峰。”徐跃升的脸色暗淡下来，“可惜我选错了人。我没有想到，周峰之所以参与这个计划，并不是因为酬金，而是另有所图。”

这一点，徐环并不惊讶。之前温华对他说过，周峰参与这起绑架案的目的是将北菱村的秘密夺回。因此，恐怕周峰并不甘心当一个假绑匪，而是要假戏真做。

“计划进行得很顺利，周峰绑架了徐曼，把她带到了废厂房。按照计划，他会打电话跟我索要北菱村的秘密，我配合他说几句话之后，就会把假疫苗配方送到废厂房。可就在他给我打电话的时候，情况却突然不对劲了。

“周峰在电话里突然变脸，改口问我索要真正的疫苗配方，并用杀死徐曼相要挟。这一点实在是出乎我的意料，让我有点儿措手不及，这也就是那通电话的时间为什么那么长的原因。”

徐环插嘴道：“可是，你完全可以再次伪造一个假的疫苗配方给他啊。”

徐跃升苦笑着摇了摇头：“我也这么想过，可是周峰早就留了一手。你可能有所不知，秘方原本是用北菱村的族文来写的，而周峰也是北菱村人，熟悉族文，因此配方是不是真的，他一眼就能看出来。他威胁我说，如果发现送过来的配方是伪造的，那么会立刻杀死徐曼……我当然不敢拿徐曼的生命开玩笑。短暂的纠结后，我最终决定放弃疫苗，派人将真正的疫苗配方交给了周峰。”

“既然如此，那他为什么没有放走徐曼？”徐环情绪激动起来，用力拍了一下床头柜，“明知徐曼还在废厂房里，你为什么还要引爆炸药？”

“炸药不是我引爆的！”徐跃升的情绪也激动起来，他整个身躯都在微微颤抖，“疫苗配方送给周峰之后，徐曼还没来得及出来，炸药就突然爆炸了。”

“你撒谎！炸药是你安放的，你不引爆，它怎么会自己爆炸呢？”徐环怒喝道。

“我说过了，不是我。”徐跃升激动地说道，随即剧烈地咳嗽起来，让徐环听得胆战心惊。他赶紧起身倒了一杯热水递给了父亲。

徐跃升喝了几口水，他叹了口气：“炸药为什么会爆炸，我也百思不得其解。直到案发后警察介入进行了调查，才发现了一些蛛丝马迹。”

“到底怎么回事，你快说！”徐环急切地问道。

“经过调查，那次爆炸的强度相当于十千克TNT当量。可我清楚地记得，我提前设置的炸药强度是五千克。”

“多了一倍？”徐环惊愕道。

“对，这个爆炸的当量是我精心测算的，可以恰好炸毁整个厂房，绝对不会记错。”

“奇怪了……那这多出来的五千克是怎么回事？”

“一开始我也不明白，可后来，警方在现场发现了第三个人……在查明这个人的身份之后，我立刻就明白了。”

“第三人？”徐环问道，“你指的是……被炸成重伤的楚楠？”

“没错，楚楠出现在一个废弃的厂房，肯定不会是偶然的。这说明周峰的临时反水，很可能就是楚家搞的鬼。”徐跃升一脸愤然地说，“楚家对疫苗配方觊觎已久，他们肯定通过周峰了解到了我这个计划，这才收买了周峰，顺着我的计划给我设了一个套……所以我推测，厂房里多出来的那五千克炸药，肯定是楚家安置的；而引爆炸药的，肯定也是楚家。”

“我看未必吧，”徐环沉吟道，“照你所说，楚家的目标也是疫苗配方，但爆炸时配方还在周峰手中，楚楠也还在现场。楚家在那时引爆炸药，就会炸死楚楠，炸毁配方，这么做，明显与他们的意图相左啊！”

“有一个细节可以解释这个问题。”徐跃升说道，“警方发现楚楠的地点是在爆炸半径的边缘，几乎已经出了炸药的波及圈。你想，他为什么会出现在爆炸半径的边缘呢？”

徐环沉吟道：“在边缘的话，只有两种可能，一种是从外面刚刚进来，另一种则是从里面刚刚出去。”

“没错，但是从楚楠被发现时的姿势和伤势来看，在爆炸的那一瞬间他是背向现场的。因此，爆炸时他肯定正在离开。既然是离开，那就证明他已经拿到了疫苗的配方。”

“可是，在他身上并没有发现疫苗配方啊。”徐环蹙起眉头问，“而且他都已经快出现场了，楚天舒为何不等他到了安全地点再引爆炸药呢？”

“这就要从楚楠的身份和在楚家的地位来说起了。”徐跃升疲惫地靠在床头，“楚楠是楚天舒的侄子，是楚家少有的忠厚老实之人。这种人在楚家吃不开，也没有什么地位，你觉得楚天舒让他来承担这么一个任务，是出于什么居心？”

徐环皱眉摇了摇头，没有说话。

“楚家勾结周峰参与这次绑架，并不是什么光彩的事情，他们一定想彻底保密。既然要保密，就要摧毁所有的线索和痕迹。要想做到这一点，没什么比来一次爆炸更干脆了。”徐跃升的声音越发显得虚弱，“在楚天舒眼中，楚楠只不过是一个需要摧毁的痕迹而已。他派出楚楠，从一开始就没想让他活着回来。”

“可是……可是楚楠是他亲侄子啊！”

“亲侄子又怎样？”徐跃升摇了摇头，“楚天舒为人阴狠，我推测，楚天舒不会让楚楠活着回来，他一定派出了心腹潜伏在附近。待周峰把疫苗配方给楚楠之后，楚楠转交给了在现场附近等候的心腹，在确认心腹带着配方离开现场之后，楚天舒引爆了炸药。”

“有道理……不过，既然配方已经得手，并且转交给了接应人员，那楚楠为什么还留在现场呢？”

“楚楠这个人老实听话，没什么心机，楚天舒随便找个理由就可以让他留在爆炸现场。他完全可以告诉楚楠，要与前去接应的楚家人员保持距离。就这样，等接应人员带着秘密离开后，楚天舒引爆了炸药。徐曼和周峰被杀死，楚楠因为距离比较远，这才逃过一劫，不过也被炸成了重伤。”说完，徐跃升大口大口地喘着粗气，似乎有些胸闷气短。

徐环沉思片刻，突然抬头问：“你说的这一切，确实符合常理，逻辑严丝合缝。不过……如果你说的都是真的，那就意味着北菱村的秘密并没有在此案中被毁掉，对不对？”

徐跃升虚弱地点了点头：“是的，这个秘密应该落到了楚天舒手里。”

徐环面色阴沉地摇了摇头：“楚天舒是个为了利益不惜一切代价的人，疫苗到了他手里准没什么好事，难道就这么便宜他了？”

“不便宜他又能怎样？”徐跃升痛苦地闭上了眼睛，“如果要追究楚家的责任，那就意味着要承认我策划了绑架案，这个消息要是传出去，不说别的，远景集团就完了……我真是哑巴吃黄连，有苦说不出啊！”

“不过，大良集团这些年，似乎并没有什么动静。”徐环有些纳闷地问，“难道，他们守着这么一棵摇钱树就不动心？”

“楚天舒虽然是个无利不贪的人，但不得不承认他有韬略，眼光并不短浅。他之所以没有开发疫苗，应该和我的想法一样，在等待合适的时机……”徐跃升说完，脸上显出了痛苦的表情，呼吸也急促起来。显然，心理和生理上的双重折磨让他痛苦至极。

徐环没有注意到父亲的状态，只是低头沉思。

沉默许久，徐环突然爆发出了一阵古怪的笑声。这笑声透着悲哀、嘲讽和绝望，让人听了毛骨悚然：“没想到，‘9·19’绑架案的真相竟是这样！”

“这件事情，一直像噩梦般困扰着我，”徐跃升抽泣着说，“徐曼的死，就像是在我心头割下了一块肉。你知道这些年我是怎么过来的吗？你知道我这些年做过多少次噩梦吗？”

徐环抹了一把脸，平复了一下自己的情绪，问道：“你利用徐曼做诱饵，她究竟知不知情？”

徐跃升惶恐地摇了摇头，那眼神，像极了一个犯了错的小孩。

一听这话，徐环的情绪彻底爆发了，他腾地站了起来，大声吼道：“也就是说，徐曼一直以为自己真的被绑架了，一直到死，她都处于极度的恐惧中！”

一阵难以抑制的悲痛涌上心头，徐环不由得哽咽起来：“你口口声声称自己多疼爱徐曼，可你究竟是怎么疼爱的？拿自己的女儿做诱饵，徐跃升，你到底是有多冷酷？你为什么不让我去？为什么不让我替徐曼死？”

徐跃升声音颤抖：“你是徐家的继承人，你不能死……”

“胡说！”徐环指着自己的鼻子，歇斯底里地说，“我不姓徐！我不是你的儿子，你当时应该让我去死，让我去死……”说着，徐环再也抑制不住自己的情绪，抱住头痛哭起来。

徐跃升混浊的眼里似乎已经没有了泪水，他呆呆地看着天花板，表情木然。许久，徐跃升才轻轻问道：“徐环，你应该知道你的身世了吧？”

徐环捂着脸，微微点了一下头。

“果然，其实从你的眼神中就可以看出这一点。”徐跃升转脸看向徐环，目光中带着深深的歉意，“徐环……你恨我吗？”

徐环擦了擦脸上的泪水说道：“我之前的确恨你，但并不是因为我的身世，而是因为你在‘9·19’绑架案中的所作所为。不过，刚刚听了你刚才跟我讲的事情，我对你却再也恨不起来了。”

徐跃升有些意外地问：“为什么？”

“因为你……”徐环坐了下来，把脸转向徐跃升，“你太可怜了……”

“可怜？”徐跃升眼中显出一丝惶恐，“我哪里可怜？”

“你真的想听吗？”徐环死死地盯着他，目光阴冷，“如果我说出来，可能会对你造成极大的打击。你本来就病重，这下很有可能就……”

“没关系，说吧。”徐跃升叹了口气，“你已经把话说到了这个地步，与其带着疑惑苟活两天，还不如死个明白。”

“好，那我就成全你。”徐环点了点头，脸上竟然显出了一丝狰狞，“你知道吗，三十多年前给你土药方的那个北菱村人，其实就是我生父。”

“是他？”徐跃升稍感意外，但并没有太大的情绪波动，“我当时并不想追查你的真正身世，不过我曾经怀疑过这种可能……”

不等徐跃升说完，徐环继续说道：“我的生父，将我送到了你们徐家，成为了徐环。更重要的是，你患重病的亲生儿子被他带走，并且被他收养，而你的亲生儿子就是……周峰！”

徐跃升原本混浊的双眼立刻瞪了起来，身躯剧烈地颤抖着：“什么？周峰……”

“没错，是周峰，而且并不是重名。”徐环的脸上露出了一丝阴笑，他的心中，竟然涌起了一股报复的快感，“十三年前你雇用的绑匪周峰，其实就是你的亲儿子！亲父亲设计利用亲儿子，绑架而且杀死了亲女儿，徐跃升，这就是你这出荒唐大戏的真正剧情！”

徐跃升喉咙里发出了一声怪叫，随即呼吸急促起来，脸憋得通红，身子剧烈地颤抖着。

看着徐跃升痉挛的身体，徐环心中的快感一扫而空，取而代之的，是一种说不出来的悲哀……他的脸上浮现出笑意，可眼睛里却又流出了泪水，谁也说不清他到底是在哭，还是在笑。

第四十七章　黑姐真面目

徐环赤着脚丫走在柔软的沙滩上，细软的沙子踩在脚下，让他的脚板生出一股浓浓的暖意。海浪一波接着一波地涌上沙滩，将他身后的脚印抹除一空。徐环蹲下身来，用手指在沙滩上胡乱画着。不管他怎么画，海浪涌上来，都会将所有的内容抹掉。

徐环深深叹了口气。他多希望烦恼也可以像沙滩上的图案一样，能被海水抹去啊。

这时，他的肩膀被人轻轻拍了一下，扭头一看，是于东青。

“怎么想起来约在海边见面了？”于东青穿着便装，双眼炯炯有神，看得出来他的心情不错。

“心烦的时候，就想来海边走走。”徐环苦笑着解释道，“看到大海，心里就能亮堂一些。”

“是啊，大海就是有这种神奇的功效。”于东青挽起了自己的裤脚，“既然来了，那就散散步。你别说，虽然生活在海滨城市，可是仔细一想，我这一年到头也看不了几次大海……”

徐环和于东青顺着海边漫步起来。

“对了，你父亲的后事，都处理完了吧？”于东青小心翼翼地问道，“按说我应该去帮忙的，可是工作实在是太忙了。”

“已经都处理好了。”徐环脸上划过一丝淡淡的忧伤，随即恢复了平静，“父亲一死，我对徐家就没有任何牵挂了。昨天我已经递交了辞呈，辞去远景集团的所有职务，等你这边的案子全部结案，我会去省会陪楚琳。至于下一步怎么办，等楚琳醒后再说吧，我们可能会离开祁东市。”

“你们俩一走，我连个能说交心话的人都没有了，”于东青脸上暗淡了下来，“还是留下吧。”

“这个以后再说。”徐环岔开了话题，“卫毅平的事怎么样了？”

“噢，后事都已经办完了。卫毅平的遗体告别仪式规格非常高，我主持，高局压阵，这对一个参加工作不久的法医来说，已经是破格了。这也是局里能为卫毅平做的为数不多的事情吧……”说着，于东青叹了口气，“可我真没想到，卫毅平牺牲之后，最难过的人竟然是吴婷婷，这些天她哭得眼睛都肿了。好在小米恢复得不错，能逗吴婷婷开心，否则啊，我还真担心婷婷这姑娘想不开。”

徐环的脸色也暗淡下来：“唉，卫毅平的牺牲，我负有责任啊！如果不是我一时糊涂被钟萧戏耍，可能他就不会……”

“行了，你就别自责了。”于东青安慰道，“这些事情，谁也不想发生。可既然已经发生了，那就不要老放在心上，人总是要向前看嘛。”

徐环点了点头，继续问道：“对了，钟萧审得怎么样？”

“钟萧轮不到我们来审，”于东青耸了耸肩，“你别忘了，抓获黑姐的任务虽然是我们承办的，实际上却是国安局的管辖案件……其实仔细想想，让他们审也好，对付这种国际特工，咱们公安毕竟不如人家有经验。”

“高局同意了？”

“嗨，审讯特工是个费力不讨好的活儿，像高局这种老油条，他才不想惹这个麻烦。”于东青解释道，“对了，听说国安方面的审讯人员安排的是赵彩霞，这可是咱们的老熟人，到时候可以去她那里探探口风。”

“赵彩霞……”徐环嘟囔着，不由得皱起了眉头。

“对啊，怎么了？”

“噢，没什么。”徐环摇了摇头，停下了脚步。他转身面向大海，任凭海风吹在脸上，似乎在思考着什么。

于东青弯腰捡起一块贝壳，边在手里把玩边说：“徐环，我还有一个好消息。”

徐环瞪了他一眼：“你这家伙，有好消息怎么不早说？”

“我等着你问呢，结果你一直不提这茬。”于东青笑了笑，“是这样，我去海事局查了全市所有登记注册的快艇，发现所有船只的状态都很正常。因此，在海上爆炸的那艘快艇，肯定是一艘没有登记注册的黑船。”

“有道理，”徐环问道，“黑船不太好查吧？”

“是不太好查，所以我传唤了祁东市最大的黑船交易商，叫老东。这个老东在祁东市经营黑船生意多年，我跟他打过很多次交道，也算是熟人。”于东青讲道，“我查了老东在钟萧出逃前一周的船舶销售记录。你也知道，船舶是特殊动产，本身交易量就不大，更不用说无登记的黑船了。因此，这一周内，仅仅有三艘黑船交易，而在这三艘船舶中，只有一艘是快艇。”

“噢？这艘快艇就是爆炸的那一艘？”徐环问道。

“很有可能。”于东青点了点头，“销售记录显示，这艘快艇的买主叫阿辉，是一名自由职业者，但以他的收入，根本买不起快艇。”

“那就说明这个阿辉其实不是真正的买主吧？”

“没错，他还有一个重要的身份。”于东青慢慢说道，“那就是……楚云的手下。”

一间并不宽敞的房间内，黑衣男子来回踱着步子，步伐凌乱无序，透出了他内心的焦虑。房间的窗帘似乎永远都是拉着的，尽管外面阳光明媚，但屋内却十分阴暗，显得极其压抑。突然，房间的门有节奏地响了起来，敲门声三长两短，应该是楚云……

黑衣人不耐烦地啧了一声，拉开了房门。果然，楚云面色慌张地闪了进来。黑衣人白了他一眼，冷冷地说：“你怎么来了？我不是嘱咐你最近别来找我吗？”

“哎呀，我的大哥，”楚云声音里带着哭腔，“你不是号称布好了局，就等着黑姐往里钻吗？我花巨款购置了快艇，就是为了送黑姐和周小米上路……结果呢？船倒是爆炸了，可不仅周小米没有被除掉，就连钟萧也已经落到了徐环他们的手里……大哥，几百万打了水漂无所谓，可周小米和钟萧又落入了警方手里，就怕咱们俩这点儿事快藏不住了，你说我能不着急嘛！”

“着急有个屁用！”黑衣人不耐烦地呵斥道，“这个节骨眼上，绝对不能慌乱。周小米这边你不用担心，我自有办法；至于钟萧，你也别急。据我所知，钟萧被公安抓获后，并没有被立刻审讯，而是移交到了国安局手里，接下来的审讯工作，会由国安方面来进行。既然是这样，那我还有活动的余地……”他沉吟片刻，抬头说，“我现在担心的是那艘爆炸的快艇，他们会不会从这儿入手调查呢？”

“大哥，这倒不用担心。”楚云的情绪稍稍平静了些，“那艘快艇是我在黑市上找的黑船，在海事管理局根本没有登记，就算是警方要查，恐怕也查不到什么。”

“你也太低估他们的调查能力了，”黑衣男子摇了摇头，忧心忡忡地说，“这艘黑船你从哪儿找的，不会是在老东那里吧？”

“嗯，是在老东那儿，”楚云点了点头，“老东掌控着全祁东市的黑船交易，规模大，信誉好，我跟他是熟客了，找他也放心……”

“放心个屁！”黑衣人打断了楚云，呵斥道，“楚云啊楚云，你的脑子长屁股上了？没错，老东是规模大信誉好，可你就不想想，他干得大，目标也就大，警方能不注意他吗？如果你是警察，调查黑船能少了老东的事？”

楚云一愣，脸上有些难堪。他咧了咧嘴，轻声解释道：“大哥，没那么严重吧，警方查也没关系，又不是我亲自出面办的，所有环节都是由我一个手下出面处理的，他对我忠心耿耿，绝不会出卖我。”

“你想得也太简单了。”黑衣男子用一种无奈的眼神看着他，“你的那些手下都是狗仗人势的玩意儿，整日耀武扬威，生怕别人不知道他们的靠山是你……就算是他们不说，你认为警方就怀疑不到你？楚云，我一再嘱咐让你去外地找个不起眼的小贩租船，可你就是不听，现在事情闹大了，我看你怎么收场！”

“是我考虑不周……”楚云黑着脸说，“可现在说这个也没什么用了，你得给我出个主意啊大哥。”

“你赶紧给老东打电话，跟他统一下口径。”黑衣人一脸嫌弃的神情，“事到如今也没什么别的好办法，看看能不能糊弄过去吧。”

“好好，我这就打。”楚云点着头，忙不迭地掏出手机拨出了一个电话。

电话响了两声，楚云开口说道：“喂，老东吗？我是楚云……哦，你是他秘书，老东呢？我有急事找他……什么？你再说一遍？”楚云的眼睛瞪了起来，“……他刚刚被警方带走了？”

楚云呆呆地挂掉了电话，声音颤抖地问道：“怎么办大哥？老东真的让警察盯上了。”

黑衣男子轻轻摇了摇头，叹声道：“怎么办，还能怎么办，走一步说一步吧。你要提前做好准备，恐怕警察很快就会找到你的头上……”

黑衣男子话音未落，楚云的手机再一次响了起来。他看了眼屏幕，不耐烦地接起了电话：“怎么了阿辉？我这儿忙着呢，有事等会儿再说……什么？警察要传唤我，让我马上去？”楚云的脸色变得惨白，手机吧嗒一声从手中滑落，掉在了地板上。

黑衣男子鄙夷地看着他，对他做了个下压的手势。

楚云颤抖着捡起了手机，语无伦次地说道：“我……我知道了，我马上……马上就去……”

挂了电话，楚云一下子扑到黑衣人身边，一脸无助的神情：“老大，真让你说中了，我该怎么办？要不，我躲起来？”

“慌什么，警察只是传唤你，又不是拘留你，没必要自乱阵脚。”黑衣人冷冷地看着楚云，“在这个当口，你不跑，还有化险为夷的可能；可你只要一跑，那局面就彻底无法挽回了。”

“我明白你的意思……可是见了警察我该怎么说呢？”

黑衣人看着手足无措的楚云，心中生出了深深的鄙夷。楚云这颗棋子，虽然仍有利用价值，可他实在是愚蠢，是舍弃的时候了……想着，黑衣人掏出了腰间的手枪，黑洞洞的枪口对准了楚云。

楚云一抬头，看到了正对着自己的枪口，顿时吓得魂飞魄散：“大哥，你……你要干什么？”

黑衣人阴恻恻地一笑，用衣袖擦了擦枪口，然后在手里把玩了几下，幽幽地说道：“楚云，你我共事这么多年，应该了解我是一个什么脾气的人吧？”

“大哥，我明白……”

“我最讨厌的，就是嘴上不把关的人。”黑衣人换了一副狰狞的表情，“你楚云是个聪明人，见了警察之后该说什么，不该说什么，我相信你心里应该很清楚。”

“那是……那是当然……”楚云吓得腿肚子都抖了起来，一脸惊恐地说，“大哥，您放心，我懂规矩……”

黑衣人用阴冷的目光盯着楚云，把枪收了起来：“好啦，你也不用太担心，有我在，你的麻烦不会太大……好了，赶紧走吧。”

楚云匆忙向黑衣人鞠了一躬，逃也似的跑出了门外。

黑衣人盯着楚云逃走的方向，重重地叹了口气，喃喃自语道：“也许，是时候找好退路了……”

徐环推开家门，不由得愣了一下。香味儿？他竟然闻到了一股饭菜的香味儿。徐环不喜欢请保姆，自己又懒得做饭，因此他家的厨房只是一个摆设，煤气表从来不走字儿。回家吃饭这种很平常的事情，对他来说却十分奢侈。

徐环心中生疑，脱下鞋子走进了餐厅。餐桌上，已经摆上了几个色泽诱人的菜肴，虽然都是原料普通的家常菜，但是做得十分精致，让人看了食欲大开。厨房内，一个熟悉的身影正在埋头忙碌着，并没有注意到徐环的到来。这个身影，竟是自己的亲妹妹，Elly。

看着桌上的饭菜和Elly忙碌的身影，徐环的心中涌起了一股暖意，两只眼睛竟然有了些许的湿润。

“你回来了？”Elly端着一大碗汤走出了厨房。看得出来，她的神情还是有些拘谨，“赶紧吃饭吧。”

“噢……”徐环也有些不太好意思，他在餐桌旁坐下，好奇地问道，“今天怎么想起来要做饭了？”

“在你家躲了这么多天了，也不能出门，闲着也是闲着，还不如练练厨艺，也省得你老是去饭店。”Elly在徐环身边坐了下来，“尝一尝，味道怎么样？”

自从礼堂纵火案之后，徐环就按照温华的意思让Elly住进了自己家里。一是为了对Elly进行保护，二是为了尽一个哥哥的义务。Elly一开始并不情愿，因此住进来之后整日闷在自己的房间里，也不怎么搭理徐环。很显然，她对徐环这位陌生的哥哥还是很难接受。所以，今天这顿饭，在徐环眼里，可能不仅仅是一顿饭，同时也是Elly正在接受自己的表现。

想到这里，徐环心中稍稍宽慰了一些，他端起饭碗，吃了两口，却见Elly没有动筷子。她静静地坐在椅子上，一副心事重重的样子。

“你也吃呀。”徐环轻声说道。

“我不饿……”Elly叹了口气，问道，“我还要在这儿躲多久啊？老是这么藏着也不是办法，总不能躲一辈子吧？”

“用不了多久了。”徐环放下碗筷，“于东青他们已经查到了线索，很快就会抓到那晚绑架你的真凶，到了那时候，你就不用躲躲藏藏的了。”

“那就好。”Elly点了点头，情绪还是有些低落，“还有，‘9·19’案件的真相，你们查清楚了吗？我哥哥他……到底是怎么死的？他真的绑架了你姐姐吗？”

徐环看着Elly，心中涌起了一种复杂的情绪。周峰在她的心中，真的是无可替代，也许，到了告诉她真相的时候了。

“Elly，有些景色，只有朦胧起来才美，如果真的看清了细节，反而会觉得丑陋。”徐环语重心长地说，“‘9·19’绑架案的真相，可能并不是你想听到的那种结果，你确定想知道吗？”

Elly点点头，语气坚决地说：“我想知道真相。”

“那好，”徐环叹了口气，“那我就把我知道的真相，全都告诉你。”

接下来，徐环面色凝重地讲述了“9·19”绑架案的始末……

听完徐环的讲述，Elly控制不住情绪，轻轻抽泣了起来。许久，她抬起头，不解地问道：“我还有一点不明白。按照你的说法，楚楠在爆炸前就已经把疫苗配方交给了楚家，对吗？”

“对，据我判断，疫苗配方，应该已经落到了楚家手里。”

“不……不对……”Elly若有所思地摇着头。

“什么不对？”

Elly定了定神，将十三年前她在医院遇到恐怖的怪人，并在自己身上刻下奇怪字符的事情告诉了徐环。讲完了，Elly心有余悸地叹了口气：“这件事情我一直埋藏在心里，没有对任何人提起过。不过，根据刚才你的叙述，我怀疑这个浑身是伤的怪人，就是被炸成重伤的楚楠。”

“没错，应该就是他，”徐环点了点头，“他在你身上刻了什么字符？让我看一下。”

Elly拿出一张纸条递给徐环：“我把那些字符抄了下来，你看看吧。”

徐环接过来一看，顿时皱起了眉头。纸条上的字符相当怪异，似乎是一种少数民族的文字。这时，徐环突然想到了徐跃升说过的，疫苗配方的原本，是用北菱村的族文来写的……

族文……配方……一道亮光闪过徐环的脑际，他的心不由得一颤。

这……这就是疫苗配方啊！楚楠根本就没有将疫苗配方交给楚家，而是刻在了Elly的身上！疯了吧……这无异于在Elly身上装了一颗定时炸弹啊！看着Elly睁大的双眼，徐环心如刀绞，该怎么同Elly说这件事情呢……

正在这时，家里的门铃突然响了起来。徐环不由得眉头皱皱，这个时间来拜访……会是谁呢？他犹豫了一下，还是起身打开了房门。门外站着的，竟然是于东青。

“东青？”徐环有些意外，“你怎么来了？”

“怎么着，不欢迎我？”于东青脱了鞋，毫不客气径直进了屋内。走进客厅，他拿起一个苹果咬了一口，却不经意间瞥到了在餐厅里坐着的Elly。

“Elly妹妹也在啊……”于东青打了个招呼，“哟，正吃饭呢。”

Elly起身笑了笑：“于队长，一块吃吧。”

“好好好……”于东青没有推辞，爽快地坐到了桌旁，“正好我还没吃饭，那就不客气了。”

“我说东青，”徐环在于东青身边坐下，开玩笑道，“你不会是专门来蹭饭的吧？”

“瞧你这话儿说的，”于东青白了他一眼，“蹭你一顿饭还心疼啊？告诉你，我今天可是带着好消息来的。”

说话间，Elly已经盛了满满一碗米饭递给了于东青。

“你看，还是妹妹懂得招待人。”于东青接过米饭，狼吞虎咽地吃了起来。

“什么好消息？”徐环一把夺过了于东青的筷子，急切地问道，“你先别吃了，赶紧说。”

“我就纳闷了，明明是亲兄妹，怎么做人的差距就那么大呢？”于东青悻悻地放下碗筷，无奈地说道，“我们刚刚结束了对楚云的审讯。好消息是，楚云这家伙没怎么抵赖，全都交代了。”

“噢？他都交代什么了？”

于东青喝了一口水，说道：“跟咱俩推测得差不多。第一，他承认海上爆炸的那艘快艇是他在老东那里买的，炸弹也是他安放的，目的就是炸死钟萧和周小米。第二，在少年宫礼堂纵火案中，那两个从Elly手里夺走周小米，乘坐桑塔纳逃走的歹徒，就是钟萧的手下。而撞击桑塔纳，造成一死两伤的那辆肇事牧马人，也是楚云派出的，目的就是要撞死桑塔纳车内的所有人。第三，Elly从北菱村回到祁东市那天晚上，杀死虎子，绑架Elly的人，也是楚云的手下。第四，他就是林舒的委托人。林舒杀死周远，销毁调查结果，就是楚云指使的。”

“原来是这样……”徐环沉吟道，“那他有没有交代为什么这么做？”

“没有。”于东青摇了摇头，“他说他只是奉命行事，至于为什么这么做，他也不清楚。”

“奉命行事？”徐环瞪大了双眼，“奉谁的命？”

于东青冷冷一笑："跟我们所猜想的一致。楚云的背后指使者，就是省厅刑警总队那个王副队长。"

"真的是他？"

"没错。从周远一案案发开始，他就下达了尽快破案的指示，目的就是为了仓促结案，隐瞒真相；后来我们抓获林舒之后，阻挠我们讯问，强令我们结案的又是他；而后来你以私人名义调查，被跟踪拍下照片，威胁我们结束调查的，还是他……他搞了这么多事，不是他还会是谁？

"另外，我们还查了这个王副队长名下的财产，发现他有巨额资产来源不明。而他妻子名下的很多房产，都是大良集团开发的……这，恐怕不是偶然吧。"

"那他归案了吗？"

于东青解释道："可惜，晚了一步。在我们去抓捕他的时候，这个王副队长已经逃走了，但是并没有出境记录。我们已经下达了通缉令，应该很快就能抓到他。以他的罪行，数罪并罚，少说也得判个无期。"

"真是报应。" Elly 恨恨地说道。

"没错，这些人昧着良心做这些勾当，迟早会有这一天！"于东青欣然一笑，感慨道，"这下好了，黑妞落网，'9·19'案件的真相也已经大白，"于东青一脸的轻松，"这件事情，总算可以结束了。"

Elly 脸上，也露出了久违的微笑。

只是，徐环却皱着眉头，一脸的严峻。许久，他才抬起头说："不，还没结束。"

于东青脸色稍稍一沉，问道："怎么了？有哪儿不对劲吗？"

徐环抬起头，语速极快地说道："东青，咱们还要去做一件事情。"

"什么事？"

"去见一个人……"徐环把头扭向窗外，眼神炯炯。

赵彩霞整理了下衣角，轻轻推开了韩副局长办公室的门。办公桌后面，坐着一个神色威严的中年男人。他国字脸，板寸头，即便是坐着，腰杆也挺得笔直，一看就受过军营的磨炼。

"噢，彩霞啊。"韩副局长表情严肃，语气却很柔和，"你枪伤未愈，就自告奋勇承担对黑妞的审讯任务，我个人非常赞赏……怎么样，审讯顺利吗？”

“韩局，今天来就是跟您汇报这件事情的。”赵彩霞笑了笑，躬身递给韩副局长一叠材料，“审讯已经完成了，这是审讯报告，请您过目。”

韩副局长接了过来，边浏览边不住地点着头：“嗯，看来这个SA在祁东市的组织已经被彻底摧毁了。彩霞，你功不可没啊！”

“谢谢韩局。”赵彩霞道了谢，然后小心翼翼地问道，“韩局，那个……我的出国申请批下来了吗？”

韩副局长放下报告，从抽屉里取出了一张A4纸，抬头笑了笑说：“你看看吧。”

“呀，批下来了！”赵彩霞接过来一看，立刻兴奋地拍了一下手，“韩局，真是太感谢您啦！”

“你不用谢我，”韩副局长摇了摇手，“按照规定，你这种身份是不能出境的。不过，你的情况我也跟上级说了，刚刚立了大功，还挂了彩，出国也有正当理由，要带孩子去看病，上级也很理解你。所以，不用感谢，回来继续好好工作就行了。不过在外面一定要长个心眼，千万别出什么岔子，否则，你我都得吃不了兜着走。”

“韩局，我记住您的话了，您就放心吧！”赵彩霞把出境审批表放入包内，满脸欣喜地退出了办公室。

出了办公区，赵彩霞快步走向路边，打算拦个出租车离开。刚要招手，却发现路边停着一辆红色汽车。车窗摇了下来，一个熟悉的面孔正在向她摇手。

这个人，竟然是徐环。

“赵大姐，你这是要去哪儿啊？”

赵彩霞有些意外，她走上前答道：“是你啊……我正想打个车回家。”

“碰上我了还打什么车，”徐环爽朗地说，“上来吧，我送你一程。”

赵彩霞犹豫了一下，还是拉开车门上了车。到了车上她才发现，车后座上，竟然还坐着于东青：“哟，于队长也在啊。”

于东青笑了笑：“赵大姐，送你回家，我们顺便也去看看小米。噢，对了，小米在家休养得怎么样了？你可别忘了，等他恢复一段时间，我们就要带他去看心理医生了。”

这时，徐环踩下了油门，车子飞驰而去。

“噢，小米啊，他恢复得还好。”赵彩霞笑了笑，“不过呢，我看也没必要让小米看心理医生了。我已经决定带小米出国治疗了。这个方案，我们领导已经批准了。”

“我看不合适吧，”于东青撇起嘴摇了摇头，“小米没出过国，这一出去肯定不适应啊。”

赵彩霞冷冷地说：“有我在，没什么问题。”

谁料，于东青也冷笑了一声，话中带刺儿地说：“依我看，就是因为有你在才容易出问题吧？”

“于队长，你怎么说话呢……”赵彩霞看到窗外的街景，突然意识到了什么，脸色一变说道，“这不是去我家的路，徐环，你要带我去哪儿？”

赵彩霞话还没说完，于东青手里不知什么时候多了一把手枪，直直地对准了她。

“别紧张赵大姐，”于东青冷冷地说，“不……叫您赵大姐不太合适吧，应该叫……黑姐！”

赵彩霞脸色惨白，低声说：“什么黑姐？黑姐已经认罪伏法了。”

“别动！”于东青一把将赵彩霞的胳膊扭了过来，迅速给她戴上了手铐，并卸下了她腰间的手枪。

“都到这个时候了，你还不认栽啊？”徐环边开车边从后视镜里打量着赵彩霞，“现在承认还算是自首，你可别错过这个机会。”

赵彩霞面色阴郁地盯着徐环，面部的肌肉微微抽动。突然，她往车座椅上一靠，毫无征兆地大笑起来，笑声里充满了自嘲和绝望。

“徐环啊徐环，你可真是个人物啊！”许久，赵彩霞才止住了笑声，“我自以为伪装得已经很完美了，而且有钟萧给我作掩护……你倒是说说，你是怎么看出我就是黑姐的？”

“赵大姐，你的伪装的确堪称完美，但是有几个不起眼的小细节出卖了你。”徐环感叹道：“其实从第一次接触你开始，我就对你超强的观察力产生了怀疑，一度认为你就是黑姐。一直到机场枪击案案发，你亮出了国安局工作人员的身份，这才打消了我的疑虑。而且这个时候，你成功地把钟萧推上了台面，让我们误以为钟萧就是黑姐，从而忽视了对你的调查。”

“没错，把你们的怀疑引向钟萧，是我的弃车保帅之策。”赵彩霞问道：“能不能告诉我，你是怎么看出钟萧不是黑姐的？”

“第一个疑点，就是周远死后第二天，冯玲在公安局的奇怪举动。”徐环解释道，“冯玲在见到于东青之后，曾经向他传递过求救的信号，这说明她当时已经察觉到了危险。可是冯玲在周远死后，直到见到于东青，这段时间内只见过你一个人。这说明什么？说明冯玲所意识到的危险，很有可能就是你……想到这一点，我开始对你产生了怀疑。”

“第二个疑点，就是机场枪击案那天，周小米被歹徒从学校接走。要知道，现在学校对于家长之外的人接走孩子是非常谨慎的，歹徒直接从学校接走周小米，基本上不太可能。因此我判断，学校之所以让歹徒接走小米，一定是经过了你的允许。这一点我已经向学校的老师求证过了，那天你的确告诉老师，让另外的人接小米放学。”

徐环喝了口水，继续说道：“而加深我对你怀疑的，是你手下特工对钟萧的称呼。在和钟萧周旋的过程中，他的手下对他的称呼自始至终都是大哥，而不是黑姐或者头儿……这让我感到非常奇怪。”

“而最终让我确定你就是黑姐的，是在悬崖下的那次偶遇。”徐环转头看了眼赵彩霞，说道，“钟萧出逃的那一天，我们原本以为钟萧他们已经葬身于快艇的爆炸中。可后来我觉得不对劲，于是我们再次返回了现场，并到悬崖下对钟萧他们发动了偷袭。可奇怪的是，当时船上并没有发现钟萧的踪迹，直到后来战斗结束，钟萧才和三位特工返回，并和我们遭遇。”

“三位特工里，其中有一位戴着墨镜口罩，做了严密的伪装，可以看得出，此人的身份一定很特殊。钟萧之所以离开现场，应该是到悬崖上去迎接这位特工了。”徐环把车速放缓，回忆说，“可这就奇怪了，钟萧已经是组织的最高领导，有什么人还要他去亲自迎接呢？要解释这个不正常的现象，只有一种可能。那就是，组织的最高领导黑姐并不是钟萧，而是那位做了伪装的特工。我们调取了那辆黑色商务车的行驶轨迹，发现这辆车曾经到过你家附近，再结合那位特工微胖的体型分析，完全可以得出结论，你，赵彩霞，就是黑姐。”

“当然，还有一点印证了我的判断，那就是你对钟萧的审讯。当我听到你负责对钟萧的审讯之后，立刻觉得不太对劲。要知道，你的伤势还未痊愈，还在休假中，为什么要急匆匆地去接审讯钟萧的工作呢？”徐环吞了口口水，继续说道，“答案很简单，因为你怕别人审会审出一些见不得光的事情。而由你审呢，你就会主导审讯的方向，最后的审讯报告也一定会是一份你满意的报告。"

"精彩！"赵彩霞抬起载着手铐的手,吃力地拍了几下,随即感慨道,"徐环，我真是低估你的实力了。我不知道你为什么在机场枪击案和礼堂纵火案中出现那么低级的失误，正是这些失误，让我觉得你徐环也不过如此，产生了轻敌的念头……"她笑了笑，很坦然地说道，"徐环，输给你没什么好说的，我认栽！"

徐环不无得意地笑了笑，问道："虽然我猜到了你是黑姐，但我还是有几个问题不明白。第一，既然你是黑姐，那钟萧的真正身份又是什么？"

"这要从SA组织的架构开始说起。我们组织的最高领导就是我，所有成员都知道最高领导是黑姐，但是谁也不知道黑姐到底是谁。当然，钟萧除外。钟萧是我的助理，也是组织的直接指挥者，说得形象一点，如果说我是皇帝的话，他就是丞相。这种设置，有利于隐藏我的身份。"赵彩霞神色平静地说道，"在钟萧之下呢，就是冯玲。冯玲是组织的中坚力量，地位很高。而她名义上的老公周远，是她的手下兼助理。周远再往下，就是普通的特勤人员。经过上次那次战斗，我们的组织被彻底击垮，其余特工被消灭，钟萧被生擒，现在连我也落到了你们手中。"

"在祁东，你们这种下场是早晚的事情"徐环冷冷地说，"第二个问题，你为什么要杀死冯玲？"

赵彩霞脸上掠过一丝淡淡的伤感："冯玲是我的表姐，我对她非常熟悉，可是她对我却不十分了解。她这个人心高气傲，自视甚高，虽然能力很强，但对组织的忠诚度却一直是个问题。前段时间，我觉察到她似乎厌倦了特工生活，想要自首。为了增加筹码，她竟然打起了周远调查结果的主意……这是我绝对不能容忍的。于是我指示周远，在三月十一日那个雨夜设计杀死冯玲。可没想到，周远这个蠢货不仅没杀死冯玲，反而被她算计，自己被杀死不说，还丢掉了调查结果。我情急之下，这才冒险用车辆撞死了冯玲，并伪造成了交通事故的假象。"

"在海西区分局内，一定有你的人吧？除了钟萧，还有别人吗？"

"除了钟萧，海西分局门口的那个保安也是我的人。"赵彩霞说道，"所以我才能对冯玲的一举一动了如指掌。在冯玲死后，也正是钟萧在冯玲身上刻下了那个菱形血痕，以混淆警方的视线。"

徐环点了点头，继续问道："第三个问题，少年宫礼堂纵火案中，那辆抢走周小米的桑塔纳是不是你们的人？”

“没错。在这之前，我们组织面临着两大任务，一是控制周小米，二是组织全面撤退。但当时形势很严峻，凭我们的自身力量做不到这两点。因此我们找到了警察内部的一位朋友，同他做了一个交易，他协助我们出境，我们则帮他在警方的重重包围中杀死周小米。要杀死周小米，必须要先把他弄到手，于是我们注意到了小米参加合唱比赛这个机会。”

“可是你们并没有中计，对吧？”徐环问道。

“没错。让小米带病参加合唱比赛，这并不合理，我判断这是你设下的一个陷阱，因此我们并没有轻举妄动。比赛那天，校车轮胎爆胎，就是一次试探。经过试探，我们认为动手的风险太大，于是决定放弃行动，只派了两名特工守在外围，见机行事。可没想到的是，竟然有其他人动手，把周小米带出了警方的保护圈。我们当然不会放弃这个好机会，立刻出手把小米抢了过来……如果不是半路里杀出个程咬金，我们肯定已经得手了。”

“那辆撞击你们的牧马人，就是你那位警察朋友干的吧？”徐环推测道。

“没错，我们的这位朋友阴险狡诈。他根本就没想协助我们出境，只是利用我们带出周小米，然后将我们的人和周小米一起除掉。”赵彩霞脸上露出一丝狡黠的笑容，“也正是有了这次教训，后来我们才没有乘坐他提供给我们的快艇，从而逃过了那次爆炸。至于你说的那位戴墨镜和口罩的特工，的确就是我。我先让钟萧他们做好前期准备，确认扫除一切障碍之后，再接我上船出境……”赵彩霞苦笑着摇了摇头，“可惜啊，又是让你给搅黄了。”

徐环轻轻咳嗽了一声，又问道：“我还有个问题。你和周小米共同生活这么长时间，有的是机会将其带走，可你为什么一直没有行动呢？”

“因为一开始我并不知道小米被设置了心理应急机制，只是以为他受了惊吓，想等他恢复之后再想办法问出调查结果。”赵彩霞无奈地说，“在周小米被实施催眠治疗之后，我才意识到要把他带回总部处理。机场枪击案最初的目的就是为了让钟萧带着周小米出境，只是因为你俩插了一杠子，这才导致我不得不采取了应急预案，演了那么一出戏。再后来，小米落到了你们手里，我也就再也没有机会了。”

徐环若有所思地点了点头，又问道：“我还有最后一个问题：你们在警方的这位朋友，到底是谁啊？”

赵彩霞笑了笑：“这个问题说来话长，前面就是公安局了，待会儿到了审讯室再说吧……”

徐环点了点头：“好，反正我们有的是时间。”说罢，他打了一把方向盘，拐进了祁东市公安局的大门。

“到了，下车吧。”徐环停车熄火，随手打开了车门锁的开关。

谁也没有想到，车锁一打开，赵彩霞猛地撞开车门，飞快地向公安局大门外跑去。

于东青下意识地追了上去，举枪指着赵彩霞大声喊道：“站住！否则我开枪了！”

赵彩霞的速度非常快，转眼间已经跑出了市局的大门口。不过于东青的步子更快，一个冲刺就跑到了赵彩霞的身后。就在他马上要抓住赵彩霞的时候，赵彩霞却做出了一个于东青意想不到的举动。

一辆货车飞快地驶来，赵彩霞毫不犹豫地纵身一跳，恰好跳到了货车的正前方。随着刺耳的刹车声和嘭的一声脆响，赵彩霞被直直地撞了出去。

于东青脑子一片空白，呆呆地站在了原地。

片刻后，他才机械地走上去查看赵彩霞的状况。赵彩霞身子扭曲地躺在地上，血肉模糊，她尸体的姿势，像极了当时的冯玲。

第四十八章　曲终人未散

徐环直直地把车子扎在了医院住院部的门口，跳下车就向楼内跑去。于东青跟在后面，忙不迭地追了上去。

“哎哎哎！”一位保安跑上来揪住了于东青的衣袖，“先生，这里不能停车啊，麻烦你挪一下，停到停车场吧！”

于东青不耐烦地啧了一声，从口袋中掏出一盒烟塞到了保安手中：“师傅，我们有急事，你就通融通融吧……多谢多谢。”说罢，他挣开保安的手，迅速闪进了楼内。

大厅里的电梯前挤满了人。徐环等不及，直接跑进了楼梯间。于东青无奈，赶紧追了上去。二人一口气从一楼跑到了十七楼。踏入十七楼的走廊，徐环已经跑得胃都疼了起来。于东青比他稍微好点儿，但也大口大口地喘着粗气，面色通红。

“你看你这急性子……”于东青上气不接下气地说道，“楚琳又不会飞走，你急什么啊？”

徐环没有理于东青，他扶着墙缓了片刻，这才跑进了 VIP 病房的区域。他跑到走廊中间的一间病房，推门走了进去，同时大喊了一声：“小琳！”

可当他闯进病房，真正看到那个朝思暮想的身影的时候，却一下子愣在了原地。窗外的阳光洒在屋内，让整个房间有了一种梦幻的感觉，自己不会真的在梦中吧……楚琳半坐在床上，吃惊地看着徐环，一脸难以置信的神情。两个人就这么隔着老远对视着，似乎在通过眼神诉说着几乎阴阳相隔的幽怨和思念。

徐环的眼睛里淌下了眼泪，身子也不住地颤抖起来。楚琳也已泪流满面，泪水滴落在床上，打湿了一大片被单。令人惊讶的是，两个人就这么默默地宣泄着各自的情感，竟没有发出半点儿声响。终于，徐环猛地扑了过去，二人紧紧搂住对方，忘情地吻在了一起。

十三年的委屈和痛苦，都化在了这深深的一吻中。

于东青站在门口，微笑着摇了摇头，随即知趣地退出了病房。

许久，徐环和楚琳才恋恋不舍地松开了彼此的身体。

徐环捧住楚琳的脸，柔声说道："小琳，你终于醒了……你知道我这些日子是怎么过来的吗？"

"我说过，宁负光阴，不负卿。"楚琳笑了笑，"我怎么可能扔下你自己先走呢？"

"你想扔下我走也不可能了，"徐环坏坏地笑了一下，"你还不知道吧，咱们俩已经订婚了，你现在是我合法的未婚妻。"

"订婚？"楚琳睁大了漂亮的双眼，"怎么能这样？"随即她佯装生气，噘起嘴埋怨道，"别忘了，你还没向我求婚呢！"

"还真是呢，"徐环抓了抓自己的脑袋，尴尬地说，"我忘了还有求婚这一码事了。"

"你又这样。"楚琳白了徐环一眼，"我看重的东西，你老是不当回事。我告诉你哈，没有求婚的话，我是绝对不会答应你的。"

"求就求，"徐环下定决心说，"择日不如撞日，我看今天这个日子就不错，干脆我现在就求吧。"

"现在求？"楚琳不屑地说，"切，你有钻戒吗？"

"坏了，我没准备。"徐环面露难色，"可是现在去买也来不及了啊……"就在这时，他突然发现了茶几上有一罐饮料。徐环心中一动，走上前去拉下了罐子上的易拉环。

楚琳一愣，随即明白了怎么回事，嗔怪道："你就拿这个糊弄我呀！"

徐环笑了笑，单膝跪在了床边，觍着脸拉过楚琳的手，给她戴上了易拉环："亲爱的，等以后我一定补上。"

楚琳被他逗得一笑，摇了摇头微笑着说："不，我不要钻戒，我只要你，只要你不离开我，别的什么都无所谓……"

徐环重重地点了点头，他伸出了一只手，做出了一副要求婚的姿势。可没想到的是，楚琳突然抽回了手，脸色也暗淡了下来。

徐环心里一慌，赶紧问道："怎么了小琳？我哪儿做错了吗？"

楚琳摇了摇头，抹了把眼泪，小声问道：“徐环，你真的要娶我吗？”

徐环一怔，赶忙拍着胸脯说道：“当然，那还有假！”

楚琳叹了口气，口气中透着深深的无奈：“可是你看看我现在的样子，简直就是一个怪物，根本配不上你，反正你娶了我会后悔，那还不如趁早算了吧。”

楚琳这么一说，徐环这才注意到了她的外貌。的确，经过长时间的昏迷，楚琳的脸和身子都出现了水肿，皮肤也变得松弛，比起受伤之前，她的确像是换了一个人。不过在徐环心中，这实在算不上什么……

徐环啧了一声，焦急地说道：“小琳，你怎么会这么想呢？我爱你，不会因为你的外貌变化而动摇，”看到楚琳依然别着脸，徐环急得跺着脚说，“要我怎样你才能相信呢？”

楚琳这才欣慰地笑了，一把抱住徐环，安慰道：“你别急，我相信你……既然你决定娶我，那就求婚吧。”

徐环这才松了口气。他定了定神，重新单膝跪地，一脸肃然地说道：“小琳，命运让我们从小一起长大，可命运又让我们擦肩而过。十三年的分别，可能为的就是今天的重聚。命运还真是淘气，让我们兜了这么大一圈才找到彼此……小琳，我这个人嘴笨，不太会说话，就说最关键的一句吧：你愿意做我的妻子，让我给你披上最美丽的婚纱吗？”

楚琳早已泪流满面，她抹了把泪，笑着点了点头，轻声说：“我愿意。”随即她栽在了徐环的怀中哭了起来。

“小琳，你尽情地哭吧……”徐环轻轻拍着楚琳的后背，充满爱意地说道，“把这么多年的委屈和痛苦全都哭出来，哭完这次后就不许再哭了，因为我们要幸福。”

许久，楚琳才停止了哭泣。她躺在徐环怀里，沉浸在幸福之中。

“小琳，既然我们已经是未婚夫妻了，那有件事情我一定要告诉你。”

“什么事情？”楚琳瞪大了眼睛，神情里有些惶恐。好不容易得到的幸福，她太害怕再次失去了。

“我父亲去世了，我已经辞掉了远景集团的所有职务，现在属于失业人员。”徐环平静地说，“下一步，我想离开祁东市，到一个新的城市重新开始生活……你，愿意陪我吗？”

“我还以为你要说什么呢。”楚琳松了口气，随即甜甜地笑道，“我当然愿意了，你去哪儿我就跟到哪儿，想甩都甩不掉。”

徐环笑了笑，怜爱地刮了一下楚琳的鼻子，说道：“可如果你跟我一起的话，你就要辞去大良集团的职务，你……愿意吗？”

“我都说了，为了跟你在一起，做什么都行。”楚琳蹙起眉头说，“那个总裁，我早就不想当了……”

说到这儿，徐环的手机突然响了。他松开楚琳，掏出手机一看，是一条短信，发信人竟然是Elly。短信很长，徐环往下拉了好几次才拉到底。

“徐环，发这条短信，是为了跟你告别。这些天住在你家，给你添麻烦了。我听说企图绑架我的幕后黑手已经被抓了起来，所以我也没必要再躲藏了。接下来，我决定离开祁东市，回北菱村。北菱村是我们的故乡，不能这样一直破败下去。我回去，就是为了让北菱村重新繁荣起来。

“对了，我昨天去了一家整容医院，做了激光手术，把我身上刻着的北菱村的秘密全部消除了，这样一来，北菱村的秘密就彻底不复存在了。我事先没有告诉你，但是我相信你一定会同意我这么做。因为这个秘密带给北菱村的并不是光明，而是一次又一次的杀戮和阴谋。也许毁掉这个秘密，就意味着掀开了北菱村发展史上新的一页。

“很抱歉，直到现在我也叫不出哥哥两个字。因为在我的心中，哥哥只有一个人，那就是陪我一起长大的周峰。

“可能原本你会是最疼爱我的哥哥，我会是最崇拜你的妹妹……不过，命运就是跟我们俩开了这么一个天大的玩笑。既然命运注定要让我们成为最亲近的陌生人，那我们就没有必要再强迫自己接受对方了……是时候说声再见了，感谢你对我做的一切！”

读完短信，徐环的眼睛再次湿润了起来。他轻轻熄掉了屏幕，闭上了眼睛，脸上现出了些许的无奈和不甘。Elly真是一个冰雪聪明的女孩儿，她做出的这个选择，其实是最明智的一个。可能这就叫作有缘无分吧……

“你怎么了？”楚琳挽住徐环的臂膀，关切地问道，“为什么这么伤心呢？”

“噢……”徐环擦了擦眼角的泪水，叹口气说，“我刚刚得到了一个亲人，可却又失去了另一个亲人。”

祁东市看守所的会见程序异常烦琐，尤其是温华这种刚刚进入司法程序的犯罪嫌疑人，想要会见，更是要经过严格的审查。不过由于于东青的帮助，Elly 还是顺利地见到了温华。

几天的看守所生活似乎并没有影响温华，他的脸上没有半点颓废。他微笑着看着 Elly，脸上洋溢着一种说不出来的自信和乐观。

“你瘦了。”Elly 看着对面的温华，淡淡地笑了笑。

“你胖了。”温华也盯着 Elly，用微笑回应着她。

“我想知道，你还有多久才能出来？”Elly 轻拂了一下额前的刘海，淡淡地问道。

“据我了解，最多三四年就能出来。”温华回答道，“怎么，问这个做什么？”

“三四年的时间并不长。”Elly 自言自语地嘟囔着，又抬头问，“对了温华，你为什么要替我顶罪呢？”

温华略显惊讶：“为什么这么说？礼堂纵火案我本来就是主谋，你只不过是个打酱油的而已。”

“可如果严格追究起来，我和你属于共同犯罪，也是要判刑的。可你却主动把全部罪行揽到了自己身上。你这样做，让我很难不……很难不……”

“你到底想说什么？”温华眯起眼来看着 Elly。

Elly 毫不示弱地盯着温华：“温华，你是不是喜欢我？”

温华一怔，脸上略带尴尬，竟然浮现出两片红晕：“你说话，一直都是这么直接吗？”

Elly 仍然毫不客气地盯着他：“请回答我的问题。”

温华不敢直视 Elly。他低头沉吟片刻，认真地说道：“我没有资格喜欢任何人。我是一名收割者，我活着的意义，就是为了让北菱村重现荣光。这些儿女情长的事情，跟我没有关系。”

“收割者已经没有存在的意义了。”Elly 斩钉截铁地说道，“因为北菱村的秘密，已经被我毁掉了。”

“什么？你毁掉了北菱村的秘密？”温华惊呼。随即，他捂住了自己的头，一脸的痛惜。

“所以，要恢复北菱村的荣光，靠你那些打打杀杀，阴谋算计是不行的。”Elly 坚定地说，“这些天，北菱村所在的县要招考村干部，北菱村也有职位，我已经打算报考了。”

温华还没有从痛惜中缓过来，他敷衍着答道：“很好，祝你一切顺利。”

“我不要你这些礼节性的答复。”Elly一脸严肃地说，“我需要你的帮助。”

“我的帮助？”温华不解地问，“我能怎么帮你？”

“你是教授，你的头脑和专业知识，对北菱村以后的发展有很大的帮助。”Elly俨然已经把自己当成了北菱村的村干部，“所以，如果我能在北菱村任职，我需要你来帮助我。”

温华犹豫了一下，点了点头：“我会考虑的。”

“另外，我需要你帮助的还不止这些。”Elly的脸上，也浮起了两片红晕，“我个人也需要你的帮助。”

“什么意思？”

“北菱村秘密的摧毁，还意味着一件事情。”Elly脸上的红晕更加的明显，“那就是我……可以谈男朋友了。”她瞟了一眼温华，忐忑不安地说，“你能帮助我吗？”

“原来是这样。”温华恍然大悟地松了口气，“好说，这个忙我可以帮。我认识很多优秀的小伙子，等我出去了就介绍给你。”

“温华，”Elly用力拍了一下桌子，“你成心的吧！”

温华挠了挠自己的头，莫名其妙地嘟囔道：“我又怎么了？”

“你自己琢磨吧，笨蛋！”Elly站起身来，愤愤地走出了房间，临出去前还不忘回头补了一句，“大笨蛋！”说罢，她快步离开了会见室，留下了一脸无辜的温华。

吴婷婷站在卫毅平的灵堂前，深深地鞠了三个躬。躬毕，她动情地说道：“卫毅平，今天是头七，我怕你一个人闷得慌，就过来陪陪你。”

“你这家伙，喜欢我为什么不早说呢？其实我也挺喜欢你的。虽然你这个人平时没什么正形，但我知道那是你装出来的，从我们心理学角度来说，你这是用一种自己不喜欢的方式掩盖自己内心的空虚……所以说，我一直没有了解真正的你，当我有了一定了解的时候，你却先走了……”说着，吴婷婷的眼眶又红了。

她抹了下眼角，又说道：“说点好消息吧。害死你的罪魁祸首已经落网了，你猜真正的黑姐是谁？竟然是赵彩霞。亏我那么信任她，现在想想，还真是后怕……对了，你父亲死亡的真相也已经水落石出了，是徐环告诉我的，就凭这一点，你就别再老是怼他了。具体的经过我已经写在纸上烧给了你，我想你一定会看到吧。”

“另外，还有一个消息，那就是我接替了钟萧的职务，成为侦查组组长。哈哈，你能想象全局上下的震惊吗？大家都说领导一定是疯了，否则怎么可能选一名刚毕业不久的小姑娘担任侦查组组长……可是于队长很给力，他对那些不服气的人说，你们谁能像吴婷婷一样，在单次行动中击毙四人，生擒一人，那也可以向局里推荐任命当组长。这句话一说，所有的人都傻眼了。”

吴婷婷的脸色再次暗淡了下来：“不过我也清楚，我没什么领导经验，年龄又小，担任这个组长，我可真是诚惶诚恐，生怕哪里出错……唉，要是你没死就好了，你这一走，我连个商量事的人也没了……”

“好了，你一定被我唠叨烦了吧？今天就到这儿吧……你一定好好的，我会经常来看你的。拜拜吧。”说罢，吴婷婷再次鞠了三个躬，退出了灵堂。

刚刚走出灵堂，她的手机响了起来。她掏出手机一看，立刻瞪大了双眼，赶忙用衣角擦了擦手心的汗水，然后接起了电话。

“怎么样小兰？”她急切地问道，“有消息了吗？”

电话那头传来了一阵说话声，语速非常快。

“什么？”吴婷婷的脸色一下子变得苍白起来，“你确定？不会看错吧？好……我知道了，非常感谢，再见。”

挂了电话，她突然觉得一阵头晕，差点瘫倒在地。

徐环使出牛九二虎之力，才把最后一包行李塞入了满满的后备箱。他拍了拍手，擦了擦额头上的汗珠，大大地松了一口气。接着，他回了房间，来到了楚琳身边。楚琳正坐在化妆台前，小心翼翼地给自己上着妆。

“小琳，我都准备好了，咱们可以出发了。”他在楚琳旁边坐了下来，笑着说，“你不化妆已经很美了，再化下去，让别的女孩儿怎么办？”

楚琳笑了笑：“虽然是假话，但我还是很喜欢听……再等我一会儿，马上好。”

徐环在她额头上亲了一口，站起身来。他环视了一下空荡荡的房间，心中顿时生出了深深的不舍。说实话，观海园的这处房子，徐环一直没有感受到家的归属感，因为他总是觉得房子太大太空，缺少生活气息。可真到了离别的时候，他才觉得这里还是有一些家的感觉的。人都是这样，离别之际才会惦记对方的美好……

“好了。”楚琳发出欢快的叫声，走过来搂住了徐环的臂膀，“咱们出发吧。”

徐环微笑着点了点头，最后看了房间一眼，快步走出了房门。

坐到车上，楚琳才开口问道：“咱们这是要去哪儿啊？”

“我想去西部……就去西安吧，咱们在那儿租个房子，想待多久就待多久，待腻了，就再换个地方，好不好？”

“听你的。”楚琳甜甜地一笑，“对了，咱们去了那儿干什么啊，总不能整天玩吧？”

“我都想好了。”徐环拍了拍楚琳的臂膀，“你呢，就当个英语老师，教别人英语。”

“那你呢？”

“我嘛，就当个推理小说家吧。”徐环笑了笑，“把我这些年办的案子，都写成小说，我想啊，一定受欢迎。”

“好，等你写完了，我当第一个读者。”楚琳笑道，“可是，你题目想好了没有？”

“没有啊，我还没开始写呢……”徐环咬着嘴唇说，“要不，你帮我想一个？”

“好。”楚琳想了一会儿，若有所思地说，“推理小说，就是要从各种线索推理出真相，可是就如同你所说，真相还是朦胧起来才美，真正看清楚了，反而就不美了，甚至是丑恶的。依我看……就叫‘真相边缘’吧！”

“真相边缘……”徐环想了想，“好，就叫真相边缘！”

楚琳点点头，催促道：“好啦，时间不早了，咱们快出发吧！”

徐环应了一声，把车钥匙插入了钥匙孔，准备发动汽车。就在这时，一辆警车突然出现在了他的视野内，闪亮的警灯显得有些突兀。

徐环不由得皱起了眉头。是谁呢？于东青吗？不会啊，昨天他们约了于东青，三人一块喝酒，于东青喝得大醉，抱着自己痛哭流涕……他已经说了怕伤心，今天不来送行了啊……那是谁呢？

警车开到了徐环的车旁，缓缓停了下来，果然，车是冲着自己来的。车门打开，车上下来的，竟然是吴婷婷。此刻，吴婷婷的脸上，已经没有了之前的稚气，取而代之的是沉稳和果敢。看来经过一系列实战的磨炼，吴婷婷已经迅速成长起来了。

徐环下车，跟吴婷婷打了个招呼："婷婷，怎么想起来找我了呢？"

吴婷婷走到徐环身边，一脸严肃地说道："徐哥，我需要你的帮助。"

徐环不好意思地笑笑，指着身边的汽车说道："婷婷，你知道的，我已经规划好了行程，现在必须要出发了……"

"我知道。"吴婷婷皱起眉头，仍旧一脸的严肃，语气也十分坚定，"可是情况紧急，你必须要帮我。"

徐环心中生出一丝不悦。他脸色暗淡下来，叹口气说："你说吧，什么事？"

吴婷婷压低声音说道："两周之前，我和卫毅平曾经暗暗调查丑叔叔的事情。我拜托了省厅的一个同学，帮我搜集丑叔叔的资料。可她说她从来没有听说过丑叔叔，于是就此作罢。可是就在刚才，我这个同学突然打来电话，说她有一个在高层的同学，查到了丑叔叔的详细信息。"

徐环不由得皱起了眉头："噢，什么信息？"

"她告诉我，这个丑叔叔的确是全省公安系统的一个代号，但是这个代号不是指某一个人，而是指某一类人。"

"某一类人？哪类人？"

"卧底。"吴婷婷说，"而且不是普通的卧底。在省厅，一般是在一个时期之内，承担最危险、最重要的任务的卧底，才被称作是丑叔叔。"

"卧底？"徐环用夸张的语调说道。

"没错，是卧底，而且是密级最高的卧底。丑叔叔这个代号，新中国成立后我们省公安系统就开始用，八年前被废除，不再使用，有记录的总共有四人。其中最近的一任丑叔叔，就是八年前选拔出来的卫鸣。"

"也就是说，丑叔叔并不是只有卫鸣一个人，除他之外，还有三人……"

"没错，不过剩下的三人中，有两位都是新中国成立后的，离我们很遥远，但是有一人我们不仅认识，而且非常熟悉。"

"熟悉？"徐环狐疑地问，"到底是谁？"

吴婷婷递给徐环一张照片："这是他的照片。"

徐环接过照片一看，脑子里立刻嗡了一声，血压迅速地升高。这个人，确实太熟悉了……这是高局啊！

“这，这怎么可能呢？”徐环难以置信。

“我也不愿相信我的亲舅舅是丑叔叔。”吴婷婷面色严峻，“所以我要调查真相。徐哥，我需要你的帮助。”

徐环看了眼车内的楚琳，为难地说道：“可是……”

“徐哥，你考虑考虑，我在这儿等你。当然，你如果不帮我我也能够理解。”

徐环叹了口气，回到了车内。他用愧疚的眼神扫了眼楚琳，小心翼翼地说：“小琳……”

出乎他意料的是，楚琳伸出手捂住了他的嘴，微笑着对他说：“不要说了，你做什么事情我都支持你，是走是留，你自己决定。”

徐环感动地亲了楚琳一下，随即又陷入了纠结中。

走还是留？犹豫许久，他看了眼楚琳，又看了眼车外的吴婷婷，终于伸出了手，握住了车钥匙……

尾　声

溪山监狱，第七监区监区长杨锦的办公室内，烟雾缭绕，气氛十分压抑。

“消息确定吗？”杨锦抽着楚云送给他的黑寡妇，一脸的阴郁。

“头儿，我的消息，一向保证准确性和时效性。”办公桌旁的小刘头梳得锃亮，打扮得人模狗样，“王副队长已经落网了，据说仅是房产，他就收了楚云十几套。依我看，那天楚云带来的那个黑衣人，就是这个王副队长。”

杨锦没有作声，而是拿起两张照片，眯着眼仔细看了起来。片刻之后，他把照片扔给小刘，声音沙哑地说：“你看看，这两张照片上，是同一个人吗？”

这两张照片，一张上面是王副队长，另一张则是监区监控对黑衣人拍摄的截图。

小刘看了一会儿，摇了摇头说：“不太像……”

杨锦咳嗽了一声，冷笑着说：“所以，这个王副队长根本就不是那天的黑衣人。依我看，他只是黑衣人的挡箭牌而已。”

小刘微微皱起了眉头：“奇怪了，那会是谁呢？”

杨锦没有搭理他，而是伸手拿过两张照片，撕了个粉碎。

“头儿，您这是……”

“这个黑衣人的势力，恐怕不是我们能惹得起的，我们还是不要引火烧身了。”杨锦的声音十分低沉，“小刘，这件事情到此为止，以后再也不要谈论这件事情了，当然，在外面也要守口如瓶，听到没有？”

“好的头儿，您放心。”小刘一个劲儿地点着头，随即他眼珠一转，小心翼翼地说道，“对了头儿，刚刚市委组织部打电话过来，说您的出国审批表已经批下来了，让您下午过去拿。”

“好，我知道了。”杨锦冲小刘摆了摆手，“你去市委组织部跑一趟，帮我拿回来吧。”

“没问题。”小刘眼珠子又是一转，欲言又止地说道，“头儿，还有个事情，我……”

“支支吾吾地干吗？”杨锦奇怪地看了他一眼，“有话直说！”

“头儿，听说咱们监狱马上要进行岗位调整了，”小刘脸上堆起了谄媚的笑，“咱们第七监区副监区长的位子一直空着，您看是不是……”

“小刘啊，不是我不帮你，”杨锦吐了一口烟，语重心长地说，“这个位子，已经有人打好招呼了。更何况你资历也不够，这次恐怕轮不到你。不过你还年轻，以后有的是机会。”

小刘的脸上，掠过了一丝不悦。不过他紧接着一笑，不冷不热地说：“头儿，我是能等得起，可就怕……就怕您等不起啊！”

杨锦眉头一皱：“什么意思？”

“楚云这次罪名不轻，听说他可是疯了似的想立功，因此到处咬人，这王副队长就是他咬出来的。”小刘的脸上没有了刚才的谦恭，而是多了一丝强硬，“头儿，您跟楚云之间也有些往来，楚云为了立功，怕是不会放过您。”

杨锦用阴沉的目光盯着小刘，一语不发。

“当然了，我能想到这一点，恐怕您早就想到了。”小刘脸上的强硬之色愈发明显，“依我看，您这次出国，应该不会回来了吧。如果我是您，一定会给下属几个甜枣吃，也算是封他们的嘴。”

“小刘啊，”杨锦竟然笑了起来，“你……听说过曹操和杨修的故事吗？”

“曹操？嘿嘿，头儿，您知道，四大名著里我就喜欢《金瓶梅》，这三国嘛，确实不太感兴趣。”

杨锦弹了弹烟灰，冷笑了一声：“小刘，杨修之所以死，并不是因为他聪明，而是因为他显摆聪明，更要命的是，他显摆错了地方。”

小刘一怔，似乎领悟到了什么，笑容一下子凝固在了脸上。

“聪明反被聪明误，说的就是他这种人。”杨锦站起身来，搂住了小刘的肩膀，“小刘，你读书还是少了，要是读过三国，刚才也就不会说那些话了。”

“大哥，我……我……我明白了，”小刘浑身颤抖起来，“我回去，一定……一定多读书。”

“嗯，好。”杨锦脸上划过一丝狰狞，阴笑道，“下辈子，记得多读书。”

听到杨锦这句话，小刘脸色一变，拔腿就想跑，却被杨锦铁钳一般的手掌掐住了脖子。紧接着，他只觉得肚子一凉，一把阴森的匕首已经穿透了他的腹腔。只见他的身子一阵痉挛，缓缓地滑落在了地上，白衬衣慢慢被鲜血洇红，让人看了触目惊心。

“小刘啊，我不想杀你，”杨锦吐了口气，“是你把我逼到这份儿上的。”

说罢，杨锦掏出手机，迅速拨出了一个电话：“喂，航空公司吗？我要订一张今天晚上直飞美国的机票……”